L'écho des silences

DÉJÀ PARU DU MÊME AUTEUR

Pour te retrouver

HEATHER GUDENKAUF

L'écho des silences

BestSellers

Collection : BEST-SELLERS

Titre original : THESE THINGS HIDDEN

Traduction française de BARBARA VERSINI

HARLEQUIN®
est une marque déposée par le Groupe Harlequin

BEST-SELLERS®
est une marque déposée par Harlequin S.A.

Photo de couverture

Enfant : © ELISABETH ANSLEY / ARCANGEL IMAGES

Réalisation graphique couverture : F. LEPERA (Harlequin SA)

83-85, boulevard Vincent-Auriol, 75646 PARIS CEDEX 13.

Service Lectrices — Tél. : 01 45 82 47 47

www.harlequin.fr

ISBN 978-2-2802-8448-6 — ISSN 1248-511X

Pour Scott

Allison

Devin Keneally vient d'arriver, vêtue de son sempiternel tailleur gris d'avocate, ses hauts talons claquant contre le sol carrelé. Prenant une longue inspiration, je saisis le petit sac contenant mes maigres effets et me lève pour la suivre.

Devin est venue me chercher pour m'emmener à Linden Falls, dans le foyer de réinsertion où je dois résider durant les six prochains mois. C'est là que l'on va tester mon aptitude à me débrouiller seule, à conserver un travail, à éviter les problèmes. Après cinq ans, je suis enfin libre de quitter Cravenville. Je jette un coup d'œil par-dessus l'épaule de Devin, avec le vague espoir d'apercevoir mes parents, même si je sais qu'ils ne viendront pas.

— Bonjour, Allison, lance Devin d'une voix chaleureuse. Tu es prête ?

— Oui, je suis prête, lui dis-je d'un ton faussement assuré.

Que puis-je répondre ? Je pars vivre dans une maison inconnue que je partagerai avec des inconnues. Je n'ai pas d'argent, pas de travail, pas d'amis, et ma famille m'a reniée, mais je suis prête. Je n'ai pas le choix.

Devin saisit ma main et la presse gentiment en me regardant droit dans les yeux.

— Ça va aller. Tu le sais ?

J'avale ma salive et j'acquiesce en silence. Pour la

première fois depuis ce jour où on m'a condamnée à dix ans de réclusion criminelle à Cravenville, je sens des larmes me brûler les paupières.

— Je ne dis pas que ça va être facile, poursuit Devin en passant son bras autour de mes épaules.

Je la domine de toute ma hauteur. Elle est petite, avec une voix douce, mais elle a une volonté de fer, et c'est entre autres choses ce que j'aime chez elle. Elle m'avait promis de faire le maximum pour m'aider, et elle a tenu parole. Elle a tout de suite établi clairement que sa cliente, c'était moi, même si mes parents payaient la note. Du reste, elle est la seule personne qui ose remettre mes parents à leur place. Au cours de notre deuxième entrevue avec elle — la première avait eu lieu quand j'étais encore à l'hôpital —, nous nous sommes assis tous les quatre autour d'une table, dans un petit parloir de la prison du comté. Ma mère a tenté, comme toujours, de prendre le dessus. Elle n'acceptait pas mon arrestation, elle était persuadée qu'il s'agissait d'une grave erreur judiciaire, elle voulait que j'aille jusqu'au procès, que je plaide non coupable, que je réfute les charges qui pesaient contre moi. Elle voulait laver le nom de notre famille.

— Ecoutez, a dit Devin d'une voix froide et posée, les faits sont accablants. Si nous choisissons le procès, il y a des chances pour que votre fille soit condamnée à de longues années de prison, peut-être même à perpétuité.

— Ce qu'on lui reproche n'a aucun sens, a rétorqué ma mère, tout aussi froidement que Devin. Il faut que vous compreniez qu'Allison doit revenir à la maison, finir son cursus au lycée, entrer à l'université.

L'indignation déformait les lignes parfaites du maquillage qui soulignait ses yeux et sa bouche. Ses mains tremblaient.

Mon père, qui s'était exceptionnellement absenté de son poste une demi-journée — il est conseiller financier —, s'est levé brusquement, en renversant un verre d'eau.

— Nous vous avons engagée pour faire sortir Allison d'ici ! a-t-il hurlé. Alors, faites ce pour quoi on vous paye !

Je me suis tassée sur ma chaise en m'attendant à ce que Devin en fasse autant, mais pas du tout : calmement, elle a posé ses mains bien à plat sur la table.

— Vous me payez pour examiner les éléments du dossier, considérer toutes les options, et aider Allison à choisir la meilleure.

— Il n'y a qu'une seule option !

L'index de mon père a jailli, menaçant, pour s'arrêter à quelques centimètres du nez de Devin.

— Allison doit rentrer chez nous !

— Richard…, a murmuré ma mère, de ce ton imperturbable et tellement agaçant.

Devin n'a même pas cillé.

— Si vous n'ôtez pas ce doigt de devant mon visage, monsieur, vous pourriez le regretter.

Mon père a lentement abaissé sa main, en respirant lentement, profondément.

— Vous me payez, a repris Devin en défiant mon père du regard, pour examiner les faits et pour décider d'une stratégie de défense. Le procureur prévoit de faire passer Allison du tribunal pour mineurs à une juridiction criminelle pour adultes, avec meurtre au premier degré comme chef d'inculpation. Si nous choisissons le procès, Allison finira ses jours en prison, je peux vous le garantir.

Mon père a enfoui sa tête dans ses mains et s'est mis à pleurer. Ma mère a baissé les yeux vers ses genoux, avec un froncement de sourcils qui trahissait sa perplexité.

Dix ans. Le jour où je me suis levée pour écouter la sentence prononcée par ce juge qui ressemblait trait pour trait à mon professeur de physique, ce sont les seuls mots que j'ai clairement entendus tant j'étais sous le choc, même si Devin m'avait préparée au pire en me disant à quoi je devais m'attendre. Dix ans, ça me paraissait une éternité. Toute une vie. Dix ans, ça signifiait que je tirais un trait sur ma dernière année de lycée, sur les championnats de volley, de basket, de natation et de football. Je perdais ma bourse pour l'université de l'Iowa, je ne deviendrais jamais avocate. Je me souviens d'avoir jeté à mes parents un regard de désespérée par-dessus mon épaule, en déversant sur mes joues un torrent de larmes. Ma sœur, elle, n'était pas venue.

— Maman, je t'en prie, ai-je gémi tandis que l'huissier me poussait vers la sortie.

Ma mère a regardé droit devant elle, avec un visage dénué d'émotion. Mon père avait fermé les yeux. Il respirait fort et on voyait qu'il luttait pour ne pas craquer. Ils n'ont même pas osé me regarder. J'ai pensé que j'aurais vingt-six ans quand on me libérerait. Je me suis demandé si je leur manquerais, ou du moins si la jeune fille qu'ils auraient voulu que je devienne leur manquerait. Comme mon affaire relevait d'un tribunal pour mineurs, au moment de mon arrestation, mon nom n'avait pas été divulgué dans la presse. Le jour où on m'a traînée devant une juridiction pour adultes, une inondation a ravagé le sud de Linden Falls. Des milliers de maisons et de commerces ont été détruits. Grâce aux relations de mon père et à cet événement qui a occupé les journalistes, mon nom n'a pas été publié non plus. Pas la peine de préciser que mes parents se sont réjouis de cet heureux concours de circonstances, qui évitait au nom des Glenn d'être totalement souillé.

A présent, j'emboîte le pas à Devin qui me mène jusqu'à sa voiture et, pour la première fois depuis cinq ans, je sens sur moi le poids d'un soleil qui n'est pas arrêté par un mur surmonté de barbelés. Nous sommes à la fin du mois d'août, il fait chaud et lourd. J'inspire profondément, et je suis surprise de constater que l'air du dehors n'est pas très différent de celui de la prison.

— Que veux-tu faire en tout premier ? me demande Devin.

Je prends le temps de réfléchir avant de répondre.

Je n'avais mon permis que depuis un an quand on m'a arrêtée, et je n'ai pas conduit depuis. Ça m'a manqué. Je vais enfin avoir droit à un peu d'intimité. Je vais pouvoir aller aux toilettes, prendre une douche et manger sans être surveillée par des douzaines de personnes. Je suis tenue d'habiter dans le foyer de réinsertion, mais, à part ça, c'est la liberté.

Pourtant, je ne me réjouis pas vraiment de quitter Cravenville.

C'est drôle, tout de même. J'ai passé cinq ans à Cravenville, et vous vous dites sûrement que j'ai dû passer d'horribles jours à griffer la porte de ma cellule. Ce n'est pas aussi simple. Certes, je ne me suis pas fait d'amie à l'intérieur de ces murs, je n'y ai pas non plus de bons souvenirs, mais j'y ai trouvé quelque chose que je n'avais jamais connu auparavant : la paix intérieure, chose rare et précieuse.

Comment puis-je être en paix avec moi-même, après ce que j'ai fait ? Je l'ignore. C'est comme ça.

Avant — avant la prison —, mon esprit n'était jamais en repos. Il fallait que je m'active. *Allez. Allez. Allez.* Mes résultats scolaires étaient excellents. Je pratiquais cinq sports : le volley, le basket, la course de haies, la natation et le foot. Mes amis me trouvaient jolie. Tout le monde m'appréciait et je n'ai jamais eu de problèmes. Mais, sous la surface, mon sang était en constante ébullition. Il m'était impossible de m'arrêter, interdit de me détendre. Je me levais tous les matins à 6 heures pour courir ou pour faire de la musculation dans la salle de sport du lycée, puis je prenais une douche rapide, je mangeais la barre de muesli et la banane que j'avais fourrées dans mon sac, et j'allais en cours toute la journée. Après les cours, j'avais un entraînement ou un match, ensuite je rentrais chez moi, je dînais avec Brynn et mes parents, j'enchaînais sur trois ou quatre heures à rédiger mes devoirs et à étudier mes leçons. Et tout de même, enfin, vers minuit, je tentais de me coucher et de dormir. La nuit était pour moi le pire moment de la journée. Je restais allongée dans mon lit, avec mon esprit qui refusait de ralentir. Je n'arrêtais pas de m'inquiéter de ce que mes parents pensaient de moi, de ce que les autres pensaient de moi. Je me tracassais pour le prochain contrôle, pour le prochain tournoi de foot ou de basket, pour mon admission à l'université, pour mon avenir.

J'avais inventé des petits trucs pour me calmer. Je m'allongeais bien à plat sur le dos et je rassemblais les couvertures autour de moi, de façon à m'imaginer que j'étais dans une barque. Ensuite, j'inventais un lac si grand que je n'en voyais pas les rives, le ciel formait un couvercle au-dessus de ma tête, noir, sans lune, avec des guirlandes clignotantes en guise d'étoiles. Il n'y avait pas un souffle de vent, mais ma barque voyageait à travers les eaux sombres et lisses. A part le paisible clapotis de l'eau contre la coque, je n'entendais aucun bruit. Je finissais par m'apaiser et par fermer les yeux. Comme je n'avais que seize ans le jour de mon arrivée dans cette prison, on m'a séparée des autres jusqu'à mes dix-huit ans. J'ai eu droit à une cellule pour moi. Après avoir survécu à la dure adaptation des premières semaines, j'ai brusquement pris conscience que je n'avais plus besoin de ma barque pour m'endormir.

Devin me regarde avec l'air d'attendre. C'est vrai… Elle attend que je lui dise à quoi j'entends occuper mes premières heures de liberté.

— Je veux voir maman, papa et ma sœur, dis-je en ravalant un sanglot. Je veux passer chez moi.

Je me sens en grande partie coupable de ce qui s'est passé, et surtout du retentissement que les événements ont eu sur ma sœur. J'ai voulu m'excuser, m'expliquer, mais rien n'y fait. Brynn refuse toujours de me voir.

Brynn n'avait que quinze ans quand on m'a arrêtée, et c'était une adolescente… Comment dire ? Docile. Du moins, je le croyais. Brynn ne se mettait jamais en colère. Jamais. C'était comme si elle enfermait sa colère dans une petite boîte, jusqu'à ce que la boîte soit trop pleine et qu'elle n'ait plus d'autre solution que de répandre son contenu sous forme de tristesse.

Quand nous étions enfants et que nous jouions avec nos poupées, je prenais toujours celle qui avait un visage à la peau laiteuse et sans défaut, avec des cheveux soyeux et bien peignés. Je laissais à Brynn celle qui était affublée d'une moustache dessinée au marqueur indélébile et d'une touffe de cheveux saccagée aux ciseaux. Ça n'avait pas l'air de la déranger. Même si je lui avais arraché des mains la belle poupée, Brynn serait restée de marbre. Elle aurait pris la poupée abîmée, celle qui avait l'air triste et abattue, et elle l'aurait serrée dans ses bras comme si elle l'avait choisie plutôt que l'autre. J'avais aussi l'habitude que Brynn se charge des corvées qui me revenaient — elle sortait la poubelle à ma place et passait l'aspirateur quand c'était mon tour.

Avec le recul, je me rends compte qu'il y avait des signes, de discrètes fissures dans la personnalité apparemment lisse de Brynn, que je remarquais chaque fois que je prenais la peine de m'intéresser vraiment à elle. Mais j'ai choisi de les ignorer.

Par exemple, elle saisissait entre deux doigts le fin duvet de ses bras et arrachait ses poils un à un, jusqu'à en avoir la peau rouge et à vif. Elle le faisait machinalement, sans se rendre compte de l'étrangeté de la chose.

Quand ses bras ont été imberbes, elle est passée aux sourcils. Elle tirait. Elle arrachait. J'avais l'impression qu'elle cherchait à s'ôter la peau. Notre mère a fini par remarquer que les sourcils de Brynn devenaient de plus en plus fins, et elle a tout essayé pour l'empêcher de continuer. Dès que la main de Brynn s'élevait vers son visage, celle de ma mère s'envolait pour l'arrêter. « Tu veux ressembler à un monstre, Brynn ? demandait-elle. C'est ce que tu veux ? Tu veux que les autres filles se moquent de toi ? »

Brynn a cessé de s'épiler les sourcils, mais elle a trouvé d'autres moyens de se fustiger. En se rongeant les ongles jusqu'au sang, en se mordant l'intérieur des joues, en grattant et en enlevant la moindre plaie ou croûte, jusqu'à ce qu'elle s'infecte.

Nous sommes aux antipodes l'une de l'autre. Elle est le yin et moi le yang. Je suis grande et solide, elle est petite et délicate. Je suis comme un tournesol, robuste et tournée vers le soleil. Elle est une herbe de la prairie, fine et légère, courbée, qui frémit sous le vent. Je ne le lui ai jamais dit, mais je l'aimais plus que tout au monde. Je considérais sa présence comme acquise, je croyais qu'elle serait toujours là, à ma disposition, il me semblait qu'elle se tournerait toujours vers moi. Mais on dirait que je n'existe plus pour elle. Je comprends. Je ne peux pas lui en vouloir.

Je lui ai écrit, sans me décourager, lettre après lettre, mais elle ne m'a jamais répondu. Son silence m'a été plus pénible que l'enfermement. Mais, maintenant que je suis libre, je peux aller jusqu'à elle, l'obliger à me regarder, à m'écouter. C'est tout ce que je demande. Dix minutes avec elle. Et ensuite tout rentrera dans l'ordre.

Tandis que nous montons dans la voiture et que nous quittons Cravenville, mon ventre tressaille d'excitation et de peur. Je vois Devin hésiter.

— Je propose que nous nous arrêtions quelque part

pour déjeuner, et ensuite je t'accompagnerai à Gertrude House, dit-elle enfin. Une fois installée, tu appelleras tes parents.

Je ne veux pas de ce foyer de réinsertion. Je serai encore probablement considérée comme la pire de toutes — même une prostituée accro à l'héroïne, coupable de vol à main armée et de meurtre, éveillerait plus de compassion que moi. Il me semble que je serais mieux chez mes parents, dans la maison où j'ai grandi, là où j'ai au moins quelques bons souvenirs. Même si cette maison a été le théâtre de cet événement sordide qui a fait basculer ma vie, c'est là qu'est ma place, du moins pour le moment.

Mais j'ai compris. Mes parents ont refusé de me voir, ils ne veulent plus de contacts avec moi, il n'est pas question que je rentre à la maison.

Brynn

Allison m'a déjà écrit tant de lettres… Parfois, j'éprouve des regrets à l'idée que je ne lui ai jamais répondu, que je ne me suis jamais déplacée pour lui rendre visite, que je refuse de me comporter avec elle comme le ferait n'importe quelle sœur. Mais quelque chose m'en empêche. Grand-mère ne cesse de me répéter que je devrais lui parler, essayer de lui pardonner. Mais je ne peux pas. C'est comme si quelque chose s'était brisé en moi cette nuit-là, il y a cinq ans. Il fut un temps où j'aurais donné n'importe quoi pour être une sœur pour Allison, pour me sentir proche d'elle, comme lorsque nous étions petites et que je l'admirais plus que tout. Elle pouvait tout faire, tout me faire. J'étais fière d'elle, et pas du tout jalouse comme le pensaient certains. Je n'ai jamais voulu être Allison — juste moi-même, mais ça, personne ne le comprend, mes parents moins que les autres.

Je considérais Allison comme la fille la plus extraordinaire que j'aie jamais connue. Elle était belle, intelligente, sportive, appréciée de tous, même si elle ne se montrait pas toujours si gentille que ça. Elle n'était pas non plus méchante. En tout cas, elle n'avait pas besoin de chercher à séduire. Les gens l'aimaient. Elle traversait la vie avec une aisance admirable, et moi, je la regardais évoluer dans la vie avec admiration.

Au début, avant qu'Allison ne devienne la jeune fille

parfaite et admirée de tout Linden Falls, avant que nos parents ne fondent tous leurs espoirs sur elle, avant qu'elle cesse de prendre ma main pour me rassurer, ma sœur et moi nous étions inséparables, comme des jumelles, même si nous ne nous ressemblions en rien. Allison est mon aînée de quatorze mois. Elle est grande, avec de longs cheveux soyeux d'un blond clair presque blanc, des yeux d'un bleu acier qui peuvent vous regarder sans vous voir, ou vous donner l'impression d'être la personne la plus importante au monde, selon son humeur. Moi, j'étais petite et quelconque, avec des cheveux indisciplinés de la couleur d'une feuille de chêne desséchée.

Mais ça ne changeait rien, nous étions en parfaite symbiose. Quand Allison avait cinq ans et moi presque quatre, nous avons supplié nos parents de nous installer dans la même chambre, nous avons collé nos deux lits jumeaux et nous avons demandé à notre père d'accrocher un grand voilage rose pâle que nous tirions comme une moustiquaire, pour former une sorte de tente. A l'intérieur, nous passions des heures à jouer à des jeux de ficelle ou à feuilleter des livres.

Les amies de notre mère s'extasiaient devant le tandem que nous formions.

— Je ne sais pas comment tu t'y prends, lui répétaient-elles régulièrement. Qu'est-ce que tu as fait pour que tes filles s'entendent si bien ?

Notre mère souriait avec fierté.

— C'est une question de respect, expliquait-elle de ce ton pontifiant qui la caractérisait. Nous exigeons qu'elles se respectent mutuellement, et elles l'ont compris. Le respect, ça s'apprend en passant de longs moments ensemble, en famille.

Quand elle entendait ça, Allison se contentait de lever les yeux au ciel, et moi, je dissimulais un sourire derrière ma main. Passer de longs moments en famille signifiait pour ma mère se réunir dans la même pièce, mais nous n'avions pas de véritables échanges.

Allison avait douze ans quand elle a décidé de quitter notre chambre. Et cette décision m'a dévastée.

— Pourquoi ? ai-je demandé. Pourquoi ? Pourquoi tu veux une chambre pour toi toute seule ?

— Je veux ma chambre et c'est tout, a répondu Allison en passant devant moi, les bras chargés de vêtements.

— Tu es fâchée. Qu'est-ce que je t'ai fait ? ai-je insisté en la suivant dans sa nouvelle chambre, contiguë à celle que nous avions partagée jusque-là.

Celle que j'allais désormais occuper seule.

— Rien du tout, Brynn. Tu ne m'as rien fait. J'ai simplement besoin d'un peu d'espace, a répondu Allison en rangeant ses vêtements dans son armoire neuve. Je suis tout à côté. Ce n'est pas comme si tu n'allais plus jamais me revoir. Seigneur, Brynn, ne me dis pas que tu vas te mettre à pleurer !

— Je ne pleure pas, ai-je bredouillé en battant des paupières pour refouler mes larmes.

— Alors, viens, aide-moi à transporter mon lit, a-t-elle ordonné en me prenant par le bras pour m'entraîner dans notre ancienne chambre commune.

Ma nouvelle chambre solitaire.

Tandis que nous poussions et tirions le matelas à travers l'embrasure de la porte, puis dans le couloir, j'ai compris que plus rien ne serait jamais comme avant. J'ai regardé Allison décorer sa nouvelle chambre avec ses médailles, ses trophées et ses rubans bleus, tout en songeant qu'une barrière invisible nous séparait désormais. Nous n'étions plus identiques. Allison s'investissait chaque jour un peu plus dans ses relations avec ses amis et dans ses activités extrascolaires. On venait de lui demander d'entrer dans une équipe de volley qui se déplaçait régulièrement pour des compétitions. Elle passait le plus clair de son temps à faire du sport, à étudier, à lire. Tandis que moi, je n'avais d'autre désir que de passer le plus clair de mon temps avec elle.

Mes parents n'ont manifesté à cette occasion aucune compréhension, ni aucune indulgence pour ma souffrance.

— Brynn, a dit ma mère, il est temps que tu grandisses. Bien sûr qu'Allison veut sa chambre. Le contraire aurait été bizarre.

J'ai toujours su que j'étais différente des autres enfants, mais c'est ce jour-là, en entendant le mot dans la bouche de ma mère, que j'ai compris que j'étais « bizarre ». J'ai commencé à m'observer dans le miroir pour tenter de déceler cette bizarrerie que les autres voyaient en moi. Mes cheveux bruns et bouclés se dressaient sauvagement autour de mon visage, sans un peigne vigoureux pour les forcer à se rendre. Ce qui restait de mes sourcils dessinait deux courtes et fines virgules au-dessus de mes yeux noisette, ce qui me donnait en permanence un air étonné. Mon nez n'avait rien de remarquable, il n'était ni trop grand ni trop petit. Je savais qu'un jour j'aurais de jolies dents, mais, pour l'instant, elles étaient encore emprisonnées par des bagues destinées à les contraindre à s'aligner comme des petits soldats au garde-à-vous, prêts à accomplir leur devoir. Excepté mes sourcils, je ne me trouvais rien de bizarre. J'en ai donc conclu que ma bizarrerie se cachait à l'intérieur, et j'ai décidé qu'il valait mieux ne pas la montrer. J'ai appris à me tenir en retrait, à observer les gens normaux en évitant d'exprimer une opinion ou une idée qui aurait pu me trahir. On ne me demandait d'ailleurs jamais mon avis. Auprès d'Allison, il était facile de se fondre dans le décor.

Durant la première nuit que j'ai passée dans cette chambre qui n'était plus que la mienne, j'ai pleuré. La pièce me semblait trop grande pour une personne. Elle paraissait nue, avec mon unique étagère, ma petite commode, les quelques animaux en peluche abandonnés çà et là. J'ai pleuré parce que la sœur que j'aimais ne voulait plus de moi. Elle m'avait abandonnée sans un regard en arrière.

Jusqu'à ce qu'elle ait de nouveau besoin de moi, à l'âge de seize ans.

Cette nuit-là, je n'étais pas censée me trouver à la maison. J'avais prévu d'aller au cinéma avec des amis, mais ma mère a découvert qu'un certain Nathan Canfield serait du groupe. Il n'était pas question que je fréquente Nathan Canfield. On l'avait surpris à boire ou un truc dans le genre, et ma mère ne supportait pas l'idée qu'on puisse m'associer à un tel personnage. Elle m'a donc interdit de sortir.

Je me suis souvent demandé ce qu'aurait été ma vie — ce qu'auraient été *nos* vies — si je m'étais installée ce soir-là dans un fauteuil de cinéma pour partager du pop-corn avec Nathan Canfield, au lieu de rester à la maison.

Je ne sais pas à quoi ressemble Allison aujourd'hui. J'imagine qu'un séjour en prison ne contribue pas à vous embellir. Ses hautes pommettes sont peut-être enfouies sous des monceaux de graisse. Il n'est pas impossible qu'on l'ait obligée à couper ses longs cheveux lisses et brillants, et que, plus courts, ils frisent légèrement. De toute façon, je n'ai aucun moyen de le savoir. Je ne l'ai pas revue depuis le jour où les policiers sont venus la chercher à la maison.

Je ressens un vide quand je pense à la sœur qui m'a tenu la main le jour de ma rentrée en maternelle parce que je pleurais, à celle qui me faisait épeler les mots dont je devais connaître l'orthographe, à celle qui m'a appris à shooter dans un ballon. Cette Allison-là me manque, mais pas l'autre. L'autre, je pourrais passer le restant de mes jours sans elle, et ça m'irait très bien. J'ai vécu un enfer après son procès. Depuis que j'habite chez ma grand-mère, j'ai enfin l'impression d'avoir une vie à moi. J'ai mes amis, mes cours, mes animaux. Ça me suffit.

J'ai peur de découvrir que ces cinq ans de prison ont changé Allison. Elle a toujours été si belle et si sûre d'elle… Et si elle n'était plus la fille qui faisait baisser les yeux à Jimmy Warren, le petit caïd du quartier ? Si elle n'était plus celle qui courait douze kilomètres et enchaînait avec une série de cent abdos, sans même être essoufflée ?

Ou, pis, si elle était la même ? Si elle n'avait pas du tout changé ?

Allison

Je pense que ma sœur n'est pas au courant, pour ma libération sur parole. Trois ans après ma condamnation, juste après avoir quitté le lycée, elle a quitté nos parents et elle s'est installée à deux heures et demie de route de Linden Falls, à New Amery, là où notre père a grandi. Elle vit avec notre grand-mère. Aux dernières nouvelles, elle était inscrite dans un établissement supérieur où elle suivait des cours en rapport avec le dressage des animaux de compagnie, « Techniques du dressage » ou quelque chose dans le genre. Brynn a toujours adoré les animaux. Je suis contente qu'elle ait choisi une branche qui lui plaît vraiment. Si cela n'avait tenu qu'à mes parents, elle se serait glissée dans la place vide que j'avais laissée, et elle aurait fini dans une université de droit.

Brynn n'a jamais répondu à mes lettres, et elle refuse toujours de prendre le téléphone pour me parler quand je l'appelle chez grand-mère. Mais je comprends. Je sais pourquoi elle veut couper les ponts avec moi. A sa place, j'aurais probablement réagi comme elle. Du moins au début, parce que je n'aurais pas pu tenir aussi longtemps. Cela fait cinq ans maintenant qu'elle m'ignore. Je sais que je ne l'ai pas ménagée autrefois, mais je n'étais qu'une enfant. J'avais beau être intelligente, je ne savais rien. Je vois à présent les erreurs que j'ai commises.

Mais ça ne me dit pas comment faire revenir ma sœur, comment la convaincre de me pardonner.

Durant le trajet jusqu'à Linden Falls, Devin et moi n'échangeons que quelques mots, mais c'est très bien ainsi. Devin n'était pas beaucoup plus âgée que moi quand mes parents l'ont engagée pour me défendre. Fraîchement émoulue de l'école de droit, elle était venue s'installer à Linden Falls pour suivre un garçon qu'elle avait rencontré à l'université et dont c'était la ville natale. Ils projetaient de se marier, puis d'ouvrir un cabinet d'avocats. Mais ils ne sont pas allés jusqu'au mariage. Il est parti. Elle est restée. Sans Devin, j'aurais pu prendre beaucoup plus. Je lui dois énormément.

— Tu commences une nouvelle vie, Allison, assure Devin tout en s'engageant sur l'autoroute qui traverse le fleuve Druid et conduit à Linden Falls.

J'acquiesce, mais je ne réponds rien. Je voudrais bien manifester un peu d'enthousiasme, mais j'ai surtout peur. Traverser la ville dans laquelle je suis née, celle où j'ai grandi, me donne le vertige. Je presse mes mains l'une contre l'autre pour les empêcher de trembler. Les souvenirs déferlent en moi par vagues, quand la voiture passe devant l'église où nous nous rendions tous les dimanches en famille, devant mon école élémentaire, devant le lycée que j'ai dû quitter avant d'entamer ma terminale.

— Ça va ? me demande de nouveau Devin.

— Je ne sais pas, lui dis-je sans chercher à lui dissimuler mon malaise.

Et j'appuie ma tête contre la vitre fraîche de la portière. Nous poursuivons en silence et je vois, cette fois, défiler l'université Sainte-Anne, où j'ai rencontré Christopher, la rue dans laquelle nous aurions bifurqué si mes parents avaient accepté de me recevoir, le stade de football où mon équipe a remporté trois années d'affilée les championnats de la ville.

— Stop ! dis-je brusquement. S'il vous plaît… Arrêtons-nous là…

Devin manœuvre pour entrer dans le stade et se gare près du terrain sur lequel une équipe d'adolescentes est en train de jouer. Je descends de voiture et je reste sur la touche à les observer pendant quelques minutes. Elles sont complètement absorbées par leur jeu. Elles ont le visage écarlate à cause de la chaleur, et leurs queues-de-cheval sont trempées de sueur.

— Est-ce que je peux participer ?

Je l'ai demandé tout doucement, timidement. Ça ne me ressemble pas du tout. Les filles ne m'ont pas remarquée ni entendue, et elles continuent sans me prêter la moindre attention.

— Je peux participer ?

J'ai répété la question avec plus de conviction dans la voix.

Une fille petite, mais bien charpentée, aux cheveux bruns retenus en arrière par un bandeau, s'arrête et lève vers moi un regard sceptique.

— Juste une minute, ai-je insisté.

— Bien sûr, répond-elle avant de se remettre à trottiner derrière le ballon.

Je rentre précautionneusement sur le terrain. L'herbe est d'un profond vert émeraude et je me penche pour la caresser. Elle est douce sous mes doigts et encore humide du récent orage. Je me mets à courir, d'abord lentement, puis au rythme des autres filles. Pendant mon séjour en prison, j'ai fait ce que j'ai pu pour entretenir ma condition physique, en courant dans la cour de promenade et en m'imposant de longues séries d'abdominaux dans ma cellule. Mais un terrain de football, c'est beaucoup plus grand qu'une cour de promenade et je me retrouve rapidement à bout de souffle, ce qui m'oblige à m'arrêter. Je me courbe en avant, les mains sur les genoux, les muscles déjà douloureux.

Les filles reviennent dans ma direction. Avec leur peau bronzée, elles respirent la santé, surtout en comparaison avec mon teint blafard de prisonnière privée de soleil. L'une d'elles me passe la balle et tout me revient, la sensation familière du ballon entre mes pieds, l'instinct qui guide mes déplacements. Je fonce, je dribble, je fais une passe et, cette fois, je parcours le terrain sans même m'en rendre compte. Pendant une minute, j'oublie que je suis une ancienne détenue de vingt et un ans qui a la sensation d'être passée à côté de la vie. Une des filles pousse le ballon dans ma direction, je l'intercepte et, balle au pied, je me fraye un chemin à travers le groupe que je distance. Je porte des tennis, pas des chaussures à crampons, et je dérape, mais je rétablis mon équilibre avant de tomber. Le milieu défensif approche et je feinte sur la gauche, la laissant derrière moi, tout en envoyant une passe latérale à la fille au bandeau. Elle shoote, le ballon s'élève et file par-dessus l'épaule du goal, droit dans le but, les filles laissent exploser leur joie. De nouveau, pendant une minute, je suis une gamine de treize ans jouant un match avec ses camarades et je me prends à sourire et à rire, tout en essuyant la sueur qui coule de mon front.

Puis je lève les yeux et je vois Devin, qui m'attend patiemment sur la touche, une expression amusée sur le visage. Je dois avoir une drôle d'allure, moi, avec mon pantalon kaki et mon polo, en train de jouer au foot avec ces gamines.

— Tu as ça dans le sang, affirme Devin tandis que nous regagnons sa voiture.

— Ouais, pour ce à quoi ça va me servir, maintenant…

Mais le compliment me fait rougir, et je me réjouis que l'effort m'ait déjà rendue écarlate.

— On ne sait jamais, rétorque Devin. Allez, viens, nous ne sommes pas attendues tout de suite à Gertrude

House. Ça nous laisse le temps de nous arrêter pour manger.

La pluie commence à tomber au moment où Devin arrête la voiture devant le foyer de réinsertion où je dois passer les six prochains mois. C'est une grande maison victorienne avec une peinture blanche qui s'écaille, des volets noirs, une rambarde à fuseaux blancs le long du porche.

— Je ne pensais pas que ce serait si grand, dis-je en levant les yeux vers la maison.

Cette demeure serait presque effrayante sans le magnifique jardin paysager qui s'étend devant elle.

— Il y a six chambres et deux ou trois femmes par chambre, explique Devin. Olene va te plaire, tu verras. Elle a ouvert Gertrude House il y a quinze ans, pour aider les anciennes détenues à se réinsérer. Sa fille venait de mourir après un séjour en prison. Olene est persuadée qu'elle serait encore en vie, aujourd'hui, si on l'avait accueillie dans un endroit de transition comme celui-ci.

— Elle est morte dans quelles circonstances, sa fille ? demandé-je, tout en sortant de la voiture et en remontant avec Devin l'allée qui mène à l'entrée de la maison.

— Elle n'a pas voulu retourner vivre avec sa mère à sa sortie de prison, et a préféré s'installer chez le type qui l'avait fait plonger dans la drogue. Elle a fait une overdose trois jours après. C'est Olene qui a découvert son corps.

Je ne trouve rien à répondre, aussi nous continuons à avancer sous la pluie pour nous réfugier en silence sous le porche. Devin frappe à la porte et une femme d'environ soixante ans, vêtue d'une robe en denim informe, vient nous ouvrir. Elle est menue, avec des cheveux blancs soigneusement peignés, une peau bronzée et tannée par le soleil. Elle ressemble à une longue carotte flétrie qui aurait séjourné trop longtemps dans un frigo.

— Devin ! s'exclame-t-elle en serrant Devin dans ses bras, geste qui fait tinter l'un contre l'autre les bracelets d'argent qu'elle porte aux poignets.

— Salut, Olene, répond Devin en riant. C'est toujours bon de te voir, tu sais ?

— Vous devez être Allison, dit Olene en lâchant Devin et en prenant mes mains.

Les siennes sont chaudes et elles me serrent fermement.

— Je suis ravie de vous rencontrer, ajoute-t-elle d'une voix basse et rocailleuse.

Une voix de fumeuse.

— Bienvenue à Gertrude House.

Ses yeux verts ne quittent pas mon visage.

— Ravie de vous rencontrer aussi, dis-je en m'efforçant de soutenir son regard.

— Entrez, je vais vous faire visiter, suggère-t-elle en se détournant pour avancer dans le vestibule.

Je regarde Devin, une houle de panique enfle dans ma poitrine. Devin m'adresse un petit signe du menton pour m'encourager.

— Je dois retourner à mon cabinet, Allison. Je t'appelle demain, d'accord ?

Mais elle doit lire l'angoisse sur mon visage, car elle se penche pour me prendre dans ses bras. Je lui suis reconnaissante de ce contact, même si mon corps demeure tendu et réticent.

— Au revoir, Olene, et merci, lance-t-elle à Olene.

Et à moi :

— Tu ne bouges pas d'ici. Tout va bien se passer. Appelle-moi si tu as besoin de quoi que ce soit.

— Je vais bien, lui dis-je, plus pour me rassurer que pour rassurer Devin. Ça va aller.

Je la suis du regard tandis qu'elle redescend les

marches du porche et se dirige d'un pas alerte vers sa voiture, vers l'existence qui l'attend. J'aurais pu être cette femme. Porter ce beau tailleur gris, faire monter mes clients dans ma belle voiture. Au lieu de ça, je transporte dans un sac à dos tout ce que je possède et je m'apprête à m'installer dans ce foyer, avec des gens à qui je n'aurais pas même donné l'heure dans mon ancienne vie. Je me tourne vers Olene. Elle me scrute attentivement, avec une drôle d'expression que je ne parviens pas à identifier. Est-ce de la pitié ? De la tristesse ? Est-ce que je lui rappelle sa fille ? Je ne sais pas.

Elle se racle la gorge avec un son rauque et humide, puis commence à me présenter la maison.

— Nous avons dix résidentes, onze, maintenant que vous êtes là. Vous partagerez votre chambre avec Bea. Bea est une gentille femme. Elle était bibliothécaire.

Elle désigne du menton une grande pièce carrée sur notre gauche.

— C'est ici que nous nous réunissons pour les groupes de parole, tous les soirs à 20 heures. Là, c'est la salle à manger. Le dîner est à 18 heures précises. Pour le petit déjeuner et le déjeuner, vous êtes libre. La cuisine est par là, je vous y emmènerai quand nous aurons terminé la visite. Vous verrez, comme dans toutes les maisons, la cuisine est le cœur de Gertrude House.

Olene accélère le pas et je dois faire un effort pour me caler sur son allure, alors que j'aurais voulu prendre le temps de m'arrêter pour détailler les pièces qu'elle vient de me désigner. Après mon austère cellule de prison, Gertrude House est une agression pour les sens. Les murs sont peints de couleurs vives, décorés de tableaux et de photographies. Il y a des meubles et des bibelots partout. Une musique filtre depuis un coin reculé et il me semble entendre un bébé pleurer. Devant mon regard interrogateur, Olene m'explique :

— Les visites sont autorisées pour les membres de

la famille. C'est le bébé de Kasey qui pleure. Kasey nous quitte la semaine prochaine pour retourner vivre avec son mari et ses enfants.

— Elle est là pourquoi ? lui dis-je, tandis qu'Olene me fait entrer dans ce qui ressemble à un salon.

— A Gertrude House, nous ne nous intéressons pas aux délits des unes et des autres. Nous nous concentrons sur le bien-être de chacune et sur l'aide que nous pouvons lui apporter pour atteindre le but qu'elle s'est fixé. Cela dit…

Olene secoue la tête.

— Les bruits circulent vite, avoue-t-elle. Vous ne tarderez pas à avoir vos réponses.

Je me sens soudain très lasse et je me demande si Olene va bientôt me conduire à ma chambre. Je n'ai qu'une envie : me fourrer sous les couvertures et dormir. Nous croisons une femme petite et grosse, avec des cheveux longs qui lui retombent jusqu'à la taille et plusieurs piercings aux lèvres et dans le nez.

— Allison, voici Tabatha. Tabatha, je te présente Allison Glenn. Elle va partager sa chambre avec Bea.

— Je sais qui tu es, lance Tabatha avec un mauvais rictus.

Elle repousse ses longs cheveux derrière ses épaules et soulève un seau rempli de produits d'entretien. Je n'ai jamais pensé que je serais en mesure de cacher le motif de ma condamnation, mais j'aurais préféré être connue comme la fille qui a volé des voitures ou sniffé de la coke, ou encore comme celle qui a poignardé son mari pour se défendre — tout plutôt que d'être désignée par ce que j'ai fait.

— Ravie de te rencontrer, dis-je.

Tabatha ricane si fort que j'imagine un de ses piercings expulsé par les vibrations qui la secouent et venant se planter dans ma poitrine. Ça me rappelle une anecdote avec mon amie Katie et je me retiens pour ne pas pouffer. Quand nous avions quatorze ans, Katie avait voulu un piercing au nombril, en cachette de ses parents. Quand elle me l'a montré, il s'était infecté et suintait. Elle m'a demandé de la soigner, mais elle était chatouilleuse et se mettait à pousser de petits cris stridents dès que j'approchais mes doigts de son ventre. Brynn est arrivée au moment où je l'aidais à désinfecter et elle nous a trouvées en train de nous gondoler. Après cet épisode, la simple vue d'un piercing déclenchait des fous rires incontrôlables.

Je décide d'ignorer Tabatha et me tourne vers Olene.

— Est-ce que les résidentes ont le droit d'utiliser le téléphone ? J'aimerais appeler ma sœur.

Brynn

J'entends le téléphone sonner.

— J'y vais ! crie ma grand-mère.

Une minute plus tard, elle fait son apparition dans la cuisine, où je suis occupée à me préparer un sandwich. Il me suffit de voir l'expression de son visage pour comprendre que c'est encore Allison.

— C'est ta sœur, dit-elle.

Je secoue déjà la tête de droite à gauche.

— Brynn, je trouve que tu devrais accepter de lui parler.

Elle essaye de prendre un ton sévère, mais je sais qu'elle ne m'obligerait pas à répondre à ma sœur.

— Non.

Et je continue à étaler mon beurre de cacahuètes sur mon pain.

— Il faudra bien que tu y viennes tôt ou tard, reprend-elle patiemment. Je suis certaine que tu te sentirais mieux.

Je répète fermement :

— Je refuse de parler à Allison.

Je ne veux pas me mettre en colère contre grand-mère. Elle est prise entre deux feux. Elle voudrait ce qu'il y a de mieux pour chacune de nous.

— Brynn, si tu continues à refuser de répondre à ses coups de fil et à ses lettres, elle s'arrangera pour te rencontrer.

Et, soudain, je comprends. Je le lis dans le regard las, doux et bleu de ma grand-mère.

Allison sort de prison.

Sans doute en est-elle déjà sortie, à l'heure qu'il est.

Mes mains se mettent à trembler, une boule de beurre de cacahuètes se détache de mon couteau et tombe par terre. J'ai peur qu'Allison ne débarque à l'improviste. Je m'imagine dans le jardin, je suis en train d'apprendre à Milo — mon chien, un croisement de berger allemand et de chow-chow — à passer devant une gâterie sans y toucher, je me retourne, Allison est derrière moi, elle attend, en silence. Elle attend des mots qui, je le sais, ne viendront pas. Qu'est-ce que je pourrais bien avoir à lui dire ? Que trouverait-elle à me dire de plus que ce que j'ai déjà lu dans ses lettres ? De combien de manières différentes une personne peut-elle s'excuser ?

Je me penche pour essuyer le beurre de cacahuètes avec une serviette en papier, mais Milo atteint la boule avant moi.

— Je ne me sens pas la force de discuter avec elle.

Ma grand-mère pince les lèvres et secoue la tête d'un air désolé.

— Très bien. Mais, Brynn, il faudra bien que tu l'affrontes un jour ou l'autre.

Je ne réponds pas, mais je la suis dans le salon et je la regarde prendre le récepteur.

— Allison ?

La voix de grand-mère chevrote d'émotion.

— Brynn ne peut pas venir.

Elle se tait pour écouter.

— Elle va bien… Elle va très bien…

Je suis incapable de supporter ça plus longtemps. Je file dans la cuisine, j'attrape mon sandwich et je sors par la porte de derrière pour me réfugier dans ma voiture. Les animaux sont plus faciles à affronter que les gens. J'ai appris ça il y a bien longtemps. Mes parents ne m'ont jamais autorisée à posséder un animal de compagnie — trop de poils, trop de saletés, compagnons chronophages. Chaque fois que je ramenais à la maison un chat ou un chien errant, je priais pour qu'on me permette de le garder. Je m'évertuais à rendre mes trouvailles présentables — je leur lissais le poil avec un vieux peigne, je leur vaporisais du déodorant, je leur nettoyais les dents avec une vieille brosse à dents. J'ai ramené des cabots arthritiques et des chats borgnes aux oreilles entaillées. Je les bichonnais et j'allais parader avec eux devant mes parents. Vous voyez comme il est gentil ? Comme sa fourrure est douce ? Comme il est bien apprivoisé, docile, intelligent… Vous ne voyez donc pas à quel point je me sens seule ? Mais non. Pas d'animaux de compagnie. Mon père m'accompagnait jusqu'à un refuge où j'étais sommée d'abandonner mon protégé, et je pleurais, invariablement, en le serrant si fort qu'il prenait peur et me griffait en se débattant pour m'échapper.

Ma grand-mère a dit oui pour les animaux, mais elle a fixé la barre à cinq. Nous avons deux chats, un mainate, un cochon d'Inde et Milo. Grand-mère dit que ça suffit amplement comme ça, qu'elle n'a pas envie de devenir une de ces vieilles piquées qui ramassent tous les chats du quartier et que la Société protectrice des animaux surveille de près.

Je dresse Milo à devenir un chien thérapeute. Pour le moment, il en est à rester assis ou couché pendant trente secondes et à venir quand on l'appelle. Grand-mère m'aide à lui apprendre à ne pas réagir quand deux personnes se disputent près de lui. Nous faisons semblant de nous chamailler en prenant des prétextes vaseux — qui de nous deux sortira la poubelle, ou qui préparera le dîner. Je pense que Milo a compris qu'il s'agissait d'un jeu, parce qu'il se contente de bâiller et de s'allonger quand nous commençons, puis il nous regarde alternativement, jusqu'à ce que nous éclations de rire. Quand j'aurai terminé le dressage de Milo, j'espère l'emmener avec moi dans des maisons de retraite ou dans des hôpitaux. Il est maintenant prouvé que les animaux soulagent la souffrance et l'angoisse des malades et des personnes âgées. Un jour, je dirigerai un centre de dressage pour animaux thérapeutes. Pour la première fois de ma vie, j'ai un projet. Un projet constructif et intéressant. Je ne laisserai personne m'en détourner. Ni mes parents ni ma sœur.

Si seulement Allison avait fait le bon choix, cette nuit-là, tout aurait été différent. Elle aurait continué à combler mes parents de joie et de fierté, et moi, j'aurais pu rester en coulisses, là où était ma place. Mais elle a commis une faute qui a tout gâché, et m'a laissée seule à la maison avec eux.

Je n'ai jamais réussi à égaler la parfaite Allison et je n'y arriverai jamais. Mais ils ont essayé de me faire rentrer dans le moule, ça oui. Pendant toutes mes années de lycée, j'ai été sous pression, encore sous pression, toujours sous pression. Avec eux, la pression était si forte que j'étais incapable de réfléchir ou de prendre une décision. Ils m'étouffaient. Je ne pouvais plus respirer. J'ai essayé d'aller à l'université Sainte-Anne, de suivre mes cours, de me faire des amis, mais dès que j'entrais dans une salle, j'étais prise de panique. Ça commençait au niveau de mes oreilles, par un étrange bourdonnement. Il coulait dans ma gorge et s'insinuait jusqu'au bout de mes doigts, qui devenaient gourds. Ensuite, je sentais un étau me comprimer la cage thoracique et je ne pouvais plus respirer. Les professeurs et les étudiants me dévisageaient d'un air ahuri, et je m'efforçais de les regarder aussi. Et puis ils se mettaient à fondre sous mes yeux. Leurs oreilles glissaient le long de leurs joues, leurs lèvres se transformaient en une masse baveuse qui coulait sur leur menton, jusqu'à ce qu'il ne reste plus d'eux que des flaques charnues.

Ce n'est que le jour où j'ai avalé le flacon de somnifères de l'armoire à pharmacie de ma mère que mes parents ont enfin compris qu'ils devaient cesser de me harceler. Ils m'ont envoyée de l'autre côté du fleuve et des bois, chez grand-mère, avec une valise et une ordonnance pour un antidépresseur.

Ici, les choses semblent à leur place. Grand-mère m'a emmenée consulter un psychiatre. Il me donne des médicaments qui m'ont remise d'aplomb. Je vais bien. Mais je ne parlerai pas à Allison. Je ne peux pas. C'est mieux comme ça. Mieux pour elle. Mieux pour moi.

Pour une fois dans sa vie, Allison n'a que ce qu'elle mérite.

Allison

Je repose lentement le récepteur. Olene me surveille de son regard vif, pareil à celui d'un oiseau. Une fois que je serai installée et que j'aurai trouvé un travail, la première chose que je ferai, ce sera de me procurer un portable pour téléphoner en paix. Je suis sûre que mes parents m'en achèteraient un si je le leur réclamais, mais ça me déplairait que mon premier contact avec eux soit en rapport avec l'argent. De plus, je tiens à leur montrer que je suis capable de me débrouiller. Je me demande s'ils pensent à moi en ce moment. Secrètement, j'avais espéré qu'ils m'attendraient, garés devant Gertrude House, pour me souhaiter la bienvenue à mon arrivée.

Olene doit être un peu médium, parce qu'elle dit :

— La plupart des résidentes possèdent un téléphone portable, mais la règle, ici, est de l'éteindre quand on est de corvée de ménage et pendant les groupes de parole.

Olene reprend la visite guidée là où nous l'avions interrompue. Elle me fait traverser la cuisine, où les résidentes préparent le dîner à tour de rôle, m'explique-t-elle, puis une pièce octogonale dont le plafond est plus haut que l'étage. C'est là qu'on regarde la télévision. Une femme aux cheveux gris vêtue d'une tenue de serveuse somnole sur un sofa. Une autre, petite, aux cheveux noirs et à la peau mate, tient un enfant sur ses genoux et lui chante doucement une chanson en espagnol. La télévision diffuse une série genre mélo, sans le son.

— Voici Flora et son fils, Manolo, dit tout bas Olene. Et voici Martha, ajoute-t-elle en montrant d'un geste vague la femme écroulée sur le canapé.

Les yeux de Flora se rétrécissent en deux fentes suspicieuses, et elle serre Manolo un peu plus contre elle. Le petit garçon agite une main potelée et nous sourit.

— Ravie de vous connaître, dis-je.

Flora s'adresse à Olene en espagnol, d'un ton précipité, sec et hostile, et Olene lui répond, en espagnol aussi. J'ai comme l'impression qu'Olene va devoir user pas mal de salive pour rassurer les pensionnaires de Gertrude House à mon sujet.

— Montons, je vais vous montrer votre chambre, propose Olene.

Elle me prend par le coude pour me détourner de l'écran de télévision et me conduire à l'escalier en colimaçon qui mène aux chambres. Tout en grimpant les marches derrière Olene, je sens le regard de Flora peser sur mon dos. Je suis arrivée il y a vingt minutes à peine, mais tout le monde a l'air de savoir qui je suis et ce que j'ai fait. Je devrais prendre avec du recul les réactions de ces femmes, d'autant plus que j'ai déjà connu ça en prison. Mais ici, j'ignore pourquoi, il me semble que ce n'est pas la même chose.

— On attend de chacune des pensionnaires qu'elle participe activement à l'entretien de la maison, poursuit Olene.

Je peux constater que c'est vrai. Je n'ai pas vu un grain de poussière, et le parquet brille. Olene frappe doucement à une porte avant de l'ouvrir sur une petite pièce meublée de lits superposés et de deux commodes. Les lits sont faits, avec un couvre-lit bleu et blanc à fleurs et d'épais coussins. De nouveau, je me sens vaincue par la fatigue et j'ai envie de m'allonger. Les murs sont bleu ciel, les fenêtres ornées de rideaux blancs sont d'une propreté irréprochable. C'est une pièce apaisante.

— Votre camarade de chambre, Bea, est en ce moment au travail. Elle rentrera dans quelques heures. Puisque nous sommes là, je vous propose de vous laisser, le temps de défaire votre sac et de vous installer. Je reviendrai vous chercher dans un moment pour terminer la visite guidée.

Je regarde les lits superposés et j'hésite, en me demandant lequel est le mien.

— Vous prenez celui du bas, m'annonce Olene. Bea préfère dormir au-dessus, elle dit que ça la rend claustrophobe de dormir en bas.

Elle me tapote gentiment le bras, tout en prenant la direction de la porte.

— Olene…

Elle se tourne vers moi, et j'ai le cœur serré en constatant à quel point son visage est marqué.

— Merci…

— Vous êtes la bienvenue, dit-elle en souriant. Reposez-vous un peu. Si vous avez besoin de quelque chose, appelez.

Mes quelques affaires tiennent dans un seul tiroir de la commode, et encore, il reste de la place. Par certains côtés, Gertrude House me rappelle les camps de vacances d'été de mes onze ans. Je suis dans une chambre avec des lits superposés et, d'après ce que m'a expliqué Olene, nous respectons des horaires stricts que j'ai vus affichés dans la pièce qui sert de lieu de réunion. Entre l'heure où nous nous levons — 5 h 30 — et celle de l'extinction des lumières — 22 h 30 —, notre journée est une succession de tâches ménagères et de groupes de parole portant sur des thèmes qui vont de la gestion des finances à celle de la colère, en passant par les façons de réussir un entretien d'embauche.

Je m'assieds sur le lit et je teste le matelas en rebondissant doucement. Les ressorts sont fermes, mais souples. J'ai l'impression d'être sur un vrai lit, pas comme sur la mince et dure galette de Cravenville, avec ses draps rêches qui grattaient et puaient la Javel. Je prends un oreiller et j'y enfouis mon visage. Il sent si bon la lavande que j'en ai les larmes aux yeux. Ça ne sera pas si pénible que ça, ici, après tout. Ça ne risque pas d'être pire qu'en prison. Les autres filles finiront peut-être par m'apprécier. Peut-être aussi que mes parents cesseront de se préoccuper de ce que pensent les voisins, et qu'ils m'accepteront de nouveau comme leur fille. Et surtout… peut-être que Brynn finira par me pardonner.

J'inspire profondément, une dernière fois, la bonne odeur de lavande et j'abaisse lentement le coussin.

Et c'est à ce moment-là que je la vois. Ses yeux vides d'expression sont levés vers moi et son visage en plastique est figé dans un demi-sourire. Je tends la main vers la poupée et je la prends. Elle est vieille et abîmée, on dirait qu'elle sort d'une poubelle. Sur son torse nu, on a écrit deux mots au marqueur noir, deux mots qui, je le sais, me suivront désormais partout, où que j'aille.

« Tueuse d'enfant. »

Claire

Bookends est silencieuse, plongée dans la pénombre. Le brusque orage de ce dimanche après-midi a chassé l'étouffante chaleur d'août, en même temps que les clients. Claire Kelby est en train de sortir des livres d'un carton, quand Joshua apparaît de l'autre côté du comptoir. Sa tête dépasse à peine. Ses cheveux blonds sont tout hérissés. Claire se retient de s'humecter les doigts pour lisser ses mèches rebelles. Il lève vers elle ses yeux bruns, avec l'air d'attendre quelque chose.

— Puis-je vous aider, jeune homme ? demande-t-elle d'un ton faussement sérieux.

— Je m'ennuie, répond Joshua d'une voix lugubre, tout en martelant le comptoir du bout de sa chaussure de tennis.

— Vous avez donc déjà lu tous les livres qui se trouvent ici ? demande Claire, minaudant avec un petit sourire.

Joshua jette un coup d'œil par-dessus son épaule en direction des étagères de livres. Puis il se tourne vers sa mère et acquiesce, tout en essayant de retenir un sourire.

— Hum…, lâche Claire d'un ton sceptique. Et où est Truman ?

— Il dort, marmonne Joshua en joignant les sourcils. Encore, ajoute-t-il avec un air de reproche.

Truman est leur chien, un bouledogue anglais tacheté, âgé de six ans.

— Et il a bien raison, admet Claire. Il pleut, c'est le temps idéal pour la sieste. Tu veux m'aider ? J'ai encore pas mal de cartons à ouvrir et des livres à placer en rayon. Mais tu préfères peut-être faire une sieste, toi aussi ?

— Je suis pas fatigué, répond Joshua d'un air buté, bien que ses paupières soient lourdes. Il arrive quand, papa ?

— Bientôt, assure Claire.

Elle se penche par-dessus le comptoir et dépose un baiser sur sa tête blonde. Elle balaye du regard cet espace qui représente pour elle un refuge autant qu'un fardeau. C'est cette librairie, avec ses contraintes et ses responsabilités, qui lui a permis autrefois de ne pas sombrer. Quand elle a appris qu'elle ne concevrait jamais d'enfants, les longues heures de travail l'ont empêchée de ruminer, de penser à son corps qui la trahissait. Parfois, pourtant, elle prenait brutalement conscience de son malheur, et ça lui faisait un tel choc qu'elle en restait tétanisée — elle cessait de s'occuper du client qu'elle servait, de trier les livres qu'elle venait de recevoir, de répondre au téléphone. Elle mettait toute son énergie à arracher de son cœur les longs doigts glacés de l'angoisse qui lui coupaient le souffle.

Puis, au moment où ils s'y attendaient le moins, Joshua était venu — un miracle, un jour comme les autres, bien après qu'ils se furent résignés à ne pas avoir un enfant à eux, biologique ou pas. A présent, il arrive à Claire de se révolter à l'idée que Bookends lui vole des moments précieux avec son fils, des moments qu'elle préférerait lui consacrer. Il ne va pas tarder à entrer à l'école maternelle et elle défend farouchement les heures qui leur restent — tout en se disant qu'il sera mieux avec des enfants de son âge, plutôt qu'enfermé avec elle dans une austère librairie.

Claire a ouvert Bookends il y a douze ans, en affrontant seule les difficultés liées à la création d'un commerce.

Elle a déniché un pas-de-porte idéal, dans Sullivan Street, une charmante rue bordée de chênes, dans un quartier récemment rénové de Linden Falls. Elle s'est battue pour obtenir les prêts nécessaires au financement, elle a choisi et commandé les livres, engagé des employés à temps partiel pour la seconder. Jonathan, lui, s'est chargé de la rénovation. Il a accompli un travail sensationnel en conservant son cachet à cette ancienne boutique de modiste. L'intérieur est charmant, avec un plafond en étain sculpté et des lambris en noyer que Jonathan a mis au jour en grattant des couches et des couches de vieille peinture ternie. En fouillant l'étage et le grenier, ils ont trouvé des rouleaux de tissu sentant le moisi et plusieurs boisseaux remplis de boutons de nacre, d'os ou d'étain, rangés sous une table. Claire imagine parfois les tissus que la modiste a taillés sur ce plateau, il y a plus d'un siècle — la dentelle d'une robe de baptême, la soie brodée de perles du corsage d'une robe de mariée, le cachemire noir d'une robe de deuil.

Joshua tente de se hisser par-dessus le comptoir, et ses chaussures raclent le panneau de bois.

— Je m'ennuie, répète-t-il tout en se laissant glisser au sol. Il arrive quand, papa ?

Claire sort de derrière le comptoir, soulève Joshua, l'assied près de la caisse.

— Il sera là dans…

Elle consulte sa montre.

— Dans une demi-heure, il vient te chercher. Qu'est-ce que tu veux faire en attendant ?

— Je veux que tu me racontes le « Jour de ta venue », réclame-t-il.

Claire pose sur lui un long regard interrogateur.

— S'il te plaît, insiste-t-il.

— Très bien.

Elle le prend de nouveau dans ses bras. Comme souvent ces derniers temps, elle est surprise de constater à quel point il a grandi. Elle n'en revient pas qu'il ait déjà cinq ans. Elle presse son nez dans son cou et inspire l'odeur réconfortante du savon anglais Yardley avec lequel il a pris son bain ce matin. Depuis peu, il se montre pudique avec elle et lui demande de sortir de la salle de bains quand il se lave.

« Papa et Truman peuvent rester, parce que ce sont des garçons, mais pas toi », lui a-t-il expliqué.

Elle lui fait donc couler son bain et va attendre dans le couloir, assise par terre, le dos appuyé au battant de la porte. « Ça va, là-dedans ? » appelle-t-elle à intervalles réguliers.

Elle porte Joshua jusqu'au canapé installé dans un coin de la librairie, et ils se calent tous les deux sur les coussins. Il faut être bien installé pour l'histoire préférée de Joshua, celle qui explique comment il est devenu leur enfant.

— Avant le « Jour de ta venue », dit Claire, il faut que je te raconte le jour où nous t'avons vu pour la première fois.

Joshua se blottit un peu plus contre elle et, comme chaque jour depuis cinq ans, Claire s'émerveille de tant de douceur.

— C'était il y a cinq ans, au mois de juillet. Ton père et moi, on se demandait ce qu'on allait bien pouvoir manger, quand le téléphone a sonné.

— C'était Dana, reconnaît Joshua, tout en jouant du bout des doigts avec la perle laiteuse qu'elle porte en pendentif d'oreilles.

— C'était Dana, confirme Claire. Elle appelait pour nous annoncer qu'un magnifique petit garçon nous attendait à l'hôpital.

— Moi ! C'était moi qui attendais à l'hôpital ! lance Joshua en direction de Truman, qui vient de décider de s'installer à leurs pieds. Dana a dit que la dame qui m'avait eu pouvait pas s'occuper de moi, qu'elle m'avait posé devant la caserne de pompiers, et qu'un pompier m'avait trouvé, couché dans un panier.

— Dis donc, c'est toi ou c'est moi qui raconte l'histoire ? lance Claire, offusquée, en lui tapotant doucement la poitrine.

— C'est toi, répond Joshua en fronçant son nez retroussé et en s'efforçant de prendre un air contrit.

— On peut aussi la raconter ensemble, concède Claire.

— Et les pompiers ne savaient pas quoi faire de moi ! s'exclame Joshua. Ils regardaient le panier et faisaient que dire : « C'est un bébé, c'est un bébé. »

Il lève les paumes vers le ciel, en affichant une expression qui hésite entre la consternation et l'étonnement.

— Tu leur as fait une belle surprise, c'est certain, admet Claire. Ils ont appelé la police, la police a appelé Dana, Dana t'a emmené à l'hôpital et elle nous a appelés.

— Et quand tu m'as pris dans tes bras, tu as pleuré, pleuré, complète Joshua avec un petit rire.

— J'ai pleuré, concède Claire. Comme un bébé. Tu étais le plus beau petit garçon que…

Elle s'interrompt en entendant le carillon de la porte. Jonathan entre. Il porte son jean de travail avec un T-shirt taché et poussiéreux, signe qu'il vient directement de son dernier chantier de rénovation.

— Salut la compagnie, lance-t-il en secouant ses noirs cheveux frisés mouillés par la pluie. Qu'est-ce que vous faites ?

— « Jour de ta venue », répond simplement Claire.

— Ah…, dit Jonathan tandis qu'un large sourire éclaire son visage. Le plus beau jour de notre vie.

— Maman a pleuré, chuchote Joshua en mettant sa main devant sa bouche, comme si ça pouvait empêcher Claire de l'entendre.

— Je sais, répond Jonathan d'un ton de conspirateur. J'étais là.

— Hé… Papa a pleuré aussi, proteste Claire en posant sur les deux hommes de sa vie un regard plein de tendresse. Nous t'avons emmené à la maison et, au bout de trente jours, le juge a dit : « Joshua est maintenant officiellement un membre de la famille Kelby. »

— Et avant, j'étais qui ? demande Joshua d'un air vaguement inquiet.

— Tu étais un blaireau à trois queues, ironise Jonathan.

— Tu étais le souhait que nous faisions tous les matins en nous réveillant, et la prière que nous récitions tous les soirs avant de nous coucher, répond Claire, retenant les larmes qui lui viennent aux yeux quand elle pense que Dana aurait pu choisir un autre couple.

— Tu es devenu un Kelby la première fois que nous avons posé les yeux sur toi, affirme Jonathan en venant les rejoindre sur le canapé.

Il s'installe près de Joshua, qui se retrouve coincé entre ses deux parents.

— Un Kelby pris en sandwich, déclare Joshua, qui a compris que Jonathan vient de donner le coup d'envoi de son jeu préféré. Je suis le beurre de cacahuètes et vous êtes le pain.

— Tu es le pâté de foie, corrige Jonathan. L'olive du pain, l'œuf frit au fromage de Limbourg.

— Mais non ! s'exclame Joshua en riant. Vous êtes un sandwich à la dinde et au céleri.

— Eh bien quoi ? J'adore les sandwichs à la dinde et au céleri, proteste Jonathan.

— Beurk, lâche Joshua en faisant claquer sa langue.

— Beurk, renchérit Claire.

Son regard rencontre celui de Jonathan par-dessus la tête de Joshua. Ils se comprennent. Ils savent tous deux combien ils ont souffert avant d'en arriver là. Ils pensent au jour où ils ont appris que Claire ne pouvait pas avoir d'enfants, au jour où ils ont perdu leur premier enfant adopté. Ils pensent à leur chagrin, à leur déception.

Le passé est le passé, il faut oublier, disent leurs yeux. *Aujourd'hui, nous avons notre petit garçon, et c'est tout ce qui compte.*

Charm

Charm Tullia pousse la porte de Bookends, sa liste de manuels dans une main, son téléphone portable dans l'autre, au cas où Gus appellerait. Elle tient à ce qu'il puisse la joindre. Elle s'attend aussi à recevoir à tout moment le coup de fil lui annonçant que l'état de Gus s'est brusquement aggravé, qu'il a de la fièvre, ou pis. La pluie a cessé, mais Charm s'essuie méticuleusement les pieds sur le petit paillasson placé dans l'entrée.

Claire l'accueille chaleureusement, comme toujours. Et, comme toujours, elle lui demande si ses cours se passent bien et comment va son beau-père.

— Pas très bien, lui dit Charm. L'infirmière qui s'occupe de lui dit que nous devrions envisager de le placer dans un établissement de soins palliatifs.

— Je suis vraiment désolée, répond Claire avec une sincère tristesse dans la voix.

Charm baisse la tête et se met à fouiller dans son sac, pour dissimuler ses yeux qui se remplissent de larmes à l'idée que Gus est en train de mourir. Claire Kelby est si gentille…

— Joshua est là, aujourd'hui ? demande-t-elle tout en cherchant l'enfant du regard.

— Il vient de partir, répond Claire d'un ton d'excuse. Jonathan l'a ramené à la maison.

— Vous lui direz bonjour de ma part, dit Charm, en s'efforçant de dissimuler sa déception.

Elle pousse sa liste vers Claire en la faisant glisser sur le comptoir.

— J'ai trouvé presque tous mes livres d'occasion, à la boutique du campus, à part celui-ci, et il est tellement cher…, explique-t-elle, en pointant du doigt un titre sur la feuille. Vous pourriez me le commander ?

— Je vais voir, lui promet Claire. Quand est-ce que vous passez votre diplôme ? Ça ne va pas tarder, maintenant, je suppose.

— En mai. J'ai hâte, répond Charm en souriant.

— Je vous appellerai demain pour vous dire si j'ai des pistes à propos de ce livre. Prenez soin de vous, Charm, promis ? Et n'oubliez pas que vous pouvez compter sur moi si vous avez besoin de quoi que ce soit.

— Merci, répond Charm, même si elle sait qu'elle ne lui demandera rien d'autre que des livres.

Charm admire Claire et elle apprécie sa compagnie. Mais elle en sait beaucoup trop long sur elle. Si Claire venait à découvrir à quel point elle en sait long, elle ne serait plus la bienvenue dans cette librairie.

Après s'être arrêtée à l'épicerie pour faire quelques courses, Charm franchit le fleuve Druid. Elle roule maintenant dans la campagne qui sépare Linden Falls de la petite ville de Cora. Elle passe voir Gus entre deux cours, pour s'assurer qu'il va bien. Elle répugne à l'admettre, mais Gus s'est affaibli, ces jours-ci. En s'engageant dans l'allée, elle observe la maisonnette dans laquelle elle vit avec lui depuis l'âge de dix ans. Gus a toujours entretenu la maison, et seul un examen attentif permet de déceler des signes d'usure, mais ils sont bien là. La peinture des volets n'est plus aussi vive qu'autrefois et commence à se craqueler, le crépi blanc de la façade aurait besoin d'un ravalement. La pelouse est tondue proprement, mais pas aussi bien qu'à l'époque où Gus s'en chargeait, quand il était encore en bonne santé. Charm a tenté de prendre le relais et de tracer comme lui un motif en diagonale, mais elle n'a jamais réussi. Elle a fini par déléguer l'entretien de la pelouse à un voisin de quatorze ans qui vit à huit cents mètres, un peu plus bas sur la route. Mais Gus ne laisserait personne toucher ses massifs de fleurs. Ils restent son domaine réservé, même s'il ne peut pas les soigner aussi bien qu'autrefois.

Charm descend de voiture, attrape les sacs de courses, et contourne la maison. En poussant la porte, elle aperçoit Gus à genoux, lui tournant le dos, la tête baissée. L'espace d'un instant, elle croit qu'il a eu un malaise. Elle lâche ses sacs et court vers lui. Gus tourne brusquement la tête en l'entendant approcher et se relève lentement, tout en soulevant en tremblant sa petite bonbonne d'oxygène portative.

— Charm, où étais-tu ? demande-t-il d'une voix rauque. Je me suis fait du souci…

Une chemise à motif écossais enveloppe sa maigre ossature et un pantalon kaki flotte mollement autour de ses hanches. Il ôte avec difficulté ses gants de jardinage et les laisse tomber. Il a lissé ses cheveux en arrière pour dégager son visage et, quand elle parvient à faire abstraction de son teint grisâtre et de ses yeux gonflés, Charm revoit l'homme séduisant qu'il a été. Celui que sa mère a gardé plus longtemps que les autres, le seul qu'elle ait épousé. Enfant, Charm trouvait qu'ils formaient un beau couple. Elle était fière de se promener entre sa jolie maman blonde et son séduisant mari, Gus le pompier.

Reanne Tullia a vécu quatre ans avec Gus — laps de temps qui constitue pour elle un record absolu. Mais elle a fini par se lasser de jouer les épouses modèles dans une famille unie et heureuse ; elle a quitté Gus et a demandé le divorce. Charm avait dix ans quand ils sont arrivés chez Gus, et quatorze quand sa mère a remballé leurs affaires. Reanne n'était pas partie très loin, elle avait simplement traversé le fleuve pour s'installer à Linder Falls. Mais Charm n'a pas voulu rester avec elle. Elle a appelé Gus en pleine nuit pour le supplier de les reprendre, elle et son frère, et Gus a dit oui, sans poser de questions. Gus est un homme bon et généreux.

Depuis qu'il souffre d'un cancer du poumon — une séquelle de son métier de pompier, mais aussi une conséquence de son passé de fumeur —, Gus ne cesse de demander à Charm ce qui la pousse à rester avec un vieil homme malade. Ça fera bientôt cinq ans, mais Charm n'a pas envisagé une seule seconde de l'abandonner. « Je reste parce que c'est ma maison, lui répond-elle invariablement. Tu es ma maison. »

— Salut, Gus, lance-t-elle.

Elle s'efforce de prendre un ton détaché, parce qu'elle ne veut pas qu'il sache à quel point elle s'inquiète pour lui.

— Je me suis arrêtée à la librairie et j'ai fait quelques courses, reprend-elle.

Gus retient un long moment son regard, puis demande enfin :

— Comment va ce petit garçon ?

— Il n'était pas là, mais Claire dit qu'il va bien. Il rentre la semaine prochaine à l'école maternelle. Tu te rends compte ?

Gus secoue la tête.

— Je n'en reviens pas. Je suis content que tout aille bien pour lui.

— Je t'ai apporté des *kolaches*, annonce Charm pour couper court aux questions sur Joshua.

Elle lui tend le sac contenant les *kolaches*, ces gâteaux tchèques qu'il aime tant.

— Je t'en ferai un de ces jours, quand j'aurai le temps, ajoute-t-elle tandis qu'il allonge le bras vers le sac. Ils seront meilleurs que ceux-là.

— Non, ceux-là sont délicieux, affirme-t-il, bien qu'elle sache que ce n'est pas vrai.

Autrefois, Gus faisait lui aussi des *kolaches*, en suivant une recette de sa grand-mère. A présent, il est trop faible pour tenir debout plus de dix minutes d'affilée.

— Ta mère a appelé, annonce Gus avec, dans la voix, des accents râpeux qui le font paraître plus vieux que ses cinquante ans.

Charm se demande si c'est le cancer qui lui noue la gorge, ou bien la contrariété causée par le coup de fil de sa mère.

Charm et sa mère se parlent rarement. De temps à autre, elles tentent de renouer des liens, mais leurs rencontres se concluent le plus souvent par des larmes d'amertume et des reproches.

— Qu'est-ce qu'elle voulait ? soupire Charm d'un ton morose.

Ils entrent dans la cuisine en passant par la porte de côté, et Charm tire de dessous la table une chaise dont les pieds grincent sur le vieux lino à fleurs bleues. Gus se laisse lourdement tomber sur la chaise. Ses jambes ne sont pas très assurées, et elle a tout le temps peur qu'il ne tombe. Hier, il a trébuché au point de jonction du lino et de la moquette. Il s'est écorché le genou et s'est fait une ecchymose au niveau du coude. Elle a dû le faire asseoir comme un enfant de trois ans pour le désinfecter et lui mettre un sparadrap. Elle a failli lui proposer de prendre quelqu'un pour lui tenir compagnie dans la journée, mais elle n'a pas osé.

— Elle n'est pas passée, maman ? demande Charm en ouvrant de grands yeux paniqués.

Si sa mère a vu Gus, elle a compris au premier coup d'œil où il en était, et elle va commencer à tourner autour d'eux comme un vautour. Gus ne possède pas grand-chose, mais il est propriétaire de sa maison et de sa voiture. Reanne a toujours pensé qu'il aurait dû lui céder la maison au moment du divorce, et Charm sait qu'elle ne se gênera pas pour tenter de se l'approprier.

Gus secoue sa tête, laquelle paraît à présent trop grosse pour son corps amaigri. Il a perdu tant de poids, ces derniers mois…

— Non, elle a juste téléphoné.

Charm observe Gus qui sort un *kolache* du paquet et en prend une minuscule bouchée. Il mange pour lui faire plaisir ; il ne veut pas qu'elle appelle le médecin pour signaler qu'il ne s'alimente plus, mais il n'avale que de très petites quantités.

— Elle voulait de l'argent, n'est-ce pas ? insiste Charm.

Ça ne l'étonnerait pas, de la part de sa mère. Silence total, pas même une carte pour son anniversaire, rien. Et brusquement, un beau jour, un coup de fil. Pas à elle, bien sûr. Reanne sait à qui s'adresser.

— Non, non, se défend Gus. Elle appelait pour prendre de nos nouvelles, c'est tout.

— Elle a parlé de moi ? demande Charm d'un ton sceptique.

— Ouais.

D'une main qui tremble, Gus élève lentement le *kolache* jusqu'à ses lèvres. Son visage est pâle. Il a tenté de se raser, mais il a oublié quelques touffes de poils sur son cou.

— Elle voulait savoir comment tu allais, comment ça se passait pour toi à l'école, s'il y avait du nouveau…

— Et qu'est-ce que tu lui as dit ? demande Charm, avec une sorte d'appréhension.

Elle ne veut pas que sa mère soit au courant des détails de sa vie. Moins elle en sait, mieux ça vaut.

— Pas grand-chose, murmure Gus, d'un ton lamentable qui rappelle à Charm qu'il est toujours amoureux de sa mère.

Elle se demande pourquoi. Reanne est une personne

charmante, jusqu'à ce qu'elle décide de cesser de l'être, et là, on a juste envie de l'éloigner du revers de la main comme un vilain moustique. Mais Gus n'en est pas encore là avec elle, même après toutes ces années.

— Je lui ai dit que tu allais très bien, que tu passais ton diplôme d'infirmière au printemps prochain. Que tu étais une gentille fille.

Puis Gus se rembrunit, un nuage sombre passe sur son visage.

— Bien sûr, elle a demandé aussi des nouvelles de ton frère. Je lui ai répondu, comme d'habitude, que je n'avais pas entendu parler de lui depuis des années, et que ce petit con ne m'avait pas manqué, pas même un tout petit peu.

— Voilà qui a dû lui plaire, je parie, assure Charm, le sourire aux lèvres.

Son frère est le chouchou de sa mère.

Gus pose le *kolache* sur la table et regarde Charm. Une lueur de tristesse assombrit ses yeux bleus et las.

— Il paraît qu'il a laissé un drôle de message sur son répondeur.

— Ah…, murmure Charm d'un ton détaché, comme si elle n'y accordait aucune importance. Et quel genre de message ?

— Elle n'a pas précisé. C'est avec toi qu'elle veut en parler. Elle attend que tu la rappelles, ajoute Gus d'une voix lasse.

— Tu as l'air fatigué, lui dit Charm. Pourquoi n'irais-tu pas t'allonger un moment ?

Gus ne proteste pas, ce qui en dit long. Il repousse lentement sa chaise de la table de la cuisine et se lève en vacillant.

— Jane va passer dans la soirée, ne l'oublie pas, lui rappelle Charm.

Presque tous les soirs, Jane, une infirmière à domicile, vient vérifier l'état de santé de Gus. Charm a réclamé son assistance quand Gus a commencé à cracher du sang et à montrer des signes de confusion. Jane prend la tension de Gus, ausculte ses poumons, s'assure qu'il est correctement soigné. Gus accorde de l'importance à son apparence et fait toujours l'effort de s'arranger quand il sait que Jane va venir. Il rentre soigneusement sa chemise dans son pantalon et se passe un coup de peigne. Le cancer a donné à sa peau une teinte jaunâtre et transformé ses bras en deux brindilles, mais ça ne l'empêche pas de vouloir plaire aux femmes.

— Ah, Jane…, lâche-t-il en souriant, mon infirmière préférée.

— Dis donc, proteste Charm en feignant l'indignation. Je croyais que c'était moi, ton infirmière préférée.

— Tu es ma future infirmière préférée, explique Gus. Jane est ma préférée diplômée.

— Ah, d'accord, répond Charm qui marche juste derrière lui, comme le ferait une mère qui surveille de près les premiers pas de son petit. Si c'est ça, ça va.

Elle s'assure que Gus est bien calé dans son lit et qu'il ne risque pas de tomber, dépose un verre d'eau fraîche sur la table de nuit, et vérifie deux fois que son réservoir d'oxygène fonctionne correctement.

— Charm, dit Gus tout en tirant sa couette jusqu'au menton. J'ai parlé aussi à quelqu'un d'autre, aujourd'hui.

Elle comprend, au sérieux du ton, qu'il fait allusion à une conversation importante.

— J'ai appelé les bénévoles qui travaillent pour le centre de soins palliatifs et…

— Gus, coupe-t-elle. Non…

Des larmes lui brûlent les paupières. Elle ne se sent pas encore prête à aborder ce sujet.

— J'ai appelé ces gens, répète-t-il fermement. Quand le moment sera venu, je veux être ici, dans notre maison. Pas à l'hôpital. Tu comprends ?

— Il est trop tôt pour…, commence-t-elle.

Mais il l'interrompt.

— Charm, ma petite… Si tu veux devenir infirmière, il va falloir que tu apprennes à écouter tes patients.

— Mais tu n'es pas un patient.

Elle se retient de pleurer et baisse les stores pour protéger Gus du soleil de ce début d'après-midi.

— Quand il le faudra, c'est eux que tu contacteras. J'ai laissé leur numéro près du téléphone.

— D'accord, concède-t-elle, plus pour lui faire plaisir qu'autre chose.

Elle n'est pas prête à affronter sa mort. Il est tout ce qui lui reste de famille, tout ce qu'elle a jamais eu. Elle a besoin de lui. Elle contemple son visage déformé par la fatigue et la douleur.

— Je peux t'apporter quelque chose avant de repartir ? demande-t-elle, à la fois soulagée et contrariée de le laisser.

— Non, j'ai juste besoin de fermer les yeux un moment et de me reposer. Je vais bien. Tu peux y aller, assure-t-il.

Elle reste là, au milieu de cette chambre plongée dans la pénombre, debout près du lit de Gus, à regarder sa poitrine monter et s'abaisser, à écouter la respiration mécanique de la machine à oxygène.

Qu'est-ce que je vais devenir sans lui ? Où est-ce que je vais aller ?

Claire

Quand ils racontent à Joshua le « Jour de ta venue », Claire et Jonathan ne lui disent pas tout. Ils ne lui disent pas que Jonathan a posé les coudes sur la table pour enfouir sa tête dans ses mains. Ils ne lui disent pas non plus qu'il a hésité, quand Claire a annoncé que Dana leur proposait d'accueillir un bébé abandonné. Il ne sait pas que Claire a dû se raisonner pour lui laisser le temps, pour ne pas le bousculer. Quand Jonathan a enfin levé la tête, de petits cercles rouges marquaient la peau de son front, là où ses doigts avaient appuyé, et Claire a résisté au désir d'embrasser délicatement chacun de ces points rouges.

— Juste en attendant qu'ils lui trouvent une autre famille d'accueil, Claire, avait dit Jonathan, du ton de quelqu'un qui cède sous la pression. Tu as bien compris ? Pas d'engagement à long terme. Pas question. Je ne peux pas.

Il avait secoué la tête, comme s'il hésitait encore.

— Je ne peux pas recommencer ce que j'ai vécu avec Ella. Je ne peux pas m'attacher de nouveau à un enfant, pour qu'il me soit enlevé au bout du compte. Parce qu'une famille d'accueil, c'est provisoire ; le but, c'est de rendre un jour l'enfant à ses parents.

— Moi non plus, je ne peux pas, avait murmuré Claire.

Mais elle avait eu le pressentiment que la mère du bébé ne se manifesterait pas, qu'elle ne viendrait pas le leur réclamer. Le Seigneur ne pouvait pas se montrer aussi cruel avec eux, après tout ce qu'ils avaient traversé.

Cet enfant-là avait été déposé dans un *Safe Haven*. Il serait à eux.

Un an plus tôt, après qu'on eut découvert le cadavre d'un nouveau-né dans un champ de maïs gelé, l'Etat de l'Iowa avait voté la loi « Safe Haven », celle qui autorisait les mères en détresse à déposer anonymement un bébé de moins de deux semaines dans un hôpital, un bureau de police ou une caserne de pompiers, sans avoir à craindre des poursuites pour abandon d'enfant. D'après les médecins, celui que leur proposait Dana avait plus de deux semaines, mais il venait d'un *Safe Haven*, Claire ne cessait de se le répéter. Personne ne le leur prendrait.

La première fois qu'elle l'avait serré dans ses bras, elle avait eu l'impression que toutes ses cicatrices se refermaient. Oubliées les fausses couches, la douleur, la sensation de perte irréparable. Elle serrait contre elle ce qu'ils avaient attendu depuis toutes ces années. Un magnifique petit garçon. Un être parfait.

En rentrant de l'hôpital, ils s'étaient arrêtés pour acheter le minimum vital. Des couches, des biberons, du lait maternisé. Sans trop savoir pourquoi, Claire avait pris au dernier moment, dans les rayons, un livre sur les prénoms. Elle allait enfin choisir le prénom d'un enfant. Le livre les présentait par ordre alphabétique, précisant l'étymologie et la signification de chacun. Claire n'ayant pas pu faire don de la vie à ce bébé, elle voulait au moins lui offrir un prénom chargé de sens.

Elle aimait bien Cade, mais ça voulait dire « voûté » ou « bosselé ». Jonathan avait un faible pour Saul, qui signifiait « celui pour lequel on a prié ». C'était à retenir, car ils avaient beaucoup prié, ces dernières années, pour avoir un bébé à eux. Holmes voulait dire « havre de paix », mais Jonathan trouvait ça un peu guindé et imaginait déjà que ses copains le surnommeraient Sherlock. Claire avait continué à tourner les pages, et ses yeux s'étaient arrêtés sur Joshua. « Sauvé par Dieu. »

— *Joshua*, avait-elle dit tout haut, en soupesant le poids des syllabes sur sa langue, consciente de la forme qu'elles donnaient à ses lèvres.

Elle avait souri à Jonathan, puis elle s'était tournée pour regarder ce bébé qui allait devenir leur fils.

— Joshua, avait-elle répété un peu plus fort.

A cet instant, l'enfant endormi avait poussé un léger soupir. Satisfait. Rassuré. Le soupir d'un enfant sauvé.

Charm

Depuis qu'elle suit des stages à l'hôpital Saint-Isidore, il ne se passe pas un jour sans que Charm pense au bébé. Elle sait que Joshua est bien traité, elle sait qu'il est aimé. Pourtant, chaque fois qu'elle voit les panneaux jaunes *Safe Haven*, elle se souvient du jour où elle l'a déposé devant la caserne des pompiers. Elle se souvient de sa tristesse. Et aussi de son soulagement. Elle doit reconnaître, aujourd'hui, qu'elle ne regrette pas son geste. Si elle n'avait pas abandonné Joshua, elle n'aurait pas pu finir le lycée, encore moins entreprendre des études supérieures. De plus, Reanne, sa mère, aurait trouvé le moyen de gâcher la vie de cet enfant.

Charm descend à pas pressés la rue qui longe les respectables bâtiments de briques du campus Sainte-Anne. Son école d'infirmières est située au centre de Linden Falls, dans la vieille ville, au milieu des maisons classées et des rues pavées. Elle rejoint en courant un groupe d'étudiants qui entrent déjà en cours. Sophie, une grande fille dégingandée qui songe à se spécialiser en oncologie pédiatrique, est en train d'expliquer avec une surprenante conviction qu'elle et sa mère ont une sorte de lien particulier qui leur permet de communiquer sans se parler.

— C'est vrai, dit-elle tandis qu'elles entrent dans la salle de classe. Il suffit que je pense à ma mère pour qu'elle m'appelle dans la minute qui suit.

— Impossible, oppose Charm en ricanant. Je ne te crois pas.

Elle quête du regard l'approbation de ses camarades, mais celles-ci sourient d'un air entendu, en opinant et en faisant des commentaires. »

— Eh bien vas-y, lance Charm en croisant les bras, appuyée au dossier de sa chaise.

— Très bien, répond Sophie en haussant les épaules.

Elle plonge la main dans son sac et sort son téléphone qu'elle pose sur un bureau.

— Et maintenant ? demande Charm.

— Rien. Il n'y a plus qu'à attendre. Ça va sonner dans une ou deux minutes, affirme Sophie.

Charm secoue la tête pour manifester son incrédulité, mais le téléphone de Sophie se met bientôt à vibrer, en effectuant une petite danse sur la table. Sophie le ramasse et montre à la cantonade le nom qui s'affiche sur l'écran : « Maman ».

— Salut, maman, dit-elle dans le téléphone. Je pensais justement à toi.

Elle ponctue cette dernière phrase d'un sourire de triomphe adressé à Charm.

Charm est impressionnée, mais aussi attristée. Elle a beau chercher, elle ne partage un tel lien avec personne. Elle passe en revue les personnes de son entourage. Sa mère, Reanne, a besoin d'être le centre d'attention et ne s'est jamais vraiment intéressée à elle. Pas plus qu'elle ne s'est intéressée à Gus. Reanne Tullia est toujours en quête de quelque chose de mieux, de plus excitant. Son frère, elle ne sait pas où il se trouve. Son père, cela fait bien longtemps qu'elle n'en a plus entendu parler ; il est peut-être mort. Elle a eu un petit copain l'année dernière, qui ne cessait de l'appeler, mais c'était parce qu'il ne supportait pas la solitude, pas parce qu'il tenait particulièrement à elle.

Reste Gus. Peut-être partage-t-elle un lien spécial

avec Gus. C'est lui qui lui a appris à faire du vélo, à multiplier des fractions, lui qui est venu assister à la remise de son diplôme de lycée en battant des paupières pour lutter contre les larmes d'émotion qui lui montaient aux yeux.

L'idée qu'elle se fait d'un bon parent, de quelqu'un de bien, c'est de Gus qu'elle la tient. Grâce à Gus, elle a appris ce qu'est une famille.

Et ça, c'est quelque chose que ni sa mère ni son frère n'apprendront jamais.

Brynn

C'est le premier cours du trimestre, et bien que je connaisse déjà tous mes professeurs et la plupart de mes camarades de classe, je suis nerveuse.

Une sensation familière m'oppresse. J'ai l'impression que ma poitrine est remplie d'une épaisse poussière qui se dépose lentement sur les os de ma cage thoracique. Je m'efforce de respirer longuement et profondément, comme me l'a conseillé le Dr Morris. Et ça marche.

J'ai hâte d'entamer les cours de ce semestre ; je fais une formation en deux ans sur le dressage des animaux de compagnie. Je suis censée trouver un stage. J'ai déjà travaillé bénévolement au refuge pour animaux, et je pense que, cette fois, je vais demander à intervenir dans une ferme où on élève des chevaux. J'ai lu que les chevaux sont utilisés pour soigner certains troubles mentaux — notamment l'anorexie ou l'autisme —, et ça m'intéresse beaucoup. En dépit de ce que pensent la plupart des gens, les chevaux sont incroyablement intelligents. Au XIXe siècle, Beautiful Jim Key a traversé le pays avec son maître, le Dr William Key. Beautiful Jim Key avait appris à différencier les pièces et à actionner une caisse enregistreuse pour faire des additions et rendre la monnaie. Il pouvait épeler certains mots en désignant des lettres, et aussi donner l'heure. On disait de lui qu'il avait le quotient intellectuel d'un enfant de huit ans. Je ne sais pas si tout cela est vrai, mais j'ai envie de le croire.

J'entends mon portable qui vibre et je fouille dans mon sac. L'espace d'une seconde, je me dis qu'Allison a obtenu mon numéro de téléphone, mais je ne l'ai pas communiqué à mes parents, et je sais que grand-mère ne le lui aurait pas donné. Je souris en découvrant le nom qui s'affiche sur l'écran. C'est mon amie Missy. J'ouvre le téléphone et je le colle à mon oreille.

— Salut, Missy, qu'est-ce qui se passe ?

— J'organise une soirée ce soir, chez moi, à 20 heures, répond Missy.

— En l'honneur de quoi ? lui dis-je, tout en faufilant ma voiture dans une place du parking de l'université Prairie Community.

— Les retrouvailles de début d'année. Tu peux venir ?

— Bien sûr.

Je lui parle tout en attrapant mon sac de cours sur le siège arrière et je me dirige vers le bâtiment des sciences animales.

— J'ai cours jusqu'à 21 heures, dis-je. Je viendrai tout de suite après.

J'ai rencontré Missy au mois de novembre, l'année où j'ai déménagé à New Amery. Je m'étais installée chez ma grand-mère en septembre. Je me sentais triste et seule. J'avais passé les deux premiers mois vautrée dans une chambre, à pleurer et à dessiner dans mon journal, à lutter contre mes envies de suicide. Ma grand-mère en a eu assez. Elle ne supportait plus de me voir dans cet état.

— Viens, Brynn, a-t-elle dit en venant s'asseoir sur mon lit. Il est temps de te secouer et de vivre.

J'ai sorti un œil de dessous ma couette, mais je n'ai pas répondu. Ma grand-mère était tellement différente de mon père, son fils ; j'avais parfois du mal à croire que c'était elle qui l'avait mis au monde.

— Je veux te montrer quelque chose, a-t-elle insisté en ôtant la couette.

— Quoi ? ai-je demandé d'un ton bougon.

Je n'avais qu'une envie, tirer cette couette sur ma tête et dormir. Oublier que j'étais une ratée, une perdante, une rien du tout.

— Suis-moi et tu verras, a-t-elle répondu en me tendant la main pour m'aider à me lever.

Elle m'a fait monter dans sa voiture et nous avons roulé dans les rues de New Amery jusqu'à ce qu'elle s'arrête devant un bâtiment en préfabriqué, long et trapu. A l'extérieur, il y avait une grande pancarte, avec les mots « Refuge pour animaux de New Amery » peints en lettres rouge vif.

Je me suis redressée sur mon siège et je me suis tournée vers elle.

— Qu'est-ce qu'on vient faire ici ?

— Viens, je vais te montrer.

Elle m'a souri et je l'ai suivie sans enthousiasme à l'intérieur du bâtiment. Nous avons été accueillies par un labrador noir plutôt amical, et par une fille de mon âge portant une veste rouge, avec un badge au nom de Missy. Debout derrière un haut comptoir, Missy tenait dans ses bras un petit chaton roux. Dans une autre partie du bâtiment, des chiens jappaient et glapissaient.

— Bonjour, mesdames, a dit la fille d'un ton chaleureux. Que puis-je pour vous ?

Ma grand-mère s'est tournée vers moi.

— Est-ce qu'elle peut quelque chose pour toi ?

— Vraiment ? ai-je demandé d'un ton incrédule. Grand-mère, tu es sérieuse ?

— Suis-la et jette un coup d'œil.

Elle a désigné du menton la direction du chenil.

— Il y a là-bas un petit animal qui t'attend. Va le chercher.

— Venez, a dit Missy. Je vais vous montrer le chemin.

Missy a ouvert une porte et nous nous sommes retrouvées au milieu des jappements et des aboiements qui résonnaient dans une longue et étroite pièce, un couloir de cages. Il y avait là des chiens de toutes races — j'ai remarqué un beagle, un setter anglais, des labradors, des bâtards. Je me suis arrêtée devant une boule de fourrure brun roux qui me fixait avec des yeux suppliants.

— Il est de quelle race, ce chien ? ai-je demandé à Missy.

— Il s'appelle Milo. C'est un croisement de berger allemand et de chow-chow. On l'a trouvé sur un chemin de gravier en dehors de la ville. La pauvre petite chose était affamée et déshydratée. Il est plutôt agité, mais vraiment adorable.

J'ai regardé ma grand-mère.

— Je peux le prendre ? ai-je demandé sans trop oser y croire.

Il n'avait que quelques mois et déjà des pattes énormes, et Missy venait de le décrire comme plutôt agité.

— Je pense qu'il a besoin de moi, ai-je ajouté.

— Bien sûr, Brynn, il est à toi, a-t-elle dit en passant son bras autour de ma taille.

C'est par l'intermédiaire de Missy que je suis devenue bénévole dans ce refuge et que j'ai appris l'existence de cette formation sur le dressage des animaux de compagnie. Je n'ai toujours pas compris pourquoi la jolie Missy, une fille plutôt gaie et délurée, m'a prise sous son aile, mais je suis contente qu'elle l'ait fait. Je me souviens que quand j'avais treize ans, ma mère m'avait inscrite dans le même camp de vacances qu'Allison, un camp sportif, où on pratiquait le football. J'étais nulle au foot et je ratais toutes les balles. Allison m'a ignorée toute la semaine. Chaque fois que je tentais de lui parler ou de me joindre au groupe dans lequel elle se trouvait, elle faisait mine de ne pas me connaître. Au bout de quelques jours, n'en pouvant plus, j'ai craqué et je me suis mise à pleurnicher comme un bébé ; elle a levé les yeux au ciel et elle a éclaté de rire. J'ai terminé le stage enfermée dans mon chalet en prétextant une entorse à la cheville.

Avoir enfin une amie, et surtout une amie qui aime les animaux, c'est un grand bonheur pour moi. Je laisse retomber mon téléphone dans mon sac et ma main effleure le flacon contenant les gélules que je prends depuis un an. J'ai oublié ma dose d'aujourd'hui. Celle d'hier aussi. Je crois que je me sens mieux. Plus forte. Même la nouvelle de la libération conditionnelle d'Allison ne me perturbe pas autant qu'elle le devrait.

Il est peut-être temps pour moi d'arrêter les médicaments. Je me sens enfin prête à agir seule, pour la première fois de ma vie.

Allison

Je contemple de nouveau la poupée, ses yeux sans vie qui me fixent, et je me sens vulnérable. Ça fait cinq ans, un mois et vingt-six jours. Elle aurait eu cinq ans, ou soixante et un mois, ou deux cent soixante-neuf semaines, ou mille huit cent quatre-vingt-trois jours, ou deux millions sept cent onze mille cinq cent vingt minutes, ou cent soixante-deux millions six cent quatre-vingt-onze mille deux cents secondes. J'en ai tenu précisément le compte.

La plupart des femmes de Cravenville avaient des enfants. Certaines avaient même donné naissance à leur bébé derrière des barreaux. Celles-là me haïssaient encore plus que les autres. Quand je faisais mon footing dans la cour de promenade, en me concentrant sur ma foulée, sur mes tennis qui battaient en rythme le sol de ciment, elles me lançaient au passage : « Où est-ce que tu cours comme ça, la tueuse d'enfant ? Tu tentes de te fuir toi-même ? »

La phrase était en général saluée par des ricanements. Je faisais mine de ne pas avoir entendu. Celles qui ne me traitaient pas de tueuse d'enfant, de salope ou pis encore, ne m'adressaient pas la parole. Elles regardaient à travers moi comme si j'étais aussi invisible que l'air putride de notre section. Je parle de femmes qui étaient elles-mêmes des meurtrières ; elles avaient tué leur mari ou poignardé leur petit ami, ou tiré sur un employé au cours d'un hold-up. Mais moi, je suis pire. Je suis, pour tout le monde, celle qui a jeté dans un fleuve un bébé sans défense, âgé de quelques minutes, pour que le courant l'emporte et batte son corps meurtri contre la rive.

Les femmes de Gertrude House me méprisent autant que celles de Cravenville. Je ne me suis jamais sentie aussi seule qu'en ce moment. Je sais combien mes parents ont souffert de me voir tomber aussi bas. Mais tout ce que je leur demande, c'est de venir me voir. Cela fait si longtemps que je n'ai pas tenu dans la mienne la main de ma mère, que je n'ai pas senti sur moi celle de mon père… Que je n'ai pas entendu le rire joyeux de ma sœur. Nous n'avons jamais été une famille très démonstrative, mais je me souviens tout de même du poids de la large main de mon père sur mon crâne. Parfois, quand je ferme les yeux, j'arrive à me faire croire que les choses sont telles qu'elles étaient avant que tout ne tourne mal. A me faire croire que je suis de retour au lycée, que je cours sur la piste du stade pour tenter de battre mon propre record, que je suis assise dans ma chambre en train de faire des maths, ou bien en bas, dans la cuisine, à aider ma mère à préparer le dîner, tout en parlant avec ma sœur.

J'avais un but dans la vie, des projets. Je devais décrocher brillamment mes examens d'entrée à l'université, jouer dans l'équipe de volley de l'Iowa ou de Penn State, réussir mes années de préparation en droit, être admise dans une faculté de droit. Mon avenir était planifié. A présent, il n'en reste rien. Tout est fini. Tout ça à cause d'un garçon et d'une grossesse.

J'étais à l'hôpital, perfusée, quand j'ai vu Devin pour la première fois. Elle m'a annoncé que j'allais être accusée de meurtre au premier degré et de mise en danger d'enfant.

— Tu croyais que ton bébé était mort quand tu l'as jeté à l'eau ? m'a-t-elle demandé.

J'ai haussé les épaules et je n'ai pas répondu.

— Tu croyais qu'il était mort ? a-t-elle demandé de nouveau, en allant et venant au pied de mon lit.

Elle s'acharnait, elle ne cessait de me parler de ce qui s'était passé, mais moi, tout ce que je voulais, c'était me recroqueviller et me laisser mourir.

— Bien sûr, ai-je fini par dire. Bien sûr que c'était mort.

Elle a fait volte-face vers moi.

— N'en parle jamais en disant « ça » ou « c'était », tu as compris ? m'a-t-elle reproché d'un ton sévère. Tu dois dire « le bébé », « il », « elle », pas « c'était ». Est-ce que c'est clair ?

J'ai opiné.

— Je croyais vraiment que le bébé était déjà mort, ai-je répété en m'efforçant de le croire, tout en sachant que c'était faux, comme tout le reste.

Et pourquoi me posait-elle la question, puisque l'examen médical du petit corps avait prouvé le contraire ?

Devin m'a convaincue de plaider coupable pour homicide involontaire, un crime de classe D puni d'une peine de cinq ans, et mise en danger d'enfant, un crime de classe B pour lequel je risquais plus de cinquante ans, bien que Devin m'ait affirmé que je n'irais jamais jusqu'au bout d'une telle peine. Je n'ai pas été appelée à la barre pour assurer ma propre défense et on ne m'a pas demandé ce qui s'était vraiment passé cette nuit-là. Je ne l'ai raconté à personne ; et, d'ailleurs, personne ne m'a jamais posé de questions sur les détails. Les gens projettent sur moi ce qu'ils veulent. Je leur rappelle sans doute une sœur, une fille, une petite-fille. Ils croient savoir ce que j'ai fait : j'ai tué un bébé et ça leur suffit. Mais Devin ne s'était pas trompée. Je n'ai écopé que de dix ans à Cravenville. Si atroce que cela ait pu me paraître sur le moment, ce n'était rien à côté des cinquante-cinq ans que je risquais. J'ai demandé à Devin pourquoi je m'en étais tirée à si bon compte.

« C'est dû à plusieurs facteurs, m'a-t-elle expliqué. Le surpeuplement des prisons, les circonstances du meurtre. Dix ans, c'est un compromis, Allison. »

Et puis il y a un mois, début juillet, Devin est venue me rendre visite en prison. Comme toujours, je parcourais à petites foulées la cour de promenade. Sous le soleil, le sol de béton était si brûlant que je le sentais à travers mes chaussures et mes chaussettes. Le souffle court, je l'ai regardée venir vers moi, avec ce tailleur gris qui lui tient lieu d'uniforme et ses talons hauts. Je n'ai jamais porté des chaussures à talons hauts. Je l'aurais fait si j'avais suivi des cours de danse pour assister au bal de promotion. Mais je n'en ai pas eu le temps.

— Bonne nouvelle, Allison, m'a-t-elle lancé en guise de salut. Le comité de probation va examiner ton dossier. Tu seras convoquée dans moins d'une semaine pour un entretien.

— Une libération conditionnelle ? ai-je murmuré, abasourdie. Mais je n'ai fait que cinq ans.

Je n'avais jamais osé rêver que je pouvais sortir plus tôt.

— En raison de ta bonne conduite et des efforts que tu as fournis pour progresser, ton dossier a pu être présenté au comité de probation. Ce n'est pas une excellente nouvelle ? a-t-elle insisté, un peu perplexe devant mon visage inquiet.

— Oui, c'est une bonne nouvelle, ai-je assuré, parce que c'était ce qu'elle avait envie d'entendre.

Comment pouvais-je lui expliquer qu'une fois habituée au confinement, à la nourriture infecte et à la violence de la prison, et après avoir accepté le comment et le pourquoi de ma présence dans cet endroit, j'avais fini par y trouver un certain bien-être ? Pour une fois dans ma vie, je n'avais pas besoin d'exceller en tout. Pas besoin non plus de projets d'avenir. Tout était réglementé et planifié pour moi. J'avais devant moi dix longues années à me contenter d'exister.

— Il faut préparer les questions que les membres du comité vont probablement te poser. Le plus important pour toi sera d'exprimer du remords pour ce que tu as fait.

— Du remords ? ai-je demandé.

— Oui, du remords, des regrets, a sèchement répété Devin. Il est essentiel que tu exprimes clairement que tu regrettes ton geste. Sinon, tu n'as aucune chance d'obtenir une libération conditionnelle. Tu le feras ? Tu diras que tu es désolée d'avoir jeté ton bébé dans le fleuve ? Tu le regrettes, n'est-ce pas ?

— Oui, ai-je fini par lâcher. Je peux leur dire que je regrette.

Et je l'ai fait. Je me suis assise en face des membres du comité de probation qui feuilletaient mon dossier. Ils m'ont complimentée pour ma bonne conduite, pour mon travail à la cafétéria de la prison, ils m'ont félicitée pour avoir obtenu mon diplôme de fin de lycée et des unités de valeur pour une entrée à l'université. Puis ils m'ont regardée en silence, avec l'air d'attendre quelque chose.

« Je suis désolée, ai-je murmuré. Je suis désolée de ce que j'ai fait à ma petite fille, désolée qu'elle soit morte. J'ai commis une faute. Une grave faute, et j'aimerais pouvoir revenir en arrière pour la réparer. »

Ma grand-mère assistait à l'audience, mais pas mes parents. Je craignais que le comité n'en déduise que si mes propres géniteurs ne se déplaçaient pas pour me soutenir, c'était que je n'en valais pas la peine. Mais Devin m'a assuré que ce n'était pas grave ; j'avais, selon elle, de sérieuses chances d'obtenir une libération anticipée. Ce qui comptait, c'était mon comportement en prison.

Devin avait raison. Elle a toujours raison. Le comité de probation a voté ma libération à l'unanimité.

Je fais la connaissance de ma camarade de chambre, Bea, une ancienne accro à l'héroïne, au moment du dîner. Nous ne sommes que cinq à table. Les autres pensionnaires travaillent ou font des activités à l'extérieur, avec l'autorisation d'Olene. J'aimerais me renseigner sur les différents emplois qu'elles ont trouvés — j'ai tellement envie de gagner de l'argent à moi —, mais j'hésite à les interroger, et même à parler. Tout le monde me regarde comme si j'avais la peste ou une maladie contagieuse. A part Bea, c'est vrai, que mon passé ne semble pas déranger. Mais peut-être n'est-elle pas encore au courant de tout. Bea a le visage maigre et grêlé d'une ancienne droguée, et les yeux noirs et durs de quelqu'un qui a vu l'enfer ou pis. Elle a aussi des bras secs et musclés, des bras dont on se dit, en les voyant, qu'ils peuvent vous foutre une sacrée raclée ; aussi tout le monde se tient à bonne distance d'elle. La violence n'est pas tolérée à Gertrude House, mais il y a eu des débordements. Bea raconte justement d'un ton allègre sa première nuit dans ce foyer.

— Deux filles se sont battues pour le téléphone. Il aurait pourtant suffi qu'elles regardent le planning d'utilisation du téléphone pour savoir laquelle des deux avait la priorité sur l'autre. Mais la nana qui avait été condamnée pour détournements de fonds a foutu le téléphone dans la gueule de l'autre.

Bea rit à ce souvenir.

— Elle pissait le sang et elle y a laissé des dents. Vous vous souvenez, Olene ? demande-t-elle tout en piquant un haricot vert avec sa fourchette.

— Je m'en souviens, admet Olene d'un ton sarcastique. Ce n'est pas l'un de nos meilleurs moments dans cette maison. Nous avons dû appeler la police.

— Ouais. Et moi, parce que j'étais nouvelle, j'ai dû nettoyer le sang et ramasser les dents.

Bea frissonne en y resongeant.

— Oh ! Bea, proteste gentiment Olene. Je vous ai aidée.

Après le dîner, je participe à la vaisselle, puis je retourne dans le salon pour tenter de joindre mes parents et Brynn. Mais personne ne décroche. Je m'assieds sur le canapé, hébétée, à écouter la tonalité, jusqu'à ce qu'Olene entre dans la pièce. Elle m'ôte doucement le récepteur des mains et raccroche, tout en m'annonçant que j'ai quartier libre jusqu'à 20 heures, heure du groupe de parole.

De retour dans ma chambre, je ne suis pas surprise de trouver en guise d'accueil une autre poupée, cette fois la tête plongée dans un seau d'eau. J'avale ma salive et un nœud de haine se forme dans ma poitrine. Ces femmes qui ont commis, elles aussi, des atrocités, comment osent-elles me juger ? Avec une dextérité que j'ai eu le temps de parfaire à l'entraînement de football, mon pied shoote dans le seau et l'envoie valdinguer bruyamment contre le plancher. L'eau gicle, puis forme une flaque. J'entends des pas dans l'escalier, des baskets crissent dans le couloir. Je fais volte-face vers la porte et je la claque si violemment que le bruit résonne dans toute la maison.

Au bout de quelques minutes, on frappe doucement au battant.

— Fichez le camp, dis-je d'un ton mauvais.

— Allison ? C'est Olene. Tout va bien ?

Je réponds d'une voix un peu adoucie :

— Tout va bien, j'ai juste besoin qu'on me laisse seule.

— Puis-je entrer une minute ? insiste Olene.

J'ai envie de refuser, de sauter par la fenêtre et de foutre le camp, mais je ne peux pas me réfugier dans la maison de mes parents, qui n'est plus la mienne. Quant à partir plus loin, c'est impossible ; je suis assignée à résidence dans cette ville.

— Allison, ouvrez la porte, s'il vous plaît.

J'entrouvre le battant et je rencontre les yeux verts et insistants d'Olene.

— Je vais bien, je répète, tandis que l'eau coule entre mes pieds en direction du couloir.

Olene attend, sans un mot, en me fixant avec un regard qui comprend, jusqu'à ce que je fasse un pas de côté pour la laisser passer.

Elle embrasse d'un seul coup d'œil le seau, la poupée, l'eau, et elle soupire.

— Tout ça me désole, Allison, croyez-le bien, dit-elle. Soyez patiente. Attendez qu'elles passent à autre chose. Contentez-vous pour l'instant de faire profil bas et d'accomplir votre part du travail, et vous verrez qu'elles finiront par vous traiter comme les autres.

Elle doit lire la tristesse sur mon visage, parce qu'elle ajoute :

— Voulez-vous que nous abordions cet incident au cours de notre réunion de ce soir ?

— Non, dis-je d'un ton ferme.

J'ai déjà compris que ce n'est pas en défiant ces femmes que je m'attirerai leur sympathie ou leur indulgence.

— Je vais vous chercher une serpillière, dit Olene.

Elle me tapote gentiment le bras et me laisse seule à mes pensées. Je vais garder la tête basse, oui, me présenter régulièrement devant mon agent de probation, effectuer ici les tâches qu'on m'attribue, m'occuper de mes affaires, mais je sais que les autres ne vont pas me lâcher aussi aisément. Elles pensent qu'elles ont des excuses mais pas moi. Elles ont été poussées à bout par la drogue, par leurs petits copains, par des enfants insupportables. Mais moi, j'ai eu des parents parfaits, une enfance parfaite, une vie parfaite. Je n'ai aucune excuse. Olene revient et me tend une pile de serviettes.

— Vous voulez que je vous aide ?

Je secoue la tête.

— Non, merci. J'ai compris, pour les corvées.

Elle entre tout de même dans la chambre pour ramasser le seau et la poupée, puis sort en refermant doucement la porte derrière elle. Une fois l'eau épongée, je m'allonge sur mon lit mais, chaque fois que je bats des paupières, je vois les yeux morts de la poupée derrière les miens.

Quand je repense à cette nuit, je me souviens que mon bébé n'a pas pleuré. Que rien ne s'est passé comme on nous le montre dans les films ou à la télé — la mère serre les dents en gémissant, elle pousse une dernière fois, longuement, et le bébé vient au monde avec un hurlement, comme s'il était mécontent qu'on le tire d'un aquarium chaud et sombre pour le jeter dans un univers aveuglant et glacé.

Je revois aussi la terreur dans les yeux de Brynn quand elle me tend le bébé. Je lui dis non. Je ne veux pas la toucher. Alors, Brynn coupe le cordon ombilical en tremblant et va déposer le bébé avec des gestes doux sur un petit tas de serviettes, dans un coin de la pièce.

— Il faut que tu voies un médecin, Allison, m'a-t-elle dit, la voix brisée d'inquiétude, tout en écartant de mon front mes cheveux trempés de sueur.

J'avais incroyablement froid, je tremblais si fort que mes dents s'entrechoquaient. Brynn a jeté un regard en arrière sur le bébé immobile et silencieux.

— Nous devons appeler quelqu'un…

— Non, non…, ai-je répondu en claquant des dents et en tentant de couvrir mes jambes, consciente à présent de ma nudité.

Je m'efforçais de contrôler les mouvements de mes lèvres, d'articuler les mots clairement et avec conviction. Je savais que si je n'y arrivais pas, Brynn allait flancher.

— Nous n'allons prévenir personne. Personne ne doit savoir. Personne.

Je me rendais compte que je devais lui paraître sans cœur, cruelle même. Mais, comme je l'ai déjà dit, j'avais des projets pour mon avenir : première de la classe, bourse pour l'équipe de volley, université, études de droit. Christopher était une petite erreur de parcours, la grossesse une erreur fatale. Tout ce dont j'avais besoin à ce moment-là, c'était que Brynn garde la tête froide, qu'elle marche avec moi.

— Oh ! Alli…, a-t-elle murmuré.

Son menton tremblait, des larmes roulaient sur ses joues.

Elle avait du mal à ne pas craquer.

— Je reviens dans quelques minutes, a-t-elle dit en me bordant soigneusement sous les couvertures. Je vais jeter ces draps.

J'avais sommeil. Tellement sommeil. J'aurais voulu fermer les yeux et disparaître, simplement.

A l'aide de mes bras, je me suis arrachée au lit trempé et, lentement, j'ai laissé pendre mes mollets au bord du matelas, en retenant difficilement un cri à cause de cette douleur cuisante au niveau de mon entrejambe. J'ai regardé vers le recoin de la pièce où Brynn avait déposé le bébé. *Je peux le faire,* me suis-je dit. *Je dois le faire*.

Tout en accomplissant des efforts surhumains pour tenir assise, j'ai baissé les yeux et remarqué les traces couleur rouille sur mes cuisses. Brynn avait fait de son mieux pour me laver, mais je saignais encore beaucoup. J'ai poussé un gémissement. Il y avait tant de sang. J'ai aperçu du coin de l'œil le ballot de serviettes dans lesquelles Brynn avait emmitouflé l'enfant. Il me semblait si loin. Il fallait que je m'habille et que je m'arrange pour que tout revienne à la normale dans cette chambre. Il allait bientôt faire nuit et mes parents n'allaient pas tarder à rentrer. Je devais prendre une décision. A travers le martèlement de la pluie qui battait le toit, j'ai cru entendre Brynn en bas et le claquement d'une porte-moustiquaire. Je savais ce que je devais faire, où je devais emporter ce bébé. Ce serait comme si elle n'avait jamais été dans cette chambre, comme si elle n'avait jamais existé. Ensuite, je me dépêcherais de finir de nettoyer tout ça et je feindrais d'avoir la grippe pendant quelques jours. Puis tout redeviendrait comme avant. Il le fallait.

Mais cette chose n'a pas eu de fin. Elle s'est greffée sur moi, sur Brynn, sur mes parents aussi, comme une tumeur maligne, et nous ne serons jamais libérés d'elle. Je me mets à pleurer. J'ai toujours agi de façon impeccable dans ma vie, et j'ai tout perdu à cause d'une erreur. Une seule erreur. Ce n'est pas juste, tout simplement.

Claire

En entrant dans la vieille maison victorienne qu'elle a achetée douze ans plus tôt avec Jonathan, et qu'ils ont restaurée ensemble, Claire se promet d'appeler Charm dans quelques jours pour prendre de ses nouvelles.

Elle nourrit une sorte de tendresse pour cette fille rondelette à la voix douce, fascinée par les manuels d'aide. Elle a appris à la connaître au fil des années à travers son choix de livres. En achetant *Législation et divorce*, Charm lui a expliqué qu'elle était restée vivre avec son beau-père, Gus, quand sa mère avait divorcé. En emportant *Frères et sœurs : des liens pour la vie*, Charm lui a avoué qu'elle n'avait pas vu son frère aîné depuis cinq ans, mais qu'elle voulait être prête s'il revenait un jour. Quand elle a commencé ses études, c'est à Bookends qu'elle est venue chercher ses livres de classe. Ce jour-là, Claire a su qu'elle désirait plus que tout devenir infirmière, et que Gus souffrait d'un cancer des poumons. Charm choisissait parfois des livres qu'elle offrait à ses amis. Pour son premier petit copain, ç'avait été un ouvrage traitant du base-ball.

Une fois, elle avait emporté un exemplaire de *Ma mère : des bras pour me bercer*, de Maya Angelou, livre qu'elle destinait à sa mère, avec laquelle elle tentait de renouer des liens.

« Elle n'a pas compris, avait-elle confié plus tard à Claire. Elle s'est demandé pourquoi je lui offrais des poèmes, elle a cru que je me moquais d'elle et que c'était une manière de lui faire comprendre que je la considérais comme une mauvaise mère. Avec elle, je suis toujours perdante. »

Elle paraissait si triste que Claire s'était félicitée de répéter chaque jour à Joshua combien elle l'aimait.

Comme toutes les mères, Claire commet des erreurs, bien sûr, comme cette fois où elle a accusé Joshua, à tort, d'avoir donné à Truman ses bonbons d'Halloween. Mais, au moins, elle sait qu'il ne doutera jamais de son amour pour elle.

Claire trouve Joshua en train de faire rouler une balle de tennis sur le sol du salon pour amuser Truman, lequel la regarde passer d'un air morne.

— Va la chercher, Truman, dit Joshua. Va chercher la balle !

Mais, au lieu de courir après la balle, Truman se hisse sur ses grosses pattes pour quitter la pièce.

— Truman ! appelle Joshua d'un ton déçu.

— Il va revenir, assure Claire en se penchant pour ramasser la balle qu'elle tend à Joshua. Ne t'en fais pas.

— A la télé, il y a un bouledogue qui s'appelle Tyson et qui fait du skate, se lamente Joshua, tout en tirant sur l'ourlet effiloché de son short. Et Truman, il court même pas après une balle.

— Truman fait d'autres trucs très sympas, répond Claire en se creusant la tête pour trouver des exemples.

— Quoi ? demande Joshua d'un air sombre.

— Il avale un pain en trois secondes, par exemple.

Comme Joshua n'a pas l'air impressionné, elle soupire et vient s'asseoir par terre auprès de lui.

— Est-ce que tu sais que Truman est un héros ?

Joshua pose sur elle un regard sceptique.

— Quand tu es venu chez nous, tu étais tout petit, reprend-elle.

— Je m'en souviens, répond Joshua d'un ton sérieux. Je pesais trois kilos.

— Une nuit, trois semaines à peine après ton arrivée, tu dormais dans ton berceau. Papa et moi, nous étions si fatigués que nous nous sommes assoupis sur le canapé, et pourtant il n'était que 7 heures et demie.

Joshua trouve l'idée comique. Il rit.

— Vous vous êtes couchés à 7 heures et demie ?

— Oui, répond-elle, et elle tend le bras pour saisir la main de Joshua, qui, sans qu'elle s'en aperçoive, a perdu un peu de sa douceur potelée.

Elle lui trouve des doigts longs et effilés, et se surprend à se demander de qui il les tient. De sa mère ou de son père ?

— Quand tu étais bébé, tu ne dormais pas beaucoup, aussi, dès que tu fermais les yeux, on en profitait pour rattraper le sommeil qui nous manquait. Donc nous étions là, écroulés sur le canapé, quand Truman s'est mis à aboyer comme un fou. Ton père a voulu le sortir pour qu'il fasse ses besoins dehors, mais Truman a refusé de le suivre. Papa l'a poursuivi dans toute la maison, mais il ne cessait de courir partout en poussant des jappements excités. C'était drôle à voir, je t'assure.

Ils sourient ensemble à l'image de Jonathan endormi, courant gauchement derrière Truman.

— Finalement, Truman a grimpé l'escalier en continuant à aboyer jusqu'à ce qu'on monte. Quand on est arrivés sur le palier, il a couru droit dans ta chambre. On ne cessait de murmurer : « Chut, chut, Truman, tu vas réveiller Joshua… » Mais il continuait. Et, tout à coup, ton père et moi, on a compris qu'il y avait un problème. Un problème sérieux. Parce que, avec tout le bruit que faisait Truman, tu aurais dû te réveiller et te mettre à hurler.

Le front de Joshua se plisse tellement il se concentre pour réfléchir.

— Et je m'étais pas réveillé ?

— Non, répond Claire, que ce souvenir fait frissonner. Elle prend Joshua sur ses genoux.

— Et pourquoi ? demande-t-il.

Il lui retire doucement son alliance et la glisse à son propre pouce, en s'amusant à la faire coulisser. Le diamant jette des éclats arc-en-ciel sur le mur.

— Papa a allumé la lumière dans ta chambre. Tu étais dans ton berceau et tu avais l'air de dormir, mais tu ne dormais pas. Tu ne respirais plus.

La main de Joshua se fige, mais il ne dit rien. Il attend la suite.

— Papa t'a arraché si brutalement du berceau que ç'a dû te faire un choc, parce que tu t'es mis aussitôt à hurler.

— Ouf ! soupire Joshua avec soulagement, tout en se remettant à jouer avec la bague.

— Ouf, c'est le cas de le dire, assure Claire d'un ton solennel. Truman nous a évité le pire, ce jour-là. Donc, tu vois, il ne tient peut-être pas sur un skate-board, mais ce n'est pas n'importe quel chien.

— C'est vrai, murmure Joshua. Je vais lui demander pardon.

Il replace la bague sur le doigt de sa mère, saute à bas de ses genoux, et sort de la pièce en courant pour se mettre en quête de Truman. Ce que Claire ne dit pas à Joshua, c'est qu'entre les interminables secondes durant lesquelles ils l'ont regardé, allongé dans son berceau, cyanosé et immobile, et l'instant où ils ont entendu ses hurlements furieux, elle-même n'a pas exhalé un souffle. *Ce n'est pas possible que je le perde déjà !* avait-elle songé. *Le Seigneur ne peut pas nous le reprendre après nous l'avoir donné*. Il avait fallu que l'air circule de nouveau dans les petits poumons du bébé pour que les siens acceptent de fonctionner.

Claire se lève lentement, avec la sensation d'être trop

vieille pour un si jeune enfant. Elle a déjà quarante-cinq ans. Quand Joshua fêtera son dixième anniversaire, elle en aura cinquante. Quand il atteindra les quarante, elle en sera à quatre-vingts. Mais la maternité est ce qu'elle a connu de plus difficile, de plus effrayant, de plus merveilleux. Et ce qui la remplit de joie plus que tout, plus encore que l'arrivée de Joshua dans sa vie, plus encore que de s'entendre appeler maman, c'est d'observer Jonathan et Joshua quand ils sont ensemble. Ils aiment se plonger dans des magazines de décoration et regarder de vieux épisodes de *This Old House*. Claire ne peut s'empêcher de rire quand Joshua, lorsqu'on lui demande ce qu'il fera plus tard quand il sera grand, répond Bob Billa ou comme son papa. Quand Joshua aide comme il peut son père à raboter, poncer et vernir, quand ils remettent à neuf de vieux manteaux de cheminées, des armoires, des rampes d'escalier, quand elle regarde Jonathan expliquer à Joshua comment on plante un clou ou comment on enfonce une vis, son cœur se gonfle de fierté.

Joshua est leur fils unique et elle n'a pas vraiment d'éléments de comparaison, mais elle se rend compte qu'il n'est pas tout à fait comme les autres enfants. Pendant longtemps, elle s'est dit qu'il était simplement d'un tempérament rêveur et créatif. Maintenant encore, elle tente de se convaincre que ce n'est pas grave s'il est souvent absent, au point de ne pas les entendre quand ils lui parlent. Il faut parfois lui répéter les choses plusieurs fois avant qu'il réagisse. On dirait qu'il quitte volontairement leur monde, il peut rester des heures à fixer un point dans le vide, absorbé par quelque chose qu'ils ne voient pas. C'est un peu comme s'il s'était entouré d'une carapace qui le protège de la dureté du monde extérieur. Sans cette carapace, Claire pense qu'il se sentirait exposé et vulnérable. Elle se demande parfois si ç'a un rapport avec ces quelques secondes où son cerveau est resté privé d'oxygène, ou s'il a subi un traumatisme avant d'arriver chez eux. Parfois, elle craint que leur amour ne soit pas assez puissant pour lui redonner confiance dans la vie.

Claire effleure du bout des doigts les cadres alignés sur la table basse. Il y a là les photos prises le jour où ils ont ramené Joshua à la maison, celles qui immortalisent le jour où il est devenu légalement leur enfant ; on le voit aussi la première fois qu'il a mangé de la purée de potiron, et le matin de son premier Noël. Chaque jour, Claire prie pour remercier celle qui a déposé Joshua devant la caserne de pompiers cinq ans plus tôt. Grâce à elle, ils ont un fils. Il lui arrive de se poser des questions à son sujet. Qui était la femme qui a mis Joshua au monde ? Habitait-elle Linden Falls ? Etait-ce une très jeune fille, une adolescente, ou bien une femme qui avait déjà plusieurs enfants et ne pouvait en assumer un de plus ? Joshua a peut-être quelque part des frères et sœurs qui lui ressemblent. Sa mère était peut-être une droguée. Il est peut-être le fruit d'un viol.

Claire se pose une foule de questions dont elle ne connaît ni ne veut connaître les réponses. Elle est reconnaissante à cette femme d'avoir choisi d'abandonner son enfant. Elle ignore si son geste était motivé par un sentiment d'altruisme ou par l'égoïsme, mais ce qu'elle sait, c'est que cette femme leur a donné ce qu'ils possèdent de plus précieux au monde.

Brynn

Nous sommes nombreux à nous entasser dans l'appartement de Missy, un deux-pièces qu'elle partage avec deux autres filles. Je ne connais personne à part Missy, mais elle est sur le canapé, en train de se faire peloter par un type. Je me réfugie donc dans un coin, en m'efforçant de ne pas lorgner du côté de leurs baisers frénétiques, de la langue du gars qui plonge dans la bouche de Missy, de sa main qui remonte sous sa jupe. Je bois une gorgée du verre qu'un inconnu me tend et je prends le temps de savourer l'agréable torpeur qui m'envahit peu à peu. Je ne suis pas censée consommer de l'alcool avec mes médicaments, mais ça tombe bien, parce que je ne les ai pas pris aujourd'hui. Un garçon que je crois reconnaître pour l'avoir croisé sur le campus se faufile vers moi.

— Salut !

Il doit hurler pour se faire entendre par-dessus les basses de la musique.

— Salut.

Je ne trouve rien d'autre à répondre et je me désole intérieurement d'être aussi nulle.

Le garçon est petit, mais tout de même plus grand que moi. Il est blond et il s'est mis du gel, ses cheveux sont dressés sur son crâne.

— J'ai l'impression de te connaître, dit-il en se penchant vers moi.

Son haleine empeste le sucre, il boit un Wine Cooler.

— Oh ! dis-je d'un ton détaché, en m'efforçant de réagir comme si cela m'arrivait tous les jours.

Je porte mon verre à mes lèvres, mais il est vide. J'ai l'impression que la peau de mon visage devient flasque et qu'elle pend, je touche discrètement mes joues pour m'assurer qu'elles sont bien à leur place.

— Tiens, propose le garçon.

Il essuie galamment le rebord de sa bouteille avec son T-shirt. Son nez est saupoudré d'une pincée de taches de rousseur, et je suis tentée d'allonger un doigt pour les compter une à une. La tête me tourne un peu et je m'adosse au mur pour ne pas perdre l'équilibre.

— Merci, lui dis-je en buvant aussitôt, parce que je ne trouve rien à dire.

— Je suis Rob Baker, annonce-t-il avec un sourire.

— Je suis ravie de faire ta connaissance, je réponds, en souriant à mon tour. Moi, c'est Brynn.

— Je sais, dit-il. Tu es Brynn Glenn.

Mon sourire s'élargit. Il connaît mon nom de famille.

— Oui, c'est bien moi, dis-je en minaudant.

Je fais un pas vers lui. J'ai un peu le vertige. Je me demande quel effet ça ferait de l'embrasser, de sentir sa langue contre la mienne.

— Je suis de Linden Falls, dit-il.

Mon cœur tressaute.

— On fréquentait la même paroisse, ajoute-t-il.

Je commence à comprendre. Ce n'est pas parce qu'il m'a remarquée sur le campus, ni parce qu'il me trouve jolie, qu'il s'intéresse à moi.

— Tu es la sœur d'Allison Glenn, c'est ça ?

Je n'arrive pas à répondre, je reste là, à le regarder sans un mot, en battant des paupières.

— Allison Glenn, c'est bien ta sœur, non ? insiste-t-il.

Je remarque qu'il jette un coup d'œil par-dessus son épaule à un groupe de garçons qui nous observent.

— Non, dis-je.

Mais, à l'expression de son visage, je devine qu'il sait que je mens.

— Jamais entendu parler d'elle.

Je fais mine de chercher du regard quelqu'un derrière lui.

— On fréquentait la même église. Nos mères étaient toutes les deux bénévoles pour la vente de gâteaux à la kermesse. Tu es Brynn Glenn, répète-t-il avec conviction.

— Non. Je ne suis pas *cette* Brynn Glenn.

Je lui mets sa bouteille dans les mains, d'un geste si brusque que je renverse ce qu'il en reste sur sa chemise, et je le plante là, en me fondant dans le groupe. D'un pas mal assuré, je me fraye un chemin jusqu'à la porte, au milieu des corps en sueur. Une fois dehors, l'air frais et doux me rafraîchit le visage. Je parviens à rejoindre ma voiture et je m'installe à l'intérieur. J'ai conscience de ne pas être en état de conduire. Ma tête est lourde, je la pose sur le volant et je ferme les yeux. Quand j'étais adolescente, les professeurs ne cessaient de me répéter : « Vous êtes Glenn, la petite sœur d'Allison, n'est-ce pas ? Etes-vous aussi intelligente qu'elle, aussi sportive qu'elle, aussi originale qu'elle ? » Aussi, aussi…

Eh bien non, non, pas « aussi » ! Je ne suis pas ma sœur ! ai-je envie de hurler. Je ne lui ressemble en rien et je ne lui ressemblerai jamais. Mais peu importe. Quoi que je fasse, aussi loin que j'aille, Allison me poursuivra toujours. On me ramène toujours à elle.

Allison

Parfois, la nuit, je me pose encore des questions sur la manière dont la police a su que le bébé repêché dans le fleuve était le mien. Quelqu'un les a forcément prévenus et ce n'est pas moi. Quelque part, je sais que c'est Brynn, mais je n'arrive pas à croire qu'elle ait réussi à rassembler assez de courage pour décrocher le téléphone. Brynn n'était pas capable de commander une pizza. Cinq ans se sont écoulés et je ne peux toujours pas l'imaginer en train de passer ce coup de fil.

Ce soir-là, quand la police est venue me chercher, l'étrange engourdissement qui m'avait envahie après mon accouchement s'était dissipé, remplacé par une douleur tellement cuisante que j'en avais les larmes aux yeux. Un agent me soutenait par le bras pour m'aider à marcher et je lui en étais reconnaissante. Quand je suis passée devant elle, Brynn a tendu la main pour me caresser le visage.

— Alli…, a-t-elle pleurniché.

J'ai évité sa caresse. J'étais tellement brûlante qu'il me semblait que j'allais me réduire en cendres si l'on me touchait. Mais je m'en suis voulu de l'avoir repoussée. Elle était tellement sensible. C'est bizarre, sans doute, mais je comprenais pourquoi elle m'avait dénoncée. Elle n'avait que quinze ans, elle était trop jeune pour assumer ce qui s'était passé. Et aussi trop fragile. J'ai prié pour qu'elle n'avoue à personne qu'elle m'avait aidée à accoucher. Je ne voyais pas pourquoi elle aurait dû payer avec moi une faute que j'avais été seule à commettre. Au moment où je me glissais précautionneusement sur le siège arrière de la voiture de police, je me souviens d'avoir entendu ses pleurs déchirants.

Depuis ce jour, je ne lui ai plus parlé, je ne l'ai plus revue.

Je me suis évanouie dans la voiture de patrouille et notre premier arrêt a donc été l'hôpital, où on m'a fait trente points de suture. J'y ai passé trois semaines branchée à une perfusion bourrée d'antibiotiques. Je n'étais pas habituée aux regards que posaient sur moi les infirmières et les médecins. Ils me soignaient. Ils faisaient leur travail. Mais je n'ai jamais eu droit à un geste tendre, aucune main fraîche ne s'est jamais posée sur mon front brûlant. Je n'inspirais que de la colère et du dégoût. De la peur. Mes parents, eux, après le choc initial de mon arrestation, avaient adopté une attitude outragée.

— C'est ridicule, a assuré ma mère d'un ton persiflant à l'inspecteur qui m'interrogeait à l'hôpital et me demandait si c'était moi qui avais jeté l'enfant dans le fleuve.

Je n'ai pas répondu.

— Allison, a dit ma mère, dis-leur qu'ils se trompent.

Mais je n'ai rien dit. Quand l'inspecteur a voulu savoir d'où venait ce sac noir rempli de draps ensanglantés qu'ils avaient découvert dans la poubelle du garage, je n'ai pas répondu non plus. Elle a fait remarquer qu'il s'était forcément passé quelque chose, puisque j'étais pratiquement ouverte en deux, et qu'est-ce que c'était que ce lait qui suintait de mes seins enflés ?

— Allison, dis-leur que tu n'as pas fait ça, a ordonné mon père.

Finalement, je me suis décidée à parler.

— J'ai besoin d'un avocat, ai-je murmuré.

La femme a haussé les épaules.

— C'est probablement une bonne idée. Nous avons trouvé le placenta.

J'ai avalé ma salive et j'ai baissé les yeux vers mes mains. Elles étaient boudinées ; on aurait dit qu'elles ne m'appartenaient pas.

— Dans une taie d'oreiller, au fond d'une poubelle, a indiqué la femme.

Elle s'est tournée pour regarder mon père.

— De votre poubelle, a-t-elle précisé.

Comme elle quittait ma chambre, elle s'est arrêtée sur le seuil pour me fixer une dernière fois et elle a dit doucement :

— Est-ce qu'elle a pleuré, Allison ? Est-ce que votre bébé pleurait quand vous l'avez jeté dans l'eau ?

— Sortez ! a hurlé ma mère, d'une voix stridente qui était à l'opposé de son personnage toujours si calme et correct. Sortez ! Vous n'avez pas le droit ! Rien ne vous autorise à entrer dans cette chambre pour nous accuser et nous perturber comme vous le faites !

L'inspecteur m'a désignée du menton d'un air méprisant.

— Elle n'a pas l'air si perturbée que ça, a-t-elle lâché avant de sortir.

Charm

Gus va de plus en plus mal.

— Où est le bébé ? demande-t-il à Charm qui rentre de l'hôpital.

— Il est en sécurité, assure-t-elle. Il vit dans une gentille famille, tu t'en souviens ? Il est heureux et bien traité.

Charm entend frapper un coup sec à la porte d'entrée. Elle enlève la casserole de purée de la cuisinière et va ouvrir. Jane est sur les marches, ses cheveux noirs tirés en queue-de-cheval, avec, à la main, son « sac magique », comme elle l'appelle.

— Bonjour, ça va ? demande-t-elle en entrant dans la maison. Ça sent l'automne, aujourd'hui.

Elle frissonne un peu tandis que Charm l'aide à ôter son manteau.

— Je sais, et nous ne sommes que fin août. Ça va bien, répond Charm. Gus est dans la pièce à côté, il regarde la télé.

— Ah, de la nourriture pour l'esprit…

Elle sourit.

Charm hausse les épaules.

— Ça l'aide à passer le temps.

— Comment est-ce qu'il va ? demande Jane, d'un ton redevenu sérieux.

— Il va bien. Certains jours mieux que d'autres.

— Et toi ? Comment ça se passe, à l'école ? Tu arrives

à jongler avec tout ça ? C'est une lourde responsabilité, pour une fille de vingt ans, de faire des études et de s'occuper d'un vieil homme.

— Ne dites surtout pas à Gus qu'il est vieux, ça le blesserait. On s'en sort très bien, assure Charm en se raidissant un peu.

Elle sait où Jane veut en venir avec cette question. A chacune de ses visites, elle aborde le sujet de l'hôpital ou du centre de soins palliatifs.

— Je l'appelle trois fois par jour et je passe le voir à l'heure du déjeuner, poursuit Charm.

— Je sais, je sais.

Jane lève une main conciliante, pour rassurer Charm sur ses intentions. Elle ne l'accuse de rien.

— Tu fais des merveilles. Tout ce que je dis, c'est que tu as le choix et la possibilité d'obtenir de l'aide. Si tu vois que la santé de Gus se dégrade brusquement, ou si tu te sens débordée, n'hésite pas à me le faire savoir.

— D'accord, répond Charm, tout en sachant que Gus ne supporterait pas qu'on l'emmène hors de cette maison.

— J'ai rencontré ta mère, l'autre jour, annonce Jane d'un ton détaché, tout en balayant la cuisine du regard.

Charm sait que ça fait partie de son rôle d'infirmière, de vérifier que Gus a tout ce qu'il lui faut et qu'il vit dans de bonnes conditions. Elle n'est pas inquiète — elle tient la maison propre et veille à ce qu'il y ait toujours de quoi manger dans le réfrigérateur.

— Ah ? répond-elle, comme si elle n'y attachait aucune importance.

Mais elle écoute, avide de la moindre nouvelle concernant sa mère.

— Oui, au Wal-Mart de Linden Falls. Elle avait l'air en forme. Elle m'a dit qu'elle travaillait comme serveuse chez O'Rourke.

Charm ne répond pas. Sa mère a changé plusieurs

fois d'emploi, ces dernières années, et elle ne gardera pas celui-là plus longtemps que les autres.

— Elle est toujours avec son copain, Binks, poursuit Jane.

— Pour le moment, ajoute amèrement Charm.

— Elle m'a demandé de tes nouvelles. Je lui ai répondu que tu t'en sortais très bien, précise gentiment Jane.

— Elle pourrait s'adresser à moi, pour avoir de mes nouvelles. Elle sait où je suis. Elle a vécu suffisamment longtemps dans cette maison pour retrouver le chemin.

— Elle m'a aussi demandé si tu avais eu récemment des nouvelles de ton frère, reprend Jane d'un ton hésitant.

— Non, répond Charm, sur ses gardes. Pas depuis des années. La dernière fois que j'ai entendu parler de lui, il vendait de la drogue et il était mêlé à d'autres activités tout aussi illégales.

— Tu t'en sors vraiment bien, tu sais ? répète de nouveau Jane. Tiens le coup. Bientôt, tu auras terminé tes études et tu pourras vivre ta propre vie.

Elle hisse son sac sur son épaule et appelle Gus.

— La femme de vos rêves est arrivée, Gus. Eteignez-moi cette fichue télévision.

Le rire de Gus résonne depuis l'autre pièce, et elles entendent le déclic de la télévision qui s'éteint.

Charm a conscience que Jane est douce et affectueuse avec Gus, et elle se doute qu'elle se comporte de la même manière avec ses autres patients. Jane donne à Gus des médicaments pour apaiser ses douleurs, mais il souffre tout de même beaucoup, et son rôle est de le faire sourire en dépit de cette souffrance. Elle s'arrange pour préserver ce qui lui reste de dignité, pour qu'il se sente respecté, parce que c'est important pour lui. Parce que c'est tout ce qui lui reste. Il sait qu'il est arrivé au bout du voyage. Jane lui facilite ce qui lui reste de chemin à parcourir. Quand elle s'adresse à lui, c'est à l'homme d'autrefois qu'elle parle, à celui dont il se souvient — le courageux pompier, un membre respecté de la communauté, un ami fidèle, un bon voisin.

Charm songe que, si quelqu'un apprenait un jour ce qu'ils ont fait il y a cinq ans, on lui interdirait peut-être de passer son diplôme d'infirmière.

Je veux aider les autres, comme Jane, pense-t-elle. *J'espère que rien ne m'en empêchera.*

Brynn

Je me réveille en tremblant. Les vitres de ma voiture sont couvertes de buée, et il me faut quelques minutes pour comprendre où je suis. J'essuie la condensation avec la paume de ma main. Le ciel est noir. Je suis toujours garée en face de l'appartement de Missy. Aucune lumière ne brille chez elle et la rue est silencieuse.

J'ai la nuque raidie d'avoir dormi la tête contre le volant, et la bouche desséchée, comme remplie de coton. Je repense à cette soirée, quand j'ai cru, pauvre naïve, que ce garçon s'intéressait à moi. Rien qu'à moi. J'avais pensé, en quittant Linden Falls, que j'aurais une chance de repartir de zéro, dans une ville où personne ne saurait d'où je venais, ni qui était ma sœur. Mais je me trompais.

Je mets le contact, le chauffage à fond, et un souffle d'air chaud vient me fouetter le visage. L'horloge du tableau de bord indique 3 h 30 du matin. J'espère que ma grand-mère n'est pas debout en train de m'attendre et de se ronger les sangs pour moi. J'essaye d'évaluer si je suis suffisamment sobre pour conduire, ou si je devrais plutôt frapper à la porte de Missy pour m'écrouler et finir la nuit chez elle. Mais je ne supporte pas l'idée de l'affronter, d'être obligée d'expliquer pourquoi je suis partie si précipitamment. Je suis certaine que mon histoire a déjà fait le tour de l'assistance. Ça va recommencer comme à Linden Falls. Je vais être de nouveau « cette fille-là ». « Cette Brynn Glenn. » Celle dont la sœur est allée en prison pour avoir noyé son bébé.

Je décide que je suis en état de rentrer. Je n'ai pas la tête qui tourne, comme hier soir, mais une massue me martèle le crâne et je me sens nauséeuse. Tant pis. J'allume mes phares et je m'engage prudemment dans la rue, en direction de la maison. J'ignore ce que je vais dire à ma grand-mère. La vérité, je suppose. Elle est tout simplement le seul être au monde à qui je puisse dire la vérité, du moins jusqu'à un certain point. Elle sait que je me sens dévalorisée, chez mes parents. Elle a compris. Elle m'a dit qu'elle aussi avait cette sensation, quand elle vivait avec mon grand-père et mon père. Ils étaient tous les deux perfectionnistes, incroyablement intelligents, ils partageaient la même passion pour la finance et l'astronomie. Elle avait beau faire de son mieux, elle avait toujours l'impression de les observer de l'extérieur, tout en mourant d'envie d'entrer dans leur cercle, sans jamais parvenir à trouver le moyen d'y pénétrer.

Quand j'avais quatorze ans, j'ai suivi des cours de dessins au centre de loisirs. Notre professeur nous avait demandé de faire un autoportrait. Je suis restée des heures assise devant mon miroir, à me regarder, sans même effleurer le papier de la mine de mon crayon. Ma main flottait au-dessus du carnet à dessins, comme un papillon qui cherche une place où se poser, quand Allison, qui traversait le couloir, a passé la tête dans ma chambre.

— Qu'est-ce que tu fais ? m'a-t-elle lancé.

— Rien, ai-je répondu. Juste un exercice pour mon cours de dessin. Un autoportrait.

— Je peux voir ? a-t-elle insisté en entrant dans la chambre.

Je me souviens d'avoir pensé que ma sœur était belle et que j'aurais préféré faire son portrait plutôt que le mien, mais je n'ai pas osé lui demander de poser pour moi. J'ai incliné vers elle mon carnet, avec la feuille vierge sur le dessus, et elle m'a jeté un regard interrogateur, tout en fronçant les sourcils d'un air perplexe.

— J'imagine que c'est ce qu'il y a de plus difficile pour toi. Pour une artiste. Se représenter. Révéler aux autres l'image qu'on a de soi-même.

Elle a secoué la tête d'un air pénétré, comme si elle cherchait une solution à mon problème.

— Tu devrais peut-être commencer par les yeux, a-t-elle suggéré.

Puis elle est sortie se livrer à l'une de ses activités, ou rédiger un devoir, ou encore faire du sport.

Je suis restée un long moment, seule dans ma chambre, le sourire aux lèvres. Pas seulement parce que Allison m'avait honorée de sa présence — ce qui lui arrivait rarement —, mais aussi parce qu'elle m'avait rangée dans la catégorie des artistes. Pour une fois, je n'étais pas la petite sœur, la rien du tout. J'étais Brynn Glenn, l'artiste.

J'ai encore cet autoportrait que j'ai tout de même fini par terminer. On me voit assise devant un miroir, me regardant, le bloc à dessins et le crayon à la main. Et si vous observez le bloc de près, vous y verrez une autre fille qui tient un bloc et se regarde dans un miroir, et ainsi de suite, jusqu'à ce que la fille soit si petite qu'on la devine à peine. Je pense que c'était plutôt réussi et ç'a été aussi l'avis de mon professeur. J'ai décroché un A. J'ai montré mon travail à mon père et à ma mère, lesquels ont trouvé que c'était beau. Je leur ai demandé si je pouvais l'encadrer et l'accrocher dans le salon ou ailleurs dans la maison, mais ma mère a répondu non. Elle trouvait que ça n'allait pas avec le reste de la décoration.

A Allison, je n'ai jamais montré ce dessin. J'avais peur de ce qu'elle aurait pu en dire. Pendant un instant, elle m'avait considérée comme une artiste. Je voulais que ça continue, pas qu'elle change d'avis.

En bifurquant dans l'allée de la maison de ma grand-mère, je vois qu'une faible lueur éclaire la cuisine. Je déverrouille sans un bruit la porte de derrière, celle qui donne dans la cuisine. La lumière au-dessus de la cuisinière est allumée et il y a un mot sur la table. « J'espère que tu t'es bien amusée avec tes amis. Il reste du gâteau sur le comptoir. » Je souris. C'est aussi pour ça que j'aime ma grand-mère. Elle pense toujours à me laisser une part de gâteau. Mais, ce soir, j'ai trop mal au cœur, et je me contente d'un verre d'eau que j'emporte dans ma chambre. Milo est roulé en boule sur mon lit et il dort profondément. Je le pousse sur le côté et je me glisse sous ma couette, mais le sommeil ne vient pas. Je me relève, j'avale mes cachets, ma dose habituelle, plus deux cachets pour compenser ceux que je n'ai pas pris les jours précédents, et je sors mon carnet à dessins. Je me remets au lit pour dessiner, ma main s'agite, comme mue par sa propre volonté. Des nuages noirs, un fleuve, ma sœur, un bébé… et moi. Qui observe tout.

Allison

Aujourd'hui, je suis de corvée de salle de bains à Gertrude House et, ensuite, je dois rejoindre Olene, qui m'a peut-être décroché un entretien pour un emploi à temps partiel dans une librairie. Je suis à la fois excitée et angoissée à l'idée de chercher du travail. Olene est très active dans diverses communautés de la ville, et nombre de ses « filles », comme elle nous appelle, ont trouvé du travail dans de petits commerces de proximité aux alentours de Gertrude House. Je pose mon seau de produits d'entretien sur le sol, j'attrape la brosse des toilettes et je soulève l'abattant de la cuvette. A l'intérieur, je découvre une poupée particulièrement réaliste avec de grands yeux qui me fixent depuis le fond de la cuvette. J'en ai le souffle coupé. Cette poupée a le même crâne chauve et rosé que le bébé auquel j'ai donné naissance, et elle me tend les bras comme pour me supplier de la sortir de là. Je me retiens de m'enfuir de la salle de bains en courant, en brandissant la brosse, prête à me battre ; je voudrais crier, hurler des obscénités, leur dire que je jure de me venger. Mais je me laisse glisser à terre, je pose mon front contre le carrelage bleu et je pleure, je pleure sans fin.

Au bout d'un moment, Olene entre dans la salle de bains — dans cette maison, aucune porte ne ferme à clé — et elle s'assied par terre près de moi, en me serrant dans ses bras, tandis que je sanglote comme ça ne m'est pas arrivé depuis des années. Personne ne m'a jamais vue pleurer ainsi. Pas plus ma mère que mon père, pas même Brynn. Je m'agrippe au frêle corps d'Olene, ses épaules noueuses enfoncées dans ma joue, et je pleure encore.

— Chhhut, Allison, chhhut, murmure-t-elle à mon oreille, tandis que son haleine de tabac froid souffle agréablement sur ma joue. Ça va aller mieux, promet-elle. Vous m'entendez, Allison ?

Je renifle et j'acquiesce dans le creux de son cou.

— Levez-vous, à présent, et rafraîchissez-vous le visage.

Elle pose sur mes épaules ses mains rugueuses et tannées comme du cuir.

— Ça ne va pas être facile, dit-elle en me regardant droit dans les yeux. Et ça va même encore probablement empirer quelque temps. Personne ne peut rien changer à ce que vous avez fait ni à ce qui s'est passé autrefois.

Je baisse la tête et je recommence à pleurer.

— Mais..., reprend-elle, si sèchement que je me sens contrainte de relever la tête, vous devez absolument prendre le contrôle de votre vie, à présent. Vous comprenez ?

Je ne peux même pas répondre.

— Vous comprenez ? insiste-t-elle.

Et j'opine du menton, de haut en bas.

— Allez vers le monde avec l'espoir au cœur, Allison, dit-elle d'une voix douce, les yeux pleins de larmes. Allez vers le monde avec l'espoir au cœur, et vous en serez récompensée. Je vous le promets.

Elle prononce ces paroles avec tendresse et conviction, exactement comme elle a dû le faire pour des douzaines, peut-être des centaines de filles, au cours des années.

Je fais signe que oui de la tête et je m'essuie les yeux.

— Ça va aller ? demande Olene.

— Ça va, je réponds bêtement, tout en acquiesçant et en reniflant.

L'évidence, c'est que ça ne va pas du tout.

— J'ai juste besoin de quelques minutes.

— D'accord.

Elle se relève et reste debout au-dessus de moi durant quelques instants, comme si elle hésitait à en dire plus.

— On se retrouve tout à l'heure au groupe de parole, lâche-t-elle enfin.

Elle baisse les yeux vers le bébé qui flotte toujours dans la cuvette des toilettes.

— Vous voulez que je m'en charge ? dit-elle.

— Non, j'ai compris que je dois faire mes preuves.

J'entends la porte cliqueter doucement quand Olene la referme derrière elle en sortant.

Je contemple dans le miroir mes yeux gonflés et mes joues marbrées. Il n'est pas question que les autres femmes me voient comme ça, et donc je me penche au-dessus de la vasque pour me passer de l'eau fraîche sur le visage. L'espace d'une seconde, je songe combien le contact de l'eau glacée du fleuve contre le visage de mon bébé a dû lui paraître violent, et un son étranglé s'échappe de ma gorge. Je m'oblige à me regarder de nouveau dans le miroir et je lisse mes cheveux. Ils sont toujours aussi longs et brillants, d'un blond lumineux. Je les déteste. J'en prends une pleine poignée, j'inspire, je fouille dans le placard à pharmacie à la recherche d'une paire de ciseaux, mais je n'en trouve pas.

Je choisis une vieille serviette dans l'armoire à linge, je sors la poupée de la cuvette en l'attrapant par le bras et je l'enveloppe aussitôt. C'est mon examen de passage, je suppose, le rite initiatique que je dois subir pour être acceptée dans la confrérie féminine de ce foyer de réinsertion. Eh bien, pour les examens, j'ai l'habitude d'assurer. Quand j'ouvre la porte de la salle de bains, les filles se postent discrètement sur le seuil de leurs chambres respectives pour m'observer, mais je traverse le couloir, la tête haute, le dos bien droit, tranquillement. Puis je descends l'escalier, indifférente aux ricanements et aux murmures qui me suivent. J'entre d'un pas décidé dans la cuisine et je sors par la porte de derrière pour me diriger vers l'endroit où sont entreposées les grandes poubelles noires. Je soulève violemment le couvercle de plastique de l'une d'elles et j'y lâche nonchalamment mon ballot. Il atterrit bruyamment au milieu des débris puants de nourriture, des serviettes en papier sales, des ordures — des déchets de ces femmes qui ont toutes quelque chose à se reprocher et qui se croient meilleures que moi.

L'espoir. Olene m'a conseillé d'aborder le monde avec espoir. C'est ce que je veux faire. Il le faut, mais je ne sais pas comment m'y prendre.

En rentrant dans la maison, j'entends murmurer « tueuse d'enfant », et je vois les visages mauvais et méprisants des autres résidentes. Je ne serai jamais libre de mon passé tant que je vivrai à Linden Falls. Il faut que je décroche ce travail à la librairie, que je termine ma période de probation à Gertrude House. Et ensuite je partirai. Loin. Mais pas sans avoir rencontré ma sœur pour l'obliger à m'écouter.

Claire

Les lampadaires de Sullivan Street s'allument en crépitant à 21 h 30 précises, bien que le ciel soit aussi sombre qu'un ciel de nuit depuis deux bonnes heures. Debout devant la fenêtre de Bookends, Joshua regarde tomber le rideau argenté de la pluie. Ses mains appuyées à la vitrine laissent de petites empreintes poisseuses que Claire n'aura pas le courage d'essuyer. *Regarde*, semblent dire les traces de ses doigts, *regarde qui était là* — un petit garçon de cinq ans qui aime le goût acide des bonbons gélifiés en forme de vers de terre et le soda au chocolat, cochonneries que Claire, au cours de rares moments d'indulgence, accepte de lui acheter. Ils n'étaient pas censés rester si tard à Bookends, le lundi, mais Ashley, la jeune fille de dix-sept ans que Claire emploie à temps partiel et qui aurait dû la relayer, ce soir, a téléphoné pour annoncer qu'elle était malade. Ensuite, il y a eu une fuite au niveau du plafond, et il a fallu d'urgence déplacer livres et meubles, puis nettoyer. Perturbé par cette agitation, Truman a filé dans l'arrière-boutique la queue entre les jambes, et Claire a cédé aux supplications de Joshua qui réclamait ses sucreries préférées.

Et maintenant, deux heures plus tard, c'est une Claire épuisée qui grimpe les marches du vieil escabeau branlant — celui que Jonathan voudrait qu'elle remplace parce qu'elle risque de se briser la nuque chaque fois qu'elle monte dessus. Mais Claire tient absolument à terminer un inventaire qui aurait dû être bouclé depuis plusieurs jours.

— Maman…, dit Joshua d'un ton geignard. J'ai vu des éclairs. Il va y avoir du tonnerre.

— Accorde-moi juste quelques minutes, Josh, ensuite on prendra nos affaires et on rentrera à la maison. J'ai presque fini. Tu es fatigué ?

Joshua fait signe que non de la tête.

— Il va falloir t'habituer à te coucher plus tôt. C'est la semaine prochaine que tu rentres à l'école, ajoute-t-elle, tout en parcourant du regard la dernière rangée de livres, et en notant sur son carnet les titres qu'elle doit commander.

— Je peux aller là-haut ? demande Joshua.

Au-dessus de la librairie se trouve un appartement qu'ils n'occupent pas, un meublé que Jonathan a rénové dans l'espoir de le louer un jour à un étudiant.

— Non, désolée, répond Claire. Papa a laissé trop d'outils là-haut. De toute façon, il n'y a rien d'intéressant pour toi, à part un plafond qui fuit. Je te promets qu'on y va dans…

Elle élève son poignet pour consulter sa montre, geste qui la fait vaciller sur l'escabeau.

— Oups, dit-elle en rétablissant son équilibre. Dans un quart d'heure.

Joshua pousse un gros soupir, comme s'il n'était pas très sûr de pouvoir faire confiance à sa mère sur ce point.

— D'accord, concède-t-il. Je vais là-bas.

Il pointe son pouce en direction de la section des livres pour enfants et s'y rend d'un pas résigné.

C'est déjà un petit homme, songe Claire.

Le carillon de l'entrée tinte et deux jeunes hommes entrent dans la boutique.

— Je regrette, c'est fermé, dit-elle d'un ton sincèrement désolé.

Elle n'aime pas refouler des lecteurs — pas seulement pour l'argent, bien que ça ait son importance, évidemment, mais parce qu'elle connaît bien ce désir ardent de sentir dans ses mains le poids d'un livre convoité.

— Nous ouvrons demain à 9 heures, ajoute-t-elle par-dessus son épaule.

Elle ne commence à se méfier qu'en les voyant remonter leurs capuches, qui dissimulent maintenant leurs visages dans les replis de leurs sweats trop grands. Pourquoi portent-ils des sweats à capuche ? On est au mois d'août et, même s'il pleut, il fait encore chaud et humide. L'angoisse lui serre le cœur, et la première pensée qui lui vient à l'esprit est celle de Joshua.

Le plus petit des deux lève la tête vers Claire, sa capuche glisse légèrement en arrière, ses paupières battent quand il la fixe de ses yeux froids. Le second, plus grand et plus mince, se dirige tout droit vers la caisse. D'un doigt osseux à l'ongle rongé, il donne un petit coup sec sur le tiroir qui s'ouvre avec un son métallique en lui heurtant le ventre. Le bruit des pièces qui s'entrechoquent résonne dans le magasin.

— Hé ! s'exclame Claire d'un ton incrédule. Qu'est-ce que vous faites ?

Le grand l'ignore et commence à prendre dans le tiroir les billets et les rouleaux de pièces, qu'il enfourne dans les poches de son sweat. Claire se met à descendre lentement l'escabeau, avec pour idée fixe de se placer entre les deux voleurs et l'endroit où se trouve Joshua.

— Restez où vous êtes, ordonne le plus grand.

Elle descend encore une marche, tout en priant silencieusement pour que Joshua ne sorte pas de la section des enfants qui se trouve tout au fond.

— J'ai dit : restez où vous êtes ! crie le grand en avançant vers Claire.

Sa capuche glisse, révélant une touffe de cheveux bruns encadrant un visage que l'on pourrait trouver beau s'il n'y avait pas ces lèvres tordues en un mauvais rictus qui découvrent des dents tachées. *Les dents de quelqu'un qui prend de la méthadone*, songe Claire. Le garçon a des yeux sombres et sans éclat. *Que fait Truman ?* se demande Claire. *Ce chien n'est jamais là quand on a besoin de lui.*

De nouveau, elle songe à Joshua, en espérant qu'il ne se montrera pas, mais quand elle regarde par-dessus son épaule, elle le voit, qui lève vers elle un regard apeuré. Il paraît si petit et si fragile… Il a le visage plissé d'inquiétude et tient ses mains serrées devant lui. Les voleurs ne l'ont pas encore remarqué. Claire secoue imperceptiblement la tête, pour lui faire comprendre qu'il doit retourner d'où il vient et se cacher, mais il reste figé sur place. Claire fait de nouveau un pas hésitant pour descendre une marche, et le grand plonge la main dans la poche de son sweat. Quelques billets tombent en virevoltant et Claire aperçoit un éclat métallique.

— J'ai dit de ne pas bouger de là, putain ! crache-t-il en sortant un couteau de sa poche.

— Je… je ne bouge pas, bredouille Claire, tandis que ses yeux vont du couteau à Joshua.

— Merde ! s'exclame le petit en se déplaçant lui aussi vers la caisse. Qu'est-ce que tu fous ? Range ça.

Il est vraiment plus petit et trapu, bâti comme un gymnaste ou un lutteur. Des boucles brunes dépassent de sa capuche et il a des yeux gris, gris ardoise.

— La ferme ! rétorque le plus grand.

Puis il se tourne vers Claire.

— Où est le coffre ?

— Il n'y a pas de coffre, rien que la caisse, répond-elle.

Elle commence à avoir des crampes dans les jambes et résiste au besoin de les secouer, parce qu'elle a peur de bouger.

— Où est le coffre ? répète-t-il d'une voix que la frustration rend plus aiguë.

Ils entendent en même temps le gémissement de Joshua et quelque chose s'effondre dans le ventre de Claire. *Joshua*.

— Qu'est-ce que c'est que ce merdier ? s'exclame l'un des deux, sans pour autant adresser sa question à quelqu'un en particulier.

— Maman ? murmure Joshua. C'est l'heure de rentrer à la maison ?

Son regard apeuré va du visage de sa mère au couteau que le plus grand des deux tient dans sa main.

— Tout va bien, Josh, dit Claire, avec une panique qui découpe ses mots en syllabes essoufflées. Retourne d'où tu viens. Ça va aller. Retourne d'où tu viens et attends-moi.

Josh fait un pas prudent à reculons.

— Non ! Tu restes là ! hurle le plus grand.

Joshua bat des paupières et hésite, juste une seconde, puis fonce à l'arrière de la boutique. Le grand fait mine de courir après lui, et Claire descend aussitôt de l'escabeau qu'elle sent remuer sous ses pieds.

Elle a fait céder les charnières en se déplaçant trop rapidement et elle perd pied. La chute ne dure pas longtemps — pas plus d'un mètre cinquante ou soixante — et elle tente de vriller pour ne pas retomber à plat dos. Chaque fois qu'on lui a raconté que le temps paraissait ralentir quand on avait un accident, elle a toujours pensé que le phénomène relevait d'une déformation de la perception du temps. Mais le temps ralentit vraiment car, durant le bref instant où elle se rapproche du sol, elle a le temps d'enregistrer un nombre surprenant de détails.

Tout en vrillant, elle fixe longuement le plus grand des voleurs, lequel a décidé que ça ne valait pas la peine de se lancer à la poursuite de Joshua.

— Viens, appelle l'autre d'un ton angoissé.

Sauf qu'il prononce un long « vieennnns », lent et

étiré, comme du caramel mou. Il a peur : Claire le lit dans ses yeux. *Il n'a sûrement pas plus de quinze ans*, pense-t-elle, et elle se demande si les mères de ces deux gamins savent de quoi ils sont capables.

— Foutons le camp d'ici, crie-t-il, toujours en longues syllabes traînantes, avant qu'ils ne filent tous les deux vers la porte.

Ils s'en vont, grâce à Dieu. Et tout s'accélère, le temps reprend son rythme normal.

C'est l'épaule de Claire qui touche le sol en premier. La douleur explose et irradie dans son bras, puis c'est sa tête qui cogne et une gerbe de lumières jaune orangé se déploie sous ses paupières. Elle entend le plus grand qui crie depuis le seuil de la porte.

— Raccroche ! Raccroche ce téléphone !

Puis elle reconnaît *sa* voix, faible et hésitante.

— Ils ont fait tomber ma maman, explique Joshua dans le téléphone, d'une voix tremblante et effrayée. Ils ont pris l'argent, ajoute-t-il précipitamment.

— Cours ! tente de hurler Claire, mais la chute a vidé ses poumons, elle n'a plus de souffle.

— Raccroche ce putain de téléphone ! hurle le grand entre ses dents serrées.

Claire se met à ramper vers Joshua à travers la librairie, à la manière des soldats, oubliant sa douleur à l'épaule et à la tête.

— Cours ! supplie-t-elle désespérément, dans un souffle.

Joshua lâche le téléphone qui claque contre le sol, mais, au lieu de se sauver, il se précipite vers sa mère et se laisse tomber près d'elle. Claire entend au loin une sirène et, dans son oreille, la respiration éperdue de Joshua. Les braqueurs aussi entendent la sirène et s'empressent de sortir de là.

— Tout va bien, Joshua ! dit faiblement Claire. Tout va bien, mon grand.

Il est assis en tailleur à côté d'elle, sa petite main enveloppe fermement son poignet comme s'il craignait qu'elle ne disparaisse. La douleur qui bat au niveau de l'épaule de Claire et le martèlement dans sa tête lui soulèvent l'estomac, la bile lui monte à la gorge. Elle tourne son visage sur le côté, pour l'écarter de Joshua, et elle vomit. Elle entend ses sanglots et sent le tremblement de son corps près du sien, mais il continue à lui serrer le poignet, encore plus fort.

— Ne pleure pas, Joshua, murmure-t-elle, tout en se rendant compte que des larmes roulent sur ses propres joues. Ne pleure pas, je t'en prie.

Truman se montre enfin, il avance vers eux d'un pas lourd, pousse sa truffe humide contre le visage de Claire, s'assied. Puis, tous les trois, ils attendent les secours.

Ce n'est qu'une fois l'ambulance arrivée, quand l'infirmier assure à Joshua qu'ils sont venus pour aider sa mère, que Joshua consent à lâcher Claire, laissant la trace de ses doigts, cinq bandes rouges autour de son poignet.

— Tout va bien, Josh, ne cesse-t-elle de lui répéter.

— Un agent de police va rester avec votre fils jusqu'à ce que votre mari soit là, promet l'infirmier à Claire. Vous avez fait une sacrée chute. Nous devons vous emmener passer une radio et vous faire examiner par un médecin. Vous souffrez beaucoup ?

Claire fait signe que oui de la tête.

— Il ne peut pas rester avec moi ? demande-t-elle. Je ne veux pas le laisser seul, insiste-t-elle tout en essayant de soulever la tête pour voir Joshua.

Le mouvement lui arrache une grimace.

Joshua est assis sur le canapé de lecture, la tête de Truman sur ses genoux. Un jeune agent de police s'approche de lui, s'agenouille et lui murmure quelques mots auxquels il répond en étirant les commissures de ses lèvres en un sourire réticent.

— Nous devons vraiment vous emmener à l'hôpital, madame. Un agent va rester auprès de votre fils et prendre soin de lui.

— Je crois que je vais vomir de nouveau, avoue Claire d'un ton gêné.

— Ce n'est pas grave, répond l'infirmier en acquiesçant. Je pense que vous souffrez d'une commotion cérébrale. Allez-y, vomissez.

Quand Claire arrive à l'hôpital et qu'on la fait entrer aux urgences sur une civière roulante, Jonathan est déjà là, sur le seuil, à attendre avec angoisse.

— Claire ? demande-t-il tandis que la civière s'arrête. Claire, ça va ?

— Joshua, répond-elle. Où est Joshua ?

Elle tente de redresser la tête, mais une vive douleur lui transperce le crâne.

— Il va bien, assure Jonathan, les yeux gonflés de larmes de la voir dans cet état. Un agent l'emmène ici en ce moment même.

Il lui caresse le front d'une main légère.

— Comment tu te sens ? Qu'est-ce qui s'est passé ?

Claire tente de décrire les deux braqueurs tandis que l'infirmier pousse la civière dans le couloir. Jonathan lui tient la main et avance avec eux. Ses paupières sont lourdes et elle ne cesse de fermer les yeux. Tout ce qu'elle voudrait, c'est se laisser aller, mais elle lutte contre l'envie de dormir.

— Tu aurais dû voir Joshua, dit-elle d'une voix mêlée de respect et d'admiration.

Son regard se pose sur son poignet, celui que Joshua a serré si fortement pendant qu'ils attendaient les secours. En constatant que ses empreintes ont disparu, elle est prise d'une bouffée de panique. L'espace d'une seconde, il lui semble que Joshua est parti, qu'on le lui a arraché pour toujours. Mais elle reconnaît le rythme familier de ses pas qui approchent et, soudain, il est près d'elle.

— Mon grand garçon courageux, murmure-t-elle, et elle tend le bras vers lui, avant de céder enfin au sommeil.

Allison

Je n'ai pas encore osé ouvrir la bouche durant ce qu'Olene appelle « les groupes de parole ». On nous propose d'évoquer les relations qui ont joué un rôle dans les mauvais choix qui ont été les nôtres. Je rumine la question. Il me semble que personne, dans toute l'histoire de Linden Falls, n'est tombé aussi loin ni aussi vite que moi. J'étais la fille parfaite, avec des parents parfaits, mais avec le recul, ce n'est pas si sûr. Mes parents nous ont nourries et habillées, et ils nous ont fourni le nécessaire pour notre vie scolaire, sportive, sociale. Nous allions à l'église tous les dimanches, mais ça non plus, ça ne prouve rien. Entre les compétitions de natation, les tournois de volley, les cours pour préparer les tests d'admission à l'université et les activités pour la jeunesse chrétienne, il n'y avait pas de place pour la vie de famille. On ne communiquait pas vraiment, on ne riait pas ensemble, je ne parviens pas à extraire de ma mémoire un seul souvenir qui n'ait été programmé sur un agenda ou inscrit sur le calendrier accroché au mur de notre cuisine. Je pourrais donc évoquer mes parents, le manque de communication entre nous, le fait qu'il était hors de question de leur avouer que j'étais enceinte.

Mais, en réalité, la personne qui a provoqué ma chute vertigineuse, c'est Christopher.

J'ai rencontré Christopher par hasard, sur le campus

de l'université Sainte-Anne, où j'étais venue repasser les tests d'admission, dans l'espoir d'obtenir un résultat meilleur que le précédent. Je visais le score absolu de 2 400. Seuls trois cents étudiants par an obtiennent cette note, et j'allais être l'une d'entre eux.

C'était un samedi après-midi et je suis sortie de la salle de classe, dans la lumière aveuglante du soleil, après avoir passé l'examen dans une sorte d'état second, l'esprit encore encombré d'un tourbillon de questions et de réponses. J'étais fatiguée et j'avais faim, j'étais malade d'angoisse à propos de ce que j'avais fait. A présent commençait l'attente, le plus pénible. J'avais un mois à patienter avant de connaître les résultats. Un mois. J'ai eu l'estomac retourné en en prenant conscience et je me suis figée sur place, arrêtée net, là où je me trouvais. Je devais avoir l'air perdue ou malade, parce que la seule chose dont je me souvienne, ensuite, c'est qu'un garçon était près de moi et me dévisageait d'un air inquiet. Il était plus grand que moi — c'est ce que j'ai remarqué en premier. Des garçons plus grands que moi, il n'y en a pas beaucoup. Ensuite, j'ai vu aussi qu'il était plus âgé. Je lui donnais vingt-deux ou vingt-trois ans. Il avait des cheveux d'un châtain cuivré qui bouclaient autour de ses oreilles et des traits anguleux adoucis seulement par ses yeux, d'un marron si profond et si beau que ça faisait mal de les regarder. Il portait un maillot de football, et j'ai appris par la suite que c'était un supporteur fanatique.

J'avais l'habitude d'attirer le regard des garçons. Au lycée, j'avais droit à leurs commentaires stupides et grossiers, qui visaient surtout à impressionner leurs copains. Je ne leur accordais pas le moindre intérêt. Il arrivait aussi que des adultes s'intéressent à moi — des amis de mon père, le gérant de l'épicerie —, mais d'une manière bien plus subtile que mes camarades. Ceux-là, au moins, me flattaient. Ne vous méprenez pas, c'est toujours agréable de savoir qu'on vous trouve belle. Mais je n'avais pas de temps à perdre avec ça.

Chaque minute de ma journée était consacrée à étudier, à faire entrer dans mon crâne le maximum de connaissances. J'étais un peu comme ces boulimiques qui se cachent dans un réduit avec leurs sacs de beignets et leurs sachets de chips, et qui se fourrent de la nourriture dans la bouche, sans savoir pourquoi, juste parce qu'ils ne peuvent pas s'en empêcher. C'était ce que je ressentais. Il fallait que j'engrange des connaissances, encore et encore. Evidemment, il était normal de vouloir obtenir de bonnes notes pour être admise dans une bonne université, décrocher ensuite un bon travail, et gagner beaucoup d'argent. Mais, chez moi, ça allait plus loin. Une fois, j'ai préparé une interro d'histoire en révisant pendant dix heures d'affilée un cours sur la guerre d'Indépendance. Je connaissais ma leçon, mais je ne pouvais m'empêcher de la revoir sans cesse, de chercher à mémoriser des noms sans importance, des dates et des batailles. Finalement, mon père est intervenu, lui qui entrait toujours dans ma chambre sur la pointe des pieds, comme s'il craignait de déplacer trop d'air autour de moi. Il m'a pris le livre des mains en insistant pour que je descende manger quelque chose. Ensuite, j'ai essayé de me limiter moi-même, en multipliant les activités sportives. Mais j'ai recréé le même cercle vicieux. Je devais courir de plus longues distances, plus vite. Et pas pour battre un adversaire. Non, c'était autre chose. Je ne sais pas quoi. Tout ce que je sais, c'est que j'étais malheureuse.

— Ça va ? m'a demandé le garçon aux yeux marron. Tu n'as pas l'air très bien.

J'ai rougi et j'ai levé les yeux vers lui, sans rien trouver à répondre.

— On dirait que tu es en état de choc ou un truc

dans le genre, a-t-il insisté. Tu ne vas pas t'évanouir, au moins ?

— Non, non, ai-je assuré. Je ne vais pas m'évanouir.

— Bon, ben, tant mieux. Je ne voudrais pas te voir mourir sous mes yeux ou un truc comme ça.

Je ne suis pas morte sous ses yeux mais, un peu plus de neuf mois plus tard, j'ai souhaité mourir à cause de lui. Nous avons marché jusqu'à la cafétéria la plus proche, nous avons bu un café, parlé et ri. Il était la seule personne capable de me distraire de moi-même et, pour la première fois de ma vie, je m'amusais vraiment. Il m'a dit qu'il était étudiant en première année à l'université Sainte-Anne et qu'il préparait un diplôme d'économie. Nous avons passé les trois semaines suivantes ensemble, chaque fois que nous avions un moment de libre. J'étais réellement amoureuse de Christopher, mais c'était trop et trop rapide. J'ai envisagé de lui mentir sur mon âge, mais, si je pouvais jouer plusieurs personnages, la menteuse n'en faisait pas partie. Du moins, pas à cette époque. Christopher a haussé les sourcils quand je lui ai avoué mon âge, mais ça ne l'a pas empêché de prendre ma main au restaurant. Je n'ai pas vraiment décidé de garder le secret sur notre relation, mais c'est pourtant ce que j'ai fait. Je ne l'ai pas présenté à mes parents ou à Brynn, je n'ai même jamais évoqué devant eux un certain Christopher. Je ne sais pas trop pourquoi. Il avait vingt-deux ans et c'était un peu beaucoup pour une gamine qui venait tout juste d'en avoir seize ; je me doutais que mes parents m'auraient interdit de le fréquenter — car s'il n'y avait rien de surprenant à ce qu'une fille de seize ans s'amourache d'un garçon de vingt-deux, le contraire, un homme presque adulte s'intéressant à une adolescente, était tout à fait anormal. Aussi, j'ai préféré me taire.

Durant les trois semaines où je suis sortie avec lui, je n'ai pas même entrouvert un livre en dehors des heures de cours. Je faisais mes devoirs à la va-vite le matin ou pendant les heures d'étude. Mes notes ont chuté. Je me rendais à l'entraînement de volley, mais je n'avais pas l'esprit à ce que me disait l'entraîneur. Ma mère m'a demandé si je me sentais bien. Brynn a commencé à me regarder d'un air méfiant. Mes professeurs, il me semble qu'ils se réjouissaient secrètement de constater que je n'avais rien d'exceptionnel, après tout. Je suis sûre qu'ils se disaient : *Ah, personne n'est parfait, pas même Allison Glenn.*

Quant à moi, je me fichais de tout, j'étais follement heureuse.

Durant notre première semaine, nous nous sommes retrouvés dans des lieux publics — au cinéma, au restaurant, au parc —, mais le samedi suivant, il m'a emmenée chez lui. Nous nous étions donné rendez-vous dans le parc et, ensuite, je suis montée dans sa voiture et il a traversé le fleuve Druid pour quitter la ville et rouler dans la campagne.

— Tu n'habites pas Linden Falls ? lui ai-je demandé, surprise.

— Non, mais pas loin, juste aux abords de la ville, a-t-il répondu.

C'était une charmante maison, simple et petite, mais propre.

Il a ouvert le réfrigérateur et a sorti un soda.

— Viens. Je vais te montrer ma chambre.

J'ai haussé un sourcil coquin.

— Tu ne veux pas ? a-t-il demandé en passant ses bras autour de ma taille et en m'attirant contre lui.

— Je veux bien, ai-je répondu en l'embrassant.

Il m'a conduite jusqu'à sa chambre. Elle était petite et sombre, avec un édredon écossais et des murs nus.

— Tu ne t'intéresses pas beaucoup à la décoration d'intérieur, n'est-ce pas ? ai-je plaisanté.

— Un homme doit voyager léger, a-t-il dit en glissant ses mains dans la ceinture de mon jean.

— Tu prévois d'aller quelque part ? ai-je demandé en faisant passer sa chemise par-dessus sa tête.

— Oui, je prévois d'aller quelque part, a-t-il répondu, en me souriant. Si tu m'y autorises.

— Oui, je t'y autorise, ai-je murmuré.

Et je l'ai autorisé. Et quand il est entré en moi, je n'ai ressenti ni peur ni inquiétude. Pas même de la douleur. C'était comme rentrer chez soi, et je ne pouvais plus m'arrêter de murmurer son nom.

— Christopher, Christopher, Christopher…

Charm

Le journal ne donne pas de détails sur le braquage de la librairie, juste que ça s'est passé en présence de Claire Kelby et de son fils de cinq ans, et aussi que Claire est partie en ambulance à l'hôpital. Après avoir lu l'article, Charm se précipite à Bookends pour prendre des nouvelles de Claire et de Joshua.

Pendant des années, elle s'est contentée des bribes d'informations que Gus glanait à la caserne en écoutant les ragots de ses collègues. En rentrant, il racontait à Charm ce qu'il avait appris de nouveau sur le bébé, et elle buvait ses paroles. Le petit était en bonne santé, un gentil couple l'avait adopté, la mère tenait une librairie, le père était menuisier, ils l'avaient appelé Jacob, Jeffery ou Joshua.

Puis Charm avait voulu en savoir plus.

Il n'y avait que quatre librairies en ville, et elle n'avait eu aucun mal à identifier celle qui était tenue par une femme dont le mari était menuisier. Bookends. Le nom lui avait plu. Il sonnait bien, il avait quelque chose de solide et de rassurant.

La première fois qu'elle avait trouvé le courage d'entrer dans Bookends, Charm avait dix-huit ans. Elle y était allée en se disant que c'était peut-être fermé, ou que ça n'existait plus. Elle avait franchi le seuil de la librairie sans se faire remarquer et s'était réfugiée dans le coin le plus reculé, celui de la section des manuels d'aide. Elle s'était juré de se contenter d'un petit coup d'œil, elle voulait juste voir le visage de l'enfant. Une femme était sortie au bout de quelques minutes de l'arrière-boutique, en portant une pile de livres. Un bambin trottinait derrière elle en la suivant de près. Il était petit et il avait des cheveux blonds de la couleur du maïs. Charm s'était assise précipitamment, pour disparaître au milieu des rayonnages de livres expliquant comment trouver un amoureux, comment le garder, comment vivre sans. Elle s'était rassurée en se disant que si la femme la voyait, elle penserait qu'elle s'intéressait à ces ouvrages censés la sauver d'elle-même. Le petit bouledogue trapu qui vadrouillait dans la boutique était venu vers elle en se dandinant, et elle lui avait flatté la tête, priant pour qu'il ne trahisse pas sa présence. La femme était passée sans lui jeter un regard. Mais Charm avait vu le visage de l'enfant. Un beau visage, semblable à celui de son père. Le même nez délicatement retroussé, les mêmes oreilles un peu décollées. Il avait des yeux d'un brun sombre, d'une nuance chocolat. Elle avait retrouvé leur bébé, celui de Christopher.

Leurs yeux, miroirs l'un de l'autre, s'étaient croisés et retenus quelques instants. Charm avait cru voir dans ceux de l'enfant une lueur de reconnaissance. Elle aurait bien voulu que ce soit le cas, qu'il remonte le temps jusqu'au souvenir qu'il avait dû conserver d'elle. Mais le contact avait été trop bref.

Elle s'était promis de quitter la librairie dès qu'elle aurait vu l'enfant. Elle avait cru être capable de partir sans se retourner, une fois rassurée sur son sort. Mais elle s'était trompée. Elle n'avait pu se contenter de si peu. Elle avait voulu en savoir plus sur ceux qui l'avaient recueilli. Qui étaient les Kelby ? Elle n'avait pas la force de s'éloigner sans le savoir. Peut-être même n'aurait-elle plus jamais la force de s'éloigner.

Après cette première rencontre avec Joshua dans la librairie, il lui avait fallu trois semaines avant de trouver de nouveau le courage d'y retourner. Elle s'était encore plantée dans la section des manuels d'aide, parce que c'était la plus éloignée de la caisse et que, de là, elle était merveilleusement bien placée pour observer la porte d'entrée et les gens qui entraient et sortaient. Elle avait fait mine de lire un livre, *Apprenez à ne pas vous laisser marcher sur les pieds* — elle l'avait par ailleurs jugé excellent et avait fini par l'acheter.

Puis elle avait eu envie de s'approcher un peu plus du petit, histoire d'être sûre qu'il allait bien et qu'on prenait soin de lui. Elle aurait voulu pouvoir lui dire, d'un simple regard : *Tu étais un enfant aimé. Tu es né pendant une froide nuit d'hiver et quand je t'ai tenu pour la première fois dans mes bras, tout à coup, je n'étais plus une enfant, mais une mère — ta mère, même si cela n'a duré que peu de temps. Bébé, tu as aimé qu'on caresse ton petit crâne chauve, qu'un homme malade chante pour toi et qu'une jeune fille te berce. Parfois, tu pleurais jusqu'à ce qu'il ne te reste plus de larmes. Mais, ensuite, tu me regardais comme si j'étais la seule personne au monde, et j'en oubliais que je n'avais pas dormi de la nuit. Mais le secret était trop lourd. Je voulais que tu aies une enfance comme les autres, avec une mère et un père.* Voilà ce que son regard aurait dit à Joshua.

Et le regard de Joshua lui aurait répondu : *Je te connais. Je ne sais pas où je t'ai vue, mais j'ai été près de toi, autrefois, dans un endroit chaud et rassurant.*

Cachée derrière un livre parlant d'un homme qui prenait sa femme pour un chapeau, Charm avait continué à attendre. Du coin de l'œil, elle avait vu un petit garçon portant un T-shirt blanc entrer en courant dans la section des enfants. Elle s'était avancée lentement pour mieux le voir. C'était lui, elle n'en avait pas douté. Il souriait ; il paraissait heureux. Cet enfant allait bien.

Elle sait maintenant que Claire et Jonathan sont de merveilleux parents. Elle ne surveille plus Joshua parce qu'elle se sent nostalgique de l'avoir perdu, ou pour se rassurer sur le fait qu'elle a bien fait de ne pas le garder. Elle vient, pense-t-elle, pour l'observer. Pour apprendre. Pour être témoin de ce qu'elle-même n'a jamais eu quand elle était enfant, pour vivre ce que sa propre mère ne lui donnera jamais. *Voilà comment doit se comporter une mère*, songe-t-elle quand elle voit Claire se pencher pour serrer Joshua dans ses bras, pour essuyer une larme, pour murmurer à son oreille. *C'est un peu grâce à moi*, se dit-elle. *Il est en sécurité.*

Aujourd'hui, en franchissant le seuil de Bookends, Charm trouve Virginia au comptoir.

— Salut, lance-t-elle, essoufflée. J'ai entendu parler du braquage d'hier soir. Est-ce que tout le monde va bien ?

— Claire et Joshua ont eu une belle peur, mais ils vont bien tous les deux. Ils ont tout de même décidé de rester à la maison aujourd'hui, bien sûr. Claire souffre d'une légère commotion cérébrale et elle a une épaule tuméfiée, mais Joshua n'a pas été blessé. Ce petit bout a composé le 911 et appelé les secours, de lui-même.

Virginia secoue la tête à cette idée.

— C'est vrai ? demande Charm. Joshua a fait ça ?

— Oui, répond Virginia en acquiesçant avec insistance, comme si elle avait du mal à croire elle-même à ce qu'elle raconte. Les braqueurs lui ont demandé de lâcher le téléphone, mais il ne l'a pas lâché. Il a expliqué à l'opérateur du 911 qu'il y avait des méchants messieurs dans la librairie.

— Je suis contente qu'il n'ait pas été blessé. Quand est-ce que Claire reprend le travail ?

— Oh ! demain, je suppose. Elle va engager une autre employée à temps partiel. Elle veut que nous soyons toujours au moins deux dans la librairie. Tu connais quelqu'un qui cherche du travail ?

— Je poserai la question autour de moi, aux élèves infirmières. Les voleurs, ils ont pris beaucoup d'argent ? La police les a identifiés ?

— Quelques centaines de dollars. Et non, on ne les a pas encore identifiés, pas que je sache, en tout cas. Claire et Joshua devaient se rendre aujourd'hui au poste de police pour faire leur déposition, ajoute Virginia, tout en s'occupant d'un client qui vient payer ses livres.

— Tu pourras dire à Claire que je me suis arrêtée en passant ? Et aussi qu'elle n'hésite pas à m'appeler, si elle a besoin de quoi que ce soit.

— Je lui dirai, Charm, répond Virginia.

Puis elle se tait quelques secondes, comme traversée par une idée soudaine.

— Pourquoi tu ne prendrais pas le poste à temps partiel, ici ? Claire serait ravie de t'avoir avec elle. Et Joshua aussi.

— J'aimerais bien avoir le temps, mais c'est impossible. Mais j'en parlerai autour de moi, c'est promis. Merci, Virginia.

Charm dit au revoir et sort sous un soleil voilé, en imaginant ce que ce serait de travailler dans la librairie avec Claire, de les voir tous les jours, elle et Joshua. Mais elle sait que ce n'est ni correct ni raisonnable. Qu'il ne faut pas.

Même si je ne fais rien d'autre dans ma vie, songe-t-elle, *j'aurai déjà permis à un petit garçon de grandir dans un vrai foyer, avec un père et une mère*. Elle se réjouit à cette idée, et puise du réconfort dans la certitude que Joshua ne saura jamais ce qu'une mauvaise mère est capable de vous infliger.

Brynn

Je suis réveillée par la sonnerie du téléphone et j'ai aussitôt l'intuition que c'est Allison — encore elle. Je me redresse. J'ai, dans le fond de la gorge, le goût de cette boisson alcoolisée que j'ai bue hier soir, et l'odeur de la cigarette colle à mes vêtements. Je crois que je n'étais pas vraiment en état de conduire, cette nuit, et que j'ai été imprudente de rentrer en voiture. Je m'efforce de focaliser ma vision sur le réveil. 9 h 30. J'ai raté mon cours de 8 heures. Super. Tandis que je marche vers la salle de bains, j'ai l'impression d'avancer dans de la vase. Ça m'élance toujours dans la tête. Je m'attends à ce que grand-mère crie depuis le bas de l'escalier qu'Allison veut me parler, mais elle ne crie rien du tout. Elle a dû répondre que je dormais encore. Ce n'était peut-être même pas Allison. Mais si, c'était elle, je le sais. Une sorte de sixième sens qui me donne la nausée m'avertit quand c'est elle. Je pourrais insister une fois de plus pour que grand-mère demande à changer de numéro de téléphone. Nous en avons déjà parlé, mais elle me répond chaque fois qu'elle ne peut pas exclure Allison de sa vie, qu'elle aussi est sa petite-fille. Je me penche au-dessus de la cuvette des toilettes juste au moment où je commence à éructer. Une série de borborygmes s'échappent de ma gorge, mais rien ne vient, juste le goût amer de la bile agrémenté d'une touche de sirop de fraise et d'alcool.

Quand j'avais six ans, mes parents nous avaient emmenées, Allison et moi, visiter le zoo du Minnesota. J'étais aux anges, même si mon père ne cessait de me tirer par la main pour aller plus vite, parce qu'il avait hâte de rentrer à l'hôtel et de vérifier s'il n'avait pas des messages professionnels. Je traînais les pieds et me concentrais pour mémoriser les images qui défilaient devant mes yeux. Le zoo avait reproduit l'écosystème d'une forêt tropicale. Nous étions dans le Midwest, et d'un seul coup, après avoir franchi une entrée, nous nous étions retrouvés en forêt. L'air était humide et chaud, de grands arbres et une végétation luxuriante nous entouraient, un brouillard humide nous collait à la peau. Nous avancions sur un pont suspendu et le grondement d'une chute d'eau emplissait mes oreilles.

Mes sens étaient littéralement débordés — sollicités par les odeurs, la chaleur, les animaux qui se déplaçaient en haut des arbres comme au sol. Au-dessous de nous, j'ai remarqué une bête étrange. C'était un singe-araignée, avec une touffe de poils blancs au menton et de longues mains fines, assis sur l'une des branches épaisses d'un arbre synthétique. J'ai cru qu'il avait une sorte de couverture accrochée au cou, un peu comme une cape de super-héros. Je l'ai montré du doigt en riant.

— Maman ! ai-je crié à ma mère qui tenait sa main devant son nez comme si elle tentait d'empêcher les odeurs de pénétrer ses narines. Regarde ce singe.

Ma mère a baissé les yeux et elle a vu le singe que je lui montrais ; sa main a lâché son nez pour prendre la mienne.

— Avançons, Brynn, a-t-elle dit doucement. Ce n'est pas la peine de regarder cette horreur.

— Pourquoi ? ai-je demandé, en ouvrant les yeux encore plus grand. De quoi tu parles ?

Et puis j'ai compris. Ce que j'avais pris pour une couverture était en réalité le corps mou d'un tout petit singe, un bébé. Le grand — la mère, sans doute — a fait lentement glisser de son épaule son petit sans vie, elle a allongé son corps sur la branche et l'a poussé du doigt. Il n'a pas bougé.

Le spectacle m'a arraché un cri. La mère a repris le bébé en le soulevant par le bras et elle l'a balancé sur son dos, mais il a glissé lentement le long de son flanc. Elle insistait et reprenait inlassablement son manège, poussant le bébé, le secouant, l'accrochant à son cou. J'étais jeune, mais j'ai compris que cette mère était en plein déni, qu'elle refusait d'admettre la mort de son petit.

— Oh…, ai-je murmuré en me mettant à pleurer des larmes silencieuses.

— Viens, a dit ma mère en tentant de me cacher les yeux d'une main, tout en me tirant de l'autre. C'est trop affreux.

Allison a jeté un regard vers le singe, un seul, puis elle a froncé son nez de dégoût et elle a filé en avant, pour continuer la traversée du pont avec mon père. Elle a préféré ne pas voir.

Et neuf ans plus tard, quand Allison a eu seize ans et qu'elle a mis son bébé au monde, j'ai vu et pas elle, exactement comme ce jour-là au zoo. J'ai vu le bébé avec ses lèvres bleues, ses bras mous, sa tête qui pendait d'un côté. C'est moi qui ai vu et souffert. Et je le paye cher. Ce bébé, il m'apparaît encore, nuit après nuit, dans un cauchemar affreux où son petit visage est greffé au corps sans vie d'un singe mort dont les bras entourent le cou de sa mère, et qui flotte mollement dans son dos.

Je me douche et je m'habille le plus vite possible, mais je sais déjà que je serai en retard pour le cours de 10 heures. Je dévale l'escalier, les épaules trempées à cause de mes cheveux humides, je lance un rapide au revoir à ma grand-mère en passant devant elle. Je plonge la main dans mon sac pour prendre mes médicaments et je sors une bouteille d'eau du réfrigérateur. En roulant vers l'université, je pêche deux gélules dans le flacon, puis une autre, et je les avale d'un coup, avec une gorgée d'eau. J'ai hâte que les molécules cachées dans cette petite capsule molle voyagent jusqu'à mon cerveau pour en chasser les images de bébés morts — primates et humains.

C'est Allison qui a été condamnée, mais moi aussi je suis en prison et, pour moi, il n'y a pas de libération possible.

Allison

J'ai aimé Christopher plus que tout, et sans doute qu'une partie de moi l'aime encore. Il était tendre, séduisant, avec lui j'avais l'impression d'être la plus belle fille du monde. Il était intelligent, aussi. Vraiment intelligent. Il se passionnait pour ses études d'économie et il m'avait expliqué qu'il jouait en Bourse. Il paraissait en tout cas avoir de l'argent, car il était toujours en train de payer, de sortir de gros billets, de me faire des cadeaux. Nous sortions ensemble depuis une semaine quand il m'a offert un bracelet en or qui devait coûter une fortune. Quand il me l'a attaché, ses doigts ont effleuré la peau à l'intérieur de mon poignet, et je n'ai pas pu me retenir de trembler.

— Rien que le bracelet, m'a-t-il murmuré à l'oreille. Je veux te voir nue avec ce bracelet.

Il m'a déshabillée entièrement.

— Laisse-moi te regarder, a-t-il ajouté.

Je n'ai éprouvé ni gêne ni honte. La lueur sauvage qui brillait dans ses yeux m'effrayait bien un peu, mais elle m'excitait, aussi. Pour la première fois de ma vie, je n'étais pas en train d'angoisser à propos de mes résultats scolaires, de mes performances sportives, de ce que pensaient mes parents. Je me sentais libre et aimée. Je me sentais normale.

J'ai été brutalement ramenée à la réalité le jour où la conseillère d'orientation de mon lycée m'a convoquée pour me signaler que mon classement dégringolait, et que je risquais de perdre ma bourse, si je ne me remettais pas rapidement d'aplomb.

— Vous avez des problèmes à la maison ? m'a-t-elle demandé.

Je lui ai assuré qu'il n'y avait rien de spécial.

— C'est à cause d'un garçon, alors ?

Elle a haussé un sourcil en me voyant hésiter.

— Aucun garçon ne vaut qu'on mette son avenir en danger, a-t-elle affirmé d'un ton sévère. Vous voulez vraiment gâcher pour un garçon tout ce que vous avez eu tant de mal à construire ? Vous voulez passer le reste de votre vie à Linden Falls ?

Je ne le voulais certes pas.

— Herrick, votre entraîneur, se fait beaucoup de souci pour vous, lui aussi. Dites à ce garçon que vous avez besoin de vous concentrer sur vos études et vos activités sportives. Dites-lui ce que vous voulez, mais recentrez-vous sur vos priorités. Vous avez un long chemin à parcourir durant les deux années à venir, Allison. Faites les bons choix.

Le soir où j'ai rompu avec Christopher, j'ai dit à mes parents que j'allais travailler avec Shauna, chez elle. Je suis partie en voiture avec lui, et il s'est arrêté en pleine campagne pour que nous puissions admirer les étoiles à travers le pare-brise.

— Tu es bien silencieuse, m'a-t-il dit tout en tripotant le bracelet qu'il m'avait offert et que je portais au poignet.

J'ai pris une longue inspiration.

— Mes parents commencent à se méfier. S'ils découvrent que nous sortons ensemble, ils m'empêcheront de te voir, c'est certain. Ils diront que tu es beaucoup trop vieux pour moi.

J'ai levé les yeux vers lui dans la pénombre pour tenter de juger de sa réaction. Il est resté muré dans le silence. Ses doigts ont lâché ma main.

— Mes notes ont chuté. Ma conseillère d'éducation dit que je risque de perdre ma bourse si je ne…

— Qu'est-ce que tu essayes de me faire comprendre, Allison ? a demandé Christopher.

Sa voix était glaciale.

— Je crois que nous devrions…

J'ai marqué un temps d'arrêt. Je ne m'étais jamais sentie en difficulté, mais ça, c'était dur…

— Je pense que nous devrions ralentir le rythme… Espacer un peu nos rencontres…

— C'est ça que tu veux ?

Il avait posé ses mains sur le volant, les épaules voûtées, la tête basse.

— Je suis désolée, ai-je murmuré, avec des larmes qui me brûlaient les yeux.

— Descends de la voiture, a dit Christopher dans un souffle.

— Quoi ? Tu me laisserais ici ? ai-je protesté avec un rire nerveux.

Il a tendu le bras par-dessus mes genoux et il a ouvert la portière.

— Descends, a-t-il répété.

— Christopher…

— Sors de là.

Il m'a poussée, pas violemment, mais tout de même, il m'a poussée dehors. Je suis descendue précipitamment de la voiture dans la froide nuit de novembre ; il a claqué la portière et il a démarré.

J'ai pleuré pendant une semaine en m'interdisant de l'appeler, mais mes notes sont rapidement remontées au niveau où elles devaient être. J'ai redoublé d'ardeur au travail et à l'entraînement ; mon désir d'obtenir les meilleurs résultats de la classe était plus fort que jamais. Mes professeurs ont cessé de s'inquiéter, mes parents aussi. Tout était rentré dans l'ordre.

Parfois, il faut que je me concentre pour me souvenir

à quoi ressemblait Christopher. Je ne revois que des parties de lui, ses yeux bruns, son nez retroussé, ses doigts longs et fins, cette manie qu'il avait de battre sans cesse la mesure avec ses pieds. Je ne parviens pas à me le représenter en entier, et il m'arrive de me demander s'il a vraiment existé, si tout cela est réellement arrivé.

J'aurais dû me douter que j'étais enceinte. Pour être honnête, je dois avouer que l'idée m'a traversé l'esprit plusieurs fois, durant les mois qui ont précédé mon accouchement. Mais je ne voulais pas être enceinte, et donc la meilleure chose à faire — la seule —, c'était d'ignorer mon état. Le prendre en compte serait revenu à admettre que j'étais désormais l'une de ces filles que je méprisais. Une niaise. Une idiote. Et qu'en plus je venais de foutre en l'air toute ma vie. Je pense que j'aurais été capable de me suicider, et je l'aurais fait si je n'avais pas considéré qu'un tel geste m'aurait irrévocablement classée dans la catégorie des pauvres filles sans défense, des riens du tout, des écervelées qui se pavanaient dans les couloirs du lycée, bien habillées et impeccablement maquillées, qui passaient plus de temps à choisir leur tenue et à se ravaler la façade qu'à étudier l'algèbre. D'ailleurs, elles ne suivaient pas des cours d'algèbre, mais des cours de maths rudimentaires et elles passaient leur temps à ricaner au nez de leur professeur, M. Dorning, parce qu'elles le trouvaient séduisant.

Je n'étais pas une fille comme ça, mais je ne valais pas beaucoup plus parce que j'ai réagi d'une manière lamentable. Il m'a fallu sept mois pour prendre conscience de ce qui m'arrivait. Les nausées, mon ventre qui enflait, cette fatigue incroyable… J'étais tombée amoureuse d'un garçon, j'étais enceinte. Je ne le savais pas encore, mais ça allait me mener dans une cellule de la prison de Cravenville, puis dans un foyer de réinsertion.

Je ne peux rien changer au passé. Je ne peux pas défaire ce qui a été fait. Je ne peux pas ramener mon bébé à la vie, mais je veux être de nouveau quelqu'un de bien. Et une sœur sur laquelle on peut compter.

Claire

Tout en avançant avec Joshua et Jonathan vers l'école, Claire appuie sur son crâne à l'endroit où elle a heurté le sol en tombant. Le braquage remonte à une semaine, mais Joshua est encore réveillé par des terreurs nocturnes, au cours desquelles il hurle et croit que sa mère a été enlevée par les méchants qui ont pris l'argent. Jonathan se lève pour le rassurer, mais ça ne suffit pas. Joshua veut voir sa mère. Ils sont obligés de le prendre dans leur lit. « Tu es là », dit-il en se serrant convulsivement contre elle et en lui soufflant son haleine sucrée dans les narines, comme s'il n'en revenait pas. Le jour, il panique dès qu'il la perd de vue, il reste collé à elle, il la suit partout comme une ombre. « Ne t'inquiète pas, il ne m'arrivera rien », ne cesse de lui répéter Claire.

Mais elle-même n'est pas très rassurée. Elle n'a pas encore réussi à retourner à la librairie et laisse à Virginia le soin de l'ouvrir une partie de la journée.

Jonathan pousse la porte du vieux bâtiment de briques rouges et une chaleur suffocante les accueille, rappelant à Claire ses propres souvenirs d'enfant dans une école pas très différente, à quelques kilomètres de là.

— Qui va te protéger ? demande Joshua en fixant sa mère d'un air anxieux, avec les yeux rouges et fatigués de quelqu'un qui a mal dormi.

Claire et Jonathan échangent un regard inquiet. Ils ont envisagé d'emmener Joshua chez un médecin, un thérapeute. Quelqu'un qui pourrait l'aider à affronter ses angoisses.

— Je vais engager une personne pour m'aider à la librairie, Joshua, assure Claire, en s'efforçant de prendre un ton désinvolte. Comme ça, je ne serai plus jamais seule là-bas.

— Mais j'étais avec toi et tu as quand même été blessée, lui rappelle Joshua.

— Nous avons fait installer une alarme, Josh, rétorque Jonathan. Si des méchants osent entrer, l'alarme leur fera peur, ils se sauveront, et la police viendra aussitôt sans qu'on ait besoin de l'appeler.

Joshua acquiesce d'un air grave. Il prend le temps de réfléchir à ce que son père vient de lui expliquer.

— Comment s'appelle cette école ? demande-t-il enfin, pour la troisième fois depuis ce matin, tandis qu'ils traversent les couloirs vides et silencieux de l'école élémentaire et maternelle Woodrow-Wilson.

— L'école Wilson, lui répond Jonathan en tentant de lui prendre la main.

Mais Joshua se dégage et glisse ses doigts au creux de la paume moite de Claire.

— C'est grand…, gémit-il en lançant autour de lui des regards affligés.

— Ne prends pas cet air triste, lui dit Jonathan. Tu vas adorer l'école.

— Je ne veux pas aller à l'école, déclare Joshua, de ce ton déterminé que Claire a appris à connaître.

Ils auraient dû l'inscrire il y a trois jours, mais il a refusé d'entrer. Il a paniqué en voyant le flot agité et ininterrompu des enfants qui entraient et sortaient, accompagnés de leurs parents. Les yeux pleins de larmes, il s'est agrippé à son siège d'enfant. Ils ont dû céder et rentrer. En arrivant à la maison, il a vérifié que la porte d'entrée était bien refermée à clé derrière eux.

Un petit garçon ne devrait pas s'inquiéter de savoir

si une porte est ou non verrouillée, songe Claire en s'arrêtant devant la classe de Joshua. Un enfant n'aurait pas dû avoir à s'inquiéter de protéger sa mère.

— Tu dois être Joshua ! s'exclame l'institutrice d'une voix forte, mais chaleureuse, en se levant pour les accueillir sur le seuil.

Claire sent Joshua se figer derrière elle.

— Je suis Mme Lovelace, ajoute-t-elle en allongeant le bras vers Joshua pour lui serrer la main, lequel met la sienne derrière son dos.

Jonathan s'empresse de tendre une main.

— Ravis de faire votre connaissance, disent tour à tour Claire et Jonathan.

Mme Lovelace doit avoir dans les cinquante ans, et Claire en déduit qu'elle est sans doute une enseignante expérimentée. Ses cheveux gris et laineux sont coupés court. Elle a des yeux bleus avec un regard perçant auquel rien n'échappe. Claire cherche sur son visage un signe indiquant qu'elle aurait un faible pour les enfants timides et angoissés comme Joshua, ceux à qui il faut accorder une attention particulière pour qu'ils trouvent leur place dans l'univers impitoyable de la maternelle.

— Joshua est un peu inquiet de rentrer à l'école, explique-t-elle en posant sa main sur l'épaule de son fils.

— Nous allons très bien nous entendre, n'est-ce pas Joshua ? dit Mme Lovelace.

Elle se penche pour se mettre à son niveau, et Joshua se réfugie derrière Claire en enfouissant son visage contre son dos.

— Joshua, dit Claire en luttant pour conserver un ton calme et patient. Mme Lovelace te parle.

Il s'éloigne lentement d'eux, et entre dans la classe, où il se dirige vers un tas de petites briques en carton.

— Tu peux jouer avec, si tu veux, propose Mme Lovelace.

Il commence par poser méthodiquement une rangée de briques sur la table, puis une autre par-dessus, et encore une autre, jusqu'à édifier un mur couleur rouille autour de lui.

— Joshua, est-ce que tu as pensé à apporter une photo de toi bébé pour mettre sur le tableau d'affichage ? lui demande Mme Lovelace.

Joshua est tellement absorbé par son mur qu'il n'entend même pas la question. Claire se mordille nerveusement les lèvres.

— Voici la photo, dit-elle en tendant à l'institutrice un double d'une photo prise le jour où Joshua est arrivé chez eux.

On y voit Jonathan, le visage éclairé d'un grand sourire, qui tient dans ses bras un Joshua qui le fixe avec des yeux écarquillés et humides parce qu'il vient de pleurer. Sa lèvre supérieure s'avance en une moue adorable.

— Oh ! quelle jolie photo, Joshua ! s'exclame Mme Lovelace en se dirigeant vers le mur de Joshua. A qui tu ressembles ? A ton père ou à ta mère ?

— Je suis zadopté, répond Joshua, en jetant un regard par-dessus son mur.

Mme Lovelace ne se laisse pas démonter.

— Donc ton père et ta mère t'ont choisi. Ils en ont de la chance !

Elle s'approche encore de la forteresse de briques, et prend une voix qui se veut apaisante.

— Je peux venir avec toi, Joshua ?

Joshua semble réfléchir à la proposition et Claire voit, à la brève lueur qui anime un court instant ses yeux sombres, qu'il pourrait dire oui, mais la lueur disparaît, remplacée par le doute.

— Non, merci, répond-il poliment, tout en plaçant sur son mur une dernière brique qui vient leur cacher son visage.

Mme Lovelace fait une nouvelle tentative.

— Je vois que tu adores construire. Ça me plairait

de t'aider, tu sais ? insiste-t-elle en retirant la brique qu'il vient de poser, de manière à voir son visage.

Joshua sursaute et donne malencontreusement un coup dans les briques. Le mur s'écroule.

— Oh, non ! gémit-il d'un ton désespéré, en fixant le tas de briques autour de lui.

— Ce n'est pas grave, Joshua, dit Mme Lovelace d'un ton rassérénant. On peut le reconstruire ensemble. Comme ça, tu vois ?

Elle replace les blocs de carton l'un sur l'autre. Joshua renifle, mais il se met à l'aider. Au bout de quelques minutes, il est de nouveau retranché derrière son mur, en sécurité.

Mme Lovelace entraîne Claire et Jonathan vers une table entourée de chaises miniatures et les invite à s'asseoir.

— Parlez-moi de Joshua, dit-elle.

— C'est un petit garçon doux et affectueux, mais parfois très angoissé, surtout quand il est confronté à la nouveauté, admet Claire. Il lui arrive d'être ailleurs, dans son monde à lui, et nous avons du mal à le ramener à nous.

— Ce n'est pas du tout inhabituel d'avoir affaire à un enfant comme lui dans une classe de maternelle, assure Mme Lovelace. Je vous promets de lui prêter une attention particulière et de vous prévenir si je décèle le moindre problème.

— Il faut que vous sachiez que Joshua a vécu une expérience traumatique récemment, insiste Claire, en tentant d'empêcher sa voix de trembler. La semaine dernière, deux voleurs sont entrés dans notre librairie pour réclamer l'argent de la caisse, Joshua a assisté à la scène. Il a eu très peur, et moi aussi.

Claire secoue la tête en songeant aux deux adolescents avec leur capuche, à l'éclat métallique du couteau dans la main du plus grand des deux.

— La police ne les a pas arrêtés, poursuit Jonathan, et Joshua a peur qu'ils ne reviennent faire du mal à sa mère. Depuis cet épisode, il ne la quitte plus. Il a l'impression qu'il doit la protéger.

Mme Lovelace fronce les sourcils d'un air préoccupé.

— Merci de m'avoir prévenue, dit-elle. Je vais observer son comportement pendant les premiers jours de classe, et nous ferons le point dans quelque temps. Si nécessaire, je peux demander au psychologue scolaire de le recevoir. Tous les enfants ont une période d'adaptation à l'école, mais pour certains, elle est plus longue que pour d'autres.

Elle se lève et se dirige de nouveau vers l'endroit où Jonathan est assis, invisible derrière son mur.

— J'ai été contente de faire ta connaissance, Joshua, dit-elle.

— Moi aussi, répond Joshua d'une voix à peine audible.

Mme Lovelace reporte son attention sur Claire et Jonathan.

— Ravie également de vous avoir rencontrés, monsieur et madame Kelby. Si vous êtes disponibles pour accompagner l'une de nos sorties, faites-le-moi savoir.

Puis elle poursuit, en haussant ostensiblement la voix :

— A l'automne, nous avons prévu la visite de la caserne des pompiers, d'un verger de pommes, et d'un carré de citrouilles. En hiver, nous ferons de la luge sur la colline derrière l'école, et des maisons en pain d'épice. Et au printemps… au printemps, nous avons une sortie très particulière !

— Et où donc ? demande Claire, sur le ton enjoué qu'elle affecte quand elle veut convaincre Joshua de l'intérêt d'une activité.

— C'est une surprise. Nous ne le dirons aux enfants que le jour de la rentrée. C'est vraiment très spécial.

Les regards des trois adultes convergent vers Joshua.

Il est toujours installé derrière son mur, mais ses doigts de pied, que ses sandales laissent voir, avancent de quelques centimètres.

— Ah ! dit Jonathan, c'est une surprise. Il va donc falloir patienter jusqu'à la rentrée. Allez, viens, Josh. Qu'est-ce que tu dis à Mme Lovelace, qui t'a permis de jouer avec ces jolies briques ?

— Merci, répond Joshua d'une voix aiguë et timide.

— Mais de rien, Joshua, dit Mme Lovelace d'un ton chaleureux. Les briques seront là le jour de la rentrée, et tu pourras de nouveau construire ce qui te plaira.

Jonathan tend la main à Joshua pour l'aider à se relever, mais celui-ci la refuse, se met debout tout seul, et sort de la pièce devant ses parents, en faisant résonner ses pas sur le sol fraîchement ciré. Il marche lentement, la tête basse, en rasant le mur de son épaule.

— Ça va aller, mon petit Josh, murmure Claire, tout en sachant qu'il ne l'entend pas. Ça va aller, tu vas voir.

Allison

Je vais bientôt partir pour rencontrer Claire Kelby à la librairie et je suis nerveuse. Je n'ai jamais travaillé — quand j'étais au lycée, je n'en avais pas le temps. A Cravenville, on nous a préparées à passer des entretiens d'embauche et j'ai fait une simulation de celui d'aujourd'hui avec Olene, hier soir. Mais ça ne m'empêche pas d'être malade d'angoisse. Je ne comprends pas très bien pourquoi la propriétaire de cette librairie est prête à engager une condamnée, mais apparemment elle veut bien me donner ma chance. Olene m'a expliqué que ceux qui embauchent les gens comme moi ont droit à une importante réduction de charges patronales.

— Est-ce qu'elle sait pourquoi j'ai fait de la prison ?

Je ne peux m'empêcher de poser la question à Olene avant de partir. Bookends ne se trouve qu'à quelques pâtés de maisons de Gertrude House, et si je décroche cet emploi, je pourrai facilement m'y rendre à pied.

— Elle ne sait que le minimum, répond Olene. Mais c'est une femme qui a envie d'aider les autres. Je crois aussi que ça l'arrange que l'Etat paye une partie de la note.

— A quoi je ressemble ? lui dis-je, en ouvrant les bras et en tournant sur moi-même.

Je porte des vêtements empruntés à Bea. La jupe est un peu trop courte, les manches s'arrêtent juste au-dessus de mes poignets et les chaussures me compriment les doigts de pied, mais je trouve que j'ai l'air plutôt sérieuse et j'espère faire bonne impression. Il faut absolument que j'aille chez mes parents pour récupérer une partie de mes anciennes affaires, mais pour l'instant je n'ai pas encore réussi à les joindre. Mon père voyage beaucoup pour son travail et ma mère s'investit dans tout un tas de projets et de causes. Ce sont des gens très actifs.

— Vous êtes parfaite, me dit Olene. Vous êtes sûre que vous ne voulez pas que je vous accompagne en voiture ?

— Non, merci, ça ne me dérange pas de marcher.

Depuis la prison, j'apprécie le simple fait de sortir au grand air quand ça me chante, de sentir le soleil chaud sur mon visage, l'air de la nuit sur ma peau.

J'arrive à Bookends juste après l'ouverture. J'aperçois à travers la vitrine une femme que je suppose être Mme Kelby. Elle sourit au commentaire d'un client, tout en glissant des livres dans un sac en papier portant le nom de la librairie. Je contemple mon reflet quelques secondes. Puis je prends une grande inspiration et je pousse la porte.

— Bonjour ! dis-je d'un ton faussement assuré, tout en me dirigeant vers elle.

Elle est grande, mais pas autant que moi. C'est une femme qui paraît solide, aussi bien moralement que physiquement, athlétique, avec une peau mate et d'épais cheveux d'un blond doré qui retombent librement autour de ses épaules. Elle porte de grosses lunettes avec une monture imitation écaille de tortue.

— Je suis Allison Glenn, dis-je en lui tendant la main, comme dans les simulations d'entretiens. Je viens postuler pour le travail à temps partiel que vous proposez.

C'est là que ça devient compliqué. Dois-je lui rappeler que c'est mon agent de probation qui a organisé le rendez-vous ? Dois-je évoquer mon passé ? Olene et moi, nous avons longuement discuté pour savoir si je devais mentionner le motif de ma condamnation. Il y a du pour et du contre. Je suis encore indécise.

Mme Kelby me répond par un sourire. Un vrai sourire, sincère. Pas le genre de sourire plaqué. J'interprète ça comme un signe favorable.

— Allison, dit-elle. Merci d'être venue. Je suis ravie de faire votre connaissance. Asseyez-vous, nous allons parler un peu. Il se peut que nous soyons interrompues et je vous prie d'avance de m'en excuser. Je suis à court de personnel, comme vous pouvez le constater.

Nous nous asseyons, je croise les jambes, je joins sagement mes mains sur mes genoux, j'attends la première question.

— Pourquoi ne commenceriez-vous pas par me parler un peu de vous ? demande-t-elle.

— Eh bien, j'ai vingt et un ans, murmuré-je d'un ton nerveux. Au lycée, j'étais une élève qui collectionnait les A et je faisais partie de la Société d'honneur de…

Je m'arrête net. J'ai la voix trop haut perchée et je me sens ridicule. Mme Kelby me dévisage, avec l'air d'attendre la suite. Je prends une grande inspiration.

— Madame Kelby, je serais vraiment heureuse de travailler pour vous. J'ai commis de graves erreurs par le passé, des erreurs que je ne reproduirai pas.

Je me penche en avant et je la fixe droit dans les yeux.

— Je prends un nouveau départ dans la vie et je vous serais infiniment reconnaissante de…

Mon menton se met à trembler et les larmes me montent aux yeux.

— … de me donner ma chance.

Mme Kelby demeure silencieuse quelques instants, puis elle me regarde, avec une expression indéchiffrable sur le visage.

— Vous savez, Allison, je pense que nous allons

nous entendre. Olene dit le plus grand bien de vous et j'ai besoin d'aide ici.

Elle me sourit. Ses yeux sont pleins de bonté. Cela fait longtemps qu'on ne m'a pas regardée comme ça.

Je me racle la gorge et j'essuie subrepticement mes larmes.

— Merci, dis-je seulement.

— Parfait, conclut-elle d'un ton enjoué, tout en se levant. Pouvez-vous commencer après-demain ? De 9 heures à 16 heures, ça serait possible ?

J'acquiesce.

— Ce serait merveilleux, dis-je. Merci. Merci beaucoup.

Je lui tends ma main qu'elle prend sans hésiter.

— Ne me remerciez pas. Vous verrez, c'est un travail agréable. Et vous aurez l'occasion de voir régulièrement mon petit garçon. Il s'appelle Joshua.

— J'ai hâte de faire sa connaissance, madame Kelby.

Je respire, pour ne pas me laisser de nouveau déborder par l'émotion.

— Je ferai vraiment de mon mieux. Vous ne regretterez pas de m'avoir embauchée.

En rentrant à Gertrude House, je me retiens de sauter de joie. J'ai envie de raconter à quelqu'un comment s'est passé mon entretien. Je voudrais partager mon excitation. Mais je n'ai personne à appeler, sauf Brynn.

Durant toute mon adolescence, j'ai été torturée par un rêve récurrent — ou plutôt un cauchemar —, et cela bien avant d'aller en prison. Dans ce rêve, je suis chez moi, je révise pour préparer les tests d'admission à l'université. Je suis penchée sur mes livres et je prends furieusement des notes sur un cahier, quand une sonnerie se met en route. C'est le moment. C'est maintenant. Je dois aller passer mon examen. Je range soigneusement mes livres et mes cahiers dans mon sac de cours et je taille sept crayons de papier à embout gomme — parce qu'il faut absolument que l'ordinateur puisse lire les réponses. Je me dirige calmement vers la porte de ma chambre. Je me sens prête, je sais que je vais réussir brillamment. Ma main se referme sur la poignée de la porte. Mais celle-ci refuse de bouger.

J'essaye encore et encore de la tourner, mais impossible. Je suis enfermée. Prise de panique, je me précipite vers la fenêtre à guillotine que je veux faire coulisser. Elle aussi est coincée. L'air se bloque dans mes poumons, j'ai le souffle coupé. Il faut que je sorte de cette chambre pour passer mon examen. Je tambourine à la porte, en appelant ma mère, mon père, ma sœur, je hurle pour qu'on me laisse sortir. Je reviens vers la fenêtre et je frappe au carreau, pour attirer l'attention des passants. Mais personne ne me remarque. Je frappe plus fort, avec mes deux mains. J'ai les doigts engourdis et glacés, par manque d'oxygène. Je les vois qui deviennent bleus. Je suis en train de mourir. Il faut que je brise cette fenêtre et, de désespoir, je me mets à cogner de la tête contre les carreaux. Un sang chaud et poisseux coule sur mon front. Mais ça n'a pas d'importance. De nouveau, je projette ma tête en avant, et je me blesse un peu plus. Mais je ne sens pas la douleur, je ne pense qu'à sortir, sortir de là. Je continue avec ma tête, sans m'arrêter, jusqu'à être aveuglée par le sang, jusqu'à ce que de petits éclats de verre transpercent ma peau.

C'est à ce moment-là que je me réveille, couverte de sueur, mais glacée.

Je ne suis pas de celles qui abandonnent. J'obligerai Brynn à me rencontrer, quoi qu'il m'en coûte.

Claire

Le jour de la rentrée de Joshua commence sur une note d'espoir. Depuis qu'il a visité la classe et qu'il a fait connaissance avec Mme Lovelace, il ne rechigne plus quand on lui parle de l'école. Il a même l'air joyeux et impatient.

Ce matin, il se tracasse au sujet de ce qu'il va porter et se décide pour un T-shirt rouge tout simple, avec son short préféré, celui à grandes poches.

— Tu es très beau, Joshua, lui dit Claire.

Il sourit et se balance fièrement d'avant en arrière dans ses tennis neuves.

Claire ne s'attendait pas à voir tous ces enfants amassés devant les portes, qui attendent la sonnerie.

— C'est un chaos organisé, soupire-t-elle.

Puis elle se retourne pour guetter la réaction de Joshua, lequel contemple le spectacle, complètement hypnotisé.

— Eh bien, murmure Jonathan. Qu'est-ce qu'on fait, maintenant ? On le dépose et on le lâche au milieu de cette faune ?

— Non, nous avons le droit d'entrer avec lui, répond Claire. Je propose d'attendre que ça ait sonné, que le gros de la troupe soit déjà entré.

— Je ne veux pas y aller, lance Joshua d'un ton apeuré depuis l'arrière de la voiture. Je veux retourner à la maison.

— Ça va aller, assure doucement Jonathan. Tiens, on va vérifier ton cartable en attendant.

— Je ne veux pas, répète Joshua d'une voix encore plus angoissée.

— Allez, mon gars, courage. On va vérifier tes fournitures. Il ne faudrait pas qu'il te manque des crayons de couleur.

Ils passent ensemble en revue le contenu du sac à dos, méthodiquement, pour s'assurer qu'il contient bien tout ce dont Joshua a besoin en ce premier jour d'école. Leurs deux têtes penchées sur les fournitures scolaires arrachent un sourire à Claire. Quand ils ont terminé, la cloche a sonné et il ne reste plus à l'extérieur que quelques retardataires.

— Regarde, Joshua, lui dit Claire. Tu vois ? Tous les autres sont entrés. Tu ne peux pas arriver en retard le premier jour, tout de même ? Tu es prêt, il faut y aller.

Ils sortent de la voiture et se dirigent tous les trois vers le bâtiment. Joshua marche lentement, en traînant les pieds. Quand ils s'arrêtent devant la classe de Mme Lovelace, il passe la tête à l'intérieur et observe d'un air mélancolique le groupe qui s'agite dans un joyeux brouhaha. Il lève les yeux vers ses parents, avec un rictus nerveux.

— C'est là, dit-il, avec tout le courage que peut rassembler un petit garçon de cinq ans. A tout à l'heure, après l'école.

Mais sa voix est si triste que Claire en a le cœur brisé. Elle le prend dans ses bras et le serre fort contre elle. Quand elle le repose, Joshua prend des mains de Jonathan le lourd sac à dos plein à craquer et entre à petits pas précautionneux, comme s'il allait à l'abattoir. Claire se mord l'intérieur des joues pour ne pas pleurer. Pourquoi Joshua doit-il lutter pour tout ?

Elle s'accroche au bras de Jonathan et, ensemble, ils suivent du regard Joshua, qui se faufile jusqu'à

Mme Lovelace. Celle-ci l'accueille gentiment et l'aide à trouver son casier.

— Regarde comme il se débrouille bien, murmure Claire.

— C'est vrai qu'il se débrouille bien, approuve Jonathan.

Ils restent plantés devant la porte jusqu'à ce que Mme Lovelace lève le pouce pour leur signifier que tout va bien et les refoule poliment dans le couloir. Tandis qu'ils se dirigent vers la voiture, Claire se retourne plusieurs fois, en espérant presque que Joshua sortira en courant pour la supplier de ne pas le laisser. Elle sait qu'elle ne devrait pas, mais elle se sent nostalgique. Joshua n'aura plus autant besoin d'elle qu'avant, à présent. Il aura d'autres personnes dans sa vie — sa maîtresse et ses camarades. Et c'est une bonne chose, se dit-elle. Elle voudrait se réjouir que la rentrée se soit passée en douceur, qu'il soit entré de son plein gré dans la classe, sans drame, mais elle n'y parvient pas vraiment. Elle se sent soulagée, mais pas heureuse.

— Il va très bien s'adapter, assure Jonathan en lui prenant la main.

— Je sais, s'empresse de répondre Claire en s'installant sur le siège avant du passager. Mais je n'arrive pas à croire qu'il a déjà l'âge d'entrer à l'école maternelle. Il me semble que je ne me rendais pas compte que ça viendrait un jour, et puis je suis étonnée que ç'ait été si facile. Je me suis usé les nerfs, tellement je me faisais du souci. J'étais persuadée que ce serait une catastrophe.

— Si on prenait un petit déjeuner dehors ? propose soudain Jonathan.

— Mais je ne peux pas ! proteste Claire. Il faut que j'ouvre la librairie. Je suis déjà en retard, ajoute-t-elle en consultant l'horloge du tableau de bord. Il est déjà 8 h 50 et j'aurais dû arriver à 40.

— Faisons un détour par la maison, alors, murmure

Jonathan d'un ton coquin, tout en glissant sa main entre les cuisses de Claire.

— Jonathan !

Elle repousse sa main en riant.

— Je viens de te dire que je n'avais pas le temps.

— Allez, ce n'est pas si souvent que nous sommes seuls à la maison, insiste-t-il, tandis que sa main revient à la charge, cette fois en visant un genou.

— Tu en as vraiment envie ? demande-t-elle, surprise par tant de fougue.

— Oui, vraiment, répond-il tout en glissant son autre main sous le chemisier de Claire.

Elle se penche vers lui pour embrasser doucement la peau tendre sous sa mâchoire et tourne son visage vers elle. Elle continue à le couvrir de petits baisers et lui lèche la lèvre inférieure. Elle se sent soudain envahie par un désir très doux, mais profond, difficile à qualifier.

— S'il te plaît…, murmure-t-elle à son oreille. Emmène-moi à la maison.

Brynn

En arrivant sur le campus, j'aperçois Missy, qui prend un café au kiosque avec un groupe de filles. Elle me regarde comme si elle ne me voyait pas. Je m'approche, mais elle me lance un vague bonjour et reprend aussitôt sa conversation. Je n'existe plus pour elle.

Le garçon d'hier soir a dû lui expliquer qui j'étais. Il lui a parlé d'Allison.

Donc, à présent, ça va recommencer comme à Linden Falls.

Quand Allison est partie avec la police, j'ai cru qu'il ne pouvait rien m'arriver de pire que de ne plus l'avoir près de moi. La maison me paraissait atrocement vide et silencieuse, sans elle. Quelques jours après son arrestation, je suis entrée dans sa chambre, je me suis allongée sur son lit, enveloppée dans sa couette, j'ai pressé son oreiller contre mon visage pour respirer ce qui restait de son odeur. J'ai remarqué que la poussière commençait à recouvrir ses médailles, ses trophées, ses rubans bleus, mais ils étaient tout de même là, témoins étincelants de ce potentiel qu'elle avait gâché.

Mon père m'a surprise, assise sur le lit, avec dans les mains les rubans bleus d'Allison. Pendant un instant, j'ai cru qu'il allait entrer et me rejoindre. J'aurais tellement voulu qu'il me serre contre lui et qu'il me dise que tout allait s'arranger… J'aurais voulu qu'il prenne ma main dans la sienne et qu'il me demande de raconter ce qui s'était passé la nuit où Allison avait accouché. J'aurais voulu lui dire que j'étais là, que je lui avais essuyé le front, que je l'avais encouragée à pousser, que j'avais tenu sa petite fille dans mes bras. Mais Allison m'avait ordonné de raconter à la police et à mes parents que j'avais passé la soirée enfermée dans ma chambre à écouter mon iPod, et que je n'avais rien entendu. J'aurais voulu tout avouer à mon père, mais il est resté sur le seuil, à me regarder, d'un air profondément déçu. J'ai compris que jamais, au grand jamais, je ne deviendrais la fille dont mes parents rêvaient. Le lendemain, quand j'ai tenté de pousser la porte d'Allison, je l'ai trouvée fermée à clé. Mes parents ne me jugeaient même pas digne de m'asseoir sur le lit de ma sœur.

Ils erraient dans la maison, comme pris de torpeur. Ma mère ne cessait de pleurer ; mon père s'est mis à travailler plus longtemps, ne rentrant parfois que tard dans la nuit. Le dîner était un cauchemar silencieux. Sans Allison, sans ses matchs de volley à commenter, sans ses projets d'avenir, nous n'avions rien à partager. Je n'avais que peu d'amies, et elles appelaient rarement. Je ne leur en ai pas voulu. Qu'auraient-elles pu me dire ? Jessie a essayé. Elle m'a téléphoné et elle est passée plusieurs fois à la maison, elle a fait ce qu'elle a pu pour se montrer enjouée, pour m'inciter à l'accompagner à des matchs de foot ou au cinéma, mais j'étais hébétée, perdue. Je venais d'être admise dans le lycée où Allison aurait dû faire sa dernière année. Là-bas, tout le monde la connaissait. J'ai appris à circuler dans les couloirs en ignorant les regards et les murmures.

Ce n'est que lorsque le premier bulletin scolaire est arrivé à la maison que mes parents sont passés à l'action. A peine avaient-ils ouvert l'enveloppe que j'ai été traînée dans le bureau de la principale. Mme Buckley faisait partie de ces femmes énergiques qui arpentent les couloirs de leur établissement pour s'assurer que les élèves se comportent comme ils le doivent. Elle avait épousé son travail, elle partait tard le soir et arrivait très tôt le matin. Elle était stricte, parfois sarcastique et revêche, mais elle connaissait personnellement chaque élève du lycée de Linden Falls.

— Pourquoi est-ce que personne n'a daigné nous prévenir que les notes de Brynn étaient catastrophiques ? s'emporta ma mère d'un ton mauvais. C'est absolument scandaleux.

— Madame Glenn, a rétorqué la principale, nous avons envoyé plusieurs courriers chez vous, et nous avons même appelé.

Ma mère m'a lancé un regard fulgurant.

— Je n'ai eu ni lettres ni coups de fil. Et toi ? a-t-elle demandé à mon père, qui a secoué la tête d'un air abattu.

— Nous sommes tous très inquiets à ton sujet, Brynn, a dit Mme Buckley, en s'adressant cette fois à moi. Nous savons que tu viens de traverser une période très difficile et nous ne demandons qu'à t'aider.

Je me suis tassée sur ma chaise et je n'ai rien répondu.

— Si tu veux rencontrer un thérapeute, nous pouvons te proposer un premier rendez-vous avec le psychologue scolaire.

— Elle n'a pas besoin de thérapeute, a coupé ma mère d'un ton impatient. Juste de se concentrer et de se mettre au travail.

— Nous allons engager quelqu'un pour l'aider à s'y mettre, a annoncé mon père. Nous allons redresser la barre. Nous venons de traverser une période difficile, c'est vrai, mais rien que nous ne puissions assumer.

— Parfois, l'aide d'une personne extérieure…, a prudemment murmuré Mme Buckley.

— Nous n'avons pas besoin d'une personne extérieure, a tranché ma mère en se levant. A partir de maintenant, j'attends de vous que vous me transmettiez un compte rendu des progrès de Brynn dans chaque matière, à la fin de chaque semaine. Nous allons lui chercher un répétiteur. Merci de nous avoir reçus.

Elle a tourné les talons et elle est sortie comme une furie du bureau de Mme Buckley, avec mon père qui la suivait d'un air piteux.

Comme promis, j'ai eu mon répétiteur. Tous les soirs, pendant une heure et demie, une fille de l'université Sainte-Anne venait chez nous. Nous nous installions à la table de la cuisine, où elle me faisait faire des équations et réciter mon vocabulaire en espagnol. Elle étudiait la philosophie, c'était une élève brillante, mais elle était carrément barbante et sans la moindre personnalité. Comme répétitrice, elle était tenace, elle expliquait bien, mais elle manquait de patience et claquait de la langue et des doigts dès qu'elle voyait que mon esprit se mettait à vagabonder.

Mes notes ont tout de même fini par grimper et j'ai obtenu B en tout, sauf en éducation physique, où j'ai dû me contenter d'un C. Je suis passée de justesse dans la classe supérieure et, l'été suivant, ma mère m'a inscrite à des cours d'été de rattrapage à l'université Sainte-Anne.

J'ai essayé de les suivre. J'ai vraiment essayé. Mais, chaque fois que j'entrais dans une classe, une angoisse incontrôlable me submergeait. Ma poitrine se serrait, les battements de mon cœur résonnaient à mes tympans. J'arrivais à peine à tenir cinq minutes, ensuite je partais en courant.

Le jour de mes dix-huit ans, j'avais décidé d'annoncer à mes parents mon intention de laisser tomber Sainte-Anne et de travailler dans un cabinet vétérinaire. On ne me payait pas grand-chose, mais c'était déjà un début. Nous venions juste de rentrer à la maison, après un dîner au restaurant pour fêter mon anniversaire, et nous mangions à la maison un gâteau et une glace, quand j'ai vu la lettre sur le comptoir de la cuisine. Le relatif plaisir que je prenais à passer une soirée avec mes parents s'est envolé d'un seul coup. Cela faisait plus de deux ans qu'Allison avait été arrêtée et il y avait toujours quelque chose pour me rappeler qu'elle existait, même si mes parents prononçaient rarement son nom. Son beau visage me regardait en souriant depuis les photos qui occupaient encore des places de choix dans la maison. Ce soir-là, j'ai eu l'impression que sa lettre me narguait, et ma toute nouvelle assurance s'est dissipée d'un seul coup. Peu importait qu'Allison soit en prison. Peu importait qu'elle soit enfermée encore pour huit ans. Elle était toujours présente.

J'ai déposé mon assiette de gâteau et de glace sur le comptoir, près de la lettre d'Allison, et je suis montée dans ma chambre. J'ai fixé pendant plusieurs heures le flacon de somnifères de ma mère, avant de trouver le courage d'ôter le bouchon et de faire tomber les cachets dans le creux de ma main. Ils étaient plus petits que je n'aurais cru, et je n'ai pas pu m'empêcher de sourire à l'idée que ces minuscules pilules avaient le pouvoir de mettre un terme à ma souffrance. Je n'ai pas laissé de mot. Qu'aurais-je pu dire ? Que j'étais désolée de ne pas être ma sœur ? Que je n'en pouvais plus de marcher sur des œufs en essayant de plaire à tout le monde, mais sans jamais y parvenir, et sans être en accord avec moi-même ? Que j'étais toujours obsédée par la peau bleutée de ce bébé, par ses petites mains, par ses minuscules doigts de pied, et que leur vision me hantait plus que tout ?

J'ai pris les cachets un à un. Je les déposais religieusement sur ma langue, et c'était comme si j'avalais les reproches qu'on me faisait. Pas assez intelligente, pas assez jolie, pas assez sportive — jamais assez. Je me suis enterrée sous ma couette pour attendre la mort. Un bref instant, avant de glisser dans le sommeil, je me suis demandé si j'allais manquer à mes parents.

Sans doute que non. Le chagrin d'avoir perdu Allison les avait déjà détruits.

Je pense que j'aurais réussi ma tentative de suicide si ma mère n'avait pas eu besoin de ses somnifères. Elle m'a trouvée inconsciente dans mon lit, le flacon près de moi. Quand je me suis réveillée, j'étais aux urgences et on me faisait un lavage d'estomac. Quelques jours après, je déménageais à New Amery, pour vivre avec ma grand-mère.

Deux ans déjà… J'ai cru pendant un an que tout allait mieux. Qu'il me suffirait de garder mes distances avec Allison et avec mes parents, d'oublier le passé, de me concentrer sur mon avenir. Je me trompais.

J'ai un cours à midi, mais je remonte dans ma voiture et je rentre à la maison. Ma grand-mère n'est pas là. Milo me fixe d'un air plein d'espoir, il a envie de sortir. Mais je me dirige vers le placard au-dessus du réfrigérateur, là où ma grand-mère range ses bouteilles d'alcool. Je sais que c'est idiot, que je ne devrais pas, mais je sors une bouteille, puis un verre que je remplis à ras bord d'un vin rouge à l'odeur douce et sucrée. J'ai toujours l'estomac dérangé par mes excès de la veille, mais je m'en fiche. Je veux retourner à ces quelques minutes où j'ai cru être une étudiante comme les autres, entourée d'amis, susceptible d'intéresser un beau garçon, à cet instant où personne ne savait encore rien de mon passé.

J'emporte la bouteille dans ma chambre. Je m'installe sur mon lit, je bois une grande rasade de vin et j'attends. J'attends que la chaleur de l'alcool se diffuse jusque dans mes jambes et mes doigts de pied. J'attends qu'il enveloppe mes pensées dans une brume salutaire. C'était vraiment idiot de ma part de penser que je pouvais repartir de zéro.

Claire

Claire regarde Allison s'éloigner sur le trottoir, et la légèreté de son pas la surprend. Quand elle est entrée tout à l'heure dans la librairie, Allison semblait oppressée, alourdie par le poids de son passé, même si elle se tenait bien droite et affichait une fausse assurance. Allison Glenn est une ancienne détenue, mais elle lui a fait l'effet de quelqu'un de bien. Tout le monde a droit à une seconde chance, Claire y croit fermement.

Elle y croit d'autant plus qu'elle a eu droit à une seconde chance en tant que mère. Sinon, Joshua ne serait pas auprès d'eux en ce moment.

Leur première chance, ç'avait été par une froide nuit de janvier, une semaine après avoir obtenu leur agrément de famille d'accueil. Ils avaient reçu un coup de fil de Dana, l'assistante sociale : on venait de trouver une petite fille de trois ans errant dans Drake Street, à minuit. Elle ne portait ni manteau ni bonnet, et elle n'avait pas su dire où elle habitait aux gens qui l'avaient croisée près du bar d'où ils sortaient. Ceux-ci avaient prévenu la police, qui avait confié l'enfant aux services sociaux. Dana avait alors contacté Claire et Jonathan.

— Nous arrivons tout de suite, avait dit Jonathan à Dana.

Il n'avait pas demandé à Claire si elle était d'accord pour accueillir cette petite. Il savait. Claire désirait plus que tout un enfant. Peu lui importait que cet enfant soit une fille ou un garçon, peu lui importait son âge, d'où il venait, la couleur de sa peau. De son côté, Claire savait que le plus cher désir de Jonathan était de sentir un petit cœur battre contre le sien, et de lui murmurer, encore et encore, que désormais tout irait bien.

Et, au début, tout s'était bien passé, en effet. La mère d'Ella, Nicki, une étudiante de vingt ans, était en train de boire et de se camer avec des amis, dans son appartement, quand Ella était sortie. Nicki ne s'en était aperçue que douze heures plus tard, une fois suffisamment dessoûlée pour remarquer l'absence de sa fille.

Quand Claire et Jonathan étaient arrivés à l'hôpital, où l'on avait examiné Ella pour s'assurer qu'elle ne souffrait pas d'engelures et qu'elle n'avait pas subi de mauvais traitements, Dana avait expliqué à l'enfant qu'elle allait vivre quelque temps dans la maison des Kelby. Ella avait levé vers eux un regard déboussolé.

— Où est ma maman ? ne cessait-elle de demander. Je veux ma maman.

Elle était montée dans leur voiture sans faire d'histoires, mais elle était restée près de la portière et tournait la tête à chaque piéton qu'ils dépassaient, comme si elle cherchait quelqu'un. Quand ils s'étaient arrêtés devant leur maison, Ella avait enfin compris qu'elle ne rentrerait pas chez elle de sitôt. Ses yeux s'étaient remplis de larmes et elle s'était mise à trembler et à frissonner, si fort que ses dents s'entrechoquaient. Ils avaient eu du mal à la réchauffer, comme si le froid venait de l'intérieur.

— Ce n'est rien, Ella, lui avait dit Claire en l'installant sur le canapé, enveloppée d'une couverture blanche. Est-ce que tu as faim ?

Elle n'avait pas répondu tout de suite. Ses yeux fixaient le chiot qui lui reniflait les pieds.

— Il s'appelle Truman, avait indiqué Jonathan.

C'est un bouledogue. Il est chez nous depuis la semaine dernière.

— Il ne va pas me mordre ? avait demandé Ella d'une voix étonnamment rauque.

— Il ne mord pas, avait assuré Claire. C'est un bon chien. Tu veux le caresser ?

Ella avait pincé les lèvres et fermé les yeux, comme si elle réfléchissait intensément. Au bout de quelques minutes, elle avait ouvert ses yeux et les avait lentement levés vers Claire en inspirant, comme si elle rassemblait son courage.

— Il ne te mordra pas, avait promis Jonathan en prenant Truman pour le poser sur un coussin du canapé, près d'Ella. Il va peut-être baver sur toi, mais pas te mordre.

Ella avait timidement avancé une petite main potelée pour caresser la tête de Truman, puis elle l'avait retirée en riant. Elle avait recommencé plusieurs fois ce manège, une caresse furtive suivie d'un rire, jusqu'à ce que Claire et Jonathan éclatent de rire avec elle. Truman les avait contemplés tour à tour, avec une expression désabusée qui semblait signifier qu'il les tolérait, sans plus. Vingt minutes plus tard, Ella s'était endormie, le visage dans le cou de Truman. Jonathan et Claire étaient restés assis là, à la regarder, et ils étaient tombés amoureux d'elle.

Très vite, Claire avait considéré Ella comme sa fille. Elle savait que c'était dangereux. Qu'elle n'avait aucun droit sur cette enfant. Mais elle l'aimait. Elle l'aimait autant que si elle l'avait portée dans ses entrailles pendant neuf mois. Ella était la plus belle petite fille qu'elle ait jamais vue, avec ses grands yeux marron qui pétillaient de malice et se remplissaient brusquement de larmes la minute d'après. Ella avait tout de suite appelé Jonathan « papa », même si sa mère lui manquait, de toute évidence.

De son côté, Nicki réclamait sa fille, mais elle s'y

prenait plutôt mal pour la récupérer. Elle se montrait rebelle et ergoteuse avec l'assistante sociale qui la suivait, arrivait en retard aux convocations et aux réunions destinées à faire avancer son dossier. Elle accumulait les erreurs et Claire avait beau essayer de la comprendre, elle n'y parvenait pas. Cette femme aurait dû remuer ciel et terre pour rester auprès de ce miracle d'enfant. Pourtant, quand elle rendait visite à sa fille chez eux, Nicki se comportait comme une mère aimante. Elle s'asseyait par terre près d'Ella pour jouer avec elle et, sans avoir l'air d'y toucher, elle était de nouveau entrée dans sa vie. Quand elle les voyait ensemble, Claire ressentait de la jalousie, même si elle avait honte de se l'avouer. Ella et Nicki échangeaient des regards complices et des caresses, comme si elles ne s'étaient jamais quittées. Claire regardait Nicki effleurer la joue rebondie d'Ella, comme elle avait sûrement effleuré son ventre rond quand elle était enceinte. Le geste était si intime, si protecteur et possessif, que Claire se détournait tellement cela lui faisait mal.

Jonathan et Claire n'avaient gardé Ella qu'un peu plus d'un an. Jonathan s'était persuadé que Nicki ne serait jamais capable de faire les efforts nécessaires pour récupérer sa fille, mais il s'était trompé.

Claire se souvient encore de l'expression désolée et incrédule de Jonathan quand ils avaient rendu l'enfant, en février. C'était par un après-midi glacial, aussi glacial que la nuit où Ella était venue à eux, sauf que, cette fois, elle était bien couverte, vêtue d'une parka chaude couleur lavande, avec un bonnet et des gants assortis, achetés par eux. En apprenant qu'elle retournait vivre chez sa mère, Ella avait levé vers eux des yeux brillants.

— Je vais aller voir maman ? ne cessait-elle de répéter dans la voiture.

— Oui, Bella Ella, avait répondu Claire en l'appelant

par le surnom qu'ils lui donnaient. Mais, cette fois, tu vas pouvoir rester chez elle pour…

Elle n'avait pas réussi à dire « pour toujours ». Après tout, Nicki pouvait commettre de nouveau une erreur, et on leur confierait de nouveau Ella… Mais elle n'y croyait pas vraiment. Nicki tenait à sa fille.

— Pour très longtemps, avait-elle achevé.

Ella avait pris un air pensif, avant de répondre.

— Mais papa va venir aussi, avait-elle dit enfin.

Il s'agissait d'une affirmation, pas d'une question. Jonathan avait émis une sorte de hoquet étouffé, et Claire avait refoulé ses larmes.

— Non, papa ne vient pas, avait-elle répondu en s'efforçant de conserver un ton enjoué.

C'était la moindre des choses. Elle devait se retenir d'exprimer sa détresse, au moins devant Ella, au moins pendant le trajet.

— Tu vas vivre avec ta maman, avait-elle expliqué pour la centième fois. Tu es contente, n'est-ce pas ?

— Ouiiiii, je suis contente ! Mais papa va venir. Et toi aussi, maman Claire, avait insisté Ella.

— Non, Ella, non, pas cette fois.

Jonathan, qui conduisait, avait reniflé, et Claire avait posé sa main sur son genou. Quand ils étaient arrivés devant les bureaux des services sociaux, Jonathan avait détaché Ella de son siège, et il l'avait portée dans ses bras en la sortant de voiture, pour la protéger du vent glacé. C'était à cet instant que Claire avait pris conscience qu'ils n'auraient jamais dû accueillir chez eux une enfant qui n'était pas la leur. Elle avait cru qu'ils seraient capables d'assumer le fait que c'était provisoire. Ils avaient fait ce qu'ils avaient à faire. Pendant un an, ils avaient logé, nourri et habillé Ella, en l'entourant de leur affection. Et, à présent, ils devaient la rendre. A une femme qui l'avait laissée sortir et errer seule dans les rues en pleine nuit, qui prenait plus de plaisir à boire et à faire la bringue qu'à s'occuper d'elle. Ils avaient traversé le parking en direction du bâtiment où ils avaient si souvent accompagné Ella pour qu'elle rencontre sa mère.

Dana les attendait devant l'entrée avec la mère d'Ella.

— Ella, tu vas me dire au revoir et me faire un bisou, avait dit Claire en prenant un ton léger.

— Au revoir, maman Claire, avait gazouillé Ella en trottinant vers elle.

Ella lui avait donné un gros baiser sur la bouche, et Claire l'avait soulevée de terre pour la serrer dans ses bras.

— Je t'aime, Bella Ella, avait-elle murmuré d'une voix un peu trop aiguë, en laissant cette fois les larmes couler sur ses joues.

— Au revoir, papa, avait dit Ella en se dégageant pour se tourner vers Jonathan. A plus tard, léopard, avait-elle plaisanté en lui attrapant les jambes.

Jonathan s'était figé et Claire avait assisté, impuissante, à la lutte intérieure qu'il menait pour ne pas craquer, sa poitrine montant et descendant lourdement.

— A plus tard, léopard, avait insisté Ella d'un ton péremptoire.

Il s'était agenouillé et, avec un sourire sur le visage, mais des yeux tristes, il avait répondu :

— Dans un petit moment, caïman.

Ella avait ri de ce jeu familier.

— C'est trop loin, gros babouin.

Elle s'était agrippée au cou de Jonathan en enfouissant son visage contre lui.

— Je t'aime, Ella, ne l'oublie jamais, d'accord ? avait répondu Jonathan d'une voix rauque et tellement piteuse que Claire avait dû fermer les yeux.

— Moi aussi, je t'aime, avait dit Ella en s'écartant de Jonathan.

Puis elle s'était tournée vers sa mère.

— On y va maman ? Au revoir, papa. Au revoir, maman Claire.

— Viens, Ella, avait ordonné Dana. Nous allons mettre tes valises dans le coffre de ta maman.

Un battement de paupières, et Ella avait disparu.

Claire et Jonathan s'étaient éloignés, main dans la main. Ils avaient roulé en silence jusque chez eux. La maison leur avait paru vide et abandonnée. Même Truman semblait désorienté. Il reniflait dans les coins et errait de pièce en pièce, cherchant Ella.

Claire se souvenait qu'ils avaient essayé de faire l'amour, ce soir-là. Ils s'étaient ôté leurs vêtements avec des gestes hésitants, un chemisier passant par-dessus une tête, un pantalon dont on ouvre la fermeture Eclair et qui glisse le long d'une paire de jambes. Ils s'étaient fait face dans la pénombre de leur chambre aux vitres gelées, isolés de la rue par les rideaux de dentelle de la fenêtre, les mains calleuses de Jonathan s'étaient glissées entre ses cuisses, elle avait effleuré du bout des lèvres la peau tendre de son cou, en s'attardant à l'endroit rugueux, là où il avait oublié de se raser. Puis ils avaient cessé de se caresser, submergés par le chagrin et l'épuisement. Elle avait posé sa tête sur l'épaule de Jonathan, et lui sa joue sur son crâne. La maison était silencieuse, beaucoup trop. Ils n'avaient plus rien à écouter, désormais. Ils n'avaient plus à s'inquiéter de ce qu'Ella descende de son lit, trottine jusqu'à leur chambre, se hisse sur la pointe des pieds pour tourner la poignée en laiton de leur porte et ouvre, au risque de les surprendre plus ou moins nus. Et ils n'entendraient plus sa petite voix qui sortait de l'ombre. « Vous faites quoi ? Je peux entrer ? »

Ils passaient alors un vêtement à la hâte et l'accueillaient entre eux dans leur lit.

C'était à ce moment-là, dans la trop lourde pénombre de cette chambre, que Claire avait senti la première larme tiède de Jonathan rouler sur sa tempe, puis sur sa joue. Elle avait résisté à l'impulsion de l'essuyer et l'avait laissée voyager le long de son cou, entre le renflement de ses seins, tout le long, jusqu'en bas. Elle avait pris la main de Jonathan pour le guider vers le lit où elle l'avait allongé. Tendrement, elle lui avait enfilé un slip, puis des chaussettes de laine pour réchauffer ses pieds gelés. Elle avait fait passer sa tête dans un T-shirt, puis ses bras dans les manches. Et, pendant tout ce temps, Jonathan avait continué à pleurer en silence.

— Je sais, je sais, lui avait-elle murmuré inlassablement.

Elle avait tiré la couette jusqu'à son menton, puis elle s'était couchée nue près de lui. Il avait eu un sommeil agité. Elle n'avait pas dormi du tout.

Pendant longtemps, elle n'avait pu parler d'Ella. Elle songeait souvent à Halloween, lorsqu'ils avaient encore Ella, qu'ils avaient habillée en princesse, avec une robe au tissu doré et des petites chaussures avec des talons en plastique qu'elle avait abandonnées au bout d'un pâté de maisons. « Ça fait trop mal », avait-elle protesté en les ôtant.

Une fois, ils l'avaient trouvée endormie, roulée en boule dans le panier de Truman, tout contre lui. Ils respiraient bruyamment tous les deux, et leurs fronts se touchaient.

Parfois, un sourire passait sur le visage de Jonathan, puis disparaissait aussitôt, et elle savait que lui aussi pensait à Ella.

Ils avaient tenté de recommencer, essayé de nouveaux traitements contre la stérilité, parlé d'adopter un enfant. Ils avaient cru qu'Ella serait leur fille. Et ils étaient revenus au point de départ, une matrice vide, des mains vides. Sans enfant.

Puis, moins d'un an plus tard, Joshua était venu.

Il est à nous, songe Claire. *Pour toujours. Avec lui, nous avons eu une seconde chance.*

Elle aussi a envie de donner une seconde chance à quelqu'un. Et ce quelqu'un, c'est Allison Glenn. Elle va donner à Allison Glenn un nouveau départ, une nouvelle existence.

Charm

Charm sort en retard de l'hôpital. Quand elle tente d'appeler Gus pour le prévenir qu'elle est sur le chemin du retour, personne ne décroche. Gus avait l'air bien, quand elle l'a laissé, ce matin. Elle l'a appelé vers midi et, même s'il avait la voix fatiguée, il a réclamé de la purée pour le dîner. Elle ne cesse d'appuyer sur le bouton de rappel, tout en conduisant, mais toujours pas de réponse. Elle s'arrête devant la maison en faisant crisser ses pneus, ouvre sa portière à la volée, et découvre les outils de jardinage de Gus abandonnés près d'un massif de fleurs.

— Gus ! hurle-t-elle d'un ton paniqué, en poussant la porte donnant dans la cuisine. Gus ! Ça va ?

Elle traverse la petite maison jusqu'à la chambre de Gus et le trouve profondément endormi dans son lit. Sa poitrine s'élève et s'abaisse avec un râle.

Elle quitte silencieusement la chambre et retourne dans le salon, où elle se laisse tomber sur le canapé. C'est le même que le jour où elle est venue ici pour la première fois. Les coussins sont mous, le tissu écossais bleu et vert est passé et élimé. Mais il est toujours confortable et sent une odeur familière. Charm se sent si lasse… Lasse de se faire du souci pour Gus et pour ses cours. Elle s'allonge sur le canapé et déplie sur elle un plaid, puis ferme les yeux. Elle n'a que vingt et un ans, mais elle se sent vieille, comme si elle avait les os cassants, comme si ses follicules pileux produisaient déjà des cheveux gris. Elle entend le téléphone sonner, mais elle est trop fatiguée pour se lever du canapé. *Tant pis, épargne ton énergie, laisse le répondeur se déclencher*, se dit-elle.

« Je voulais juste prendre de tes nouvelles. »

La voix de sa mère résonne dans la pièce, innocente. Mais, au cours des années, Charm a eu le temps d'apprendre que rien n'est innocent avec sa mère. Reanne rajoute quelques banalités au sujet de son travail et de Binks. Bizarrement, ils sont donc toujours en couple. Puis Reanne conclut par une invitation à dîner pour la semaine suivante.

« Je travaille les quatre nuits à venir, mais Binks et moi, on est libres lundi soir. On serait ravis de t'avoir à dîner avec nous. A la bonne franquette. On sera entre nous. »

Charm est tentée de se lever pour prendre le téléphone avant que sa mère ne raccroche, mais elle s'abstient. Si tout se passe normalement — c'est-à-dire selon les normes de *sa* famille —, Reanne ne rappellera pas. Mais si elle a vraiment une idée derrière la tête, elle reviendra à la charge dans moins de vingt-quatre heures. Le téléphone sonne de nouveau, presque aussitôt. De peur que le bruit ne finisse par réveiller Gus, Charm se décide.

— Charmy, ma chérie, dit tendrement sa mère.

— Salut, maman, répond-elle, en tâchant de paraître aussi enthousiaste qu'elle.

— J'ai appelé il y a moins de cinq minutes et tu n'as pas répondu, fait remarquer Reanne d'un ton blessé.

— Je suis désolée, je viens tout juste de rentrer. Je n'ai même pas eu le temps d'écouter les messages, répond Charm en tâchant de paraître sincère.

— Est-ce que tu peux venir dîner chez moi lundi soir ? propose Reanne.

— Euh…, bredouille Charm qui cherche à temporiser. Attends, il faut que je vérifie mes horaires à l'hôpital. J'y passe un temps fou, en ce moment.

Elle pose le récepteur, marche jusqu'au réfrigérateur et prend une canette de soda. Elle l'ouvre, boit une longue gorgée, revient lentement vers le téléphone.

— Maman, je regrette vraiment, mais lundi je suis à l'hôpital. Je commence mon stage dans le service psychiatrique. Une autre fois, peut-être.

— Tu serais libre quel soir ? insiste sa mère.

— Je vais être très prise pendant plusieurs semaines. Si on remettait à Thanksgiving ? suggère Charm.

Reanne se tait quelques secondes, comme si elle réfléchissait.

— C'est dans deux mois, dit-elle enfin. J'avais vraiment envie de te voir. Deux mois, c'est trop loin. Et, en plus, j'ai une bonne nouvelle à t'annoncer.

Ne demande pas laquelle, ne demande pas laquelle, se répète Charm.

— Laquelle ? ne peut-elle s'empêcher de demander.

— Ah, non, pas par téléphone, tu vas devoir patienter, dit Reanne d'un ton railleur. Dis-moi quel jour tu es libre. Binks et moi, on se débrouillera.

Moi, je suis capable de m'adapter, tandis que toi, tu es rigide, suggère le ton.

— Très bien, alors pourquoi pas ce soir ? rétorque Charm du tac au tac.

— Ce soir, ça fait un peu court.

— Je suis libre ce soir, maman, répond patiemment Charm. Ensuite, je serai coincée pendant trois semaines.

— Bon, très bien, acquiesce Reanne, d'une voix contrariée.

— Qu'est-ce que je peux apporter ? demande Charm, surprise que sa mère tienne réellement à la voir.

— Pourquoi pas le dessert ? Ne viens pas avant

19 heures. Il faut me laisser le temps de préparer. J'ai beaucoup à faire.

Elle paraît surexcitée, comme une gamine qui s'apprête à fêter son anniversaire.

— Maman, il n'y aura que moi, proteste Charm. Pas la peine de cuisiner un truc compliqué.

C'est toujours comme ça, avec sa mère. Elle dit les choses avec tant de naturel et de gentillesse qu'on ne peut que la croire. Charm est déstabilisée. Chaque mot de sa mère lui fait l'effet d'un galet doux et brillant qu'elle met de côté pour plus tard, et qu'elle ressortira pour l'admirer avec nostalgie.

— Oh ! et avant d'oublier…, dit-elle. Il faut que je te dise que ton frère m'a contactée. Gus t'en a parlé ?

— Vaguement, répond Charm, prise de court.

— Je l'ai trouvé bizarre. Il a mentionné quelque chose qu'il devait me dire et qui te concernait. Tu vois de quoi il pourrait s'agir ?

— Non.

C'est tout ce qu'elle parvient à répondre quand son cœur se remet à battre.

— A tout à l'heure, alors, ma chérie.

Charm est figée près du téléphone, avec, dans la main, le combiné silencieux, quand Gus entre dans la pièce. Il a l'air reposé et sa peau est presque rose.

Elle lui annonce d'un ton coupable qu'elle dîne chez sa mère.

— Tu as raison d'y aller, Charm, assure-t-il. C'est ta mère. Tu devrais passer plus de temps avec elle.

— Tu es bien plus drôle qu'elle, réplique Charm. Et aussi plus gentil.

— Peut-être, admet-il en pressant un mouchoir contre ses lèvres et en se mettant à tousser. Mais je ne serai pas là éternellement.

— Gus ! proteste Charm.

Mais il sourit et lui tapote la tête.

— Va ce soir chez ta mère, ordonne-t-il d'un ton qui donne à Charm l'impression de redevenir une petite fille.

Claire

Après la visite d'Allison, la journée s'écoule lentement. Le cœur de Claire s'arrête de battre chaque fois que le carillon de l'entrée tinte. Elle se demande si elle se sentira jamais en sécurité dans sa librairie, même avec le système d'alarme et quelqu'un pour l'aider. Elle ne cesse de surveiller l'heure et la porte, parce qu'elle guette l'arrivée de Joshua et Jonathan. Elle regrette de ne pas avoir pu s'arranger pour que Virginia tienne la boutique, afin d'aller, elle aussi, chercher Joshua à l'école.

Ils arrivent enfin, à 15 h 30, tranquillement. Jonathan arbore un grand sourire et Joshua a l'air fatigué. Ses beaux cheveux sont en bataille, sa chemise déboutonnée ; il a aussi une tache sur son short et ses lacets sont défaits.

— Bonjour, petit écolier, lance Claire en guise d'accueil. Comment s'est passée cette première journée ?

— Très bien, on dirait ! s'exclame Jonathan.

Claire se sent aussitôt incroyablement soulagée.

— Ça ne m'étonne pas, dit-elle en serrant Joshua contre elle.

— C'était bien, affirme Joshua avec un fantôme de sourire au coin de la bouche. J'ai réussi à jouer avec les briques et j'ai fait de la balançoire aux deux récréations.

— Bravo ! s'exclame Claire d'un ton enthousiaste. Est-ce que la maîtresse vous a parlé de la sortie secrète ?

— On va au zoo ! s'écrie-t-il. On va au zoo, on va voir des éléphants et des singes.

Il se penche, plie les bras, fige son visage pour simuler une grimace simiesque, puis il se met à pousser des cris stridents, tout en se déplaçant comme un singe à travers la librairie. Jonathan et Claire se regardent en riant. Après avoir fait le tour des rayons, Joshua revient de leur côté, vers la caisse, et se redresse, puis, comme s'il se déchargeait d'un pénible secret, il lâche :

— Mais il y avait des bananes.

— On t'avait prévenu, Josh, dit Jonathan. On t'avait dit qu'on te servirait peut-être à manger des choses que tu n'aimerais pas. Tu te souviens de ce qu'on t'avait dit de faire ?

— De répondre « non, merci », dit tristement Joshua. Mais le petit garçon qui les distribuait m'en a quand même donné une. Je ne me suis pas bouché le nez et j'ai failli vomir, avoue-t-il. Mais je me suis retenu et j'ai tout mangé.

— C'est très bien, Joshua, assure Claire.

Elle tend sa main, paume vers le bas, à la hauteur de Joshua, et il fait un pas pour placer sa tête dessous. Elle lui caresse vigoureusement le cuir chevelu, ses cheveux sont comme du satin sous ses doigts. Elle sent chaque bosse et chaque creux de son crâne, elle les a mémorisés comme une carte topographique. Cette zone, là, juste sous son oreille, c'est celle qui gère son goût pour la musique — du moins, c'est ce qu'elle imagine. Joshua est très attentif à la musique, comme il l'est à la plupart des choses. Il n'aime pas la musique forte ou trop rythmée — quand il en entend, il s'énerve, se couvre les oreilles, et se réfugie dans une autre pièce ou en lui-même. Il préfère les airs doux et apaisants.

Claire s'attarde ensuite sur le sommet de son crâne, là où quelques épis blonds se dressent obstinément. C'est de là que lui viennent ses idées de construction. Il peut passer des heures à jouer avec des Lego ou des minibûches pour édifier des structures qui défient les lois de la gravité. Sa chambre est jonchée de pièces noueuses, et ils retrouvent régulièrement des morceaux de plastique de couleur dans le jardin, au milieu des crottes de Truman.

Elle déplace doucement ses doigts vers le sud, vers le petit renflement situé au-dessus de la fragile dépression derrière son oreille. C'est là qu'il a engrangé les souvenirs du temps où il n'était pas encore avec eux. Du temps où il ne leur appartenait pas encore. C'est là, sûrement, que stagnent et pourrissent ses chagrins et ses peurs, celles qui se manifestent à travers sa timidité, ses phobies, sa tendance à se couper du monde extérieur. Claire masse ce petit nœud, comme pour le résorber, jusqu'à ce que Joshua se mette à glousser en s'écartant d'elle.

— Non, proteste-t-il.

Comme s'il lui reprochait de vouloir lui enlever ce que lui a légué sa première mère. Elle a dû l'aimer, à sa manière, et il s'accroche comme il peut à ce qui lui reste d'elle.

— Il faut fêter ça, annonce Jonathan. Qu'est-ce que tu voudrais manger ce soir, Josh ?

— Une pizza, répond Joshua sans la moindre hésitation. Une pizza chez Casanova, précise-t-il d'un ton autoritaire.

— D'accord pour une pizza. En attendant, tu devrais aller dans l'arrière-boutique et grignoter quelque chose pour te caler, avant que Virginia et Ashley viennent me relayer, indique Claire en lui tendant les bras.

Il se jette vers elle et elle le serre brièvement, puis elle le repose et il part en trottinant, avec ses lacets qui battent le plancher.

— Ouf, murmure Claire à Jonathan quand il ne peut plus les entendre.

— « Ouf », c'est le mot juste, approuve Jonathan. Un jour de passé ; il en reste deux cents.

— Il n'aura peut-être pas de difficultés, soupire Claire d'un ton plein d'espoir, en passant ses bras autour de la taille de Jonathan.

— Je suis sûr qu'il n'en aura pas. Essaye de ne pas t'inquiéter. Bon, je dois y aller, lance-t-il en plantant un baiser sur sa bouche. Je passerai vous prendre à 17 h 30 pour aller chez Casanova.

Après avoir aidé Joshua à se préparer des sandwichs au beurre de cacahuètes et lui avoir versé un verre d'une bouteille de lait qu'elle conserve dans le miniréfrigérateur de la réserve, Claire retourne dans la boutique pour attendre les clients. Depuis le braquage, elle veut absolument qu'elles soient toujours deux à travailler. Elle sait qu'une employée supplémentaire va lui coûter de l'argent mais, avec la réduction de charges patronales accordée à ceux qui emploient d'anciens détenus, c'est tout de même faisable. De toute façon, elle a vraiment besoin d'une aide supplémentaire ; depuis la rénovation du centre-ville, une horde de piétons a déferlé dans Sullivan Street et dans toutes les rues de la vieille ville qui longent le Druid. L'une des deux lycéennes qui a travaillé pour elle pendant trois ans va partir dans une université. L'autre, Shelby, est très bien, mais elle a beaucoup d'activités périscolaires et ne peut venir qu'en fin d'après-midi, et encore, pas tous les jours. Virginia, la retraitée qui la seconde le samedi, quitte Linden Falls pour la Floride en hiver.

Claire espère vraiment que tout se passera bien, avec Allison Glenn. Olene Jurginson ne lui a pas donné tous les détails du passé de la jeune fille, mais Claire connaît Olene depuis des années à travers une association qui œuvre pour le développement du centre-ville. Elles ont participé ensemble à l'organisation de collectes de fonds et d'animations municipales, et ce n'est pas la première fois qu'Olene lui demande si elle veut embaucher l'une de ses pensionnaires. Jusque-là, elle avait toujours refusé.

A 17 h 30, la voiture de Jonathan s'arrête devant Bookends. Joshua et Claire disent au revoir à Virginia et à Shelby. Casanova ne se trouve qu'à quelques pâtés de maisons de la librairie et ils s'y rendent à pied, main dans la main. Le soleil de cette fin d'après-midi commence à décliner, on sent que l'été glisse doucement vers l'automne.

Jonathan et Claire s'installent dans un box, pendant que Joshua court rejoindre le groupe d'enfants qui admire la dextérité du pizzaïolo.

— Je trouve paradoxal d'engager une ancienne détenue pour ne pas rester seule dans la librairie, alors que tu as peur des voleurs, s'étonne Jonathan quand Claire lui annonce la nouvelle.

— Je sais, je sais, concède Claire. Mais Olene m'a vraiment recommandé cette fille. Elle dit qu'elle est très intelligente et qu'elle a de l'avenir.

— Elle a commis quel délit ? Ça ne t'inquiète pas que Joshua soit en contact avec une femme qui a fait de la prison ?

— Je ne suis pas au courant des détails, reconnaît Claire. Elle a été condamnée pour un grave délit, mais on lui a accordé une libération anticipée pour bonne conduite. Elle doit montrer qu'elle est capable de prendre un nouveau départ dans la vie, sans traîner le fardeau de son passé. Olene m'a assuré qu'elle n'était pas violente ni considérée comme dangereuse.

Claire voit passer le doute sur le visage de Jonathan.

— Je sais, insiste-t-elle. Mais je t'assure que cette fille m'a fait bonne impression. Et Joshua ne sera jamais seul avec elle dans la librairie. Accepte au moins de la rencontrer, je t'en prie.

Jonathan soupire.

— D'accord.

— Merci, répond Claire, en se penchant par-dessus la table pour déposer un baiser sur ses lèvres. Ça va bien se passer. Et en plus, financièrement, c'est intéressant.

— Maman, papa ! appelle Joshua en revenant en courant vers leur box. Le monsieur qui fait les pizzas a lancé du *pepperoni* contre la vitrine et il est resté collé. Est-ce qu'on peut manger une pizza au *pepperoni* ?

— Bien sûr, répond Jonathan. On lui demandera de mettre sur nos pizzas le *pepperoni* qui est resté collé à la vitrine.

Les émotions de cette première journée d'école ont épuisé Joshua et, quand ils rentrent à la maison, ses paupières sont lourdes et il ne cesse de bâiller. Jonathan le porte à l'étage pour qu'il se débarbouille et se brosse les dents.

C'est Claire qui le couche et arrange sa couette. La douce lumière qui filtre à travers les stores projette un halo sombre autour de sa tête et des cernes mauves sous ses yeux.

— Tu crois que tu vas aimer l'école, Josh ? demande Claire.

Il gratte méthodiquement le crâne devenu chauve de son bouledogue en peluche, tout en réfléchissant, puis hausse les épaules.

— Et Mme Lovelace, tu l'aimes bien ? insiste Claire.

— Oui, répond-il.

Il y a dans sa voix cette inflexion familière qui signifie « oui, mais », et Claire s'assied sur le lit, en attendant la suite.

— Il y a beaucoup de bruit, ajoute-t-il enfin. Les autres enfants crient trop fort.

— C'est vrai que vous êtes nombreux, dans cette classe. J'imagine que ça peut être très bruyant.

Tout en parlant, elle écarte tendrement une mèche de son front, mais il repousse sa main avec irritation.

— Tu m'as manqué, dit-il en levant les yeux vers elle pour guetter sa réaction, tout en accélérant frénétiquement le rythme des cercles que sa main trace sur le crâne du chien en peluche. J'avais envie de partir.

Claire prend le temps d'inspirer avant de répondre :

— Josh, tu m'as manqué aussi. Mais je dois travailler à la librairie, et toi, tu dois travailler à l'école.

Il ne répond pas.

— Tu comprends, Joshua ?

Il ne dit toujours rien, mais il acquiesce. Sa lèvre inférieure s'avance un peu et son menton se met à trembler.

— Josh, murmure tendrement Jonathan. Tu ne peux pas abandonner l'école. Tu es inscrit, maintenant. Tu fais partie des grands.

— Je sais, gémit Joshua.

Et de grosses larmes bien rondes jaillissent de ses yeux.

— Qu'est-ce que tu as, Josh ? demande Jonathan.

Claire, elle, n'a pas besoin de demander, elle a déjà compris.

— Je veux dormir dans votre lit, répond Joshua.

— Josh, il faut que tu dormes dans ton lit, tu te reposeras mieux, proteste Claire, tout en sachant que Joshua viendra probablement les rejoindre au petit matin.

— Ils sont où, maintenant, les voleurs ? demande Joshua.

— Ils sont très loin, Joshua, assure Claire.

Et elle se tourne vers Jonathan pour quémander de l'aide.

— Ils n'osent pas revenir, dit Jonathan. Ils savent que la police les cherche, et qu'il y a dans cette librairie un petit garçon courageux.

— C'est moi, le petit garçon courageux, affirme Joshua, comme s'il les en informait.

— Oui, Joshua, c'est toi, reconnaît Claire. Tu es très courageux. Mais tu ne dois plus t'inquiéter des voleurs. N'oublie pas que nous avons fait installer une alarme.

— Et qu'une autre fille va venir t'aider, ajoute Joshua. Comment elle s'appelle ?

— Allison. C'est vrai, tu as raison, nous avons maintenant Allison. Tu la verras demain. Donc cesse de t'inquiéter.

— Et puis il y a Truman, ajoute Joshua d'une voix endormie, en se pelotonnant sous sa couette.

— On est là pour te protéger, Joshua, murmure Jonathan. N'aie pas peur.

Brynn

Quand j'ouvre les yeux, ma grand-mère est penchée au-dessus de moi et me secoue doucement l'épaule.

— Réveille-toi, Brynn, réveille-toi, répète-t-elle plusieurs fois. Il est 8 h 30. Tu as dormi longtemps. Tu es malade ?

Je bondis hors du lit, complètement paniquée, en me demandant si j'ai dormi pendant vingt-quatre heures et manqué de nouveau les cours. La pièce vacille et je dois m'agripper à ma grand-mère pour ne pas tomber.

— La grippe, parviens-je à murmurer, avant de traverser ma chambre pour foncer vers la salle de bains où je vomis dans les toilettes.

Quand je ressors enfin d'un pas chancelant dans le couloir, elle est là, et me fixe avec une expression angoissée.

— Je commençais vraiment à m'inquiéter, dit-elle en me prenant le coude pour me reconduire à mon lit. Ça faisait dix minutes que j'essayais de te réveiller et tu étais glacée.

— La grippe, dis-je de nouveau, en évitant son regard.

En me glissant sous ma couette, je remarque le verre sur ma table de nuit. Il reste un petit peu de vin tout au fond. Si ma grand-mère l'a vu, elle ne fait aucun commentaire.

— Tu voudrais que je te prépare des tartines ou une soupe ? demande-t-elle en s'asseyant près de moi.

— Non, réponds-je en enfouissant ma tête sous la couette, de manière à ne pas avoir à affronter son regard. Je veux juste dormir.

Elle reste là, silencieuse, un long moment. J'ai envie qu'elle parte et qu'elle sorte, qu'elle me laisse tranquille. Elle se décide enfin à parler.

— Brynn, ça va ? Tu as des problèmes ?

— Non, dis-je sans sortir la tête de ma couette.

Je sens mon haleine, aigre et viciée.

— Je suis malade, c'est tout.

— Est-ce que tu prends tes médicaments ? demande-t-elle d'un ton précautionneux, comme si la question était une offense.

— Oui, grand-mère, dis-je d'un ton impatient. Je t'en prie, je ne me sens pas bien, j'ai juste besoin de dormir.

— Tu as pris tes médicaments, aujourd'hui ? insiste-t-elle.

Je repousse la couette et me redresse sur le lit. J'attrape le flacon sur ma table de nuit et je dévisse le couvercle, puis je sors d'un geste théâtral une gélule, pour que ma grand-mère la voie bien. Je la lance dans ma bouche et je déglutis avec ostentation, puis j'ouvre grand la bouche pour qu'elle puisse constater que la gélule n'est plus là. Je sais que je me comporte mal, qu'il est normal que ma grand-mère se fasse du souci pour moi. Je me laisse retomber sur le lit et je couvre mon visage avec mon oreiller. Je me sens mal et malheureuse.

Au bout de quelques minutes, ma grand-mère me tapote doucement la main, puis je l'entends se lever et quitter la chambre sur la pointe des pieds.

Je peux cracher la gélule.

Allison

J'ai du mal à croire que j'ai décroché ce boulot à Bookends. Quand je pense que j'ai eu les larmes aux yeux devant Mme Kelby, j'en frémis. Je n'ai jamais autant pleuré que depuis ma sortie de prison. Je commence à travailler demain et je n'ai absolument rien à me mettre. Mme Kelby a quelques règles de base à propos de la tenue à porter — pas de jean, pas de T-shirt ou de sweat-shirt, mais c'est tout. J'ai passé l'après-midi à composer le numéro de mes parents. Mon père finit tout de même par répondre.

— Allô, dit-il.

L'intonation familière de sa voix vibrante et assurée m'inonde de bien-être, et je colle un peu plus le téléphone à mon oreille.

Je murmure avec émotion :

— Bonjour, papa. C'est Allison.

Il y a un silence à l'autre bout, et je sais qu'il est en train de se demander s'il va raccrocher ou me parler.

Je m'empresse d'ajouter :

— J'ai trouvé du travail, papa. Dans une librairie. Je me demandais si je pouvais passer à la maison pour prendre quelques vêtements. Je n'ai rien de correct pour travailler, et je me suis dit que je trouverais peut-être dans mon armoire de quoi me dépanner. Je n'ai pas grossi et je peux sûrement porter mes anciens pantalons et trouver deux ou trois jolis…

Je me rends compte que ce n'est pas la peine de donner autant de détails et je m'arrête net. J'entends à l'autre bout du fil la respiration de mon père.

— Papa, s'il te plaît, est-ce que je peux passer ?

Mes paumes sont moites de sueur et j'ai enroulé le cordon du téléphone autour de mon index, en serrant si fort que celui-ci en devient bleu.

— Papa ?

J'ai conscience d'avoir un ton suppliant.

Il se racle la gorge avant de répondre :

— Bien sûr, Allison. Tu peux venir ce soir, vers 18 heures. On verra ce qu'on peut trouver.

Il me parle d'un ton distrait, absent. Ni hostile ni chaleureux. Pas comme on devrait parler à sa fille quand on ne l'a pas vue depuis des mois.

— Merci, papa. A tout à l'heure, alors. Au revoir.

J'attends son au revoir, mais je n'ai droit qu'au discret déclic du téléphone qu'il raccroche. Ils ont besoin de s'habituer à l'idée que je suis sortie de prison, de s'habituer à mon retour. Il leur faut juste un peu de temps.

Quand la voiture d'Olene s'engage dans la rue où j'ai grandi, je suis frappée de constater à quel point elle a peu changé durant mes cinq ans d'absence. Tout est comme autrefois. Je reconnais les pelouses impeccables, les grandes maisons de briques rouges avec leurs garages doubles et leurs jardinières. Quand nous nous arrêtons devant la maison de mon enfance, un flot de souvenirs déferle en moi. Ma mère assise à la table de la cuisine, consultant des livres de cuisine, mon père travaillant à son bureau dans le salon, moi, dans ma chambre, en train d'étudier. Brynn traversant la maison sur la pointe des pieds, en essayant de passer inaperçue.

— Voulez-vous que je vous attende ici, Allison ? me demande Olene.

— Non, non, ce n'est pas la peine. Mon père me raccompagnera.

Mais je ne bouge pas de la voiture. Olene me lance un regard interrogateur.

— Allison ?

Elle me tapote gentiment le genou.

— Allez voir vos parents. Ce ne sera pas aussi difficile que vous le pensez.

Je la remercie d'un pauvre sourire.

— C'est gentil, Olene. Mais vous ne connaissez pas mes parents.

— Ils étaient durs avec vous ? Ils vous battaient ? Vous êtes une adulte, à présent. Ils ne peuvent plus.

— Non, ils ne me battaient pas…

Je ne peux m'empêcher de rire à cette idée saugrenue.

— … du moins pas avec leurs poings.

— Que leur reprochez-vous, dans ce cas ? demande-t-elle.

— C'est dur à expliquer, dis-je en posant ma main sur la poignée de la portière. J'étais l'enfant parfaite.

— Et… ?

— Et ensuite je ne l'étais plus.

J'ouvre la portière, je descends, et je la salue d'un petit geste de la main. Puis je remonte l'allée d'un pas lourd, avec l'impression d'être de nouveau une petite fille de dix ans.

En arrivant devant la porte d'entrée, j'hésite. Je ne sais pas si je dois sonner ou entrer. Je n'ai plus franchi ce seuil depuis cinq ans et j'ignore si j'ai encore une place dans cette maison. Finalement, j'opte pour la sonnette. Au bout de quelques minutes, j'entends des pas et mon père ouvre la porte.

Je murmure timidement :

— Bonjour, papa.

Je fais un pas en avant pour lui donner l'accolade, mais je le sens se raidir et je laisse retomber mes bras.

Il me dévisage d'un air embarrassé. Il est toujours aussi grand et séduisant que dans mon souvenir, mais je constate avec étonnement qu'il a pris beaucoup de poids et que son ventre pousse contre le tissu de sa chemise. Ses cheveux sont gris et plus fins qu'autrefois, et il a des poches sous les yeux. Je jette un coup d'œil par-dessus son épaule, cherchant ma mère du regard.

— Maman est à la maison ?

— Non, elle n'est pas là, dit-il en se dandinant gauchement d'un pied sur l'autre.

Derrière lui, j'aperçois plusieurs cartons posés à terre.

— Oh…, dis-je d'une petite voix, en comprenant brusquement de quoi il s'agit.

Il n'y aura pas de dîner avec mes parents, je ne vais pas fouiller mon armoire avec ma mère pour trier mes vêtements. Je pense à mon ancienne chambre, avec ses murs lavande et mon édredon à pois. Je l'adorais. C'était mon refuge. L'endroit où je pouvais me permettre d'exister, tout simplement.

— Tu veux que je t'aide à porter les cartons jusqu'à ta voiture ? demande mon père avec une gaieté forcée.

— Je n'ai pas de voiture, papa, dis-je sèchement. Je viens de sortir de prison. Je n'ai pas de voiture, pas de vêtements, je n'ai rien.

— Oh… Je vois.

Il affiche à présent un visage contrarié.

— Tu veux que je te raccompagne quelque part ?

— Ne te donne pas cette peine.

Une fois ces mots murmurés, je me détourne de lui pour m'éloigner, avec un pincement au cœur. Puis je fais volte-face.

— Je veux la voir, dis-je.

Mon père me regarde comme s'il ne comprenait pas, et j'insiste.

— Je veux voir ma chambre.

— Allison…, dit-il avec un petit rire gêné.

Je le bouscule, je fais un pas dans la maison et je regarde autour de moi. Je vais jusque dans le salon et je constate que rien n'a changé depuis cinq ans. Même papier à fleurs sur les murs, même canapé, même confident, même piano à queue. L'odeur non plus n'a pas changé. Un mélange de pétales de rose et de cannelle. Il manque pourtant quelque chose, il me semble. Quelque chose qui modifie l'atmosphère générale, mais je n'arrive pas à déterminer quoi.

— Allison, répète mon père derrière moi, cette fois d'une voix froide et dure. Qu'est-ce que tu fais ?

Je ne prends pas la peine de lui répondre et je me mets à monter les marches de l'escalier qui mène à ma chambre. Le tapis est moelleux sous mes pieds, la rambarde d'acajou douce et fraîche sous la paume de ma main. Je m'arrête net. Je sais à présent ce qu'il y a de différent. Les photos. Ils ont enlevé toutes les photos. Toutes les photos de moi. Je reprends lentement mon ascension de l'escalier. Mes jambes me semblent lourdes et mon cœur cogne contre ma poitrine.

— Allison ! appelle mon père. Tu ne peux pas faire irruption et…

Sa voix s'éteint doucement quand j'atteins la dernière marche pour m'engager dans le couloir qui mène aux chambres. L'air de l'étage sent le confiné et m'oppresse encore plus que celui de la prison. Je lutte contre une envie impérieuse de redescendre cet escalier en courant pour ressortir à l'air libre. La porte de ma chambre est fermée. Je tends la main vers la poignée, je la tourne, elle s'ouvre avec un déclic. La lumière clémente de cette fin d'après-midi n'adoucit pas le choc. Les murs lavande ne sont plus là, on les a repeints en blanc, mon couvre-lit à pois a disparu, tout comme le bureau sur lequel je travaillais, mes trophées de football, mes rubans bleus, les photos de mon équipe, mes étagères, mes animaux en peluche. Il ne reste plus rien. Je ravale un sanglot et je plonge vers mon armoire. Vide. Pas de vêtements, pas de chaussures, pas de boîtes remplies de souvenirs. J'ai tout simplement été annulée.

Tandis que je sors en titubant de ma chambre, je remarque que la porte de celle de mes parents s'entrouvre, à peine, et j'aperçois brièvement ma mère, dont le visage reste dissimulé dans l'ombre.

En courant dans la rue, j'espère encore qu'ils vont m'appeler, ou qu'une main va se poser sur mon épaule. Mais non. Ils me laissent partir sans chercher à me retenir. Je suis furieuse contre moi-même d'avoir à ce point le cœur brisé, mais je n'y peux rien. Je marche. Gertrude House se trouve à plus de deux kilomètres de la maison de mes parents, et je me demande si je peux arriver là-bas à 20 heures, heure à laquelle je suis attendue. J'entends une voiture rouler lentement derrière moi et je me retourne. C'est mon père. J'en ai le ventre qui tressaute d'espoir, même si je m'en veux de lui accorder encore de l'importance.

— Allison ! lance-t-il par la vitre ouverte. Allison, monte, je vais te raccompagner.

Je meurs d'envie d'ouvrir la portière et de monter, mais je ne veux pas lui faciliter la tâche.

— Pas la peine, j'ai bien compris que maman et toi, vous ne voulez plus de moi.

Je me remets à avancer en direction de Gertrude House.

Mon père me suit en roulant au pas.

— Allison ! appelle-t-il. Je ne te le demanderai pas une troisième fois. Monte, s'il te plaît.

Je le regarde longuement. Durement. Puis je m'installe à l'arrière de la voiture. Il éteint le moteur, se tourne pour me regarder, se frotte le visage.

— Allison, essaye de te mettre un peu à notre place. Tout cela a été terrible pour nous.

— Mais je…

— Laisse-moi finir, coupe-t-il. Ç'a été terrible pour ta mère et pour moi. Nous avons tout de même réussi à retrouver une sorte…

Il me fixe d'un air suppliant.

— Une sorte de paix.

Il voudrait que je leur trouve des excuses, que je comprenne pourquoi ils m'ont totalement éjectée de leur vie. En un sens, je le comprends, mais ça ne fait pas moins mal pour autant. Ils en ont terminé avec moi. Je n'existe plus pour eux.

— D'accord, papa, j'ai compris.

Je souris tristement.

— Dis à maman que je comprends.

Mon père exhale un long souffle d'air et remet le moteur en route. Quand nous nous arrêtons devant Gertrude House, il actionne l'ouverture du coffre.

— Tu as besoin que je t'aide à porter tes cartons ? demande-t-il.

— Non, je peux me débrouiller.

Je vois bien que ma réponse le soulage. Je sors un à un mes cartons de vêtements du coffre et je les pose sur le trottoir.

— Merci, papa. Salue maman de ma part.

— Je n'y manquerai pas, assure-t-il en sortant son portefeuille de sa poche.

Il me tend une liasse de billets.

— Tiens, dit-il. Prends ça.

— Tu n'es pas obligé, dis-je.

— Je t'en prie. Nous le voulons vraiment.

Il me fourre les billets dans la main.

— Bonne chance pour ton nouveau travail.

— Merci, parviens-je à répondre.

En le regardant s'éloigner, j'ai la gorge tellement nouée par l'émotion que j'en ai mal. Je reste là pendant un temps infini, jusqu'à ce qu'une main me presse l'épaule. Je me retourne, en m'attendant à voir Olene, mais il s'agit de Bea. Près d'elle, il y a Tabatha, avec ses piercings et tout le reste.

— Ça va ? demande Bea.

— Très bien, dis-je en essuyant subrepticement des larmes que, j'espère, elles n'ont pas remarquées.

Bea se penche et soulève une boîte de ses bras maigres et puissants. Tabatha l'imite. En vérité, je ne me sens pas bien. Pas bien du tout.

Charm

Charm s'arrête à l'épicerie, où elle choisit une tarte aux pommes dans le rayon des gâteaux, et une boîte de glace à la vanille. Pour la glace, elle envisage un instant de prendre la marque la moins chère, étant donné qu'elle quittera probablement la table avant le dessert. Mais sa mère, l'air de rien, ne manquera pas de demander d'une voix mielleuse s'ils ont en ce moment des difficultés financières, ce qui serait tout de même le comble, vu que Gus a gardé la maison au moment du divorce. D'un autre côté, Charm sait qu'elle ne peut pas dépenser trop d'argent, que choisir la glace la plus chère serait une folie et que sa mère l'interpréterait comme une volonté de se donner des grands airs. Pas de Häagen-Dazs ce soir. Charm opte pour un litre d'une glace de gamme moyenne, avec des grains de vanille.

Reanne accueille Charm à la porte avec une grande embrassade. Binks lui prend la tarte et la glace des mains, tout en lui tapotant maladroitement l'épaule.

— C'est bon de te voir, Charm, dit Reanne.

Elle a grossi. Ses rondeurs ont pris une ampleur considérable et ses cheveux, autrefois naturellement méchés par le soleil, sont secs et abîmés par les teintures. De petites rides sont apparues sous ses yeux, et son maquillage a bavé. Charm résiste à l'impulsion d'humidifier son doigt avec de la salive pour l'essuyer.

Sa mère s'est mise en frais. La petite table de la

cuisine est recouverte d'une nappe fleurie, et des bougies brûlent au centre.

— Eh bien ! s'exclame-t-elle en découvrant l'installation. Que fêtons-nous ?

— Pour l'instant, viens et assieds-toi, répond sa mère en la prenant par le coude pour l'entraîner vers la table. Le dîner est prêt. Mangeons tant que c'est chaud.

— D'accord, d'accord.

Charm laisse échapper un rire contraint tout en prenant une chaise.

— Ça sent vraiment bon, admet-elle charitablement.

— C'est Binks qu'il faut remercier, pour le repas. Il s'est occupé de tout. Je n'ai fait que les pommes de terre. En purée, comme tu les aimes.

Charm est soudain prise de remords. Gus est à la maison, avec une bénévole qui veille sur lui pour la soirée.

— Gus aussi aime les pommes de terre en purée, murmure-t-elle.

Reanne jette un regard du côté de Binks, pour voir s'il a entendu le commentaire, mais il est occupé à servir le poulet avec une grosse fourchette. Elle attend qu'il soit assis et que les plats aient circulé. Charm mange quelques bouchées. Le poulet est trop sec et elle a du mal à l'avaler. Binks sourit et adresse un signe de tête à Reanne, qui se met à gigoter sur son siège comme si elle ne pouvait pas garder plus longtemps son secret.

— De quoi s'agit-il ? demande Charm, inquiète de ce qu'on va lui apprendre.

— Binks et moi, nous allons nous marier ! lance Reanne d'une voix aiguë et pleine d'entrain.

Charm sent son sourire se figer sur son visage. Elle essaye d'actionner ses lèvres, mais rien ne vient. Binks et Reanne la dévisagent avec l'air d'attendre quelque chose.

— Bravo, dit-elle doucement.

Elle ressent soudain le besoin de quitter ce petit appartement, avec son atmosphère enfumée et grisâtre, et ses bibelots kitsch qui l'insupportent.

— C'est tout ? demande Reanne en se penchant vers Charm pour quémander une suite.

Binks a piqué du nez vers son assiette. De la purée de pommes de terre s'est collée à sa moustache.

— Non. Je suis très heureuse pour vous, dit Charm.

Mais sa voix est parcourue d'une onde frémissante qui la trahit. Elle ne peut s'empêcher de penser que Gus aurait tellement voulu ne pas divorcer d'avec sa mère. Cet homme exceptionnel était amoureux de Reanne, et cette idiote l'a quitté.

— Félicitations, conclut-elle faiblement.

— Tu n'es pas heureuse, proteste Reanne avec humeur. Tu ne te réjouis pas pour moi. Tu ne supportes pas que tout aille bien dans ma vie.

— Maman…, explique Charm d'un ton las. Ce n'est pas ça du tout. Je me réjouis sincèrement pour toi. Je suis juste surprise.

— Surprise ? Surprise de quoi, Charm ?

A présent, Reanne est franchement en colère.

— Surprise que je sois amoureuse et que je décide de me marier ? Après tout ce que j'ai traversé, je pensais que tu comprendrais.

— Qu'est-ce que tu as traversé ? demande Charm d'une voix incrédule, tout en songeant qu'elle a tort de s'énerver.

Sa mère s'arrangera pour retourner la situation, et ce sera elle qui passera pour une fille ingrate et agressive.

— Qu'est-ce que tu as traversé ? répète-t-elle d'une voix plus douce. Tu es vraiment incroyable, ma chère maman. Pardonne-moi de me montrer un peu sceptique, quand tu me dis que tu vas signer pour la vie avec un homme. Tu n'as pas vraiment la réputation d'une femme constante.

— Ecoute, Charm, répond Binks d'un ton posé. Inutile de manquer de respect à ta mère.

— Tu sais ce que c'est que manquer de respect ? rétorque Charm d'une voix dangereusement calme. Manquer de respect, c'est ramener tous les jours un homme différent à la maison, au point que vos enfants se demandent qui ils vont trouver dans la cuisine au petit déjeuner le matin. Et le manque de respect, c'est aussi d'accueillir dans votre maison un type qui tente de tripoter votre petite fille de neuf ans.

Reanne reste un moment perplexe, comme si elle passait en revue ses anciens amants pour savoir lequel a bien pu lui préférer Charm.

— Manquer de respect, c'est élever sa fille avec l'idée que les hommes ne sont que de stupides bovins qu'on peut écarter quand on est lassée d'eux. Manquer de respect, c'est divorcer d'un homme décent qui vous aime, vous et vos enfants, et auquel vous brisez le cœur. Ça, c'est du manque de respect.

Elle repousse sa chaise loin de la table, prête à se lever.

— Tu pars ? demande Reanne d'un ton incrédule. Mais nous n'avons pas fini de manger. Et nous n'avons pas encore parlé de ton frère.

— J'en ai marre, des discussions, réplique Charm, en fixant posément sa mère.

Elle va vers la porte, puis elle change d'avis. Elle se rend compte qu'elle a un comportement infantile, mais elle ne peut pas s'en empêcher. Elle marche jusqu'au réfrigérateur qu'elle ouvre tranquillement, et elle en sort la glace à la vanille. Elle n'a pas l'intention d'annoncer à Gus que sa mère va bientôt se marier. Elle va lui dire, au contraire, qu'elle lui a paru malheureuse, seule, qu'elle a demandé comment il se portait.

— Je vous souhaite beaucoup de bonheur, dit-elle en essayant d'y croire elle-même.

Mais le ton est amer.

Puis elle sort, avec sa mère et Binks qui la suivent des yeux, bouche bée.

Charm tremble toujours de colère quand elle arrive à la maison. Elle ne sait pas très bien pourquoi l'annonce du mariage de sa mère la met dans cet état, mais elle soupçonne qu'il y a un rapport avec la manière dont Gus va prendre la chose. Elle jette un coup d'œil dans la chambre de Gus, qui dort profondément, et elle décide d'aller marcher près du Druid. Elle adore la promenade le long des rives. L'automne, elle s'installe sous les acacias dont les petites feuilles jaunes tombent autour d'elle, légères comme des plumes de canari. L'hiver, elle marche pendant des kilomètres, avec l'air froid qui fait pleurer ses yeux, et ses bottes laissent de profondes et larges empreintes sur son passage.

Elle songe au jour où elle s'était amusée à faire une armée de bonshommes de neige, avec des ailes, des sortes d'anges — un pour chaque homme que sa mère avait fait dormir à la maison, du moins pour ceux dont elle se souvenait. Du bout de l'index, elle avait tracé les initiales de chacun près de l'ange qui le représentait. Si elle avait oublié le prénom, elle notait une particularité, de quoi le distinguer. « B.C. », avait-elle écrit, pour l'homme qui portait des bottes de cow-boy. Elle avait six ans et elle n'avait aucun souvenir de celui-là. Juste d'avoir vu ses bottes devant la porte de la chambre de sa mère. Des bottes grises, imitation écailles, qui semblaient monter la garde, prêtes à bondir sur quiconque tenterait d'entrer. Quand elle avait reculé pour admirer son œuvre, des rangées et des rangées de petits anges plantés dans la neige, elle avait trouvé ça bien. Il ne manquait qu'un petit point rouge pour chaque ange, sur la poitrine. Pour montrer l'emplacement de leur cœur brisé. C'était toujours sa mère qui rompait, jamais le contraire. Elle s'arrangeait pour que ses amants ne se lassent pas d'elle.

Après avoir marché le long du fleuve, jusqu'à ce que sa colère retombe, Charm rentre à la maison et va vérifier encore que Gus va bien. Il dort toujours et ne bouge pas. Elle quitte sa chambre sur la pointe des pieds, se réfugie dans la sienne, et va droit à la commode pour en sortir la boîte à chaussures qu'elle cache là depuis des années.

Elle y conserve les quelques souvenirs qui lui restent du temps qu'ils ont passé avec le bébé. Moins de trois semaines. Il y a des siècles. De temps en temps, elle s'assied sur son lit et sort le contenu de la boîte pour l'effleurer du bout des doigts. Comme en ce moment. Il y a une minuscule paire de chaussettes d'un bleu pervenche très doux. Elles étaient trop grandes pour les petits pieds du bébé, et sur lui elles étaient carrément comiques. Quand il agitait les jambes, il les perdait et on voyait remuer ses doigts de pied, qui semblaient dire : *Ah, c'est bien mieux comme ça !* Ce sont ses chaussettes, il les a portées peu de temps, mais ça ne fait rien, elles sont spéciales. Dans la boîte, il y a aussi son hochet en forme de bourdon et une casquette de base-ball à l'effigie des Chicago Cubs. Et, enfin, il y a les deux petites photos encadrées. Sur l'une, on voit une Charm incroyablement jeune et incroyablement épuisée, qui tient dans ses bras un bébé qui pleure, au visage rougi. Sur l'autre, il y a Gus, souriant, qui tient un petit bébé paisiblement endormi. Charm songe avec tristesse qu'elle ne pourra jamais dire à cet enfant la vérité sur les deux premières semaines de sa vie. Lui dire qu'il a eu, pour le chérir, une adolescente de quinze ans et un homme malade qui ne savaient pas ce qu'ils faisaient, mais qui avaient essayé, essayé jusqu'à n'en plus pouvoir.

Allison

Je suis si fébrile… Plus encore que lorsque j'ai passé mes tests d'admission à l'université, plus que lorsque j'ai dû attendre les résultats. J'ai vraiment envie que ça marche, ce boulot à la librairie. Je prends un nouveau départ dans la vie, et ça, c'est le tout début.

Bien qu'on ne soit qu'au début de septembre, l'air est froid et piquant, les feuilles des arbres de la rue sont bordées d'un liseré de rouge et de jaune vifs. Je suis en avance à la librairie et j'attends dehors avec angoisse. En arrivant, Mme Kelby m'adresse un signe de la main, tout en se garant sur une place de parking.

— Bonjour, Allison, me lance-t-elle en s'extirpant de sa voiture. Prête pour le grand jour ?

— Oui. Mais je suis un peu stressée.

— Vous vous en sortirez très bien, m'assure-t-elle. Et si vous avez des questions, surtout, n'hésitez pas à les poser.

Elle ouvre le verrou, entre dans la librairie, et allume les lumières. C'est beau, tiède, douillet. Je fais le tour des lieux en balayant du regard les rangées et les rangées de livres qui vont du sol au plafond. La bibliothèque de la prison était pauvre, mais, durant mon séjour là-bas, j'ai lu tout ce qui me tombait sous la main — des livres cornés, tachés, dont certaines pages se détachaient. Ici, tous les ouvrages ont des couvertures neuves et brillantes, j'ai envie d'en prendre un, de l'ouvrir, de coller mon nez aux pages fraîches et propres.

Mme Kelby me regarde, l'air amusé.

— Je sais, dit-elle, je dois me pincer tous les jours pour être sûre que je ne rêve pas. La vue de tous ces livres me surprend toujours. Venez, je vais vous faire visiter.

Elle m'entraîne à travers la boutique, et me montre la section des enfants avec ses poufs, ses tables et ses chaises miniatures disposées comme pour une dînette.

Brynn et moi, on jouait souvent à la dînette, quand on était petites. On enfilait de vieux vêtements de notre mère, on lui piquait de vieux bijoux, on rassemblait nos peluches et nos poupées préférées pour les installer sur des chaises autour de la table de notre salle de jeux. C'était toujours moi qui recevais, Brynn et les poupées étaient mes invitées.

— Asseyez-vous, je vous en prie, ordonnais-je d'un ton affecté, pas si différent de mon ton habituel.

Brynn s'asseyait, son petit corps menu enveloppé dans une robe Laura Ashley rescapée des armoires de ma mère, ses yeux marron tâchant d'y voir sous le rebord défait d'un vieux chapeau de paille.

Une fois, j'ai introduit en douce du Kool-Aid rouge et des cookies dans la salle de jeux, chose formellement interdite par notre mère.

— Un peu de thé ? ai-je proposé.

— Oui, s'il vous plaît, a répondu Brynn, en tentant d'imiter ma voix affectée.

J'ai versé le Kool-Aid dans les tasses et nous avons commencé à boire à petites gorgées et à grignoter, tout en marquant de temps à autre une pause pour commenter le temps et échanger des ragots sur les voisins, comme nous avions vu notre mère le faire avec ses amies. A un moment donné, Brynn a tendu le bras pour attraper un cookie dans le plat et son coude a heurté la théière.

Un filet de Kool-Aid a coulé sur la moquette claire. Le visage de Brynn a pris une expression paniquée, puis elle s'est mise à pleurer, parce qu'elle savait que notre mère serait furieuse.

— Chut…, Brynn, ai-je ordonné. Elle va t'entendre.

— Je suis désolée, a murmuré Brynn tout en se mettant à pleurer de plus belle.

— Tais-toi, ai-je insisté en tirant violemment sur une de ses boucles brunes.

— Aïe ! a-t-elle protesté.

Mais elle a cessé de pleurer. Elle ne m'en voulait pas de lui avoir tiré les cheveux, elle se sentait encore plus coupable, si c'était possible.

Notre mère est entrée dans la salle de jeux et nous a fixées d'un air menaçant. Elle était grande, comme j'allais l'être plus tard, et elle avait des cheveux blonds, lumineux et raides, qu'elle portait toujours tirés en arrière. Elle a contemplé le Kool-Aid qui gouttait de la table pour s'épanouir en une tache cramoisie qui s'élargissait sur le tapis. A côté de moi, Brynn s'est mise à pleurnicher.

— C'est moi, ai-je dit spontanément. C'est ma faute.

Sans un mot, ma mère m'a prise par le bras et m'a donné deux tapes sèches sur le derrière. Je n'ai pas eu mal, mais j'étais humiliée, ma fierté en avait pris un coup. Brynn s'est caché les yeux pour ne pas voir. Puis ma mère s'est tournée vers elle pour lui administrer la même punition. La soudaineté et la force du geste ont fait basculer en avant le corps de Brynn, trop léger pour résister.

— Mais c'est moi qui ai fait ça ! ai-je protesté d'un ton indigné. C'est ma faute.

— Tes deux claques, c'était pour le mensonge, a rétorqué ma mère d'une voix glaciale. Et les tiennes, a-t-elle ajouté en se tournant vers Brynn qui ne s'était pas relevée, c'est pour avoir laissé ta sœur s'accuser à ta place. A présent, nettoyez-moi ça, a-t-elle ordonné avant de quitter la pièce.

— Allison, appelle une voix.

Je bats des paupières. Mme Kelby me contemple d'un air intrigué.

— Venez, dit-elle, je vais vous montrer la réserve.

Je passe la journée à me familiariser avec le magasin, les livres, la caisse. A midi, Mme Kelby va nous chercher des sandwichs dans le restaurant d'en face, et nous prenons une demi-heure pour manger, tout en évoquant notre enfance à Linden Falls. Il y a quelque chose de très beau dans la manière dont cette femme se tient. J'aurais aimé avoir encore cette assurance, mais il semblerait que je l'aie perdue quelque part en cours de route. Je crois que je vais vraiment apprécier de travailler ici. Et ça va me faire du bien. Mme Kelby m'explique comment traiter par ordinateur la commande d'un client, lorsqu'un petit garçon aux cheveux blonds fait irruption dans la librairie.

— Hé, Josh ! appelle Mme Kelby. Viens, je vais te présenter quelqu'un.

— Attends, maman, je suis pressé.

Il passe devant nous en courant et file aux toilettes.

— Il n'aime pas aller aux toilettes quand il est à l'école, m'explique Mme Kelby. Le bruit de la chasse d'eau lui fait peur, alors il se retient.

— Quel âge a-t-il ?

Je demande ça par pure politesse.

— Il a eu cinq ans en juillet et il vient d'entrer en maternelle.

Elle rayonne de fierté. Nous nous penchons de nouveau sur l'ordinateur, et elle entreprend de saisir le titre d'un livre.

Un homme de grande taille entre, marche jusqu'à la caisse, et se penche au-dessus du comptoir pour embrasser Mme Kelby sur la joue.

— Allison, voici mon mari, Jonathan.

— Enchantée, monsieur Kelby.

Je tends le bras pour serrer sa main dure et calleuse.

— Moi de même, dit-il d'un ton aimable. Mais vous pouvez m'appeler Jonathan.

— Il a raison, renchérit Mme Kelby. Et vous pouvez m'appeler Claire. J'en ai assez de ces absurdes « madame Kelby ».

— Maman, dit le petit garçon qui revient vers nous, j'ai soif.

— Est-ce que tu t'es lavé les mains ? lui demande Claire.

— Ouais. Je peux avoir du jus de fruits ?

— D'abord, viens par ici. Viens dire bonjour à Allison.

Je lève les yeux de l'écran d'ordinateur et je me tourne vers le fils de Claire.

— Joshua, voici Allison, dit-elle avec un grand sourire. Allison, je vous présente mon fils, Joshua.

Le petit garçon qui se tient devant moi a les yeux marron foncé et un petit nez retroussé au milieu d'un visage anguleux. Mais ce n'est que lorsqu'il sourit que je comprends. Claire continue à me parler de son fils, mais je n'écoute plus. J'avale avec difficulté, en tentant de dissimuler mes émotions. Tout se bouscule dans ma tête.

— Excusez-moi, dis-je à Claire et Jonathan. Je dois aller aux toilettes.

J'essaie de marcher le plus lentement et le plus naturellement possible, mais mon visage est en feu et j'ai du mal à reprendre mon souffle. Je m'enferme dans les toilettes et je rabats le couvercle pour m'asseoir. Quand je ferme les yeux, c'est le visage de Christopher que je vois.

Joshua Kelby est une version miniature du garçon que j'ai aimé autrefois.

Brynn

L'alcool est plus efficace que n'importe quel antidépresseur. Il m'aide un peu à oublier la nuit où Allison a accouché, mais je me revois tout de même rentrer en courant vers la maison, tandis qu'Allison m'appelle. Il tombait des cordes, ce soir-là, et la pluie m'avait lavée de la boue de la rivière. Je me sentais bizarre, mes jambes étaient lourdes et flageolantes. Mais j'ai quand même couru. *Il faut que tu arrives à la maison,* ne cessais-je de me répéter. Je n'étais pas certaine de ce que j'avais vu, je ne voulais pas savoir. Ç'aurait dû être fini, terminé, mais je savais bien qu'en réalité ça commençait à peine.

Le temps que j'arrive chez nous, mes habits étaient trempés et je tremblais sans pouvoir m'arrêter. J'ai regardé dans le jardin par la porte de derrière et j'ai reconnu, à travers la pluie, Allison, qui venait vers moi. Elle s'arrêtait à intervalles réguliers, se prenait le ventre à deux mains, et ses genoux ployaient. Je savais que je devais aller à sa rencontre pour l'aider à retourner dans la chambre mais, à cet instant précis, je la détestais, vraiment. Je la détestais totalement. Je la détestais parce qu'elle était parfaite, intelligente et belle, je la détestais à cause de ce bébé qu'elle venait de mettre au monde et dont elle m'obligeait à porter le secret. En dehors d'Allison et moi, personne ne saurait jamais, pour cette petite fille, personne ne saurait qu'elle avait existé. Et, par-dessus tout, je la détestais parce que j'étais sûre qu'elle trouverait le moyen de s'en tirer et qu'elle retournerait à sa vie parfaite sans même jeter un regard en arrière. Je suis restée dans la maison, j'ai retiré d'un coup de pied mes tennis trempées, et je suis allée chercher une serviette dans l'armoire en pataugeant dans mes chaussettes mouillées. J'ai entendu le grincement de la porte-moustiquaire et, par-dessus le battement de la pluie contre les carreaux, Allison, qui m'appelait faiblement.

— Brynn, je t'en prie…

N'y va pas, me suis-je dit à moi-même. *C'est entièrement sa faute. Ce sont ses problèmes, à elle de les régler.*

— Brynn, a-t-elle appelé de nouveau.

J'ai senti la panique dans sa voix.

— Il se passe quelque chose d'anormal. S'il te plaît, aide-moi.

Ignore-la, me suis-je dit de nouveau. *Monte dans ta chambre et ferme la porte. Fais comme si rien ne s'était passé.* Je n'avais pas monté la moitié des marches que le bruit caractéristique d'un corps qui tombe m'est parvenu aux oreilles. *Laisse-la où elle est. Elle en ferait autant si c'était toi.* Ses gémissements, depuis la cuisine, résonnaient sur le palier, et je me suis assise sur les marches. J'ai couvert mes oreilles de mes mains en me balançant d'avant en arrière. *Ne descends pas là-bas, n'y va pas*, me disais-je encore et encore. *Ce n'est pas ta sœur, c'est un monstre.*

Les gémissements ont brusquement cessé, et je n'ai plus entendu que la pluie qui tambourinait sans relâche sur le toit. J'ai tendu l'oreille, guettant un bruit, le signe d'un mouvement dans la cuisine. Rien. Silence. Puis la vérité m'a frappée de plein fouet, comme la pluie qui martelait les carreaux. *C'est qui, le monstre ? C'est qui, le monstre ?* Je me suis levée d'un bond, heurtant au passage une photo d'Allison recevant une de ses nombreuses récompenses, laquelle s'est décrochée du mur. Je l'ai regardée dégringoler et atterrir au pied de l'escalier, face au sol.

— Allison ! ai-je hurlé.

Je me suis ruée en bas des marches, dans la cuisine, où je l'ai trouvée allongée sur le carrelage, tentant d'arracher son pantalon. Elle avait le teint livide et pouvait à peine lever la tête. *S'il te plaît*, suppliaient ses yeux. Elle n'avait plus de voix, elle ne pouvait même plus crier de douleur. *Elle va mourir*, me suis-je dit. Nos parents nous auraient trouvées là, Allison morte, bleue, à moitié nue et couverte de sang ; et moi, simplement assise à côté d'elle, passive.

— C'est le placenta, a-t-elle réussi à murmurer dans un gémissement.

J'ai été envahie par un immense soulagement. Tout allait bien se passer. Elle n'allait pas mourir. C'était presque fini.

Elle a poussé un faible grognement. Quelque chose se glissait hors d'elle, et je me suis précipitée avec ma serviette humide pour l'attraper au vol.

— Tout va bien, Allison, ai-je dit à travers mes larmes. Je suis là.

Allison

Une fois que j'ai eu donné naissance à la petite fille, après que Brynn a rassemblé toutes les couvertures ensanglantées, qu'elle est descendue les jeter dans la rivière, j'ai senti de nouveau des contractions. Je m'attendais à ce qu'un amas violacé jaillisse d'entre mes jambes, mais ce qui est apparu n'était pas le placenta.

J'ai cligné les yeux, et tenté d'essuyer la sueur de mes paupières. J'ai jeté un coup d'œil à l'horloge du micro-ondes et j'ai vu qu'il n'était pas loin de 21 h 15. *Non*, me suis-je dit. *C'est impossible*. C'était complètement dingue. Mais si je doutais de ce que je voyais, le cri aigu et perçant qui est sorti de ce que je prenais pour le placenta a achevé de me convaincre que mes yeux ne me trompaient pas. C'était un bébé. Un minuscule petit garçon au menton pointu et au nez retroussé, comme celui de Christopher. Brynn, agenouillée devant moi, a reçu le bébé qui s'échappait de moi en poussant un cri incrédule.

J'ai tendu une main tremblante vers lui et j'ai eu l'impression que lui aussi tendait la sienne vers moi. Nos doigts se sont effleurés et, pour la première fois depuis longtemps, j'ai souri.

Brynn

J'ai levé les yeux vers Allison. Je n'y comprenais rien. Son visage affichait un drôle de sourire, pas un sourire heureux, plutôt étonné. Mais il s'est vite effacé.

— Non, pas ça…, a-t-elle gémi.

Elle a détourné le regard de ce bébé au visage écarlate que je tenais entre mes mains tremblantes.

— S'il te plaît, il faut qu'on le sorte de là.

— Je ne comprends pas, ai-je dit, en regardant l'enfant qui pleurait.

— C'est un bébé, a-t-elle rétorqué d'un ton acide.

En voyant mes yeux se remplir de larmes, elle s'est excusée.

— Pardon, Brynn… Pardon. Mais papa et maman vont bientôt rentrer. Il faut qu'on se dépêche.

— Ils se ressemblent beaucoup, ai-je doucement murmuré en songeant à la petite fille, à présent morte. Partie pour toujours.

— C'est un garçon, a dit Allison d'une voix rauque, le visage déformé par l'angoisse. Viens, il faut qu'on s'en débarrasse.

Allison

Je trouve tout de même le courage de sortir des toilettes et de retourner à l'avant du magasin. Je m'efforce de saluer d'un au revoir enjoué le mari de Claire et Joshua, qui sont sur le seuil, en train de sortir. Je n'en ai pas la preuve, mais je suis convaincue que le petit garçon de Claire est mon fils.

Je crains que Claire ne remarque que quelque chose ne va pas, rien qu'à mon air, et je n'ai pas tort. Nous travaillons côte à côte et presque en silence pendant près de deux heures, puis elle tourne vers moi un visage inquiet.

— Allison, dit-elle, je vous trouve étrangement calme. Vous n'êtes pas contrariée à propos de votre travail ici ?

— Un petit peu, tout de même, dis-je, reconnaissante qu'elle me fournisse une excuse.

— Il ne faut pas, vous vous en êtes très bien sortie, assure Claire. Vous êtes prête à revenir demain ?

Je suis à deux doigts de répondre non, mais je m'arrête à temps. Si je ne reviens pas, je ne saurai jamais si Joshua est vraiment mon fils.

— J'aimerais bien, si vous voulez de moi, dis-je en prenant soin d'éviter son regard.

— Bien sûr que je veux de vous. Maintenant, rentrez et reposez-vous. Je vous attends demain à 9 heures.

Elle me raccompagne jusqu'au seuil.

— Vous voulez que je vous ramène en voiture ? me demande-t-elle, en regardant par la vitrine les nuages chargés de pluie qui s'accumulent.

— Non, j'aime bien profiter de l'air frais. Encore merci, Claire, et à demain.

Le temps de mon retour à Gertrude House, le soleil est avalé par les nuages gris. Durant tout le trajet, je ne cesse de ruminer l'idée que le fils de Claire pourrait être le petit garçon que j'ai mis au monde cinq ans plus tôt, le fils de Christopher, le frère de la petite fille qu'on m'a accusée d'avoir noyée.

Il faut que je le dise à quelqu'un. Je pourrais téléphoner à Devin et lui demander quoi faire, mais je sais ce que je dois faire. Je dois dire à Claire que ce travail à la librairie ne me convient pas et trouver un moyen de quitter Linden Falls.

Je n'ai jamais cherché à revoir le petit garçon que j'ai abandonné. J'avais la sensation d'avoir bien agi en laissant à son père le soin de l'élever. Mais, visiblement, son père ne l'a pas élevé. Je devrais fuir la famille Kelby, mais je ne peux pas. Je me pose trop de questions. Je veux savoir qui sont ces gens qui ont adopté Joshua. Je veux savoir qui est l'enfant que j'ai mis au monde. Comment Joshua a échoué ici. Ce qui est arrivé à Christopher.

En entrant à Gertrude House, je me trouve nez à nez avec Olene.

— Comment s'est déroulée cette première journée de travail, Allison ? demande-t-elle.

— Bien, lui dis-je, en évitant son regard.

Je n'ose pas en dire plus. Je me précipite dans l'escalier, en sentant le poids de son regard dans mon dos. Dans la chambre, il y a Bea, perchée sur le lit superposé.

— Salut, dit-elle sans quitter son magazine des yeux. Ça s'est passé comment, ton boulot ?

— Plutôt bien. Un peu bizarre.

— Je connais ça, lâche Bea depuis son perchoir. C'est comme si tu te voyais agir, de l'extérieur. Et tu te dis : c'est normal. C'est ce que ferait quelqu'un de normal.

— Oui, c'est exactement ça. Mais je ne suis pas certaine de vouloir y retourner.

Bea demeure silencieuse un instant, puis je vois ses jambes pendre du matelas. Comme elle est pieds nus, je remarque que ses plantes de pied sont couvertes de corne et de cicatrices. Elle saute sur le sol, avec légèreté, et se penche vers moi pour me regarder. De près, je me rends compte qu'elle est plus jeune que je ne croyais — peut-être la trentaine —, mais son front est déjà creusé de sillons, et des ridules aussi fines que des fils de toile d'araignée strient les contours de ses yeux.

— Olene s'est donné du mal pour te trouver ce boulot, fait-elle remarquer.

— Oui…

— Elle a mis son nom et sa réputation en jeu, ajoute-t-elle.

Sa voix n'a pas un ton accusateur, elle ne me juge pas. Elle se contente d'exposer un fait.

— Je vais y retourner, dis-je d'une petite voix.

Bea sourit en me tendant la main et, pour la première fois, je remarque à l'intérieur de son avant-bras un joli tatouage, un oiseau qui tient dans son bec les initiales O.V., comme il tiendrait un rameau d'olivier. J'ai envie de lui demander ce qu'il signifie, mais je ne veux pas qu'elle me prenne pour une curieuse et je me retiens.

— Viens, dit-elle en me tirant par la main pour me faire lever. Ce soir, c'est soirée Spa.

— Soirée Spa ?

— Oui, Flora suit une formation d'esthéticienne, et on lui sert de cobayes de temps en temps.

Je proteste en me dégageant.

— Oh ! non… Flora me regarde comme si elle rêvait

de m'étriper pendant mon sommeil. Pas question qu'elle pose les mains sur moi.

— Allez, viens, dit Bea.

Ses mots sonnent comme un ordre.

— Tu n'auras qu'à regarder. Flora n'est pas méchante, elle a juste un peu de mal avec les nouvelles. Elle a eu des moments difficiles.

— Comme tout le monde, ici, non ?

— Oui, j'imagine, concède Bea. Mais tu devrais lui laisser une chance. Tu ne connais pas son histoire.

— Tu sais quoi ? dis-je d'un ton agacé. Je lui donnerai sa chance quand elle en fera autant pour moi. Je sais que c'est elle, les foutues poupées que je trouve partout. Elle ne me connaît pas, mais elle m'a déjà cataloguée.

Je me laisse retomber sur mon lit.

— Vas-y sans moi. Je veux essayer d'appeler ma sœur.

— Comme tu voudras, dit Bea, mais ce soir elle nous fait des pédicures.

Elle regarde ses pieds et remue les orteils.

— On ne m'a jamais fait de pédicure.

C'est à Brynn que j'ai envie de dire que j'ai trouvé Joshua. Cela l'aiderait peut-être, de savoir qu'il est sorti quelque chose de bon de cette atroce nuit où j'ai accouché. Mais, cette fois encore, je n'arrive pas à lui parler. Ma grand-mère me répond qu'elle est sortie. Je ressens une pointe de jalousie. Je devrais être loin d'ici, à l'université, avec des amis. Puis ma jalousie cède le pas à un sentiment de culpabilité. Brynn a le droit de s'amuser, elle le mérite. Je sais qu'elle a dû supporter les conséquences de mon arrestation, qu'elle a subi des mauvais traitements et des brimades à cause de ce que j'ai fait, et qu'elle a même tenté de se suicider parce qu'elle n'en pouvait plus.

Je demande à ma grand-mère :

— Tu lui diras que j'ai appelé ?

— Bien sûr, répond-elle. Comment vas-tu, Allison ? Tu as pu voir tes parents ?

— Ça va, dis-je. On ne peut pas dire que papa et maman m'aient accueillie à bras ouverts, mais j'ai commencé à travailler aujourd'hui, dans une librairie.

— C'est bien pour toi, ça ! s'exclame ma grand-mère avec enthousiasme. Tu vois, tu retombes déjà sur tes pieds.

— Grand-mère, est-ce que Brynn parle de cette nuit-là ? Est-ce qu'elle t'a déjà raconté ?

Le silence se fait à l'autre bout de la ligne, et j'ai peur que ma grand-mère n'ait raccroché.

— Grand-mère ?

— Non, elle n'en parle jamais, répond-elle d'une voix triste. Mais j'aimerais qu'elle le fasse, au moins avec son médecin. Ça ne fait de bien à personne de garder ces choses-là à l'intérieur. Je lui dirai que tu as appelé, d'accord ?

— Merci, grand-mère, et au revoir, dis-je avant de raccrocher.

Apparemment, je ne suis pas la seule à savoir garder un secret.

Mes cheveux pèsent dans mon cou et me donnent des démangeaisons. Je me demande si j'oserais demander à Flora de me les couper, au lieu de me soigner les pieds. Puis je songe à ce qu'Olene m'a dit sur la nécessité d'aborder le monde avec un cœur plein d'espoir, et je dévale l'escalier en colimaçon, en direction des éclats de rire.

Charm

Chaque fois que Charm voit une mère qui tient dans ses bras un nouveau-né — et à l'hôpital, elle en voit beaucoup —, elle ne peut s'empêcher de penser à cette nuit-là, il y a cinq ans.

Gus ronflait dans son fauteuil. Les fenêtres étaient grandes ouvertes et une brise fraîche, inhabituelle pour un mois de juillet, soufflait à travers la porte-moustiquaire. Il y avait eu plusieurs averses dans la journée. Assise dans la pénombre, Charm regardait la télé, dont elle avait baissé le volume pour ne pas réveiller Gus. Il ne dormait pas bien, ces derniers temps. Il avait de plus en plus de mal à respirer normalement et se réveillait souvent la nuit, en ahanant. Ils ne le savaient pas encore, à l'époque, mais c'était le début de la spirale infernale de son cancer du poumon.

Charm avait entendu des roues crisser sur le gravier, et elle s'était levée pour jeter un coup d'œil par la fenêtre. Une petite voiture, tous feux éteints, s'était arrêtée devant la maison et quelqu'un en était sorti du côté passager. Elle n'aurait pas su dire s'il s'agissait d'un homme ou d'une femme, mais cette personne avançait lentement vers la porte en traînant les pieds, comme si elle était très âgée, ou comme si elle souffrait beaucoup. Elle portait quelque chose et marquait une pause tous les deux ou trois pas, comme pour se reposer et reprendre des forces.

— Gus, avait doucement appelé Charm, soudain apeurée.

Il ne s'était pas réveillé. Elle avait allumé la lumière extérieure.

Elle avait alors reconnu Allison Glenn, une élève de première de son lycée. Allison était belle, intelligente, sportive — plutôt gentille — et Charm s'était demandé ce qu'elle venait faire chez elle. Elle n'était même pas sûre qu'Allison sache qui elle était. Allison portait un pantalon de survêtement et un sweat-shirt, ses cheveux blonds étaient noués à la hâte sur le sommet de son crâne. Elle avait l'air malade, elle était aussi pâle que la lune qui venait de percer derrière les nuages, mais ça ne l'empêchait pas d'être belle. Charm avait plissé les yeux, en essayant de voir qui se trouvait sur le siège du conducteur. Une autre fille, au visage caché par ses cheveux bruns. Charm l'avait entendue pleurer.

— Gus, avait-elle appelé de nouveau, plus fort cette fois, tout en se dirigeant vers la porte.

Allison n'avait pas attendu qu'elle lui demande ce qu'elle faisait là. Elle avait parlé dès qu'elle l'avait vue, à travers la porte-moustiquaire, d'une voix lasse et apeurée.

— Est-ce que Christopher est là ? avait-elle demandé en jetant des regards inquiets autour d'elle.

— Entre, je vais le chercher, avait répondu Charm.

Ses yeux s'étaient posés sur le paquet qu'Allison tenait dans ses mains. Elle tremblait si violemment que Charm s'était demandé si elle n'allait pas le faire tomber.

— Non, je vais attendre ici, avait répondu Allison en claquant des dents.

Gus était arrivé derrière Charm.

— Elle vient voir Christopher, avait expliqué Charm.

Gus avait grogné pour manifester son agacement, grognement que Charm a désormais l'habitude d'entendre dès que quelqu'un prononce le nom de Christopher.

— Ouais, avait-il marmonné. Et c'est de la part de ?

La fille qui sanglotait dans la voiture s'était mise à pleurer encore plus fort, avec des accents encore plus désespérés.

— Elle va bien ? avait demandé Charm d'un ton inquiet.

Allison avait jeté un regard par-dessus son épaule.

— Ça va aller, avait-elle assuré. S'il vous plaît, allez chercher Christopher.

Charm s'était précipitée dans la maison pour aller frapper à la porte de son frère.

— Quoi ?

— Il y a quelqu'un qui veut te voir, avait-elle crié. Dépêche-toi, avait-elle ajouté en donnant quelques petits coups secs sur le battant.

— Ça va, c'est bon, j'arrive… C'est qui ?

Christopher avait ouvert, et il était apparu, grand et beau, émergeant d'un brouillard de fumée.

— Christopher, avait dit Charm, tu n'es pas censé fumer dans la maison.

— C'est qui ? avait-il répété, tout en passant les mains dans ses cheveux châtains, indifférent à la remarque de sa sœur.

— C'est Allison Glenn, avait répondu Charm.

Christopher s'était figé, et Charm avait vu passer fugacement sur son visage une expression qu'elle ne lui connaissait pas, quelque chose qui ressemblait à une lueur d'espoir.

— Comment ça se fait que tu connais Allison ? avait-elle demandé, tout en le suivant à travers la maison, jusqu'à la porte d'entrée.

— Christopher…, avait murmuré Allison, en essayant tant bien que mal de contrôler sa voix.

Elle avait vraiment une sale mine.

— Ça va ? avait demandé Christopher.

Puis il s'était repris et son visage s'était transformé en un masque indéchiffrable.

— Qu'est-ce que tu fais là ? avait-il ajouté d'une voix glaciale.

Charm et Gus les avaient regardés se dévisager, et s'efforcer d'afficher un air calme et détaché.

Allison était une fille habituée à obtenir ce qu'elle désirait, mais là elle avait l'air vraiment mal en point et malheureuse. *Elle ne fera pas le poids face à Christopher,* avait pensé Charm. Mais elle s'était trompée.

— Tiens, avait dit Allison en posant la couverture dans les bras de Christopher. C'est le tien. Tu dois t'en occuper.

Christopher avait regardé le paquet d'un air bête, et il avait failli le laisser tomber quand un vagissement s'en était échappé.

— Bon Dieu ! s'était-il exclamé en pâlissant. Qu'est-ce que c'est que ça ?

— Fais attention, avait répondu Allison en braquant sur lui son regard glacial. C'est un bébé, avait-elle ajouté, comme s'il s'agissait d'une évidence. C'est le tien et je… je ne peux pas le garder.

Charm s'était approchée doucement. Elle s'était penchée sur le nourrisson, en tendant les bras pour le prendre.

Un pan de la couverture était tombé, en découvrant une tête rouge aux traits tirés. Le bébé s'était mis à hurler, mêlant ses pleurs à ceux de l'inconnue qui sanglotait toujours dans la voiture.

— Pourquoi ? avait demandé Charm.

— Je ne peux pas, c'est tout, avait répondu Allison.

Puis elle était repartie vers la voiture, en boitillant.

— Hé ! avait crié Christopher. Je n'en veux pas. Reviens ici tout de suite !

Elle l'avait ignoré et s'était lentement installée sur le siège passager, à l'avant.

Gus et Charm avaient échangé un regard, puis leurs yeux s'étaient posés ensemble sur le bébé, dont les bras fins comme des brindilles s'agitaient, secoués de spasmes.

— Chhh…, avait murmuré Charm, déjà séduite.

— Tu t'imagines qu'il va s'occuper de ce bébé ? avait lancé Gus à Allison.

Elle s'était retournée pour leur faire face, avec un visage si triste que c'en était presque insupportable.

— Il n'a pas le choix, avait-elle murmuré.

Gus et Charm étaient restés là, abasourdis, à contempler ce tout petit bébé, tandis que Christopher quittait la maison d'un pas furibond, son sac à dos à la main, sous la pluie, en pleine nuit, laissant claquer derrière lui la porte-moustiquaire, sans même un regard en arrière. Gus lui avait crié quelque chose, tandis que Charm contemplait le bébé avec un mélange de respect et d'admiration. Un sentiment d'effroi émerveillé avait gonflé sa poitrine. Comment allait-elle pouvoir s'occuper de ce petit enfant rougeaud et chétif, quand elle-même n'était encore qu'une enfant ?

Brynn

Je suis dans la cuisine, en pleine séance de dressage avec Milo. Je lui apprends à rester près de moi, bien que ce soit l'heure de manger pour lui et que sa gamelle soit pleine. Ça peut sembler cruel, de l'obliger à attendre, mais c'est un élément crucial de son dressage. J'ai commencé par quelques minutes de délai, et nous en sommes maintenant à vingt. Il est assis, ses muscles tressautent de temps en temps, et il me couve d'un regard plein d'espoir, attendant le signal qui le libérera.

Certains pensent que les chiens sont médiums, qu'ils ont du monde une perception que nous qualifierions de paranormale, et que c'est ce qui leur permet de se poster devant la porte avant l'arrivée de leur maître, ou de sentir le danger avant lui. En fait, ce prétendu sixième sens est surtout un sens olfactif particulièrement développé. Un chien peut détecter l'arrivée d'une crise d'épilepsie ou d'une crise cardiaque. On dit aussi qu'il peut sentir certains cancers chez les humains avant que les médecins soient en mesure de poser un diagnostic.

Ça me fait penser à Allison. Je me demande si les choses auraient été différentes, si nous avions eu un chien à la maison. Est-ce qu'un golden retriever particulièrement intuitif aurait senti la grossesse d'Allison ? Aurait-il reniflé son ventre encore plat avec suffisamment d'insistance pour éveiller la méfiance de nos parents ? Il aurait au moins averti mes parents qu'Allison était très malade, et je n'aurais pas été obligée de faire ce que j'ai fait. Mais je n'en suis pas sûre. Je ne sais pas.

C'était affreux de voir ma sœur monter dans une voiture de police, mais le plus terrible, c'était de savoir qu'on l'arrêtait à cause de moi. C'est moi qui ai paniqué et prévenu la police. Je ne voulais pas qu'Allison ait des ennuis. Mais je n'avais pas dormi depuis la nuit où elle avait accouché. Je ne pensais plus qu'à ce bébé. Ce n'était pas juste qu'elle ait froid et qu'elle soit toute mouillée, dans ce fleuve. Je n'arrêtais pas de frissonner et j'avais du mal à respirer. Allison, elle, était brûlante de fièvre et ne cessait de saigner. J'ai essayé de faire comprendre à mes parents qu'elle était vraiment très mal, mais, comme toujours, ils étaient pris par leurs préoccupations. Ma mère s'était contentée de passer la tête dans sa chambre en demandant :

— Ça va, Allison ?

Allison avait répondu que oui, et m'avait passé un savon après le départ de ma mère.

Je ne sais pas ce qui m'a poussée à décrocher ce téléphone, mais je l'ai fait. Quand l'opératrice du 911 a répondu, j'ai fait une crise d'hyperventilation et elle ne cessait de me demander si j'avais besoin d'une ambulance. Finalement, j'ai réussi à parler.

— Ma sœur… le bébé dans le fleuve…

Je me suis mise à pleurer.

— Il faut l'aider…

Et, ensuite, j'ai commencé à sangloter et je n'ai pas pu m'arrêter. Cinq minutes plus tard, la police était devant notre porte, et mon père a eu beau leur jurer que personne n'avait appelé au secours, qu'il n'y avait pas de bébé, que tout ça était une erreur, ils ont tenu à entrer dans la maison.

Après le départ d'Allison, je n'arrivais pas à dormir non plus, pas plus de deux ou trois heures d'affilée. Chaque fois que je fermais les yeux, je voyais devant moi ce bébé à la peau bleue, et chaque fois que je les ouvrais, je rencontrais le regard de mes parents. Ils n'osaient rien me reprocher ouvertement — le médecin avait dit qu'Allison aurait pu mourir, si on ne l'avait pas conduite à l'hôpital. Mais je savais qu'ils m'en voulaient d'avoir appelé la police et d'avoir révélé au monde entier que leur fille soi-disant parfaite n'était pas si parfaite que ça.

Je donne à Milo le signal qui le libère, et il court vers sa gamelle pour gober avidement la nourriture qu'elle contient. Puis il revient vers moi en trottinant et pousse son museau contre mes jambes, comme pour me remercier.

Ses oreilles se dressent quand il entend le téléphone, puis un grognement sourd sort du fond de sa gorge. Machinalement, je tends la main vers le récepteur tout en le faisant taire. Il s'assied en gémissant.

— Allô ? dis-je.

— Brynn, je t'en supplie, ne raccroche pas… Je t'en prie, laisse-moi venir te voir. J'ai besoin de te parler, je t'en supplie.

Je ne reconnais pas tout de suite la voix, puis je comprends, en un éclair. J'ai du mal à croire que ce soit vraiment elle. Autrefois, Allison était toujours si confiante, si sûre d'elle. La fille que j'entends au téléphone a une voix effrayée et désespérée, mais c'est pourtant bien elle, ma sœur, et ça me transperce le cœur.

— Je l'ai trouvé, ajoute-t-elle. J'ai trouvé le petit garçon, le bébé.

Je raccroche violemment, sans un mot.

Je suis terriblement oppressée, brusquement, comme avant une crise de panique, et pourtant je n'en ai pas eu depuis des mois. Pourquoi Allison refuse-t-elle de me laisser vivre, tout simplement ? Je me fiche qu'elle soit sortie de prison. Je me fiche qu'elle veuille se racheter.

Je suis mieux sans elle. Je préfère oublier ce qui s'est passé cette nuit-là.

Je me mets à hurler.

— Non, non, non !

Et Milo me répond en aboyant très fort.

— Non !

Je hurle de nouveau, en m'adressant au téléphone.

Le téléphone fait de nouveau entendre sa sonnerie, trop forte et trop haut perchée. Je m'assieds lentement sur le linoléum froid de la cuisine et je couvre mes oreilles de mes mains.

Allison

J'entre dans Bookends comme s'il ne s'était rien passé. Claire m'accueille avec une tasse de café et un beignet.

— Vous êtes revenue ! Je croyais vous avoir fait fuir. J'adore votre nouvelle coupe de cheveux.

— Bien sûr que je suis revenue. C'est vraiment bien, ici. Merci encore de me donner ma chance.

Je passe timidement la main dans mes cheveux courts.

— Et merci pour la coiffure.

— Venez. Nous avons reçu une livraison. Je vais vous montrer comment enregistrer les livres.

Nous travaillons en silence pendant un moment. Je suis fascinée par tous ces livres, et ça me demande un gros effort de les manipuler sans pouvoir les ouvrir ni les lire.

— Ça doit être très dur, pour vous, dit enfin Claire, rompant le silence.

Mon ventre se noue. Elle ne peut pas savoir. Non. C'est impossible.

— De tout recommencer, ajoute-t-elle. Ça doit être très difficile.

J'acquiesce lentement.

— Oui, c'est difficile. J'ai l'impression que tout avance autour de moi, et que moi, je suis coincée. J'ai vingt et un ans, je devrais avoir terminé mes études, entamer une carrière… Mais je suis là…

— Il ne faut pas que ça vous empêche d'avancer, assure Claire. A vingt et un ans, on ne peut pas savoir ce qu'on fera de sa vie. Moi, je ne savais pas. Vous voulez que je vous dise ce que je faisais à votre âge ?

Je secoue la tête.

— J'étais bibliothécaire.

— C'est vrai ?

Je ne devrais pas être si surprise, mais je le suis.

— Mais oui, bibliothécaire, poursuit Claire. Les gens n'ouvrent pas un commerce à la sortie de l'université, vous savez ? Il m'a fallu quelques années d'expérience, et aussi ma rencontre avec Jonathan, pour me rendre compte que j'avais toujours voulu tenir une librairie.

— Comment avez-vous rencontré Jonathan ?

Claire rit.

— Pendant une inondation, vous vous rendez compte ?

— Vraiment ? Et comment ça s'est passé ?

— Venez. Je vous invite à manger, de l'autre côté de la rue. Je vous raconterai tout.

— On peut vraiment faire ça ? Partir en abandonnant la boutique ?

— C'est ça, l'avantage de posséder son propre commerce, me lance Claire d'un ton malicieux.

Elle ferme à clé derrière nous et nous traversons la rue pour aller dans un petit restaurant. Une fois que nous sommes installées dans notre box, une serveuse nous apporte les menus et nous commandons toutes les deux un hamburger et des frites.

— C'est délicieux, ici, explique Claire. Et pour être franche, c'est en grande partie à cause de cet endroit que j'ai choisi d'acheter le local de Bookends. Je n'ai pas pu résister à l'idée que je n'aurais plus qu'à traverser pour manger ici.

Je ramène la conversation là où nous l'avons laissée, à l'histoire de Claire et de Jonathan.

— Vous avez donc rencontré votre mari pendant une inondation ?

— En quelque sorte…, commence Claire.

Claire

— Je venais d'avoir vingt-cinq ans, on nous avait annoncé de grosses inondations, explique Claire tout en repoussant son assiette. Le printemps avait merveilleusement bien commencé. Le matin, il faisait un peu frais, aux alentours de dix degrés, mais, à 10 heures, la température atteignait déjà vingt et un. Nous savions que l'inondation venait vers nous depuis le Nord — elle avait déjà dévasté des villes et des fermes dans le Minnesota et le Wisconsin, le long du Mississippi —, mais c'était dur à croire, parce qu'il n'avait même pas beaucoup plu.

— Je me souviens d'avoir entendu mes parents évoquer ce printemps… Nous… nous habitons près du Druid…

La voix d'Allison se brise et elle baisse la tête, gênée.

Claire fait mine de n'avoir rien remarqué et poursuit :

— Nous avions décidé de placer des sacs de sable tout autour de la bibliothèque pour la protéger. Les bénévoles s'étaient déjà rassemblés devant le bâtiment. Ils étaient nombreux. Il y avait les Amis de la bibliothèque, le club local des Red Hat, les membres du Jaycees, et même le sans-abri qui passait son temps à faire semblant de lire le *Des Moines Register* ou à somnoler derrière un gros atlas mondial.

Claire sourit en songeant à la première fois où ses yeux se sont posés sur Jonathan. Elle s'adressait au groupe de bénévoles pour les remercier d'être venus, quand elle l'avait remarqué parmi la foule. Il était grand, il avait le visage d'un intellectuel, le corps d'un travailleur manuel. Ses yeux bleus, sérieux et pensifs, la contemplaient à travers des lunettes cerclées de fer, un pli permanent creusé entre ses sourcils marquait son front. Sa longue et fine silhouette était solide et musclée. Il portait des gants de travail et tenait une pelle à la main. Elle s'était sentie rougir sous le poids de son regard, tandis qu'elle expliquait qu'à l'intérieur des employés s'activaient déjà pour sauver des centaines de livres en les transportant dans les étages, sans parler des ordinateurs et des objets d'art qui risquaient aussi d'être endommagés. L'ampleur de la tâche était effrayante.

— Mon rôle, c'était de tenir un sac ouvert, pendant que Jonathan y versait des pelletées de sable. Ensuite, je fermais le sac et je le donnais au sans-abri, qui s'appelait Bradley, je venais de l'apprendre, lequel le passait à son tour à la personne près de lui, et ainsi de suite, le long de la chaîne que nous formions. Au bout de quatre heures, j'avais les mains couvertes d'ampoules et la peau de l'intérieur des bras écorchée par le poids des sacs. Jonathan m'a conseillé de m'arrêter pour me reposer.

Claire le revoit, appuyé sur sa pelle, s'essuyant le visage de son avant-bras, laissant sur sa joue en sueur de fins grains de sable.

— Je lui ai rétorqué que si je m'arrêtais, toute la chaîne s'arrêtait, et j'ai continué. Le plus drôle, c'est que, pour finir, l'inondation n'est pas arrivée chez nous. Nous avions rempli tous ces sacs de sable pour rien. Mais, quelques mois plus tard, Jonathan et moi nous étions mariés, nous achetions une maison et nous ouvrions Bookends. Ensuite, Joshua est venu.

Claire adresse à Allison un sourire songeur.

— C'est drôle, la façon dont les choses s'arrangent, parfois, dans la vie.

Claire remarque qu'Allison a un drôle d'air. Elle voit bien qu'elle aurait envie de lui poser une question, mais qu'elle est trop timide pour ça, trop gênée.

Allison

Je sais que je dois formuler ma question soigneusement, pour qu'elle paraisse venir naturellement dans le fil de notre conversation.

— Depuis combien de temps étiez-vous mariés quand vous avez eu Joshua ?

Je m'efforce de prendre un ton dégagé mais, à l'intérieur, je hurle.

Une onde de chagrin passe sur le visage de Claire.

— Joshua est un enfant adopté. Quelqu'un a fait pour nous le plus dur, mais nous l'aimons comme s'il était notre enfant.

— Quel âge a-t-il, exactement ?

J'ai conscience que ma voix est un peu trop aiguë.

— Nous ne connaissons pas sa date de naissance, mais nous sommes à peu près certains qu'il avait moins d'un mois quand il a été abandonné devant la caserne de pompiers.

— A la caserne de pompiers ? Il a été abandonné devant une caserne de pompiers ?

Ma voix n'étant toujours pas revenue à la normale, je me racle la gorge et je bois une gorgée de mon soda. Ce qu'elle raconte n'a aucun sens. Ce n'est pas comme ça que ça s'est passé.

— Sa mère l'a déposé devant la caserne de pompiers, dans Oak Street, en plein milieu de la nuit. Les pompiers ont prévenu les services sociaux et ont emmené le bébé à l'hôpital.

— Est-ce qu'ils ont pu savoir qui elle était ? La mère ?

Mon cœur palpite. *Elle ne peut pas savoir !* me dis-je. Seules quatre personnes savent que Joshua a été mon bébé.

Claire secoue la tête.

— Non. Nous n'avons jamais su qui était la mère. Jonathan et moi, nous pensons qu'elle n'habitait pas Linden Falls. Qu'elle est venue ici pour déposer l'enfant loin de chez elle et qu'elle est repartie.

— Et le père ?

Claire hausse les épaules.

— Aucune idée. Nous avons longtemps craint qu'un des deux parents ne se manifeste. Nous étions certains que quelqu'un finirait par venir le réclamer. Mais personne ne s'est présenté. Six mois après avoir accueilli Joshua chez nous, nous avons pu l'adopter légalement.

Elle repousse son assiette.

— C'était délicieux, mais je suis calée. Nous devrions retourner à la librairie.

Je me rends compte, soudain, que je n'ai pas un sou pour payer mon repas ; j'ai laissé chez Olene l'argent que m'a donné mon père. Claire doit lire la terreur sur mon visage, car elle allonge le bras pour poser gentiment sa main sur la mienne.

— C'est moi qui vous invite, dit-elle. Vous paierez la prochaine fois.

— Merci, dis-je avec soulagement.

Nous retournons à la librairie, où nous recevons un flot ininterrompu de clients tout l'après-midi. Quand Joshua passe le seuil en courant et que je le vois pour la deuxième fois, je ne doute plus. Il ressemble terriblement à Christopher — il a son visage anguleux et ses beaux yeux bruns —, à part ses cheveux qui sont semblables aux miens, d'un blond presque blanc et raides comme des baguettes.

— Bonjour, maman. Bonjour…

Joshua plisse les yeux sous l'effet de la concentration. Je comprends qu'il tente de se souvenir de mon nom.

— Allison, termine Claire à sa place.

— Bonjour, Allison, répète-t-il.

Je le dévisage avec attention, tout en me demandant si quelque chose en lui me reconnaît. Peut-être que s'il me regardait longuement, en écoutant ma voix, il sentirait que je suis sa mère. Je sais que c'est ridicule de m'imaginer qu'il va se jeter dans mes bras en murmurant : « Tu es enfin revenue me chercher, je savais que tu viendrais… » Mais je voudrais tant voir dans ses yeux une lueur, même furtive, comme la lumière d'une luciole par une chaude nuit d'été. Je ne peux pas m'empêcher d'y croire. Je cherche son regard. Pour lui faire comprendre.

Mais c'est à peine s'il pose les yeux sur mon visage, et le voilà déjà parti.

— Je peux avoir un goûter ? crie-t-il depuis l'arrière-boutique.

Il ne me connaît pas. Pour lui, je ne suis personne. Je devrais me sentir soulagée, mais ça m'attriste.

— Est-ce qu'il sait ? dis-je à Claire, une fois qu'il ne peut plus nous entendre. Est-ce qu'il sait qu'il est un enfant adopté ?

— Oui, il sait, répond Claire. Nous ne le lui avons jamais caché. Comme nous ne connaissons pas sa date de naissance, nous avons choisi celle du jour où nous l'avons adopté pour fêter son anniversaire.

— Est-ce qu'il pose des questions sur elle ? Sur sa mère ?

J'ai presque peur d'entendre la réponse.

— Pas vraiment, dit Claire. Mais nous lui disons qu'elle a bien agi. Qu'elle voulait sûrement, pour lui, une vie meilleure que celle qu'elle pouvait lui offrir, et qu'elle devait beaucoup l'aimer pour consentir au sacrifice de le laisser à quelqu'un d'autre.

— Oh… C'est très gentil de votre part.

— Bon, dit Claire en me montrant un calendrier. Est-ce que jeudi, samedi et dimanche, ça vous irait ?

J'essaye de me concentrer sur les dates, mais le calendrier qu'elle me montre est personnalisé avec une grande photo de Joshua tenant un ballon de football et portant un maillot vert vif. Il semble me regarder.

— Allison ? insiste Claire. Est-ce que c'est trop pour vous ?

Je parviens à arracher mon regard de ce calendrier.

— Non. Plus j'en fais, mieux c'est.

— Parfait. Le samedi, vous travaillerez avec Virginia. Elle ne sera là que jusqu'en octobre, ensuite elle part passer l'hiver en Floride avec son mari. Vous pourrez peut-être prendre certains de ses jours, si ça vous intéresse.

J'entends parfaitement ce qu'elle me dit, mais je ne pense à rien d'autre qu'à ce petit uniforme vert. Joshua joue au foot. Comme moi autrefois. Je me demande ce que nous avons d'autre en commun.

Charm

Charm a encore deux heures devant elle avant de commencer sa journée à l'hôpital Saint-Isidore. En tant qu'élève infirmière, elle doit passer par tous les services. La semaine prochaine, elle change pour aller en psychiatrie. *Je crois que je vais me sentir dans mon élément,* pense-t-elle. Les fous, elle connaît, entre sa mère et les petits copains que celle-ci faisait défiler chez elle et dont les trois quarts étaient probablement des malades mentaux. Elle ne met pas Gus dans le lot, évidemment. Charm se sent vaguement coupable d'avoir quitté l'appartement de sa mère comme une furie, l'autre soir. Elle a appelé Reanne pour s'en excuser. Mais, à la fin de la conversation, elle n'a pas pu s'empêcher de lui poser la question qui lui brûlait les lèvres, bien qu'elle ait tenté de se retenir : pourquoi veut-elle épouser Binks ? Reanne lui a raccroché au nez.

Charm est déjà passée en gériatrie, en médecine interne, en pédiatrie, en maternité. C'est la maternité qui a été le plus difficile pour elle. Cela lui faisait mal de voir tous ces nouveau-nés bien emmaillotés et bien soignés. Elle, elle n'a jamais enveloppé le bébé aussi bien, et Gus non plus. Ils l'enroulaient dans une couverture en espérant que ça suffirait. *Si seulement j'avais su...*, songe-t-elle souvent. *J'aurais pu faire beaucoup mieux.*

Allison leur avait laissé le bébé, puis Christopher était parti, les plantant là, stupéfaits. Charm serrait contre son cœur le bébé qui hurlait, en se balançant, pour tenter de le calmer.

— Tu connais cette fille ? avait crié Gus par-dessus les pleurs du bébé.

— C'était Allison Glenn, avait répondu Charm du ton de quelqu'un qui n'en revient pas.

Allison Glenn et Christopher ? Aujourd'hui encore, elle n'arrivait pas à les imaginer ensemble, en train de faire l'amour.

— Elle est inscrite dans le même lycée que moi, elle va entrer en dernière année, j'ai sa sœur dans ma classe…

— Il faut prévenir quelqu'un, avait dit Gus. Ce bébé a besoin d'aller à l'hôpital.

Une quinte de toux l'avait interrompu.

— Ils vont peut-être revenir, avait murmuré Charm.

Le bébé s'était arrêté de pleurer, et il avait plissé ses yeux embués, d'une couleur indéterminée à cause de la lumière du plafonnier, tandis que sa bouche s'avançait en un petit cercle rose.

— Je ne sais pas, avait répondu Gus, d'un ton inquiet. Il faudrait tout de même que ce bébé soit vu par un médecin.

— Allison Glenn est une des meilleures élèves du lycée, je ne savais même pas qu'elle était enceinte… Elle reviendra. Ou Christopher. Ils ne peuvent pas abandonner comme ça leur bébé. Il faudra bien qu'ils reviennent.

Gus paraissait sceptique. De son côté, Charm ne se voyait pas emmener ce bébé à l'hôpital et trahir le secret d'Allison.

— Tu es pompier, Gus. Tu m'as raconté qu'une fois tu avais accouché une femme…

— J'ai aidé une femme à accoucher, avait corrigé Gus. Et ensuite nous l'avons conduite à l'hôpital avec son bébé.

Il s'était interrompu, en respirant fort, avec un sifflement.

— Allison aussi devrait aller à l'hôpital. Il faut emmener ce bébé à l'hôpital, avait-il répété.

— On ne pourrait pas attendre un peu ? avait supplié Charm. Il a l'air en bonne santé.

Gus avait soupiré en se laissant tomber sur une chaise.

— Il faut au moins lui acheter le nécessaire. Du lait et des couches. On va leur laisser quelques heures, Charm. Pas plus. La situation est sérieuse.

Il était sorti, résigné, et il était revenu un peu plus tard avec un gros sac de courses.

— Tout ça ! s'était exclamée Charm, en tendant à Gus le petit endormi. Je ne savais pas qu'un bébé avait besoin de tant de choses…

Elle avait plongé sa main au fond du sac et avait étalé sur le comptoir ce qu'il contenait : deux couvertures pour bébé, des lingettes, des biberons, du lait maternisé et un minuscule pyjama bleu avec un ours brodé sur le devant. Et aussi, en tout dernier, une casquette de base-ball bleu et rouge à l'effigie des Cubs.

— Gus ? avait-elle demandé en jetant un regard surpris à son beau-père. Une casquette de base-ball ?

Il avait haussé les épaules avec un sourire las.

— Il faut préparer très tôt les jeunes à s'intéresser au base-ball.

Ce soir-là, ils ne s'étaient pas couchés : ils s'étaient relayés pour tenter de nourrir le bébé, ils l'avaient tenu dans leurs bras, ils s'étaient attachés à lui, tout en sachant que ça ne pouvait pas durer. Si Allison ou Christopher ne se montraient pas, ils allaient devoir prendre une décision.

— Sois courageux, avait murmuré Charm à l'oreille du petit garçon. Tout ira bien, tu verras.

A présent, Charm roule vers Bookends et elle a hâte de voir le petit Joshua, ainsi que Claire. Depuis sa voiture, elle aperçoit l'enfant à travers la vitrine de la librairie. Il danse en cercle et rit en agitant une friandise pour chiens au-dessus de la tête de Truman. *Tu es courageux*, songe-t-elle. Claire arrive derrière Joshua, lui prend la friandise des mains et la donne à Truman. Charm sourit. Ils sont heureux. Une grande fille blonde aux cheveux mi-longs apparaît maintenant derrière la vitrine, dans son champ de vision. Charm ne voit pas son visage, mais elle lui trouve quelque chose de familier. Quoi, c'est difficile à dire — peut-être sa manière de se déplacer ou d'incliner la tête de côté. Ce n'est qu'en prenant le chemin du retour que Charm se rend compte que la fille blonde lui rappelle Allison Glenn.

Elle rit tout haut et secoue la tête. C'est tout simplement impossible. Allison ne sortira pas de prison avant des années. Elle ne peut pas l'avoir vue. Elle débloque, probablement.

Brynn

Une fois qu'Allison a été emmenée par la police, je me suis couchée. J'essayais de dormir quand j'ai entendu sonner le téléphone. J'ai décroché, en refoulant mes larmes. J'espérais que ce serait Allison, tout en sachant que c'était impossible. Ce n'était pas Allison.

— J'appelle à propos du bébé, a dit une voix d'homme.

Au début, je me suis demandé de qui il s'agissait, puis j'ai brusquement compris. C'était l'homme qui vivait dans la maison où Allison et moi étions passées, tout à l'heure. Celle où elle avait laissé le bébé.

L'homme m'a annoncé que Christopher était parti et qu'il ne reviendrait jamais. D'après lui, il fallait qu'Allison vienne chercher son bébé.

— Elle ne peut pas…, ai-je dit dans un sanglot. Elle est partie. Il ne faut pas emmener ce bébé chez nous, ai-je ajouté d'un ton désespéré, en songeant à la réaction de mes parents s'ils apprenaient qu'il y avait un second enfant dans l'histoire.

Egoïstement, j'ai aussi pensé à moi. Mes parents n'auraient jamais cru qu'Allison avait conduit jusqu'à la maison de Christopher avec un nouveau-né. Ils ne tarderaient pas à deviner qui l'avait aidée, et je ne me sentais pas capable d'affronter leur colère — pas toute seule.

— Vous devez vous occuper de lui, je vous en prie, ai-je supplié.

Il a insisté pour que je lui dise où se trouvait Allison, et j'ai fini par répondre :

— Elle est en prison. Ils l'ont emmenée.

— Mais pourquoi ? a-t-il demandé, visiblement surpris.

— Allumez la télé et vous saurez, ai-je dit en me remettant à sangloter. Mais ne vous présentez pas chez nous avec le bébé. Ici, personne ne peut s'occuper de lui. Il sera mieux n'importe où ailleurs. Trouvez-lui un endroit sûr, je vous en prie…

Quand je m'y attends le moins, l'image de ce petit garçon se glisse de nouveau dans mon esprit. Je me demande où il a fini. Je sais qu'il n'est plus avec Charm Tullia et son beau-père. Au début de l'année, l'automne qui a suivi le drame, j'ai croisé Charm dans les couloirs. Pendant deux ans, nous nous sommes regardées, mais jamais nous n'avons échangé un mot au sujet du bébé. Sauf une fois.

Après l'arrestation d'Allison, les élèves du lycée murmuraient sur mon passage et me regardaient comme si j'étais un monstre. Quand il n'y avait pas de professeur dans les parages, certains osaient même des commentaires mauvais. Les commentaires, je ne m'y suis jamais habituée, mais j'ai appris à marcher la tête basse pour ne pas croiser les regards. Je m'arrangeais pour me déplacer avec le gros de la troupe, je rasais les murs, mais les mots me faisaient tout de même l'effet de coups violents. « Comment va ta sœur, la tueuse d'enfant ? Elle ne fait plus autant la fière, à présent. Est-ce que toi aussi, tu jettes les bébés à l'eau ? » Il y avait dans leur voix une jubilation mauvaise. Ils avaient pris plaisir à observer chaque pas d'Allison vers sa déchéance. Et, pourtant, ils avaient été ses amis — les filles avaient joué avec elle au foot et au volley, les garçons l'avaient convoitée.

Vers la fin de ma deuxième année de lycée — neuf

mois après l'arrestation d'Allison —, j'ai commis l'erreur de traîner en arrière pour discuter avec l'un de mes professeurs après la sonnerie. Vous croyez que ces crétins seraient passés à autre chose, qu'ils auraient trouvé une autre victime à tyranniser, à humilier, à rabaisser ?

Non.

Quand je suis sortie de la classe, le couloir était pratiquement désert, et j'ai compris que j'étais en mauvaise posture en voyant avancer vers moi Chelsea Millard, une élève de dernière année qui avait fait partie des amies d'Allison, escortée de deux de ses toutous. C'était le printemps et il faisait chaud, mais j'ai frissonné de peur et j'ai eu la chair de poule quand Chelsea m'a fixée, bien droite, avec une expression indignée et vertueuse peinte sur le visage.

J'ai commis une deuxième erreur en hésitant. J'aurais dû continuer à marcher, en prenant soin de garder la tête baissée. Mais ce n'est pas ce que j'ai fait. Mes pieds ont exécuté une sorte de pas bégayant, une valse-hésitation qui a fait glousser Chelsea et ses copines. Elles m'ont encerclée, les mains sur les hanches, en agitant les coudes comme des corbeaux qui auraient battu des ailes, tout en me toisant d'un regard méprisant.

— Comment va ta sœur ? a demandé Chelsea d'un ton plein de sous-entendus. Elle doit être appréciée, là où elle est.

Les autres se sont mises à rire, et j'ai pu me rendre compte à quel point la méchanceté enlaidit les filles — leurs yeux n'étaient plus que des fentes, leurs bouches hautaines s'étiraient en un sourire mauvais et grimaçant, comme si elles venaient de mordre dans une denrée au goût aigre. Je les ai dévisagées, fascinée par le grotesque de leur expression, et j'ai été prise de frissons.

— Bande d'aigries !

Je n'avais pas pu m'en empêcher. Leurs rires ont cessé aussitôt. Les grimaces se sont effacées de leurs visages, qui n'exprimaient plus que la perplexité, mais avec des yeux plissés et méchants. Six fentes noires et furieuses.

— Chut…, ai-je ordonné tout haut, à moi-même. Tais-toi. Ne dis plus rien.

J'avais conscience de me comporter bizarrement, mais je n'arrivais pas à me contrôler.

— J'ai rêvé ou tu viens de me demander de me taire ? a dit Chelsea d'un ton incrédule.

Elle a fait un pas vers moi. Mon front commençait à se couvrir de sueur. Des gouttes de transpiration coulaient entre mes seins et le long de mon dos. *Seigneur*, ai-je songé avec soulagement, *je suis en train de m'évaporer*. Je ne pense pas l'avoir dit tout haut, mais je n'en suis pas certaine. J'ai mis ma main sur ma bouche pour étouffer un gloussement.

— Tu es cinglée ! a lancé Chelsea. Comme ta criminelle de sœur.

J'ai baissé le nez vers mes chaussures. Il me semblait que j'étais en train de rapetisser lentement. J'ai prié pour continuer à me liquéfier, je voulais fondre jusqu'à ce qu'il ne reste plus rien de moi.

— Est-ce que tu caches quelque chose, là-dessous ? a ricané l'une des amies de Chelsea.

Elle a allongé le bras vers mon T-shirt. Pour esquiver sa main, j'ai fait un pas en arrière et j'ai heurté la rangée de casiers derrière moi.

— Tu caches un bébé, comme ta sœur ?

De nouveau, elle a tendu le bras vers mon T-shirt, dont elle a, cette fois, saisi le tissu à pleine main. Mais elle avait aussi attrapé la peau de mon ventre, et quand elle a vrillé, j'ai eu mal. J'ai poussé un cri de surprise et de douleur.

— Laissez-la tranquille, a fait la voix de Charm.

Elle n'avait pas l'air effrayée ou intimidée par Chelsea et ses amies, juste mécontente de leur comportement.

— Qu'est-ce que tu vas en faire, de ton bébé ? a demandé la fille qui n'avait pas lâché mon T-shirt.

Charm l'a ignorée en continuant à fixer Chelsea. Elles se sont défiées du regard pendant un long moment qui m'a paru durer une éternité, puis Chelsea a baissé les yeux.

— Venez, laissez tomber, on va être en retard à l'entraînement.

Elle est passée devant Charm la tête haute, et ses deux copines lui ont emboîté le pas.

— Monstres ! a-t-elle lâché en s'éloignant.

— Ça va ? m'a demandé Charm en posant gentiment la main sur mon bras.

J'ai contemplé sa petite main aux ongles rongés, un peu étonnée qu'elle ne passe pas à travers moi. Je ne m'étais pas évaporée. J'étais toujours là, en chair et en os.

— Je suis là, ai-je dit doucement.

J'avais envie de la remercier. Je voulais la remercier. Mais je me suis éloignée sans un mot.

Allison

Je commence par chercher le nom de famille Tullia dans l'annuaire. Il n'y a qu'une entrée — une Reanne Tullia, qui vit dans Higgins Street. Pas de Christopher.

Je songe à Charm Tullia. La petite sœur de Christopher. Charm et son beau-père savent, au sujet de Joshua. Comment s'appelait donc le beau-père ? Je me souviens de l'endroit où ils vivaient il y a cinq ans, mais je n'ai aucun moyen de me rendre jusque-là, en supposant qu'ils n'aient pas déménagé. Je dois absolument leur parler. J'hésite à appeler Reanne Tullia… Après tout, je ne risque rien… Je peux me contenter de lui demander des nouvelles de Christopher et de Charm, non ? J'inspire profondément et je commence à composer son numéro, puis je m'arrête net et je raccroche.

Je vais tenter de glaner d'autres informations et, ensuite, je m'adresserai à Devin. Tout au fond de moi, je sais que c'est risqué et complètement idiot. Mais je décroche le téléphone et je compose le numéro de Devin que je connais par cœur. Ça sonne, ça sonne, et juste quand je suis sur le point de raccrocher, la sonnerie s'arrête.

A Gertrude House, j'apprends la patience. Les autres pensionnaires me laissent enfin en paix. Je suppose que, en constatant que les poupées dans les seaux et les toilettes ne me faisaient pas paniquer, elles n'ont plus trouvé drôle de me persécuter. Mais elles continuent à m'ignorer, à l'exception d'Olene et de Bea, bien sûr, et parfois de Tabatha.

Bea sait raconter, et elle sait aussi écouter. Elle ne cesse de me parler de ses quatre enfants, dont les âges s'échelonnent de douze à neuf ans. Ils vivent avec sa sœur dans une ville qui se trouve à une demi-heure d'ici. Elle m'explique que le plus grand, un garçon, est passé avec les félicitations dans la classe supérieure, qu'il est le meilleur lanceur de son équipe de base-ball, et que les trois filles sont de petites merveilles d'intelligence et de douceur.

Je lui demande, tout en préparant le souper :

— Tu les as vus récemment ? Ils ont le droit de te rendre visite, à Gertrude House ?

Bea secoue la tête tout en lâchant une poignée de pâtes dans une marmite d'eau bouillante.

— Non, je ne veux pas qu'ils me voient maintenant. Je ne me sens pas encore prête.

— Prête à quoi ? Tu es sortie de prison, ils vivent tout près, je suis sûre qu'ils meurent d'envie de te revoir.

— Peut-être, murmure-t-elle. Mais je veux être certaine de me présenter comme une mère digne de ce nom. J'attends d'être en meilleure santé. Je veux qu'ils soient fiers de moi.

— Tu es leur mère, ils seront fiers de toi quoi qu'il arrive.

Elle secoue de nouveau la tête.

— Je suis arrivée complètement défoncée à une réunion de parents. Je suis entrée en titubant et j'ai vomi sur les chaussures de l'institutrice. Je peux te dire que ma deuxième fille n'est pas fière de moi. J'attends d'avoir bien décroché et de trouver un bon travail. Ensuite, seulement, j'approcherai mes enfants.

— C'est un point de vue. Mes parents, c'est tout le contraire. Ils ont l'air de parents modèles. Mais ils ne s'intéressent pas beaucoup à nous.

J'ouvre le réfrigérateur pour prendre la vinaigrette.

— Va voir tes enfants, Bea. Ils ont besoin de ta présence, et de sentir que tu accordes de l'importance à ce qu'ils sont et à ce qu'ils font. Crois-moi.

— C'est encore trop tôt, affirme Bea d'un ton qui signifie que je devrais laisser tomber le sujet.

Mais je ne peux pas m'y résoudre.

— Je pense à la plus jeune de tes filles. Tu ne l'as pas vue depuis sa naissance. Tu crois qu'elle se souvient de quelque chose, ou qu'elle sentira que tu es sa mère ?

Bea éclate de rire.

— J'espère bien qu'elle ne se souvient de rien ! La pauvre petite est née en prison.

Son visage se rembrunit.

— J'espère vraiment que la pauvre n'a aucun souvenir de cet horrible endroit. Ma sœur a été une bonne mère pour mes enfants. Je voudrais bien redevenir leur mère, même si je sais que je ne parviendrai jamais à faire aussi bien qu'elle. Mais tu as peut-être raison. Peut-être que le passé n'a pas d'importance pour eux. L'avenir le dira.

Bea pêche quelques pâtes avec sa fourchette, puis, du bout des doigts, elle les prend et les lance contre les carreaux de la cuisine, où elles restent collées.

— Je ne me souviens jamais s'il faut qu'elles collent ou qu'elles retombent. Bah, ça ira.

Elle égoutte les pâtes et se met à crier de sa voix stridente :

— A table ! C'est prêt !

J'espère que Brynn acceptera de reprendre contact avec moi, quand je lui dirai, pour Joshua. Ensuite, je suis sûre qu'elle n'accordera plus autant d'importance à ce qui s'est passé. Brynn était fière de moi, autrefois. Je lui servais d'exemple. J'aimerais tant qu'elle m'admire de nouveau.

Mais il me suffirait qu'elle m'aime.

Et, surtout, je meurs d'envie de lui parler de Joshua,

de lui dire qu'il ressemble à Christopher et qu'il a mes cheveux. De lui expliquer que certaines choses en lui me font penser à elle — sa manière d'aimer les animaux, son tempérament passionné. Je veux que Brynn me parle de sa vie, de ses cours, de son petit copain si elle en a un, de mes parents, de la manière dont ils se comportent avec elle, s'ils la rendent dingue comme moi autrefois. Je veux être une sœur pour elle. Jusque-là, je n'ai pas su remplir mon rôle de grande sœur. Mais tout le monde dans la vie a droit à une seconde chance, non ?

Même moi…

Charm

Gus avait tenté pendant des heures d'appeler chez Allison Glenn pour parler du bébé. A la fin, quelqu'un avait tout de même décroché.

— J'appelle au sujet du bébé, avait-il annoncé.

Puis il avait écouté en silence, tandis que son visage prenait une teinte grisâtre.

— Je comprends, avait-il murmuré.

Et il avait raccroché.

— Qu'est-ce qui se passe ? avait demandé Charm.

— Allume la télé, avait ordonné Gus au lieu de répondre.

Charm lui avait tendu le bébé, elle avait mis la télévision en marche et zappé jusqu'à ce que Gus lui dise de s'arrêter sur une chaîne qui diffusait les informations. On voyait un journaliste au visage grave et le fleuve Druid en fond.

— Gus…, avait commencé Charm.

Elle s'était tue, devant l'expression alarmée de Gus.

« C'est ici, sur la rive du fleuve Druid, qu'un pêcheur a trouvé le corps sans vie du bébé. »

Le journaliste avait désigné le fleuve d'un large geste.

« Nous venons juste d'apprendre qu'une adolescente a été interpellée dans le cadre de cette affaire.

Il s'agit d'une mineure, et la police n'a pas révélé son identité. Nous savons seulement qu'elle a été arrêtée chez elle, dans sa maison de Linden Falls, et conduite à l'hôpital. »

Charm s'était tournée vers Gus avec un visage défait.

— Qu'est-ce que ça a à voir avec le bébé et Allison ?

Le bébé s'était mis à gigoter en agitant ses petits bras, et Gus l'avait hissé sur son épaule.

— Ce n'est rien, ce n'est rien, lui avait-il murmuré. La jeune fille arrêtée par la police, avait-il ajouté à l'intention de Charm, c'est Allison. Et le bébé trouvé dans le fleuve était la sœur jumelle de ce petit garçon.

Allison

Chaque fois que je franchis le seuil de Bookends, je tremble de peur à l'idée que Claire va brusquement comprendre qui je suis. Est-ce que ça serait considéré comme une violation des règles de ma libération conditionnelle ? Est-ce qu'on me renverrait en prison ? J'étais réticente à l'idée de quitter Cravenville, mais depuis que je suis libre, même si ça ne fait pas longtemps, je ne veux surtout pas y retourner. Je scrute le visage de Claire, mais je n'y lis rien de plus que d'habitude. Elle m'accueille joyeusement et nous discutons à bâtons rompus.

Plus je passe du temps avec elle, plus je l'apprécie. Elle s'adresse normalement à moi, comme si j'étais quelqu'un de bien. Elle ne prend pas un ton supérieur et ne me jette pas des regards méfiants à la dérobée. J'aime les Kelby. Je sais que je devrais avouer à Claire que je soupçonne Joshua d'être mon fils, mais je ne peux pas. Je ne veux pas.

A 15 h 30, Joshua rentre de l'école. Son visage d'ordinaire pâle est écarlate, sa bouche figée en une moue de colère. Ses vêtements et sa peau brillent étrangement. En regardant de plus près, je me rends compte qu'il est constellé de minuscules paillettes orange. Il est en train d'essayer de se débarrasser de celles qui collent à ses bras, mais tout ce qu'il gagne, c'est qu'il en a un peu plus sur les mains. Jonathan apparaît derrière Joshua, avec une expression à la fois furieuse et étonnée. Claire sort de derrière le comptoir.

— Qu'est-ce qui se passe ? demande-t-elle d'un ton angoissé.

— Josh a passé une sale journée, répond Jonathan. Une journée avec de la colle et des paillettes.

— C'est-à-dire ? insiste Claire.

Joshua se rembrunit et croise les bras d'un air défiant.

Jonathan remarque brusquement ma présence.

— Bonjour, Allison, dit-il poliment.

Puis il reprend son récit :

— D'après l'institutrice de Joshua, ils saupoudraient des paillettes sur des feuilles d'arbres en papier enduites de colle, qu'ils avaient dessinées puis découpées. Bien entendu, Joshua s'est mis de la colle sur les mains, ce qui, tu le sais, est pire que le bain, le sable et le coiffeur réunis. Mme Lovelace a fait ce qu'elle a pu. Elle a voulu aider Joshua à enlever la colle qui le gênait mais, du coup, il avait les mains sèches et irritées, ça l'a rendu fou, et là, ç'a été la catastrophe.

Je vois Claire faire la grimace à l'idée de ce qui va suivre. Joshua se frotte furieusement les bras et se met à pleurer.

— Arrête ça, Josh ! dit-elle sèchement. Tu es en train de t'écorcher.

Joshua nous tourne le dos et continue à frotter. J'hésite entre deux attitudes : intervenir pour le calmer, et faire mine de ne rien avoir remarqué en m'intéressant de nouveau au système d'alarme que je m'appliquais à régler avant leur arrivée.

— Donc, d'après Mme Lovelace, reprend Jonathan par-dessus les pleurs de Joshua, il s'est vengé de sa feuille en la froissant, et il s'est encore retrouvé avec de la colle et des paillettes sur les mains. Puis, pris d'une rage qui a dû impressionner tout le monde, il a attrapé la boîte de paillettes pour les répandre partout dans la pièce. Sur les enfants, sur leur travail, sur le professeur, et même sur lui. Mme Lovelace…

Il s'interrompt pour lever les bras au ciel.

— … a été obligée de le faire sortir de la classe.

— Oh, Joshua ! lance Claire d'un ton déçu.

Elle pose ses mains sur ses frêles épaules et il s'assoit en pleurant de plus belle.

Sans même y réfléchir, je m'avance vers lui, je me place à sa hauteur, suffisamment près pour me trouver dans son champ de vision. Ses pleurs se calment un peu, tandis qu'il observe mon manège du coin de l'œil. J'en profite avant qu'il ne se remette à sangloter.

— Joshua, on dirait que tu as eu une journée difficile.

Il se détourne pour ne pas me voir et pleure de nouveau, mais, cette fois, avec moins de conviction.

— Je parie que tu as hâte de te débarrasser de toutes ces paillettes.

Cette fois, il s'arrête net. Il est encore essoufflé, mais je sais qu'il m'écoute, je m'approche lentement, tout en continuant à lui parler d'une voix basse et calme — celle que je prends pour m'adresser à Flora, une des filles du foyer de réinsertion, quand elle pique une crise.

— Je parie que tu ne savais pas qu'il existe un Scotch magique pour enlever les paillettes.

Je me lève pour me diriger vers le comptoir, où j'ouvre un tiroir dont je sors un rouleau de ruban adhésif.

Joshua le considère d'un air méfiant.

— C'est du Scotch, c'est tout.

Je hausse les épaules.

— Ça ressemble à du Scotch, mais c'est bien plus que ça. On peut l'essayer, si tu veux, mais je ne t'oblige pas. Si tu préfères garder tes paillettes… A toi de voir.

C'est une technique que j'ai apprise en prison. Chaque fois que c'est possible, laisser croire à une personne qu'elle a le choix.

Il réfléchit à ma proposition pendant quelques secondes, puis se lève d'un bond, à notre grande surprise.

— D'accord, je veux bien essayer.

Je coupe un morceau de Scotch et je le replie sur lui-même pour en faire une boule adhésive.

— Tu veux l'essayer toi-même ? Ou bien tu préfères que ton papa et ta maman t'aident ?

— Est-ce que ça fait mal ? s'enquiert Joshua, inquiet.

— Pas du tout.

— C'est toi qui le fais, alors.

Il s'agit d'un ordre, pas d'une demande.

— Joshua…, dit Claire en élevant la voix.

— Tu voudrais bien m'enlever les paillettes avec ton Scotch magique, s'il te plaît ? reprend-il.

— Bien sûr. Regarde, tu vas être surpris.

Je fais lentement rouler ma boule de Scotch le long de la manche de son T-shirt, puis je lui montre toutes les paillettes qui sont restées collées.

Et je lui demande, avec un grand sourire :

— Pas mal, hein ?

Il me sourit en retour. Et ça y est, je le sens, notre lien. Léger, subtil, furtif — mais réel. Je ne peux pas dire qu'il m'a reconnue, mais nous avons établi le contact. Je lève les yeux vers Claire, qui m'adresse un sourire plein d'admiration. Jonathan, lui aussi, paraît impressionné.

Je passe les trente minutes qui suivent avec Joshua, dans la section des livres pour enfants, à lui ôter précautionneusement les paillettes qui recouvrent sa chemise, son pantalon, et même ses chaussures. Pour celles qu'il a sur les doigts, le visage et les cheveux, l'opération s'avère plus délicate. Joshua commence par refuser le contact de ce Scotch poisseux sur sa peau.

— Ça va me faire mal, proteste-t-il en me dévisageant d'un air sombre, mais interrogateur.

— A toi de décider. On peut laisser tomber, ou tenter le coup. Si ça fait mal, on arrête tout de suite.

— Est-ce que je peux essayer ? demande-t-il d'un ton plein d'espoir.

— Mais bien sûr.

Je lui montre comment replier le Scotch et il l'applique doucement sur sa peau, le retire, examine avec attention le dessin pailleté resté sur le Scotch.

— J'ai pas eu mal, dit-il, comme s'il s'agissait d'une évidence.

Et il continue, jusqu'à ce que ses mains soient totalement nettoyées. Ensuite, il me laisse l'aider pour ses cheveux et son visage, en me faisant promettre d'arrêter si ça lui fait mal. Il ferme les yeux et lève la tête vers moi. Tout en m'occupant de lui, je me remplis de son long visage et de son menton pointu. Je mémorise les veines bleues de ses paupières closes et la fine frange de cils qui se déploie en éventail sur sa joue, la petite moue de ses lèvres au-dessus de son nez retroussé, si semblable à celui de son père. Quand je lui annonce à regret que j'ai terminé, il me demande :

— Je peux voir ?

Et il court vers les toilettes, où il peut se regarder dans le miroir. Je retourne vers le devant du magasin, où Claire est en train de servir un client. Joshua revient au bout de quelques minutes, le sourire aux lèvres.

— Ç'a marché, annonce-t-il à Claire. Je pourrai apporter un bout de ce Scotch à l'école ?

— Bien sûr, répond Claire. Mais je suis sûre que ta maîtresse en a aussi. Qu'est-ce que tu dis à Allison ?

— Merci, répond-il en me lançant un regard timide.

— De rien, Joshua.

— Maman, je peux avoir un goûter ? ajoute-t-il en se tournant vers sa mère.

Un sentiment que je ne parviens pas à identifier me serre le cœur.

— Va prendre des biscuits dans la réserve, lui répond Claire.

Comme il s'éloigne, elle se tourne vers moi.

— Vous avez accompli un miracle, me dit-elle avec admiration.

Je ne peux m'empêcher de rougir.

— Où avez-vous appris ça ? insiste-t-elle.

Je hausse les épaules, comme pour dire qu'il n'y a pas de quoi en faire une histoire.

— Il faut toujours laisser le choix aux gens. Comme ça, ils n'ont pas l'impression d'être pris au piège.

Claire secoue la tête.

— J'ai lu ça une centaine de fois dans les manuels de conseils pour les parents, mais le temps que je pense à l'appliquer, Joshua est déjà dans un tel état que ça ne sert plus à rien. La prochaine fois, je tâcherai de réagir plus tôt.

Je baisse les yeux vers mes pieds, gênée.

— Vous avez quelque chose de particulier à me donner à faire ? Placer des livres dans les rayonnages, ou quelque chose comme ça ?

— Vous savez ce qui me rendrait vraiment service ? dit Claire en se tournant vers le chien.

Il attend, planté devant la porte, et son haleine forme une tache sur la vitre.

— Ça vous ennuierait de sortir Truman pour qu'il puisse faire ses besoins ? Je n'ai pas envie de laisser Joshua.

Elle me sourit d'un air gêné.

— Je sais que ça ne fait pas partie des attributions d'une employée, mais Truman et la librairie sont indissociables, vous comprenez ?

— Pas de problème. Truman est un bon chien. Là où je suis, je n'ai pas le droit d'avoir un animal.

Je vais chercher ma veste dans l'arrière-boutique. Quand je reviens, Jonathan est parti — travailler, je suppose —, et Claire et Joshua sont plongés dans un livre. J'attache la laisse de Truman à son collier et nous sortons tous les deux dans l'air frais de septembre. Je l'entraîne vers un carré d'herbe qui borde le trottoir devant la boutique, et j'attends patiemment qu'il se soulage.

Je le sens dans mon dos, aussi léger qu'une feuille qui tombe. Un regard. Je me retourne. C'est celui du mari de Claire, assis dans sa camionnette blanche, qui m'observe avec un visage indéchiffrable. Je lui adresse un signe gauche et emprunté. Il démarre au ralenti et je crois qu'il va s'arrêter à ma hauteur pour me dire quelque chose, mais il s'écarte du trottoir et s'éloigne. Je le suis des yeux, et mon regard reste un long moment fixé sur le coin de rue où il a tourné avant de disparaître. Je ne peux pas m'empêcher de me demander s'il sait qui je suis. Mais non. C'est impossible. Il ne peut pas savoir.

Truman tire sur sa laisse et je fais demi-tour pour le ramener. Derrière la vitrine, Joshua me regarde, tandis que les gaz d'échappement grisâtres de la camionnette de son père tourbillonnent autour de moi.

Charm

Charm est assise dans la baignoire vide. Tout habillée. Il lui semble que c'est le seul endroit où elle peut se réfugier pour ne pas entendre les râles de la respiration de Gus. Elle sait qu'elle devrait se montrer courageuse, sortir de là et rester près de lui. Elle va être infirmière, bientôt. Mais ses cours ne l'ont pas préparée à ça. Gus meurt dans des souffrances que personne ne devrait avoir à endurer. Il s'étouffe, lentement, douloureusement, devant ses yeux, et elle ne peut rien faire pour le soulager, pas même quand il lève vers elle un regard suppliant. Elle imagine ses poumons noircis comprimés dans sa cage thoracique, luttant pour se remplir d'air. La pneumonie est venue brusquement. Sa peau est grisâtre, et il a perdu du poids au point de ressembler à un squelette. Les seules parties de son corps qui ne soient pas affreusement amaigries sont son cou et son visage, qui, eux, ont enflé. Parfois, elle a du mal à le reconnaître dans cette chair jaunie et bouffie, puis il sourit et, de nouveau, c'est lui. Elle retrouve le Gus drôle et plein d'énergie qui se déplaçait pour assister à toutes ses fêtes d'école, celui qui lui a appris les lancers francs au basket et à préparer des *kolaches*. Mais, le plus souvent, c'est un étranger qu'elle a devant elle.

Elle se demande si elle doit prévenir sa mère, mais elle n'est pas sûre que ce soit une bonne idée. Elle n'a eu besoin d'elle que deux fois dans sa vie — quand son pervers de copain l'a coincée pour la tripoter, et quand Allison leur a laissé Joshua. Et, les deux fois, Reanne n'était pas là. *J'aurais bien besoin du soutien d'une mère, en ce moment*, songe-t-elle. De quelqu'un pour l'aider à soigner Gus, de quelqu'un pour la rassurer. Malheureusement, il ne faut pas compter sur Reanne Tullia pour ça.

Charm sort de la baignoire pour se regarder dans le miroir. Elle a les yeux injectés de sang, et des plis sont apparus autour de sa bouche, qu'elle pince trop souvent à cause du souci. *Je fais plus que mon âge*, se dit-elle. *Je n'ai que vingt ans et je ressemble déjà à une vieille femme.*

Elle a averti ses professeurs qu'elle s'absenterait quelques jours pour s'occuper de son beau-père. Ils se sont montrés très compréhensifs. Elle sait qu'elle ne retournera en cours qu'après l'enterrement.

Elle quitte à regret le refuge de la salle de bains pour se rendre dans la chambre de Gus. Il a les yeux entrouverts, et elle tire un fauteuil pour s'asseoir près du lit. Elle a déjà transporté la télévision dans la pièce, et ils regardent ensemble des séries idiotes et de vieux films policiers. Peu importe ce qu'ils regardent, en fait, du moment que le son couvre le sifflement de bouilloire qui sort de sa poitrine. Quand il est pris d'une quinte de toux, elle l'aide à se mettre en position assise et lui frotte doucement le dos en traçant des cercles, comme elle l'a vu faire avec Joshua autrefois. Elle lui tapote ensuite le dos, longuement, en lui murmurant des mots de réconfort, comme si c'était lui le bébé.

— Ce n'est pas grave, ce n'est pas grave. Crache.

Gus crispe ses mains fines sur la couverture, puis la relâche. Quand la toux se calme enfin, Charm lui fait boire un peu d'eau, arrange ses oreillers, et remet le masque à oxygène sur son nez. Puis elle s'assied et reste là, jusqu'à ce que sa respiration s'apaise et qu'il s'endorme.

Jane a tout organisé pour que des bénévoles viennent régulièrement, et Charm lui en est très reconnaissante. Ils sont très gentils et utiles. Mais Gus ne s'intéresse qu'à Charm. C'est elle que ses yeux humides suivent quand elle se déplace dans la pièce, comme s'il la suppliait de le soulager. Il divague, la plupart du temps, et il prend Charm pour Reanne, ce qui cause à celle-ci une souffrance presque physique. Doris, l'une des bénévoles, tente de lui expliquer que c'est la douleur, et aussi les médicaments qu'il prend, qui provoquent chez lui un état de confusion mentale.

L'automne est arrivé, dur et mauvais, déversant des pluies cinglantes, agressives comme des crachats. A présent, il pleut sans discontinuer. Charm trouve ça déprimant, surtout qu'elle reste enfermée à la maison, assise près de Gus. Elle voudrait bien reprendre les cours, mais elle ne supporte pas l'idée de laisser Gus seul avec des étrangers. Elle sait qu'il peut mourir d'un instant à l'autre et elle ne veut pas l'abandonner, comme sa mère l'a fait. Elle tient à rester près de lui jusqu'à ce qu'il ferme les yeux pour ne plus les rouvrir, jusqu'à ce qu'il n'ait plus à lutter pour la moindre bouffée d'air.

Le lit double de Gus a été remplacé par un lit médicalisé. Cela facilite le travail des bénévoles qui font sa toilette et changent ses draps. Charm songe que ça leur facilitera aussi le travail, quand ils devront emporter son corps. Il lui fait penser à un cocon vide, avec sa peau fine comme de la toile d'araignée, tendue sur ses os. Il ne tousse plus et il demeure parfaitement immobile, au point que, parfois, seul le mouvement lent de sa poitrine qui s'élève et s'abaisse indique qu'il est encore en vie.

Charm se demande si sa mère sait que Gus est mourant et si ç'a de l'importance pour elle. Elle se demande aussi ce qu'elle fera, où elle ira, ce qu'elle deviendra quand

Gus ne sera plus là. Elle a toujours été indépendante, sans père et sans véritable mère sur qui compter, mais Gus a toujours été présent pour elle.

Elle sent un léger mouvement près d'elle et allume la lampe de chevet pour regarder Gus. Sous ce faible éclairage, avec la pénombre qui l'entoure, son visage est presque reconnaissable. Rajeuni, séduisant, heureux.

— Comment tu te sens, Gus ? demande-t-elle dans un murmure.

Il doit tendre l'oreille pour l'écouter, ce qui exige visiblement un effort.

— Tu as besoin de quelque chose ?

Il a les yeux ouverts et le regard clair, il lève une main pour tenter de se débarrasser de son masque à oxygène.

— Laisse-moi te l'enlever, dit-elle.

Elle lui ôte ce masque sur lequel elle plaisantait, au début, en lui disant qu'il le faisait ressembler à Horton, l'éléphant des livres du Dr Seuss. Gus avait beaucoup ri. Sa bouche est sèche et craquelée, elle glisse une paille entre ses lèvres et il avale. Ce simple geste lui réclame un effort qui l'épuise.

— Qu'est-ce que tu voudrais d'autre ? demande-t-elle. Qu'est-ce que je peux faire ?

Elle tente de lui dissimuler son émotion. Elle a déjà vu mourir des patients, et même des enfants, mais elle ne les connaissait pas. Et elle n'était pas attachée à eux comme elle l'est à Gus.

— Rien, murmure Gus d'une voix rauque. Viens t'asseoir près de moi.

Il tapote faiblement le matelas sous sa main. Charm hésite. Pour s'installer près de Gus, elle devra abaisser la barrière qui le protège des chutes, et elle aura à peine la place de s'asseoir, même si le corps de Gus n'est pas plus épais que les pousses d'herbe qu'on aperçoit de l'autre côté de sa fenêtre.

— Tu peux, insiste-t-il.

Elle abaisse la barrière et déplace précautionneusement Gus. Il ne pousse pas de gémissement, mais son visage est déformé par la douleur.

— Je suis désolée, désolée…, gémit Charm.

Mais il tapote encore le lit, pour lui montrer que ce n'est rien. Elle s'installe près de lui, tâchant de se faire toute petite.

— Tu veux regarder la télé ? demande-t-elle en tendant le bras vers la commande à distance.

Il secoue la tête.

— Tu veux que je te remette ton masque ? demande-t-elle alors, même si elle sait qu'il ne peut pas respirer longtemps sans le masque, qu'il a tendance à s'étouffer et à paniquer, ce qui augmente encore ses difficultés respiratoires.

De nouveau, il secoue la tête. Son visage est si enflé que les angles de son ossature ne sont plus visibles. Ses cheveux noirs contrastent avec sa peau pâle. Sous ses sourcils broussailleux, ses yeux paraissent d'autant plus petits et enfoncés — deux lacs bleus au milieu des roseaux.

— Raconte-moi ce que tu fais, ordonne-t-il de ce ton autoritaire qui le caractérise.

Quand il donne un ordre, on dirait toujours qu'il est en colère.

— Eh bien, j'ai commencé mon stage dans le service d'orthopédie la semaine dernière. A la période d'Halloween, je serai en cancérologie pédiatrique. Il paraît que tout le monde se déguise pour l'occasion, même les médecins.

Gus acquiesce et ils demeurent silencieux quelques instants. Ils savent tous deux qu'il ne sera plus là pour Halloween.

— Le petit garçon, murmure Gus d'une voix râpeuse.

Le cœur de Charm s'effondre dans sa poitrine.

Elle se doutait bien qu'il parlerait de Joshua. Qu'il en éprouverait le besoin.

— Je suis désolé, dit-il.

Il est essoufflé, à présent, et il parle avec de plus en plus de difficulté.

— Pourquoi ? demande Charm d'un ton incrédule. Désolé de quoi ? Les fautifs, dans l'histoire, ce sont Christopher et Allison. Pas nous. Joshua se trouve dans une famille très gentille. Il est heureux. Ses parents l'aiment.

Elle triture nerveusement l'extrémité de ses doigts.

— Sa mère était en prison pour avoir noyé sa sœur jumelle, et tu savais que Christopher ne reviendrait pas pour s'occuper de lui.

— Chut, proteste Gus dans un souffle.

Il lève lentement sa main pour la poser sur la joue de Charm.

— Chut, ne t'en fais pas.

Cet homme mourant qui s'efforce de la réconforter, c'en est trop pour Charm. C'est elle qui l'a supplié de garder le bébé le plus longtemps possible. Il lui avait accordé quelques heures qui se sont vite transformées en quelques jours, puis en quelques semaines. Quand il lui avait dit que ça ne pouvait plus durer, elle avait réclamé un délai supplémentaire. Elle prétendait que son frère reviendrait pour assumer la charge de ce bébé auquel elle s'était attachée.

Elle éclate alors en sanglots.

— C'est moi qui suis désolée, j'aurais dû te prévenir. Te dire que j'allais le déposer à la caserne des pompiers.

Elle lui jette un regard perdu.

— Je ne pouvais plus. Je n'avais plus la force. J'étais épuisée. Je savais que j'avais trop attendu pour le déposer dans un *Safe Haven*. Nous avions dépassé le délai légal de quinze jours, j'avais peur que tu aies des ennuis à cause de moi… C'est pour ça que je ne t'ai rien dit.

— Tu es une brave fille, Charm, murmure Gus. Une fille gentille et courageuse. Plus courageuse que je ne l'ai jamais été.

Elle lui jette un regard surpris.

Plus courageuse que Gus, qui a lutté contre le feu ?

— Tu as continué à veiller sur cet enfant, ajoute-t-il. De loin, mais tu as continué.

— Tu n'as pas pu lui dire au revoir, gémit-elle.

Gus se tait. Cette conversation l'épuise.

— Parfois, je voudrais qu'elle ne l'ait jamais déposé chez nous, dit enfin Charm, qui ose pour la première fois exprimer tout haut ce qu'elle pense depuis longtemps. J'aurais préféré ne jamais le tenir dans mes bras, ne jamais savoir que sa sœur jumelle a fini dans le fleuve. Je voudrais que tu ailles mieux, Gus.

Elle déglutit péniblement et essaye de ne pas pleurer. Puis elle enfouit son visage contre les frêles épaules de Gus.

Gus élève lentement et péniblement son bras pour l'entourer.

— Ma fille…, murmure-t-il.

Tout est dit. Ils restent là un long moment. Gus lui tapote doucement le dos et elle se laisse imprégner par cette caresse, comme un chat qui profite d'un dernier carré ensoleillé de jardin.

Allison

Depuis l'incident des paillettes et le sauvetage à l'aide du Scotch magique, Joshua me suit partout dans la librairie. Il me tend les livres que je place sur les rayonnages, il compte pour moi la monnaie que je rends. En très peu de temps, j'ai découvert la longue liste de tout ce qu'il aime ou déteste. Il déteste avoir les doigts poisseux, l'odeur des bananes, les orages, ranger sa chambre. Il aime Truman, jouer avec des Lego, boire du Dr Pepper — même si sa mère lui dit que ça va lui abîmer les dents — et fabriquer des objets avec son père.

Je sais que je devrais le tenir à distance. Me rapprocher de lui ne peut qu'aboutir à un désastre. Je devrais lui dire de me laisser tranquille, qu'il m'empêche de me concentrer sur mon travail, mais je n'y arrive pas.

— Et le foot, ça te plaît ? lui dis-je, en songeant à la photo sur laquelle il porte le maillot vert.

— Ça me plaît, oui. Mais je joue pas très bien, répond-il avec une pointe de regret dans la voix. On me prend tout le temps le ballon.

— Je pourrais t'apprendre quelques feintes. J'ai beaucoup joué au foot.

— D'accord, dit Joshua en se baissant pour flatter Truman du plat de la main. Demain, j'apporte mon ballon.

Je m'empresse de répondre, regrettant déjà mon offre :

— Je ne pense pas que ta mère sera d'accord pour qu'on joue au foot dans la librairie.

Joshua se tait. Son enthousiasme est retombé comme un soufflé.

— Tu pourrais venir chez nous ! propose-t-il brusquement, visiblement ravi par sa trouvaille. Tu m'apprendras à jouer au foot, moi je te montrerai ma chambre et l'atelier de mon papa.

— Je ne sais pas si…

Le carillon de l'entrée m'interrompt. Je lève la tête et je vois Devin qui avance lentement vers moi. Je ne reconnais pas son pas vif de femme d'affaires. Elle paraît presque hésitante. Pas du tout son genre. *Elle sait.* Elle sait, pour Joshua. Brynn l'a appelée pour lui dire que j'étais sa mère. Elle vient m'annoncer que je retourne en prison. J'ai goûté à la liberté pendant trois mois et, à présent, c'est terminé. Je me dis que je préfère mourir plutôt que de me retrouver de nouveau derrière les barreaux.

— Josh, tu devrais aller faire le travail que ta maîtresse t'a donné pour demain, dis-je tandis que Devin s'arrête devant moi.

Il y a un problème. Un gros problème.

— Qui c'est ? demande Joshua en restant près de moi.

— Joshua, est-ce que tu embêtes Allison ? fait la voix de Claire derrière moi.

— Je l'embête pas, je l'aide, proteste Joshua.

— Allison, murmure gentiment Devin. Est-ce que je pourrais te parler une minute ?

Claire nous regarde d'un air inquiet. Je me rends compte que je devrais faire les présentations, mais les mots restent coincés dans ma gorge ; je me contente donc d'opiner et de suivre Devin qui m'entraîne dehors. Je ferme les yeux et j'attends que Devin me dise qu'elle m'emmène au poste de police. J'ai les joues brûlantes et l'air frais me fait du bien. Je m'efforce de mémoriser cette sensation.

— Allison ? dit Devin.

J'ouvre les yeux. Elle se mordille l'intérieur des joues, visiblement embarrassée par ce qu'elle va m'annoncer, et je me demande si j'aurai le courage d'aller dire adieu à Claire et de la remercier de m'avoir donné ma chance. Puis je songe que je ne reverrai peut-être plus jamais Joshua.

— Allison, reprend Devin en me prenant la main. C'est ton père…

— Mon père ? dis-je d'un ton ahuri.

Je baisse les yeux vers la main de Devin. Elle porte à l'annulaire un gros diamant étincelant. *Elle va se marier...* Je commence à la féliciter, mais elle me coupe la parole.

— Il s'est évanoui aujourd'hui à son bureau, poursuit-elle. Il est en réanimation à Saint-Isidore. On ne sait pas encore exactement ce qu'il a, mais on soupçonne une crise cardiaque.

Je lui jette un regard interrogateur et, comme toujours, elle lit dans mes pensées.

— Ta mère a appelé Barry, M. Gordon.

J'acquiesce. C'est logique. Mon père et Barry Gordon, l'un des dirigeants du cabinet d'avocats dans lequel travaille Devin, sont des amis de longue date.

— Tu veux aller le voir à l'hôpital ? demande Devin. Je peux t'y emmener.

Je repense à la dernière fois où j'ai vu mon père, à la manière dont maman et lui ont débarrassé la maison de toute trace de mon existence.

— Je ne suis pas certaine qu'ils aient envie de me voir à l'hôpital, dis-je d'une toute petite voix.

— Mais toi, Allison, est-ce que tu as envie d'y aller ?

Je me rends brusquement compte que oui, j'en ai très envie. Et s'il mourait ? Je ne voudrais pas que ma prochaine rencontre avec ma mère se produise à l'occasion de l'enterrement de mon père. J'explique brièvement la situation à Claire, qui me serre dans ses bras en m'assurant que je peux partir.

— Tenez-moi au courant. Et ne vous inquiétez pas pour le travail. Allez soutenir votre famille.

Je ne peux pas lui avouer que je me sens davantage en famille dans sa librairie qu'auprès de mes parents.

— Merci, je vous rappelle plus tard.

C'est tout ce que je parviens à bredouiller.

Devin me dépose devant l'hôpital. Elle me propose d'entrer avec moi, et je lui dis que non, que je m'en sortirai très bien. Pourtant, je n'en suis pas si sûre. Mais je ne veux pas qu'elle soit témoin de ma première rencontre avec ma mère. J'ignore comment celle-ci va réagir quand elle va me voir arriver près du lit d'hôpital de mon père. Je ne sais pas si elle va m'accueillir en me serrant dans ses bras, ou me demander de sortir.

La dernière fois que j'ai franchi l'entrée de l'hôpital Saint-Isidore, je venais d'accoucher et j'étais en état d'arrestation pour le meurtre de mon bébé. Je suis arrivée dans un fauteuil roulant poussé par un agent, les mains liées par des menottes. A l'intérieur règne la même agitation que dans mon souvenir. Les infirmières et les médecins arpentent les couloirs d'un pas décidé, les visiteurs sont plus hésitants. Je m'arrête au bureau d'information pour demander dans quel service se trouve mon père. Je ne supporte pas l'idée de m'enfermer dans une cage d'ascenseur dont l'atmosphère confinée va me rappeler celle de ma cellule. Je préfère prendre l'escalier pour grimper au sixième.

C'est elle que je vois en premier. Ma mère. Elle est assise, seule, sur un grand canapé, dans la salle d'attente du service de soins intensifs. Ses cheveux sont du même blond lumineux que dans mon souvenir, mais coupés plus court, en un carré strict qui s'arrête juste sous son menton. Elle porte un jean et ses sabots de jardin, couverts de boue. Elle devait jardiner quand on l'a prévenue. Elle a probablement couru à l'hôpital. Ma mère ne sort jamais en jean et encore moins avec des sabots de jardin. Elle fixe le mur en face d'elle, ses yeux bleus ne m'ont pas encore repérée. Son visage s'est un peu adouci depuis notre dernière rencontre, et cela lui donne un côté fragile. Pour une fois, elle ne me semble pas sur la défensive, et je sais que si je ne lui parle pas tout de suite, je n'aurai pas le courage plus tard.

— Maman…, dis-je doucement.

Le mot s'achève dans une sorte de râle aigu.

Elle sursaute et lève les yeux vers moi. A présent que je la vois de face, je me rends compte qu'elle a beaucoup vieilli, même si son visage reste beau.

— Allison, murmure-t-elle.

Il me semble déceler une note de joie dans sa voix. Je n'ai pas besoin d'un encouragement supplémentaire. La seconde d'après, je suis près d'elle sur le canapé et mes bras entourent ses frêles épaules. Je respire son odeur, un mélange de son parfum au muguet et de la terre qu'elle devait remuer quand on l'a appelée.

Je demande à travers mes larmes :

— Comment va papa ? Est-ce qu'il va s'en sortir ?

Ma mère secoue la tête.

— Je n'en sais rien, répond-elle d'un ton éploré. On ne me dit rien.

Elle baisse les yeux vers ses mains. Ses doigts autrefois fins et longs sont ridés, décharnés au niveau des articulations.

— Il est toujours au bloc, ajoute-t-elle.

— Je vais aller me renseigner. Est-ce que quelqu'un a prévenu Brynn et grand-mère ? Tu as mangé ?

Elle secoue la tête et regarde ses pieds.

— J'ai oublié de changer de chaussures, murmure-t-elle.

Son menton se met à trembler, elle se couvre les yeux et pleure doucement.

— Il est tout ce que j'ai, gémit-elle. Tout ce qui me reste.

Charm

Ç'avait été une torture pour Charm de prendre la décision de laisser cet enfant. Elle s'était attachée à lui et lui à elle. Elle était certaine qu'il lui avait souri, même si les livres qu'elle avait consultés à la bibliothèque prétendaient qu'un bébé n'a pas de sourire motivé avant six semaines. Mais lui, il lui avait souri en agitant ses petits poings.

Ils savaient pourtant — Gus aussi bien qu'elle — qu'ils ne pourraient pas garder le bébé éternellement. Ils en étaient tellement conscients qu'ils n'avaient pas osé lui donner un prénom. Gus l'appelait « petit » ou « mon pote », et Charm lui murmurait des petits noms doux à l'oreille. Des noms de sucreries. Ou de gâteaux. « Quatre-quarts », chantonnait-elle en le sortant du berceau de fortune qu'ils avaient confectionné avec un panier à linge molletonné de couvertures. « Bonjour, ma petite sucette au soda, mon beurre de cacahuètes, mon chausson aux pommes, mon gribouillis au fromage… » Et le bébé la fixait avec des yeux de vieux sage, comme pour dire : *Pas pour longtemps, hein ? Je ne peux pas rester, tu le sais bien*. Elle détournait la tête et sanglotait jusqu'à tremper le devant de sa barboteuse, il se mettait à hurler, et elle n'arrivait plus à distinguer ses pleurs de ceux du bébé.

Ces semaines passées à le cacher et toutes ces nuits sans sommeil étaient venues à bout de ses forces. Gus était de plus en plus malade. La nuit, Charm était réveillée par les cris du bébé et par les quintes de toux de Gus. Elle n'en pouvait plus. Elle n'avait pas l'énergie pour s'occuper d'un nourrisson et d'un malade. C'était l'un ou l'autre. Quand elle était venue s'installer chez lui, Gus l'avait accueillie sans lui poser de questions, sans la juger, comme il acceptait le bébé aujourd'hui, comme un membre de la famille. Gus était ce qu'elle avait de plus proche d'un père. Le bébé venait tout juste d'arriver, il n'avait pour l'instant laissé qu'une petite empreinte dans son univers, tandis que celle de Gus était profonde, définitive. Gus mourait lentement d'un cancer. Elle avait dû choisir entre celui dont la vie commençait et celui qui était proche de la fin.

Elle s'était décidée seule, une nuit. Elle arpentait le salon dans un état semi-comateux en berçant le bébé sur son épaule pour tenter de l'endormir, quand elle avait trébuché contre un pied de table. Elle avait lâché le bébé et il était tombé. *Il était tombé.* Il la regardait depuis le sol, avec des yeux exorbités, le souffle coupé, en ouvrant et fermant sa petite bouche, comme pour exprimer quelque chose qu'elle avait déjà compris.

Silencieusement, sans réveiller Gus, elle avait rassemblé les affaires du petit dans son panier et elle avait pris la direction de Linden Falls, la ville la plus proche, de l'autre côté du fleuve Druid. Elle s'était arrêtée devant la caserne de pompiers d'Oak Street, celle où travaillait Gus. Elle s'était demandé si ce choix était judicieux, puis elle s'était dit que oui, justement, si Gus y travaillait, c'était une bonne caserne. Ici, ils sauraient quoi faire.

Elle avait sorti le bébé du panier pour le serrer contre elle une dernière fois. Il avait un peu pleuré, puis il s'était endormi, en serrant contre son menton ses petits poings fermés, pareils à deux boutons de roses. Elle devait faire cette chose impossible, abandonner le seul être qui l'avait aimée au premier regard. Elle l'avait doucement reposé dans son panier et l'avait porté jusque devant la caserne, tout en regardant autour d'elle pour s'assurer qu'il n'y avait personne. C'était une nuit tiède, mais sans étoiles, les rues étaient désertes. Elle avait déposé un dernier baiser sur la joue du bébé.

— Sois un bon garçon, ma citrouille, avait-elle murmuré, en le déposant dans l'ombre, comme une prière.

Puis, tout en songeant, le cœur lourd, au jeu auquel elle se livrait enfant avec ses camarades, elle avait appuyé sur la sonnette et s'était enfuie en courant.

Brynn

Le téléphone se met à sonner au moment où je pousse la porte de la maison de grand-mère. Milo court vers moi pour m'accueillir, en reniflant mes poches, parce qu'il sait que j'ai toujours des friandises pour chiens. Les chats, Lucy et Leith, s'enroulent autour de mes jambes en miaulant pour me signifier qu'ils ont faim.

— Une minute, vous tous !

Comme le téléphone sonne toujours, j'appelle ma grand-mère.

— Grand-mère, le téléphone !

Je vais jusqu'au placard et je sors deux boîtes de pâtée pour chats. La voix de ma grand-mère résonne dans la pièce.

« Nous ne pouvons vous répondre pour le moment. Laissez-nous vos coordonnées et nous vous rappellerons. »

Après le bip, j'entends la voix d'Allison. De rage, je lâche les deux boîtes qui glissent sur le comptoir. Je me dirige vers l'escalier et commence à monter les marches, pour ne pas être obligée de l'écouter. Pourquoi ne peut-elle pas tout simplement me laisser tranquille ?

Sa voix me suit dans l'escalier et je me fige.

« Brynn, je t'en supplie, décroche, décroche, Brynn, je t'en supplie. »

Je secoue la tête et je continue à monter.

« Brynn, c'est au sujet de papa ! Je t'en prie. »

Je redescends lentement quelques marches.

« Papa est à l'hôpital. Maman craque complètement. Je ne sais pas quoi faire. J'ai besoin de te parler. Je t'en prie. »

A présent, elle sanglote et je me dirige vers le téléphone.

« Brynn, j'ai besoin de toi », termine-t-elle en gémissant.

« J'ai besoin de toi. » C'est aussi ce qu'elle m'a dit cette nuit-là. J'essaye de ne pas y penser. C'était la première fois que ma sœur réclamait mon aide, et je ne peux m'empêcher de faire le rapprochement avec ce qui se passe aujourd'hui. J'y pense souvent, dans mon lit, quand je ne peux pas dormir. Cette nuit-là, ma sœur a eu besoin de moi. D'habitude, c'était moi qui avais besoin d'elle, pour me protéger des enfants des voisins, de mes professeurs, de nos parents. De moi-même. Et quand je réclamais son aide, Allison levait les yeux au ciel, elle soupirait, elle secouait la tête. Pourtant, ce n'était pas difficile pour elle. Tout était facile, pour Allison. Mais plus nous grandissions, plus le fossé se creusait entre nous, et plus Allison me faisait sentir que j'étais petite, faible, sans défense.

Elle m'a envoyé lettre sur lettre, toujours pour me répéter la même chose. « Je suis désolée », écrit-elle, comme si ça suffisait à réparer. *Désolée de quoi ?* ai-je envie de lui demander. Désolée de m'avoir traitée comme une enquiquineuse ? Désolée de m'avoir demandé de t'assister pour accoucher ? Désolée de m'avoir fait porter le poids de tes secrets ? Je n'ouvre même plus ses lettres, je me contente de les fourrer dans le fond du tiroir de ma commode. *Ça fait mal, pas vrai ? C'est dur d'avoir besoin d'aide et d'être obligée de supplier pour en obtenir ?* Désolée. Désolée. Désolée. Je n'avais que ce mot à la bouche, autrefois. Mais c'est terminé.

Qui est désolée, maintenant ? ai-je envie de demander à Allison. *Qui est désolée ?*

Je tends le bras vers le téléphone.

Charm

Charm se promène sur la rive du Druid quand Gus rend son dernier souffle. C'est un jour tiède et ensoleillé, peut-être l'un des derniers de la saison, elle ressent le besoin d'en profiter. Avant de sortir, elle passe par la chambre de Gus — elle le fait chaque fois qu'elle doit s'absenter, au cas où. Elle se penche, lui embrasse la joue et murmure :

— A tout à l'heure.

C'est comme ça qu'ils se sont toujours dit au revoir. Depuis deux jours, Gus dort, il n'a pas ouvert les yeux ni la bouche. Elle aimerait tant qu'il lui murmure encore une fois : « Ma fille. » Jamais personne ne l'a appelée « ma fille », pas même sa mère. *Fille*. C'est un joli mot, qui lui plaît. Elle le répète tout bas. Il signifie qu'on appartient à quelqu'un qui vous aime.

Quand elle revient de sa promenade le long des rives du fleuve, Gus n'est plus. Sa poitrine est immobile, ses yeux fermés. Il est en paix.

Elle ne peut pas rester seule dans la maison de Gus, et Jane propose de passer la chercher et de l'héberger chez elle, une nuit, ou plus, si elle le souhaite. Un corbillard est déjà venu et reparti. Charm a été étonnée par cette longue voiture noire, qui avançait lentement vers la maison comme un scarabée et qu'elle a eu envie de chasser en lui lançant sa chaussure. Mais l'employé qui en est sorti s'est montré très gentil. Il avait une voix calme et Charm a pensé qu'il traiterait bien Gus. Il lui a expliqué que Gus avait tout prévu pour ses funérailles — il avait choisi le cercueil, la musique, tout. Il a aussi demandé à Charm si elle avait une idée de ce que Gus allait mettre pour l'enterrement. Comme si ç'avait de l'importance, là où il va…

Doris, la bénévole préférée de Gus, l'aide à choisir. Ensemble, elles passent en revue le contenu de son armoire dans laquelle elles trouvent surtout des pantalons à grandes poches et des chemises pur coton. De plus, tout est trop grand pour lui, à présent. Mais Doris finit par exhiber un complet sous plastique suspendu sur un cintre, tout au fond.

— Qu'est-ce que tu penses de ça ? demande-t-elle en le tendant à Charm.

— Je ne sais pas, répond Charm en le contemplant d'un air perplexe. Gus ne portait jamais de costume.

— Il a dû mettre celui-ci de côté pour une bonne raison, répond Doris en ôtant le plastique pour vérifier la taille. Et il devrait lui aller.

— Je suppose que oui, dit Charm en haussant les épaules.

Elle se sent brusquement très fatiguée. Ses yeux la brûlent et elle n'a qu'une envie : que cette journée se termine.

— Va te coucher, Charm, ordonne Doris. Repose-toi un peu.

— Non, ça va. Je vais aller m'asseoir dehors pour attendre Jane.

Doris promet de se charger d'apporter le costume à la maison funéraire et disparaît dans la cuisine.

Charm s'installe sur les marches du porche. Comme elle vient de s'occuper de la tenue de Gus, elle pense à la sienne. Elle n'a rien à se mettre, pas de jupe ni de robe, pas de pantalon habillé. Rien que des jeans et son uniforme d'infirmière. Du côté des chaussures, ce n'est pas mieux. Elle ne possède que les sabots qu'elle porte à l'hôpital et une paire de vieilles tennis, celles qu'elle contemple en ce moment. Elle ne peut pas se présenter à l'enterrement en jean et en sabots. Une nouvelle angoisse vient s'ajouter à la peur nauséeuse qui la vide de ses forces quand elle prend conscience d'avoir perdu le soutien de Gus. Cette fois, c'est un peu comme si on lui mettait sur la tête un sac en plastique pour l'empêcher de respirer. Elle se sent oppressée. Elle se relève et rentre en courant dans la maison, où elle trouve Doris en train de défaire le lit de Gus.

— Qu'est-ce qui t'arrive, Charm ? demande Doris d'un ton alarmé en voyant son visage couvert de larmes.

— Qu'est-ce que je vais faire ? gémit Charm, les paumes tournées vers le ciel, pour montrer à quel point ses mains sont vides. Je n'ai rien.

— Oh ! Charm…, murmure Doris, en lâchant les draps pour se précipiter vers elle et l'envelopper avec douceur dans ses grands bras.

Charm dépasse Doris de presque trente centimètres, et ses larmes gouttent sur ses cheveux permanentés.

— Je suis sûre que tu n'auras pas de difficultés. Gus t'aimait. Il a pris soin de toi.

Charm continue à pleurer, elle ne comprend rien à ce que dit Doris.

— Mais il est mort, gémit-elle.

— Charm…

Doris la lâche et recule d'un pas, pour lever les yeux vers elle.

— Gus t'a tout légué. Il me l'a dit. Sa maison et ses économies. Et tu es aussi la bénéficiaire de son assurance vie.

Elle enveloppe de nouveau Charm dans ses bras et Charm se sent mieux. L'espace d'un instant, elle arrive à se faire croire que c'est sa mère, qui la serre si fort.

On frappe à la porte. C'est Jane, sûrement, qui vient la chercher.

— Je vais ouvrir, dit Doris en essuyant ses yeux rougis. Toi, va te passer de l'eau fraîche sur le visage et rejoins-nous avec ton sac.

Charm entre dans la salle de bains contiguë à la chambre de Gus et ouvre l'eau froide. Elle fixe son reflet dans le miroir, au-dessus du lavabo. Elle n'arrive pas à croire ce que vient de lui dire Doris à propos des dernières volontés de Gus. Elle a le visage marbré et les yeux gonflés. Elle ouvre l'armoire de toilette, pour ne pas rejoindre tout de suite Doris et Jane. Jane la considère comme une fille courageuse, et elle ne veut pas la décevoir en lui montrant qu'elle a pleuré.

A l'intérieur de l'armoire, il y a des rasoirs et de la mousse à raser, du dentifrice, des Coton-Tige. Elle trouve aussi des médicaments, des pansements, un coupe-ongles. Là, c'est la bouteille d'eau de toilette qu'elle a offerte à Gus il y a deux ans, pour Noël. Elle la prend et dévisse le bouchon. L'odeur de Gus — pas l'odeur écœurante du Gus malade et mourant, l'autre, celle dont elle se souvient, celle de cette eau de toilette mêlée au parfum de son shampoing — la submerge. Elle sourit. C'est ce souvenir qu'elle veut conserver de lui. Elle referme le flacon et le garde. Puis elle sort, pour aller dans le salon, mais se ravise et fait demi-tour dans la salle de bains, où elle prend le shampoing dans la douche, une marque bon marché qui sent la pomme verte. Et enfin, en emportant ces deux précieux trophées, elle ressort pour aller à la rencontre de Jane, tout en se disant qu'elle ne reviendra peut-être jamais vivre dans cette maison.

Charm

Les funérailles de Gus sont à la fois tragiques et magnifiques. Charm se sent gauche dans sa robe neuve et ses talons hauts. Elle a tenu, pourtant, à faire honneur une dernière fois à Gus pour le remercier de tout ce qu'il a fait pour elle. Mais la robe ne tombe pas très bien, et elle se tord les chevilles avec ces chaussures. A l'abri de son banc, quand personne ne peut voir, elle les enlève et presse ses orteils contre le moelleux tapis rouge de l'église. Jane et Doris se sont installées près d'elle, dans les premiers rangs. Charm est surprise que tant de gens aient tenu à accompagner Gus jusqu'à sa dernière demeure. Ils sont des douzaines. Elle reconnaît des collègues de la caserne de pompiers qui essuient leurs larmes.

Puis elle aperçoit sa mère, seule, vers le fond de l'église. Elle voudrait ressentir de la colère — comment sa mère ose-t-elle se montrer ? —, mais elle n'y arrive pas vraiment. Par ailleurs, Reanne est très belle, un peu trop habillée pour la circonstance, avec une robe courte et moulante assortie de talons aiguilles. Charm remarque que Binks ne l'a pas accompagnée, et elle est agréablement surprise que sa mère soit venue présenter ses derniers respects à Gus sans être pendue au bras de sa nouvelle conquête. Cela fait longtemps qu'elle n'a pas vu sa mère sans un homme près d'elle, et elle lui semble plus petite et plus insignifiante, ainsi. A présent, elle voudrait que Reanne remonte l'allée et vienne s'asseoir près d'elle. Elle aurait besoin de son bras autour de ses épaules, de son réconfort.

Mais Reanne reste à sa place et Charm ne va pas la rejoindre. Le prêtre raconte des anecdotes drôles à propos de Gus, et les gens sourient à travers leurs larmes. Gus était un homme libre et heureux. Une force de la nature. *Avant qu'il ne rencontre ma mère*, pense Charm, *quand il était encore capable de sourire et de rire vraiment*. Au milieu du service funèbre, elle entend Reanne qui pleure tout bas, en soupirant. Elle se retourne et voit qu'elle a enfoui son visage dans un mouchoir. Même quand elle pleure, Reanne s'arrange pour avoir de l'allure.

Après la messe, Reanne attend que Charm passe devant elle et tente de la prendre dans ses bas, mais Charm n'a plus la nostalgie de l'affection d'une mère et elle s'écarte. Reanne arrive tout de même à placer une question à propos des dernières volontés de Gus : elle voudrait savoir s'il lui a laissé un petit quelque chose.

— Je n'en sais rien du tout, répond Charm en prenant le chemin de la sortie.

Il fait froid et le ciel est couvert. Charm espère qu'il ne va pas se mettre à pleuvoir pendant l'enterrement.

Reanne lui a emboîté le pas et s'arrête près d'elle, sur les marches de l'église.

— A propos de ton frère, indique-t-elle.

— Il est là ? coupe Charm en tendant le cou pour essayer de repérer Christopher dans la foule.

L'idée que Christopher pourrait se trouver à Linden Falls, dans la même ville que Joshua, lui noue le ventre.

— Non, mais il a appelé, répond Reanne en s'agitant pour regarder autour d'elle.

Jane et Doris se tiennent à distance respectueuse, pour les laisser parler. Charm espère qu'elles vont s'approcher pour la tirer de ce mauvais pas.

— Il a encore mentionné un événement à ton sujet, qui se serait produit quand tu étais au lycée, ajoute Reanne. Il était vraiment bizarre.

— Il était probablement défoncé.

Reanne se raidit.

— Il n'avait pas l'air défoncé, rétorque-t-elle, sur la défensive.

Puis elle s'empresse de changer de sujet.

— Est-ce que Gus t'a dit ce qu'il avait prévu pour la maison ?

— Je t'ai déjà répondu que je n'étais au courant de rien, s'emporte Charm.

Elle a mal à la tête à force d'avoir pleuré. Tout ce qu'elle veut, c'est se débarrasser de sa mère.

— Si Gus t'a gardée auprès de lui, c'est parce qu'il espérait me récupérer, lui glisse Reanne à l'oreille avec un petit sourire. Il a cru que s'il était gentil avec toi, ça me ferait revenir.

Charm a appris depuis longtemps que le meilleur moyen de mettre sa mère en colère, c'est de répondre posément à ses piques.

— Il tenait suffisamment à moi pour me léguer sa maison et ses économies. Et à toi, tu veux savoir ce qu'il a laissé ?

Elle marque un temps de pause pour ménager son effet.

— Rien. Il ne t'a rien laissé.

La lèvre de Reanne se met à trembler.

— Je suis tout de même ta mère. Tu n'as pas le droit de me parler comme ça.

Les gens sortent à présent en masse de l'église, derrière Charm. Ils lui donnent l'accolade au passage et lui disent combien Gus était fier d'elle, qu'il ne cessait de répéter qu'elle était intelligente, qu'elle irait loin, qu'elle ferait une merveilleuse infirmière. Charm se met à pleurer. Reanne vient se placer près d'elle et la prend par les épaules en l'attirant à elle.

— Chut, Charm, ça va aller…, murmure-t-elle.

En levant les yeux vers elle, Charm constate à travers ses larmes que sa mère, tout en la réconfortant, s'occupe surtout de vérifier que les gens ont bien remarqué sa sollicitude envers sa fille.

Elle s'écarte d'elle et s'adresse à Jane.

— Est-ce que je peux monter en voiture avec toi pour aller au cimetière ?

Après la cérémonie au cimetière, Reanne approche de nouveau Charm, cette fois accompagnée de Binks.

— Bonjour, charmante princesse, ironise Binks, comme chaque fois qu'il la voit. Je suis sincèrement désolé, pour… Pour ton Gus.

— Merci, répond Charm.

Elle a hâte que ces deux-là s'en aillent.

— C'est tout de même curieux, ce nom, Charm, s'étonne Binks. D'où ça sort ?

— Pose la question à ma mère, c'est elle qui l'a choisi, rétorque Charm en s'efforçant de conserver un ton poli.

— J'ai choisi ce nom parce que tu étais mon porte-bonheur, un charme, explique Reanne en sortant une cigarette et son briquet.

— Pas ici, maman, proteste Charm. Nous sommes à un enterrement, pour l'amour du ciel !

Reanne ignore la remarque et crache un long jet de fumée du coin de la bouche.

— Après ta naissance, je savais que tout irait bien pour nous. Que je me marierais, que j'aurais une maison. Ç'a marché pendant un temps.

Elle hausse les épaules.

Charm fixe sa mère d'un air incrédule et se demande comment elles peuvent être aussi différentes. Quand elle était petite, sa mère riait facilement et rien ne semblait la perturber. Elle ne s'inquiétait jamais d'argent, ou de la façon dont elle allait payer les factures, ou s'il y avait suffisamment à manger à la maison. Il fallait l'observer à la dérobée pour surprendre la dureté de son visage. Elle était une mère enjouée, mais pas une bonne mère.

Et, là, elle rit comme si elle avait un cachet d'aspirine sur la langue.

— Et ensuite la chance a tourné, ç'a été la merde…

— Dis donc, tu parles de moi, là ? proteste Binks d'un air vexé.

— Mais non, chéri, assure Reanne. Ce que je veux dire, c'est que je n'ai plus une maison à moi. Et j'aimerais bien, tu peux me croire.

— Tu aurais pu rester avec mon père, il possédait une maison, rétorque Charm. Juan aussi. Et Les, le drôle de type, il avait aussi une maison. Et Gus aussi.

Elle n'a pas pu s'en empêcher. Tout le monde est parti, sauf Jane, qui l'attend dans sa voiture.

— Charm, tu sais bien que je ne pouvais pas rester avec ton père, explique Reanne d'une voix plaintive. Il me trompait et il battait ton frère.

Charm lève les yeux au ciel, d'exaspération. Sa mère n'a jamais rien compris à rien.

— Tu es sortie avec un type qui s'appelait Juan ? demande Binks d'un ton incrédule.

— Il était très gentil, lance sèchement Charm.

— Nous avons été séparés par un gouffre culturel, explique Reanne, en agitant une main qui efface ses six mois de vie commune avec Juan.

— Ce qui vous a séparés, c'est que tu couchais avec un autre, lâche Charm.

Puis elle leur tourne le dos et s'éloigne d'eux.

— Hé, fais attention à ce que tu dis ! lui crie Reanne, en lui emboîtant le pas.

— Allez, allez, murmure Binks, qui voudrait bien les calmer toutes les deux. Ç'a été une dure journée pour tout le monde.

Il tend la main vers Reanne, laquelle paraît aussitôt apaisée.

— Maman, je ne veux pas me disputer avec toi, dit Charm en se frottant les yeux.

— Moi non plus, je ne veux pas me disputer, répond Reanne, le front plissé d'inquiétude. Tu as l'air épuisée. Tu dors chez Gus, ce soir ?

— Non, pour ce soir, je suis chez Jane et, ensuite, je ne sais pas, ça dépendra comment je me sens. On se voit plus tard, maman, d'accord ?

Reanne se penche vers elle pour la serrer brièvement dans ses bras, et Binks la gratifie de son habituelle tape dans le dos. Charm se dirige déjà vers la voiture de Jane, quand Reanne l'interpelle de nouveau :

— Au fait, Charm, j'ai eu un coup de fil, l'autre jour, d'une fille qui disait avoir été au lycée avec toi et qui te cherchait.

Charm se tourne vers elle et lui lance un regard exaspéré.

— On ne pourrait pas en parler une autre fois, maman ? J'ai hâte de partir d'ici.

— Elle m'a dit s'appeler Allison Glenn. Elle vient de rentrer à Linden Falls et elle aimerait bien te contacter. Ce nom me rappelle quelque chose, mais je n'arrive pas à savoir quoi. C'était une de tes amies ?

Charm voudrait s'éloigner de sa mère et de Binks, de ce cimetière avec ses rangées et ses rangées de pierres tombales, du monticule de terre qui recouvre Gus, mais son corps la trahit. Elle ne peut pas faire un pas de plus. Elle se fige, sur ses ridicules talons hauts et fixe sa mère, bouche bée.

— Ça va ? demande Reanne d'un ton méfiant. Tu as un drôle d'air. Tu te souviens de cette fille ?

Un déclic se fait dans la tête de Charm. Elle ne s'est pas trompée l'autre jour en croyant reconnaître Allison

Glenn derrière la vitrine de Bookends. La fille qui a tué son premier bébé et abandonné le second est sortie de prison. Elle est de retour à Linden Falls et elle a retrouvé Joshua.

Brynn

Tout en préparant mon sac pour le voyage — je vais voir mon père, voir Allison —, je me demande si j'ai raison de me déplacer. J'ai réussi à parler à ma mère et elle m'a paru paniquée, pas du tout elle-même, complètement perdue, ne sachant que faire. Elle n'a réagi que lorsque j'ai proposé que grand-mère m'accompagne à Linden Falls.

— Cette femme n'est pas la bienvenue ici, a-t-elle dit froidement.

— Maman, c'est son fils…

Je voulais argumenter, puis j'ai abandonné la partie. Ma grand-mère a commis une fois l'erreur de mettre en doute l'amour que ma mère portait à mon père et, depuis, elle est bannie de la maison de mes parents.

Je hais l'idée de retourner chez eux. J'essaye de trouver des excuses pour rester ici. Je vais manquer au moins deux jours de classe, et il faut que je m'occupe de mes animaux.

— Vas-y, me dit grand-mère. Tu seras sur place pour te renseigner sur l'état de ton père, et si tu juges ma présence utile, préviens-moi : je viendrai, que ça plaise ou non à ta mère. Et ne t'en fais pas pour ton cabot miteux et pour tes deux chats infestés de puces, je prendrai soin d'eux ! Pour le cochon d'Inde et l'oiseau, je leur donnerai à manger et à boire, mais ne m'en demande pas plus. Je ne supporte pas l'idée de les toucher.

Avant de partir, je la serre dans mes bras. Finalement, quitter quelques jours New Amery n'est peut-être pas une si mauvaise idée. Missy me snobe. On murmure sur mon passage, et les gens me regardent des pieds à la tête. Ici aussi, maintenant, je suis la sœur de la tueuse d'enfant. Je ne dors plus, et toutes les nuits je me retrouve devant le réfrigérateur, à lever le nez vers le placard, en me demandant si je dois ou non boire une gorgée d'alcool avant d'aller me coucher.

— Et si j'emmenais Milo avec moi ? dis-je. Il n'a pas l'habitude que je le laisse si longtemps.

— Bah, ne t'en fais pas, on va s'en sortir sans toi. Tes animaux me tiendront compagnie. Tu vas nous manquer, mais c'est une bonne chose que tu voies enfin ta sœur. Vous allez régler vos comptes et repartir sur de bonnes bases.

— Tu vas me manquer aussi, grand-mère. Je serai de retour dimanche, je te le promets.

Je dépose un baiser sur sa joue.

— N'oublie pas tes médicaments, me rappelle-t-elle.

Avant de sortir, je serre une dernière fois Milo dans mes bras.

Plus j'approche de Linden Falls, et plus mon cœur bat. Le fleuve Druid coule parallèlement à l'autoroute. Du coin de l'œil, je vois le cadavre du bébé emporté par le courant, qui semble me suivre, comme s'il voulait me rattraper. J'appuie sur l'accélérateur pour me débarrasser de cette hallucination. Car je sais bien que c'en est une. Un pêcheur a trouvé le petit corps et mes parents s'en sont occupés, à ce qu'il paraît, même si j'ignore ce que ça signifie exactement. Il n'y a pas eu de service funèbre, pas d'enterrement. J'ai parfois envie de leur poser la question, mais nous n'abordons jamais ce sujet, pas plus que nous ne parlons d'Allison ou de quoi que ce soit qui touche au sujet. Où qu'il soit, j'espère au moins que ce bébé est au chaud et au sec.

J'entends le hurlement d'une sirène et je repère dans mon rétroviseur une voiture de police, gyrophares allumés. Je jette un coup d'œil au compteur. Cent vingt kilomètres-heure alors que la vitesse est limitée à quatre-vingt-dix. Super. Je ralentis et je m'arrête sur le bas-côté. Le policier ne va pas se montrer indulgent, je le sens. Il prend mon permis et se dirige à pas lents vers l'arrière de la voiture. Je prie pour qu'il ne la fouille pas. J'ai dans mon sac un vieux flacon de cachets contenant de l'hydrocodone que ma grand-mère prenait quand on l'a opérée du genou et que je lui ai piqué, plus une bouteille à moitié vide de schnaps à la pêche cachée sous mon siège. J'attends nerveusement qu'il revienne vers moi. Il se penche vers la vitre.

— Brynn Glenn, dit-il.

— Oui ?

— J'étais l'un des premiers arrivés quand on a trouvé ce bébé sur les rives du fleuve, il y a quelques années de ça.

Je baisse les yeux vers mes mains et je me tais.

— J'ai enterré ma femme, j'ai vu des hommes et des enfants mourir à la guerre, j'ai même tué un homme, mais je n'ai jamais rien vu d'aussi triste et désolant que le corps de ce pauvre bébé battu contre la rive.

Sa voix n'exprime aucune colère, aucun jugement et, pendant un instant, je pense que nous avons peut-être quelque chose en commun.

J'ai envie de lui dire que je sais ce qu'il ressent parce que je le ressens aussi. *Le soir, quand vous fermez les yeux, vous l'entendez crier dans vos rêves. Parfois, quand vous êtes éveillé, les gens vous regardent bizarrement, parce que vous vous mettez à pleurer en songeant à cette petite fille qui n'a même pas eu le temps d'avoir un nom. Souvent, vous vous demandez ce qu'aurait pu être votre vie si vous ne vous étiez pas trouvé à Linden Falls cette nuit-là. C'est ça, n'est-ce pas ?*

Il se penche et approche son visage si près du mien que je peux voir que ses yeux ont la même couleur bleu glacé que les huskys.

— J'ai entendu dire que votre sœur est sortie de prison. C'est vraiment une pauvre malade. Je ne comprends pas qu'elle ne se soit pas suicidée, après ce qu'elle a fait. Comment fait-elle pour se supporter ?

Il me tend mon permis et une amende de deux cents dollars pour excès de vitesse, puis il s'éloigne sans un regard en arrière.

Je hais cette ville. Si ce n'était pas pour mon père, je n'aurais jamais eu l'idée d'y retourner, ensuite, ce sera terminé. Je tirerai un trait sur eux.

Allison

Brynn et moi nous décidons de nous retrouver dans un restaurant à mi-chemin entre la maison et Gertrude House. J'arrive avec vingt minutes d'avance. En attendant, je commande une tasse de café et j'essaie de lire un livre que Claire m'a prêté. Mais les mots paraissent figés sur la page et je n'arrive pas à leur donner un sens. Je ne pense qu'à une chose : va-t-elle venir ou pas ? Je ne l'entends pas approcher. Sa voix, que je ne confondrais avec aucune autre, me fait sursauter.

— Allison ?

Je lève les yeux vers elle. Elle n'a pas changé. Elle est petite, avec des cheveux bruns et indisciplinés. Elle est habillée très simplement, tout en noir. Un trait sombre souligne ses yeux, qui contraste avec sa peau blanche. Elle se mordille la lèvre et me fixe d'un air indécis.

— Brynn, je murmure en me levant et en tendant les bras pour la prendre contre moi.

Elle est si maigre que je sens ses os, fins et légers, comme ceux d'un oiseau.

— C'est si bon de te voir, merci d'être venue…, dis-je d'un ton emprunté.

Puis je me souviens que c'est Brynn. Brynn. Ma petite sœur.

Elle ne répond pas, s'écarte de moi et s'installe en face de moi. Je me rassieds. Soudain, je ne trouve plus les mots. Heureusement, une serveuse vient prendre la commande.

— Un thé, s'il vous plaît, réclame Brynn. Si possible sans théine, précise-t-elle.

A moi, elle explique :

— La théine m'empêche de dormir.

— Tu ne veux pas manger quelque chose ? C'est moi qui t'invite.

— Non merci, je n'ai pas faim, répond-elle tandis que son regard ricoche d'un bout à l'autre du restaurant, se posant partout, sauf sur le mien.

— Je me sens nerveuse, dis-je en ponctuant mon aveu d'un petit rire gêné. Maintenant que tu es là, je ne sais pas par où commencer. J'ai tant de choses à te dire… Mais je ne sais pas comment m'y prendre.

— C'est une première, indique Brynn en prenant une serviette en papier. Toi, ne sachant pas comment t'y prendre ?

Elle l'a dit sans colère ni méchanceté, mais ça me fait mal tout de même.

— Tu as vu papa ?

Elle acquiesce.

— Il avait vraiment une sale mine, mais le médecin a dit qu'il devrait s'en sortir.

Nous demeurons silencieuses quelques instants. Brynn a l'air de quelqu'un qui n'a qu'une envie : partir.

— Je suis désolée, dis-je brusquement. Vraiment désolée.

— Tu ne cesses de me répéter ça, fait remarquer Brynn d'un ton égal, tout en commençant à déchirer sa serviette en petites lanières.

— Je te l'ai écrit, je te l'ai dit au téléphone, mais jamais en face.

Brynn continue à déchirer sa serviette, jusqu'à ce qu'il n'en reste plus que des confettis.

— Brynn, je t'en prie, regarde-moi.

Je me penche par-dessus la table, pour me rapprocher d'elle le plus possible. Elle lève le menton, et ses yeux se trouvent à hauteur des miens. Son regard est dur et dénué d'émotion.

— Brynn, je suis désolée de t'avoir mise dans cette situation. Je savais que je n'aurais pas dû. J'ai commis une erreur stupide et je t'ai obligée à en porter le poids. Ça ne sert pas à grand-chose de dire ça des années après, mais tu m'as aidée, vraiment. Jamais je n'aurais été capable de…

Je me tais. Le visage de Brynn a pris la fixité d'un masque. Elle n'est pas prête à aborder les détails de cette nuit-là.

— Peu importe… Je suis désolée… Et aussi ravie que tu sois là aujourd'hui. Parle-moi de ta formation. Ça m'intéresse beaucoup de savoir ce que tu fais.

— Je devrais rentrer à la maison, répond Brynn, en consultant sa montre. Maman va s'inquiéter.

— Tu dors à la maison ?

Je n'arrive pas à lui dissimuler ma jalousie. Ma voix me trahit.

— Maman est d'accord pour que tu dormes à la maison ?

— Est-ce qu'elle a le choix ? rétorque Brynn dans un ricanement et en se levant de son siège. Je n'ai pas d'autre endroit où aller. Je reste jusqu'à demain, et ensuite je rentre chez grand-mère.

— Déjà ? Mais tu viens juste d'arriver.

— Je suis fatiguée, soupire-t-elle. Il faut que j'aille me coucher.

Elle a des cernes noirs sous les yeux et ne cesse de dissimuler des bâillements derrière sa main.

Je lâche quelques billets sur le comptoir et nous sortons toutes les deux dans la nuit froide.

— Est-ce que tu vas me parler de lui, à la fin ? demande brusquement Brynn. C'est pour ça que tu voulais que je vienne à Linden Falls ? Parce que tu as retrouvé le petit garçon ?

— Tu es injuste ! Je t'ai demandé de venir pour papa. Je me fais beaucoup de souci pour lui.

— Arrête ton cinéma, Allison, coupe-t-elle d'un ton mauvais. Tu es jalouse parce que je suis chez papa et maman, et que toi, tu dors dans un foyer de réinsertion. Tu es jalouse parce que c'est moi qui m'en sors dans la vie, et que c'est de moi que papa et maman sont fiers, à présent.

— Fiers de toi ? Maman et papa t'ont évacuée de leur vie. Tout comme moi. Tu n'es pas encore entrée dans la maison, à ce que je vois.

Le visage de Brynn se referme. Je me rends compte que je devrais me taire, mais c'est plus fort que moi.

— Ils ont enlevé toutes les photos de toi. Pas seulement les miennes, Brynn. Les tiennes aussi.

— Je m'en fiche, répond-elle d'un ton morne qui montre que je l'ai blessée.

— Je regrette, Brynn.

Je l'attrape par la manche pour l'empêcher de partir, et elle se dégage d'un coup sec, mais j'ai eu le temps de voir les égratignures qui recouvrent son avant-bras.

— Tu regrettes ? s'écrie-t-elle d'un ton incrédule. Est-ce que tu sais ce que je vois chaque fois que je ferme les yeux, le soir, dans mon lit ?

— Oui, Brynn, je le sais, dis-je d'un ton misérable. Je la vois, moi aussi.

— Non, gronde Brynn d'une voix basse et effrayante. Ça m'étonnerait. Et à présent tu voudrais que je rencontre le petit garçon ? Son frère ? Tu veux que je revive tout ça ?

Elle secoue sauvagement la tête.

— Je voulais... Je croyais..., dis-je avec hésitation. Je voulais que tu saches, pour Joshua. Et j'avais envie que tu le voies.

— Et qu'est-ce que tu comptes faire à son sujet ? me demande-t-elle sèchement, tandis que nous marchons dans la rue en direction de sa voiture.

— Je pensais que tu m'aiderais à prendre une décision, justement, dis-je avec prudence.

— Réfléchis, Allison, répond-elle en cessant d'avancer. Il n'y a qu'une seule chose à faire.

Je hausse un sourcil, surprise de la force de ses mots comme de son assurance. Brynn a changé. Elle n'est plus la petite fille timorée que j'ai laissée derrière moi il y a cinq ans.

— Je suis contente que tu saches ce qu'il faut faire, Brynn. Parce que moi, je suis perdue.

— Est-ce qu'il est heureux ?

— Je pense que oui. Pour l'essentiel.

— Est-ce que ses parents sont gentils avec lui ? Est-ce qu'il est bien traité ?

— Oui, ils m'ont l'air d'être de très bons parents.

— Dans ce cas, pourquoi te poser tant de questions, Allison ?

Elle sort les clés de sa voiture de la poche de sa veste.

— Il est heureux, choyé, il a de bons parents. Pourquoi voudrais-tu mettre la pagaille dans sa vie ?

— Je ne veux pas mettre la pagaille. Ce que je me demande, c'est si je dois quitter cet emploi ou quoi…

— Ou quoi ? Ou t'incruster dans sa vie ? Et que sortirait-il de bon de tout ça ?

Elle se plante face à moi, les mains sur les hanches.

— Je te trouve tout de même très égoïste.

— Egoïste ?

Je secoue la tête avec incrédulité.

— J'ai bien des défauts, Brynn, mais comment oses-tu me traiter d'égoïste ? Est-ce que je n'ai pas fait tout ce que j'ai pu pour que ça se passe bien pour toi ?

Je commence à élever la voix, et les gens nous jettent des regards intrigués en passant. Je baisse le ton.

— Ça me fait du bien, de penser qu'il est dans cette famille. Tu n'as vraiment pas envie de le voir ? Tu n'as même pas un brin de curiosité ?

Brynn n'a pas l'air enthousiaste, c'est le moins qu'on puisse dire.

— Juste un coup d'œil, Brynn. Passe demain au magasin, le matin ou l'après-midi, peu importe. Il sera là. Toi aussi, ça te fera du bien de le voir heureux, je t'assure.

Elle me dévisage un long moment.

— Je passerai, dit-elle enfin. Mais c'est tout. Je ne veux pas me retrouver coincée de nouveau.

— Merci…

Ma voix n'est plus qu'un murmure.

J'ai envie de la serrer dans mes bras, mais je sens que ce n'est pas le moment.

— A demain, dis-je. Et merci.

— Oui, on verra. On verra si c'était une si bonne idée que ça.

Elle se détourne et s'éloigne.

Depuis quand est-elle devenue si froide, si indifférente ? C'est ça que lui a fait la vie ? C'est ça que je lui ai fait ?

— Tu te souviens de Souricette ?

Elle s'arrête net, le dos toujours tourné.

Elle demeure immobile quelques secondes, puis elle pivote pour me regarder.

— Oui, Allison, dit-elle. Oui. Je me souviens de Souricette.

Brynn

Bien sûr que je me souviens. Avec le recul, je trouve ça stupide, mais Souricette a été pour moi un animal de compagnie, quand je vivais chez mes parents. Notre père voyageait beaucoup pour son travail, et il rapportait régulièrement des échantillons de shampoing ou de lotion pris dans les hôtels, avec des savons miniatures. Je devais avoir quatre ans le jour où mon père est arrivé avec un savon que j'ai surnommé Souricette. Je le conservais dans ma poche et je faisais semblant de le nourrir avec des bouts de fromage. Je l'emmenais partout. Je dormais avec lui la nuit, et je le posais près de moi quand je jouais dans la journée. Au dîner, ma mère levait les yeux au ciel et me demandait d'ôter ce savon de la table, tandis que mon père éclatait d'un rire sinistre en disant que Souricette aurait eu besoin d'une douche.

Allison, qui avait alors cinq ans, était la seule à prendre au sérieux mon attachement à Souricette. Elle m'a aidée à lui confectionner un lit dans une boîte à chaussures que nous avons décorée avec des images de souris et de fromages découpés. Quand papa faisait semblant de vouloir emporter Souricette pour s'en servir comme savon, elle se mettait devant la boîte et lui interdisait de s'en approcher.

Puis nous avons grandi et Allison est devenue l'enfant chérie, celle qui réussissait tout, celle qui n'avait plus le temps de s'occuper de sa simplette de sœur. Je suis étonnée qu'Allison se souvienne de Souricette, surprise qu'elle tienne tant à revenir dans ma vie. Elle a peut-être changé. Peut-être a-t-elle eu raison de me demander de venir. Peut-être que tout se passera bien.

Puis je songe à ce petit garçon que je vais rencontrer demain à la librairie, et à sa sœur, et, de nouveau, j'ai cette affreuse démangeaison sous la peau. Celle que je ne peux pas soulager en me grattant. J'entends pleurer la petite et je me mets à fredonner pour couvrir ses cris. Les gens me regardent d'un drôle d'air. Je m'engouffre dans ma voiture et je démarre.

Allison

J'ignore ce que j'attendais exactement de mon premier rendez-vous avec Brynn, mais je trouve qu'il s'est plutôt bien passé. Elle n'a pas pris la fuite, elle n'a pas pleuré, elle ne m'a pas agressée. Elle n'est plus la même qu'autrefois, il me semble. Je l'ai trouvée plus dure, pleine d'une colère rentrée. Je la comprends — elle a toutes les raisons d'être en colère —, mais autre chose m'a interpellée : la manière dont elle a réduit sa serviette en lambeaux, et les yeux avides qu'elle a posés ensuite sur la mienne. Elle ne cessait de regarder par-dessus son épaule et, de temps en temps, elle inclinait la tête de côté, comme si quelqu'un lui parlait à l'oreille. Je me demande si je ne devrais pas appeler grand-mère pour lui demander ce qu'elle en pense, puis je me dis que je dois exagérer. Je ne peux plus prétendre connaître Brynn. Cela fait cinq ans que je ne l'ai pas vue ; les gens évoluent. Moi, par exemple, j'ai évolué. Je verrai bien comment elle se comportera demain, à la librairie.

Je sais que je dois avancer prudemment avec Brynn, mais je pense que ça peut s'arranger entre nous. Un nouveau départ, c'est tout ce qu'il nous faut. Nous avons toute la vie pour redevenir des amies. Des sœurs.

Claire

Soulevées par une brusque rafale de vent, les feuilles mortes marbrées de jaune, de rouge et de brun virevoltent sous les lampadaires. Les rues brillent d'humidité. Des nuages gris et lourds annoncent la pluie. Claire doute qu'il y ait encore des clients ce soir. La librairie est normalement ouverte jusqu'à 21 heures, mais elle se demande si elle ne devrait pas fermer une heure plus tôt. Joshua joue aux Lego dans la section des enfants, avec la promesse de tout ramasser si quelqu'un entre. Claire observe Allison et Brynn, leurs têtes penchées l'une vers l'autre, qui parlent tout bas, tandis qu'Allison ôte des livres des étagères, pour nettoyer le bois avec une huile parfumée qui emplit le magasin d'un agréable parfum citronné.

— Vous pouvez partir plus tôt, Allison, si vous le désirez, propose Claire.

Mais Allison insiste pour terminer les étagères.

— Nous irons boire un café quand j'aurai fini. Nous aurons tout le temps de discuter, assure-t-elle avec un grand sourire réjoui.

Depuis que sa sœur est entrée, Allison est méconnaissable. Son anxiété, si visible ces derniers jours, semble s'être volatilisée. Claire est ravie pour elle, mais elle a tout de même la sensation que les choses ne sont pas si simples entre les deux sœurs. Allison se démène pour communiquer avec Brynn, laquelle paraît distante et absente, comme quelqu'un qui n'a pas la moindre envie de se trouver où il est.

Claire songe avec nostalgie à sa propre sœur. Elle ne lui a pas parlé depuis longtemps, et elle se promet de l'appeler ce soir, en rentrant, pour avoir de ses nouvelles. Elle se prend à imaginer ce que ce serait, pour Joshua, d'avoir un frère ou une sœur. Elle conserve des souvenirs heureux d'avoir grandi avec une sœur, d'avoir eu quelqu'un pour partager des secrets : elle mesure à quel point c'était bon d'avoir quelqu'un sur qui compter. Avec Jonathan, ils ont déjà pensé à adopter un deuxième enfant. Mais voir Allison transfigurée de joie par la présence de sa sœur lui rappelle que Joshua souffre parfois de la solitude. Elle se promet d'aborder de nouveau le sujet avec Jonathan.

Elle entend le carillon de l'entrée et, du coin de l'œil, elle voit une cliente qui entre en hésitant, comme si le fait de franchir le seuil représentait pour elle une décision capitale. Il lui faut quelques secondes avant de reconnaître Charm Tullia. Ses cheveux bruns sont humides de brouillard et rassemblés en une queue-de-cheval mal peignée. Elle a le visage pâle d'inquiétude. Elle porte une robe et des talons hauts. Elle resserre les pans de sa veste bleue autour d'elle, comme s'il faisait plus froid dans la librairie qu'à l'extérieur.

— Bonjour, Charm, dit Claire. Comment allez-vous ? J'ai appris, pour Gus. Mes plus sincères condoléances. Vous revenez de l'enterrement ?

Charm acquiesce et tend le cou pour regarder autour d'elle, comme si elle cherchait quelqu'un, tout en avançant lentement.

— Est-ce que vous employez une fille qui s'appelle Allison Glenn ? demande-t-elle d'une voix basse et rauque.

— Oui. Elle est dans le fond de la boutique.

Claire scrute le visage de Charm.

— Charm, vous vous sentez bien ? s'inquiète-t-elle. Vous n'avez pas l'air dans votre assiette…

— Je vais bien, répond Charm d'un ton désinvolte. Est-ce que je pourrais parler quelques minutes à Allison ? Je vous promets que ça ne sera pas long.

— Bien sûr, dit Claire, un peu interloquée. Je ne savais pas que vous connaissiez Allison. Vous étiez au lycée ensemble ?

Charm se mord les lèvres et hésite avant de répondre :

— Allison et moi… Nous avions un ami commun. J'ai appris qu'elle travaillait ici et j'ai eu envie de reprendre contact avec elle.

Derrière elle, Claire entend des pas et des rires. Puis plus rien.

— Allison, cette jeune fille est venue vous voir, dit-elle prudemment, en comprenant qu'il ne s'agit pas forcément d'une visite amicale.

Ses yeux vont des deux sœurs à Charm, et elle remarque que toutes les trois ont l'air abasourdies. Allison passe un bras protecteur autour de Brynn, qui paraît totalement déstabilisée.

— Allison ? dit Charm en s'humectant les lèvres. Est-ce qu'on peut se parler une minute ?

Allison jette des regards effarouchés autour d'elle, vers Charm, vers Brynn, vers la section des enfants où Joshua est toujours en train de jouer. Claire ne parvient pas à donner un nom à l'expression qui passe furtivement sur son visage. Panique ? Angoisse ? Les deux, peut-être. Brynn, elle, a simplement l'air de vouloir prendre ses jambes à son cou.

— Allison ? demande Claire. Ça va ?

— Oui, répond Allison, en opinant, avec son menton qui monte et qui descend un peu trop vite. Je suis juste surprise… Nous ne nous sommes pas vues depuis très longtemps.

Claire interroge Charm du regard et celle-ci confirme avec un bref sourire.

— D'accord, dit Claire sans conviction. Je vais aller rejoindre Joshua pour vous laisser parler. Brynn, vous voulez venir ?

Brynn murmure un vague « oui », et elles s'éloignent ensemble vers la section des enfants, où Joshua construit un bateau de pirates en Lego, auquel il rajoute des canons et un plancher.

Brynn et Claire s'installent par terre à côté de lui. Elles ne savent pas quoi se dire.

— Je crois qu'il ne pleut plus, allons dehors, nous serons plus tranquilles pour parler, propose Allison à Charm.

Brynn

Il ne sortira rien de bon de tout ça. Je n'arrive pas à croire que je suis là, à Linden Falls, dans cette librairie, avec ma sœur que je pensais ne jamais revoir. Que je ne *souhaitais* pas revoir.

Et puis il y a la mère de Joshua. Elle est à des lieues de se douter de ce qui se passe. De ce qui s'est glissé dans la vie de sa famille. Je me demande comment elle réagirait, ce qu'elle dirait, si je lançais d'une petite voix flûtée : « La personne qui a mis votre cher petit garçon au monde est là. Chez vous. Et aussi celle qui a noyé le bébé. Et aussi celle qui a déposé Joshua à la caserne de pompiers. Et aussi celle qui a été témoin de tout ça. »

Je voudrais avoir pitié d'elle, mais c'est difficile. Les parents qui refusent de voir la vérité ne m'inspirent aucune sympathie.

Allison avait bien caché sa grossesse. Son corps long et galbé le lui permettait. Elle avait pris du poids, mais ça ne se voyait pas, elle ne portait pas son enfant en avant, comme une boule de bowling, comme la plupart des femmes. Mes parents étaient sortis pour se rendre à une réception en rapport avec le travail de mon père, quand Allison m'a appelée. Bien entendu, j'ai accouru. Allison possédait une sorte d'autorité naturelle qui vous poussait à lui obéir, mais, cette fois, il y avait aussi quelque chose, dans la manière dont elle avait crié, qui m'avait alertée. J'ai eu l'impression qu'elle avait un problème.

Ce n'est que la deuxième fois qu'elle a hurlé mon nom que j'ai compris qu'il se passait vraiment quelque chose de grave. Elle avait une voix étranglée, la voix de quelqu'un qui souffre. Je suis sortie de la cuisine, j'ai grimpé en courant les marches de l'escalier, j'ai filé droit dans sa chambre. La porte était grande ouverte et Allison était à genoux, les bras écartés, accrochée au chambranle. Elle penchait la tête en avant, et ses cheveux retombaient comme un voile devant son visage. Elle portait un sweat lâche et trop grand, avec un pantalon de survêtement. J'ai remarqué que l'encolure de son sweat était trempée de sueur.

— Qu'est-ce qui se passe, Allison ? ai-je crié d'un ton affolé, en me précipitant pour me laisser tomber à genoux près d'elle. Seigneur… Tu t'es fait mal ? Qu'est-ce que tu as ? Tu es blessée ?

Mais elle n'a pas répondu. Elle n'a pas pu parce qu'elle a eu le souffle coupé par un spasme douloureux. Elle a ravalé un gémissement et crispé si fort les mains sur le chambranle que ses bras en ont tremblé. Au bout de quelques secondes, son menton s'est affaissé sur sa poitrine et elle a laissé échapper un gémissement.

— Dis-moi ce qui ne va pas, Allison, je t'en prie ! Dis-moi…

Je me suis levée d'un bond.

— Je vais appeler papa et maman, ai-je annoncé d'un ton décidé.

Et j'ai tenté de l'enjamber pour aller jusqu'au téléphone.

— Non ! a protesté vigoureusement Allison.

Elle a réussi à se lever pour me bloquer le passage. Sa douleur ne l'empêchait pas de faire preuve d'autorité.

— Non, a-t-elle répété.

Puis elle a ajouté, plus doucement, d'un ton presque suppliant :

— Il faut que tu m'aides, Brynn, je t'en supplie, aide-moi…

Puis elle est tombée dans mes bras et, là, j'ai senti. J'ai senti la rondeur ferme de son ventre. J'ai tressailli.

— Allison ? ai-je murmuré, posant précautionneusement ma main sur son ventre.

Je l'ai aidée à ôter son sweat-shirt, sous lequel elle portait un débardeur qui moulait un petit ventre bombé.

Comment ai-je pu ne rien voir avant ce soir-là ? Comment mes parents ont-ils pu ne rien voir ? Ce ne sont pas des demeurés. Mais ils sont égoïstes. Quand ils ont compris qu'Allison et moi n'étions pas celles qu'ils auraient voulues, ils nous ont rayées de la carte. J'ai su très tôt que je ne pourrais jamais répondre à leurs attentes. Tandis qu'Allison, elle, a tout fait pour les satisfaire. Tout. Jusqu'à ce qu'elle commette cette stupide erreur. A présent, elle non plus n'existe plus pour mes parents.

Et moi, je ne veux plus d'elle. Mais moi, j'ai le droit de la rejeter. Elle m'a entraînée dans le tourbillon infernal de ses mensonges et de ses secrets, et je m'y suis noyée. Et de nouveau, aujourd'hui, elle recommence avec ses histoires sordides. Et vous savez qui va souffrir de tout ça ? C'est Joshua. Ce petit garçon ne sera plus jamais le même, si Allison et Charm se mettent à parler. Sauf si je le protège — et je connais un moyen de le protéger.

— Je vais voir ce qui se passe, dis-je à Mme Kelby. Je reviens.

Je me lève et je traverse la librairie, dans l'intention de rejoindre Allison et Charm. Mais c'est trop tard. Le malheur est déjà en route.

Allison

J'entraîne Charm à l'extérieur. Elle est élégamment habillée, elle a dû venir directement après le service funèbre. Elle semble à la fois désespérée et furieuse.

— Qu'est-ce que ça signifie ? demande-t-elle d'un ton hystérique. Qu'est-ce que tu fiches dans cette librairie ? Je te croyais en prison et j'apprends que tu travailles ici. Tu es folle ou quoi ?

— Je ne savais pas que…

Je voudrais m'expliquer, mais elle ne me laisse pas finir.

— Joshua a trouvé de bons parents. Ces gens l'aiment. Ils prennent soin de lui. Il va bien. Pourquoi veux-tu tout gâcher ?

— Je ne veux rien gâcher du tout !

Je tente de me maîtriser pour baisser le ton.

— Je ne savais pas. J'ai décroché cet emploi, et c'est seulement ensuite que j'ai vu Joshua. J'ai compris tout de suite. Il ressemble tant à Christopher… Je ne savais rien. La dernière fois que je l'ai vu, cet enfant, c'est quand je l'ai laissé à Christopher.

— Eh bien, Christopher l'a laissé à Gus et à moi, répond Charm.

Elle fait des efforts pour ne pas pleurer, et ne cesse de jeter des regards inquiets à l'intérieur de la librairie.

— On a essayé de s'en occuper, mais Gus était malade, et moi, je n'avais que quinze ans, ajoute-t-elle d'une voix étouffée, cette fois en laissant couler librement ses larmes.

— Il est parti ? Christopher est parti en vous laissant le bébé ?

— Tu sortais avec mon frère, mais tu ne le connaissais pas bien, on dirait ! A la minute où tu as démarré, il a mis Joshua dans les bras de Gus et il a pris sa voiture.

Elle halète, et la fine buée qui sort de sa bouche se mêle aux larmes qui coulent sur son visage.

Je reste quelques secondes sans voix. Je croyais que Christopher m'aimait. C'était moi qui l'avais quitté. Je pensais sincèrement qu'il aurait accepté n'importe quoi venant de moi. Surtout s'il s'agissait d'une partie de moi. Et de lui.

Je murmure :

— Je n'ai pas l'intention d'intervenir dans la vie de Joshua. Je vois que Claire et Jonathan sont vraiment de bons parents. Je ne veux pas qu'il sache qui je suis. Mais j'avais besoin de comprendre ce qui s'était passé. Pourquoi Joshua était là.

— A présent, tu as compris. Christopher ne voulait pas de cet enfant.

Charm n'a pas l'air disposée à s'arrêter ; je jette un coup d'œil par-dessus mon épaule, j'ai peur que Claire ne sorte.

— Gus et moi, nous aurions voulu garder ce bébé. Mais c'était impossible. Quand nous avons compris que Christopher ne reviendrait pas et que toi non plus, je l'ai déposé devant la caserne des pompiers. Claire et Jonathan l'ont adopté. Ils ont toujours été de bons par…

Charm s'arrête net.

— Oh ! mon Dieu…, murmure-t-elle.

Je me retourne. Un homme et une femme viennent vers nous. La femme avance d'un pas décidé, l'homme suit.

— Oh ! mon Dieu…, répète Charm. Il faut que tu t'en ailles.

— Charm, il faut que je te parle ! crie la femme.

Elle agite son bras au-dessus de sa tête pour montrer quelque chose qu'elle tient dans sa main. Le bruit de ses talons semble rythmer sa phrase.

Charm ouvre des yeux ronds. Elle recule lentement et cogne contre le mur de briques de la librairie.

— Va-t'en, me murmure-t-elle.

Mais je reste pétrifiée, à regarder cette femme qui fonce sur nous.

Brynn

En m'approchant de la vitrine, j'aperçois Allison et Charm qui se disputent. Charm a l'air furieuse, mais je suis certaine qu'Allison est capable de lui tenir tête. Allison a beaucoup d'autorité.

— Brynn, il faut que tu m'aides, ne cessait-elle de me répéter, cette nuit-là, tout en pleurant et en me broyant le poignet. Je t'en prie… Tu dois m'aider.

— Est-ce que papa et maman sont au courant ? ai-je demandé, en la soutenant pour l'allonger sur son lit.

Elle a secoué la tête, puis elle s'est recroquevillée comme si elle voulait rentrer en elle-même. Je me suis dépêchée d'aller fermer la porte, pour enfermer le secret d'Allison avec nous.

— Laisse-moi réfléchir, laisse-moi réfléchir…, ai-je gémi en jetant autour de moi des regards paniqués.

Les draps de son lit étaient trempés et tachés de sang.

— Ecoute, Allison, ai-je dit enfin, il faut appeler quelqu'un. Laisse-moi appeler une ambulance.

J'ai tendu le bras vers le téléphone portable posé sur la table de nuit. C'est là que j'ai remarqué que l'écran de l'ordinateur affichait une page expliquant les étapes de l'accouchement. Je me souviens de m'être dit que ce n'était pas quelque chose qui s'apprenait dans les livres.

— Non ! a grondé Allison.

Son bras long et musclé a jailli devant moi, et elle a

saisi le téléphone avant que j'aie eu le temps de mettre la main dessus.

— N'appelle personne, je t'en supplie. Je peux y arriver. Mais j'ai besoin de ton aide, Brynn, je t'en supplie.

Une contraction l'a pliée en deux et elle a poussé un gémissement de douleur, mais sans lâcher le téléphone. Elle ne voulait pas que je réclame de l'aide.

Je me suis assise près d'elle et j'ai écarté de son front ses cheveux humides.

— Pourquoi ? ai-je demandé.

Je ne comprenais pas.

— J'ai fait une grosse connerie, m'a répondu Allison à bout de souffle, après la contraction. J'ai couché avec lui. J'ai couché avec lui et je me suis retrouvée enceinte, a-t-elle ajouté d'un ton ardent

— Mais enceinte de qui, Allison ? Qui est le père ?

— Christopher, a-t-elle gémi.

— Christopher qui ?

Elle n'a pas répondu.

— Ce n'est pas si grave que ça, ai-je repris. Ça arrive à des tas de filles. Tu peux faire adopter l'enfant.

Je m'efforçais de prendre une voix rassurante, apaisante, mais je ne croyais pas moi-même à ce que je disais.

— D'après toi, comment va réagir maman, quand elle saura ? a dit Allison d'un ton cynique.

— Elle sera furieuse, mais elle finira par se calmer. Elle t'aidera à trouver un bon foyer pour…

— Elle ne se calmera pas !

Le ton était si amer que j'en ai eu un mouvement de recul.

— Elle va vouloir réparer. Elever le bébé à sa manière ou m'obliger à l'élever. Je serai coincée dans cette ville de merde toute ma vie. Et j'aurai une vie de merde.

Sa voix était de plus en plus hystérique, et elle s'était

lentement redressée jusqu'à ce que son nez touche pratiquement le mien.

— Nous devons nous débarrasser de ce bébé !

— D'accord, d'accord, ai-je murmuré en essayant de l'obliger à se recoucher. Dis-moi ce que je dois faire.

Le travail était déjà bien avancé quand Allison s'était résignée à m'appeler. Aux premières contractions, elle s'était calfeutrée dans sa chambre pendant que papa et maman allaient et venaient, se préparant pour leur soirée. Maman avait même fait irruption chez elle sans frapper, juste avant qu'ils ne partent, pour lui dire qu'elle avait laissé de l'argent sur la table de la cuisine, de quoi commander une pizza, en lui rappelant de ne pas oublier de vérifier que les portes donnant sur l'extérieur étaient fermées à clé, parce qu'ils rentreraient tard, et en lui précisant que nous n'avions pas l'autorisation de profiter de leur absence pour inviter des amies.

Je n'avais pas rejoint Allison depuis quinze minutes qu'elle était en train de pousser. Je n'avais jamais vu ma sœur aussi épuisée et défaite. Ses cheveux trempés pendaient lamentablement autour de son visage blafard, et elle n'avait pas même la force d'ouvrir les yeux. Elle s'agrippait faiblement à mes mains. Ses jambes tremblaient.

— Alli, laisse-moi appeler un médecin…, ai-je supplié. J'ai peur.

Mais elle a répondu que non, qu'elle pouvait y arriver. Qu'elle avait besoin de moi. De personne d'autre.

C'était ce que j'avais eu envie d'entendre de sa bouche toute ma vie durant. Ma merveilleuse sœur, l'aînée de la famille, celle qui était belle, forte, indépendante, avait besoin de Brynn, celle qui avait toujours marché dans son ombre.

— Je t'en prie, Brynn, s'il te plaît…, ont gémi ses lèvres desséchées.

Il ne m'en fallait pas plus pour me décider. Je suis

aussitôt passée à l'action. J'ai rassemblé tout ce qui me semblait utile pour aider à mettre un enfant au monde : des serviettes propres et des draps, des lingettes humides et fraîches, de l'alcool, des ciseaux, des sacs-poubelle. Quand je suis revenue dans la chambre d'Allison, elle était assise, les mains crispées sur les genoux, le menton sur la poitrine.

— Il faut que je pousse maintenant ! a-t-elle crié. Que je pousse maintenant…

J'ai aussitôt lâché le ballot de linge que j'avais dans les bras et me suis précipitée vers elle.

— Laisse-moi t'enlever ton bas de survêtement, Alli, ai-je dit d'une voix douce.

— Non ! a-t-elle sangloté en posant sur moi un regard désespéré. Non… Je ne veux pas qu'il vienne, Brynn. Je ne veux pas.

Le son de sa voix était lugubre, une sorte de gémissement plaintif et intense, venu d'une région primaire, lointaine, profondément enfouie, à laquelle seules les parturientes ont accès. J'ai fait glisser le long de ses jambes humides de sueur son pantalon et ses sous-vêtements trempés et souillés, et j'ai mis le ventilateur du plafond en route. Je l'ai lavée comme j'ai pu et j'ai essuyé ses jambes avec un gant imbibé d'alcool. Les pales du ventilateur remuaient l'air de la chambre emplie de l'odeur cuivrée du sang. Allison avait maintenant la chair de poule, mais la fraîcheur lui avait redonné un peu de vigueur. Elle poussait, agrippée aux draps. Son regard paniqué a plongé dans le mien et j'ai saisi son visage à deux mains. Je l'ai prise en charge.

Je suis toujours devant la vitrine de la librairie et j'entends Claire qui arrive derrière moi. Toutes les deux, nous regardons approcher un homme et une femme qui semblent se diriger vers Allison et Charm. L'homme a la cinquantaine, il porte un bandana autour du front et une veste de cuir avec un aigle sur l'une des manches. La femme est habillée trop légèrement pour le temps qu'il fait, avec une minuscule robe noire et des chaussures à talons aiguilles. Elle tient quelque chose dans sa main.

En entendant les cris qui viennent du dehors, Joshua et le chien nous rejoignent.

— Qu'est-ce qui se passe ? demande Joshua d'un ton angoissé.

Je murmure, tandis que mon ventre se noue :

— Rien de bon.

Pauvre petit garçon… Qui va le sauver de son passé ?

Charm

Reanne vient se planter devant Charm. Des gouttes de pluie perlent à ses cils épaissis par le mascara et deux rigoles noires coulent sur ses joues. En dépit de sa peur, Charm a envie de pouffer. Reanne a une tête de zombie.

— Peux-tu m'expliquer ce que ça signifie ? demande-t-elle sèchement.

Elle met sous le nez de Charm la photo qu'elle agitait à bout de bras. Et brusquement Charm n'a plus la moindre envie de rire.

Elle en a même le souffle coupé.

— Où as-tu trouvé ça ? demande-t-elle.

— Tu as eu un bébé ? gronde Reanne d'une voix basse et menaçante. Tu as eu un putain de bébé et tu ne m'en as rien dit ?

— Je t'en prie…, gémit Charm. Pas ça, maman.

— Pas ça ? rétorque fiévreusement Reanne. Tu voudrais que je fasse comme si je n'étais pas au courant ? Qui est ce bébé ? Où est-il ? C'était ton bébé, oui ou non ?

Charm a l'impression que le monde s'écroule. Elle voulait que Joshua soit à l'abri, qu'il soit bien. Elle voulait qu'il ait une enfance normale, avec des parents normaux. Elle repousse la photo, elle ne veut pas la regarder.

— Tu es allée à la maison, murmure-t-elle d'un ton

incrédule. Tu es allée chez Gus et tu as fouillé dans mes affaires…

— Qui est ce bébé ? répète Reanne.

— Je vous en prie, interrompt Allison en tentant de se placer entre Charm et sa mère. Taisez-vous.

Elle montre du regard la vitrine de la librairie derrière laquelle se tiennent Claire, Brynn et Joshua, qui les observent.

— Ne vous mêlez pas de ça, vous, répond Reanne en agitant son index vers Allison.

Elle la balaye du regard, de la tête aux pieds.

— Mais je vous connais, vous, espèce de malade…, dit-elle enfin.

— Rea, dit Binks d'un ton suppliant.

— La ferme, toi ! lance Reanne, avant de reporter son attention sur Charm. J'ai eu Christopher au téléphone, tout à l'heure. C'est lui qui m'a dit de te demander ce qu'était devenu le bébé.

Elle met ses mains sur ses hanches et fusille sa fille du regard.

— Où as-tu trouvé cette photo ? insiste Charm, tout en fixant la photo que sa mère tient à la main.

— Je suis ta mère, rétorque Reanne, comme si ça répondait à la question de Charm. Est-ce que tu as eu un bébé, Charm, oui ou non ? Est-ce que tu as mis un bébé au monde sans même m'en parler ?

— Quand as-tu forcé la porte de la maison ? demande Charm. Pendant la cérémonie à la maison funéraire ?

— Je n'ai pas forcé la porte ! proteste Reanne avec indignation. J'avais une clé. Tu ne répondais pas au téléphone, alors je suis allée sur place. Je me faisais du souci pour toi, figure-toi, c'est pour ça que je suis entrée. Puis j'ai appelé Jane et elle m'a dit que tu étais ici. Ecoute, Charm, il se passe des choses bizarres et j'aimerais bien savoir…

La voix de Reanne meurt lentement, et Charm se

tourne pour suivre son regard fixé sur la vitrine et sur Joshua qui se trouve à l'intérieur. Elle voit que sa mère étudie intensément chaque centimètre de son petit visage allongé. Si elle n'intervient pas rapidement, Reanne va avoir un déclic. Elle va voir que Joshua ressemble à Christopher, et la vie de Joshua sera fichue. Il pourra dire adieu à la famille aimante qui l'a recueilli. Reanne trouvera un moyen de se mêler de sa vie, légalement ou pas, et elle lui gâchera l'existence, tout comme elle a gâché celle de ses deux enfants.

— Il faut que tu partes, maman, dit-elle à travers ses larmes. Je ne peux pas t'expliquer maintenant.

— Je ne partirai pas sans avoir eu des réponses ! s'exclame Reanne d'une voix colérique.

— Mais tu n'as fait que ça, dans ta vie, partir ! répond Charm avec amertume. Tu utilises les gens, tu les presses comme des citrons et, ensuite, tu les abandonnes. Tu n'as pas le droit de venir ici me demander des comptes. Ce droit, tu l'as perdu il y a longtemps, quand tu ne cessais de ramener un homme nouveau à la maison, et un autre, et encore un autre.

La main de Reanne vole vers la joue de Charm qu'elle heurte avec un bruit sec.

Claire

— Pourquoi ils sont en colère ? demande Joshua en tirant sur le bras de sa mère.

Debout derrière la vitrine, Claire voit passer une onde de terreur sur le visage de Charm, puis la main de la femme qui prend son élan pour la gifler. Joshua pousse un cri quand la claque s'abat sur la joue de Charm. Claire se précipite vers la porte et il l'appelle :

— Maman ?

Sa voix tremble.

— Où tu vas ?

— Je reviens tout de suite, répond Claire. Reste là avec Brynn.

Elle sort sur le trottoir et son regard passe de Charm aux deux étrangers, puis s'arrête sur Allison, qui paraît aussi interloquée qu'elle.

— Charm, est-ce que ça va ? demande-t-elle en scrutant le visage de Charm, où une marque rouge est en train d'apparaître, qui contraste singulièrement avec la blancheur de sa peau.

— Elle va très bien, rétorque sèchement la femme.

— Seigneur, Reanne…, lâche l'homme d'une voix douce. Ce n'était pas la peine de venir jusqu'ici pour gifler ta fille.

— Maman…, gémit Charm, qui semble encore sous le choc et se met à pleurer de plus belle, en caressant précautionneusement sa joue.

Maman... Cette femme est donc la mère de Charm. Pas étonnant que la pauvre petite dépense une fortune en manuels d'aide. Charm et sa mère ont les mêmes yeux noirs, les mêmes lèvres pleines. Claire songe que cette femme a dû être belle, autrefois. Elle l'examine, note la tenue un peu trop moulante, les petites rides autour de sa bouche. Puis ses yeux s'arrêtent sur la photo que Reanne tient dans la main. Il s'en dégage quelque chose de familier. Mais quoi ?

Elle saisit le poignet de Reanne.

— Hé ! proteste Reanne en tentant de dégager son bras.

Claire lui arrache la photo, qu'elle regarde attentivement. Il y a Charm, qui paraît épuisée, plus jeune de quelques années, tenant dans ses bras un bébé. Le bébé porte un bonnet bleu qui lui couvre les oreilles. Il a un petit nez retroussé, des lèvres fines et un menton pointu. Ses yeux sont grands ouverts et il a un regard vif, il fronce les sourcils. La ressemblance est évidente. Claire possède une photo de Joshua, quasiment identique, sauf que c'est elle, et pas Charm, qui a l'air épuisée et qui le tient dans ses bras — une photo prise par Jonathan quelques jours après l'arrivée de Joshua.

— Oh ! mon Dieu..., murmure-t-elle d'un ton incrédule.

Elle regarde Charm.

— Mon Dieu..., répète-t-elle.

Claire a souvent pensé avec angoisse qu'elle pouvait un jour se retrouver face à la mère biologique de Joshua, mais rien ne l'avait préparée à ce qu'elle vient de découvrir.

— Charm ?

Elle arrive à peine à articuler.

— Est-ce que tu es la mère de Joshua ?

Allison

Je fixe d'un air incrédule l'hystérique qui tient lieu de mère à Charm, tout en me demandant si je peux encore filer d'ici.

— Charm…, répète Claire, avec une expression affolée sur le visage. Charm, es-tu la mère de Joshua ?

Charm ouvre la bouche pour répondre, mais elle ne parle pas, elle lève son visage vers le ciel comme si elle priait, et les gouttes de pluie rebondissent sur sa peau.

Reanne attrape le poignet de Charm, qui tente en vain de se dégager.

— Espèce de petite pute ! lance Reanne en secouant le bras de sa fille.

Charm tente de nouveau de parler, mais ne parvient à émettre qu'un son gargouillant. C'est plus que je n'en peux supporter.

— C'est moi, dis-je alors dans un murmure.

Claire se tourne vers moi, d'un air ébahi. Elle n'a pas compris.

— C'est moi. Je suis la mère de Joshua.

C'est à Claire que je m'adresse.

— C'est moi.

Brynn

Joshua me suit partout en pleurnichant et en bêlant comme un agneau. Je voudrais rester près de la vitrine pour surveiller ce qui se passe dehors, mais je ne tiens pas en place. J'ai l'impression d'avoir un truc qui grouille sous ma peau.

— Qu'est-ce qu'il y a ? Qu'est-ce qu'il y a ? ne cesse de répéter Joshua.

Moi, je ne cesse de penser au pauvre bébé, à la pauvre petite fille, et je secoue la tête pour chasser mes souvenirs, je me tire les cheveux pour arrêter les images qui passent devant mes yeux.

Après une dernière et formidable poussée, accompagnée d'un hurlement qui a résonné si fort que j'ai cru que nos plus proches voisins avaient dû l'entendre, le sommet d'un crâne est apparu entre les jambes de ma sœur, en écartant sa fragile muqueuse qui s'est déchirée.

— Il vient, Allison, ai-je dit d'une voix que la peur faisait trembler. Il vient, c'est presque fini.

Allison serrait les dents de douleur et n'émettait plus que des sons désespérés qui ressemblaient à des miaulements.

— Non, a-t-elle protesté faiblement.

Elle a refermé les jambes et, d'une main, elle a poussé sur le crâne du bébé pour le faire rentrer.

— Allison ! ai-je hurlé, affolée, en attrapant sa main.

— Non…

Elle m'a donné une petite tape, mais elle a eu une autre contraction, et, en dépit de sa détermination à garder ce bébé en elle, son corps l'a trahie et, comme une vague qui déferle, il a poussé le bébé en avant. Je n'ai fait que contempler, avec un mélange de peur et d'admiration, l'orifice d'Allison qui s'écartait et la tête gluante du bébé qui glissait hors d'elle. Les deux paraissaient ne former qu'un seul être, j'avais l'impression d'être devant l'incarnation d'une déesse de l'Antiquité.

— Aaahhh ! a hurlé Allison en secouant la tête de droite à gauche. Non… Non !

— Encore une dernière poussée, Alli, encore une et ce sera fini. Maintenant !

Je lui avais donné un ordre, sur un ton que je n'avais jamais utilisé avec elle. Un ton qui l'a tellement surprise qu'elle s'est tue et m'a regardée. Pour m'écouter.

— Allison, il faut que tu pousses une dernière fois, ai-je insisté. Encore une fois et ce sera fini, tu n'auras plus mal. Je te promets.

Allison a acquiescé, en soufflant l'air par petites saccades. J'ai rapidement arrangé les oreillers dans son dos, et elle s'est hissée en s'aidant de ses bras qui tremblaient. Puis, avec une détermination que je lui avais vue bien des fois auparavant, elle m'a fixée, de ses yeux hagards, d'un bleu métallique, et elle a pincé les lèvres.

Et elle a poussé.

Dans un flot de liquide amniotique et de sang, le bébé a glissé dans mes bras qui l'ont accueilli. Une fille. Une minuscule petite fille couverte d'un mucus épais et ensanglanté. De surprise et de dégoût, je l'ai éloignée de moi, tenue à bout de bras, comme si on m'avait mis dans les mains le mouchoir sale de quelqu'un d'autre.

— C'est une fille, ai-je annoncé, ne sachant quoi dire d'autre.

— Seigneur ! s'est exclamée Allison en pleurnichant. Qu'est-ce que je vais faire ? Qu'est-ce que je vais faire ?

Elle était retombée sur ses oreillers et s'était mise à trembler. De violents frissons convulsifs la secouaient tout entière.

— Emmène-la loin de moi, Brynn, s'il te plaît, a-t-elle supplié. Emmène-la.

J'ai baissé les yeux vers le nourrisson. Il ne gigotait pas. Il ne pleurait pas. Il était tout mou dans mes bras, et sa petite bouche s'ouvrait et se fermait, comme celle d'un poisson hors de l'eau.

— Mais où veux-tu que je l'emmène, Allison ? ai-je demandé, surprise de la colère que j'entendais dans ma voix.

— Je m'en fiche. Je m'en fiche. Emmène-la, c'est tout. Je t'en supplie…

De nouveau, j'ai baissé les yeux vers la petite. Elle n'avait toujours pas crié, mais sa poitrine montait et s'abaissait rapidement. J'ai attrapé les ciseaux sur la table de nuit et j'ai coupé précautionneusement le cordon ombilical. J'ai été étonnée de le trouver si dur à sectionner. C'était comme trancher une corde épaisse qui palpitait. Avec une serviette, j'ai fait de mon mieux pour nettoyer le bébé et, très délicatement, je l'ai couché dans un coin de la pièce. Je suis revenue vers Allison et j'ai pris une autre serviette que j'ai appliquée entre ses jambes pour arrêter le flot de sang, mais je craignais qu'elle n'ait besoin de points de suture. Ensuite, j'ai ramassé les draps sales et les serviettes, que j'ai mis dans un sac-poubelle, avec le pantalon de survêtement d'Allison.

— Ne t'inquiète pas, Allison, lui ai-je dit en tirant la couette sur son corps frissonnant.

Elle avait les yeux fermés et paraissait somnoler.

— Je vais m'occuper de tout, ai-je ajouté en jetant un regard au bébé allongé dans le coin.

Un de ses petits bras s'était échappé de la serviette dans laquelle je l'avais enveloppée. On aurait dit qu'elle cherchait à atteindre quelqu'un.

— Je reviens tout de suite, ai-je dit à Allison.

J'ai ramassé le sac-poubelle et j'ai descendu l'escalier en courant, avec le sac qui battait dans mon dos. Je savais que je n'avais pas beaucoup de temps pour nettoyer la chambre d'Allison, m'occuper du bébé, emmener Allison à l'hôpital. Je savais aussi que j'allais avoir du mal à la convaincre de se faire soigner. Elle était en plein déni, en état de choc ou quelque chose comme ça. Je pense qu'elle était persuadée que si elle ne regardait pas son enfant, celle-ci cesserait d'exister.

J'ai traversé la cuisine pour aller déposer mon sac dans le garage et je l'ai jeté dans l'une des grandes poubelles, en l'enfouissant tout au fond et en le recouvrant d'autres sacs de détritus pour bien le cacher. Le téléphone s'est mis à sonner à l'intérieur de la maison. J'ai hésité. C'étaient peut-être mes parents qui appelaient. Ils éprouvaient encore le besoin de s'assurer que tout allait bien. Comme ça ne s'arrêtait pas, j'en ai déduit qu'il s'agissait probablement de ma mère, et je me suis empressée d'aller répondre.

— Allô…, ai-je dit d'une voix essoufflée.

— Brynn ? a fait la voix de mon père. Qu'est-ce qui t'arrive ? Tu as couru ?

— Mais non, pas du tout, ai-je menti. J'étais dans le garage, en train de jeter le carton de la pizza.

— Ta mère m'a demandé de vous appeler pour vérifier que tout allait bien. Tout va bien ?

— Mais oui, papa, ai-je répondu d'un ton impatient. Bien sûr que tout va bien. Qu'est-ce qui pourrait aller mal ?

— Bon, je sais, je sais, a convenu mon père. Nous rentrerons tard, probablement après minuit.

J'ai jeté un coup d'œil à la pendule. Il était près de 21 heures. Le soleil d'été commençait à se coucher.

— Ne t'inquiète pas, papa, tout ira bien, ai-je insisté.

— Très bien, parfait, a-t-il dit. A plus tard, Brynn.

— A plus tard, papa.

J'ai raccroché et je suis retournée en courant dans la chambre d'Allison, en montant les marches deux par deux.

En ouvrant la porte, j'ai eu une vision très nette de l'état de la catastrophe. On aurait dit que quelqu'un s'était livré à un massacre dans cette pièce. Je m'étais débarrassée des draps et des serviettes ensanglantés, mais une large tache de sang s'élargissait sur le lit d'Allison. Du sang avait même giclé jusque sur le mur. Allison avait une mine affreuse. De larges cercles d'épuisement, noirâtres, entouraient ses yeux. Elle tremblait toujours, alors qu'il régnait une chaleur torride dans la pièce.

Je faisais demi-tour vers le couloir pour aller chercher une couette supplémentaire dans l'armoire à linge, quand quelque chose a attiré mon regard. Ou plutôt une absence. J'avais posé un bébé gigotant dans une pile de serviettes propres, et, à présent, le bébé ne gigotait plus. Sa peau avait pris une couleur bleutée. L'un de ses petits poings était calé sous son menton. L'autre pendait mollement à son côté. Ses minuscules jambes étaient repliées, comme les pattes des grenouilles que l'on s'apprête à disséquer dans les cours de sciences naturelles.

— Non…, ai-je murmuré. Non.

La voix de Joshua me ramène brusquement à la réalité.

— Brynn, dit-il d'un ton gémissant. Brynn, j'ai peur.

Je bats des paupières pour chasser mes atroces visions et j'arrête de marcher, en essayant de me concentrer sur Joshua et sur ce qu'il me dit. Mais une phrase ne cesse de tourner dans ma tête. *Pauvre bébé. Pauvre petit bébé.*

Claire

Claire est dévorée d'une peur viscérale qui coule dans ses veines, imprègne ses tissus, irradie jusqu'à ses os. Cette peur lui coupe le souffle. Mais ce n'est pas à elle qu'elle pense. Elle ne pense qu'à Joshua.

Elle sent les regards posés sur elle, qui attendent sa réaction. La mère de Charm paraît sur le point de dire quelque chose, puis elle se ravise.

— Nous devrions peut-être entrer dans la librairie, suggère timidement l'homme à la veste de cuir.

Claire le suit comme une somnambule à l'intérieur où elle aperçoit Joshua, le corps pressé contre les rayonnages de livres, et dont les doigts pianotent sur une étagère, comme s'il avait un clavier devant lui.

— Pourquoi tout le monde crie ? demande-t-il en avançant prudemment vers sa mère.

— On parle, Josh, c'est tout, répond-elle en le prenant par les épaules pour lui imposer délicatement un demi-tour, en direction de la réserve.

— Mais pourquoi tout le monde pleure ? insiste-t-il en se dégageant, les poings serrés contre ses flancs.

Claire allonge le bras pour caresser son visage et se rend compte qu'il est trempé de sueur.

— On ne pleure pas, Joshua, c'est la pluie, dit-elle, sachant bien que si elle portait ses doigts à ses lèvres, elle sentirait le goût salé des larmes.

Elle veut éloigner Joshua. Pour qu'il n'entende

pas cette conversation. Il sait qu'il est adopté, qu'on l'a déposé devant la caserne des pompiers. Mais s'il apprenait qu'Allison est sa mère, cela lui causerait un choc. Elle-même n'arrive pas à comprendre ce qui se passe. C'est trop. C'est impossible. Impossible.

— Est-ce qu'on peut rentrer à la maison ? supplie Joshua. Je veux rentrer à la maison.

Claire entend la peur dans sa voix, elle sait qu'il craint que ces étrangers ne soient des méchants, qu'ils ne veuillent lui faire du mal.

— Nous rentrerons dès que le monsieur et la dame seront partis, assure-t-elle. Nous devons parler, nous n'en avons pas pour longtemps.

Joshua fixe maintenant d'un air inquiet Charm, qui pleure toujours.

— Ne t'en fais pas pour elle, Josh, ça va aller, je vais m'occuper d'elle, affirme Claire. Tu veux bien monter avec Brynn à l'étage, le temps qu'on discute ?

Elle jette un regard interrogateur à Brynn, laquelle ne semble pas l'entendre.

— Brynn ! lance-t-elle d'un ton autoritaire qui fait sursauter celle-ci. Pourriez-vous monter à l'étage avec Joshua ?

Brynn acquiesce.

— Ne touche pas aux outils de papa, Josh. Je vous rejoins bientôt. Ne t'inquiète pas, ces gens ne sont pas des voleurs. Pas du tout.

Joshua fixe d'un air méfiant l'escalier qui mène au-dessus et ne bouge que lorsque Brynn lui prend la main. Ils grimpent ensemble les marches qui mènent à l'appartement.

Claire attend qu'ils aient disparu, qu'ils ne puissent plus les entendre, puis elle va composer le numéro de téléphone de Jonathan.

— Jonathan, dit-elle. Viens me rejoindre à la librairie. J'ai besoin de toi.

Allison

Claire nous invite à la suivre dans le coin lecture, et elle trouve la force de rester calme et polie, de nous proposer de nous asseoir. Une fois de plus, je ne peux m'empêcher de l'admirer. Elle est toujours si maîtresse d'elle-même… Pleine d'assurance.

— Ecoutez, dit-elle. Je ne comprends pas bien ce qui se passe, aussi je compte sur vous pour m'expliquer clairement la situation. Je dois vous avouer que je suis un peu perdue.

Charm et moi, nous nous installons côte à côte sur le canapé. J'aimerais bien avoir Brynn près de moi. Je n'arrive pas à croire que je viens d'avouer à Claire que j'étais la mère de Joshua. Je n'ose pas la regarder. Claire s'assied de l'autre côté de la table basse, face à nous. Reanne et Binks restent debout un peu à l'écart, légèrement inclinés vers le groupe que nous formons toutes les trois, comme des buses à l'affût. Charm se remet à pleurer.

— Allison, je vous en prie, insiste Claire. Expliquez-moi ce qui se passe. Etes-vous vraiment la mère de Joshua ?

Je comprends, au ton de sa voix, à quel point elle est paniquée. C'est notre point commun. Nous sommes toutes les deux terrifiées. Elle craint que je ne sois là pour lui enlever Joshua, et moi, je crains que la seule personne depuis cinq ans qui ne m'ait pas traitée comme un monstre comprenne brusquement que j'en suis un.

J'acquiesce en silence, et le visage de Claire se décompose.

Je m'empresse d'ajouter :

— Je suis désolée.

Je voudrais me justifier, mais je ne sais pas par où commencer.

— J'ai laissé le bébé à Christopher.

— Qui est Christopher ? demande Claire.

— Mon frère, répond doucement Charm, en versant de nouveau un flot de larmes.

Elle a les yeux gonflés et la joue encore rouge de la gifle de sa mère.

— Et le père de Joshua, ajoute-t-elle d'un ton aigre, en s'adressant cette fois à sa mère.

— Qu'est-ce que c'est que ces conneries ? demande Reanne d'un ton incrédule. Christopher ne serait jamais sorti avec cette fille.

— Vous vous trompez, dis-je d'un ton sec.

Puis je me tourne vers Claire.

— Je ne voulais faire de mal à personne.

Reanne laisse échapper un ricanement sonore. Claire lève les yeux vers elle.

— Je pense que vous devriez partir, à présent, lui murmure-t-elle à travers ses larmes.

Reanne se mord les lèvres, comme si elle faisait des efforts pour retenir une volée d'injures. Puis elle lâche une sorte de soupir, tandis qu'une teinte rouge vif envahit son cou, puis ses joues.

— Pardon de m'intéresser à ce qui arrive à Brynn, dit-elle.

Elle élève la voix d'un cran.

— Pardon aussi de vouloir vous avertir que vous avez devant vous une folle, une meurtrière. Vous savez qui est cette fille ? Allison Glenn. Celle qui a jeté son bébé dans le fleuve Druid il y a cinq ans.

Elle se penche vers moi.

— Vous devriez pourrir en prison.

Mon ventre se noue. Je pensais que le pire était déjà passé, mais je vois que je m'étais trompée.

— Comment le savez-vous ? demande Claire. Comment savez-vous qu'Allison est cette fille ? Les journaux n'ont jamais divulgué son nom.

Ses yeux se posent sur moi, incrédules, refusant de croire, mais sa voix trahit le doute.

— Vous ne pouvez pas être cette fille, murmure-t-elle.

— Je connais quelqu'un qui travaille à Cravenville, explique Reanne. C'est elle qui me l'a dit. Ça m'est revenu d'un coup.

Reanne s'adresse de nouveau à moi.

— Vous avez eu une petite fille, mais vous ne vouliez pas d'elle, alors vous l'avez balancée dans le fleuve.

— Tais-toi, maman, supplie Charm.

— Allison ? insiste Claire. C'est vrai ? C'est vous ?

— Je vais tout vous expliquer, dis-je en me mettant à pleurer.

Brynn

Je suis assise dans la salle de bains, sur le rebord de la baignoire. Joshua s'est endormi sur le canapé. J'entends hurler et pleurer, je mets mes mains sur mes oreilles pour ne plus être obligée de supporter leurs voix, mais elles me parviennent quand même, alors j'ouvre le robinet. L'eau se met à couler bruyamment, noyant les cris.

Puis le bruit de l'eau devient celui de la pluie qui tombait ce soir-là en battant contre les carreaux.

Quand je suis remontée, j'ai baissé les yeux vers la petite sœur de Joshua. Elle ne bougeait toujours pas, elle était beaucoup trop silencieuse.

— Non…, ai-je murmuré. Oh ! non…

— Qu'est-ce qu'il y a ? a demandé Allison en levant la tête pour essayer de voir.

— Oh ! Allison…, ai-je répondu tristement. Tu n'as plus besoin de t'inquiéter.

J'étais sûre qu'elle serait soulagée que les choses finissent comme ça. Pas heureuse, mais soulagée. Je suis restée là un long moment, ne sachant que faire. Puis, enfin, j'ai parlé, mais je ne sais pas si Allison m'a entendue.

— Je vais prendre soin d'elle, ai-je dit tout en posant sur Allison la couette supplémentaire.

Puis je l'ai fait boire un peu, en portant une bouteille à ses lèvres.

— Je reviens tout de suite, ai-je assuré.

En pleurant, je me suis baissée pour ramasser le bébé immobile, avec mes larmes qui perlaient puis roulaient sur sa peau nue, comme de la pluie sur une terre parcheminée, mais il n'y en avait pas assez, et c'était trop tard. Je suis sortie de la chambre en titubant, j'ai descendu l'escalier en évitant de poser les yeux sur le petit cadavre que je tenais dans mes bras. J'ai traversé le salon où les photos de famille racontaient notre enfance. Nous avions figuré à égalité, jusqu'aux treize ans d'Allison, sur ce « Mur des merveilles », comme elle l'avait ironiquement baptisé. Ensuite, la balance avait penché de son côté. Allison était devenue une nageuse accomplie, une excellente joueuse de foot, une gymnaste émérite, une championne en orthographe. Le mur était recouvert de photos d'elle brandissant rubans et trophées. Elle souriait toujours d'un air modeste, voire gêné.

Mais les photos ne montraient pas ce qui se passait en coulisse. On ne voyait pas que, quelques minutes avant le cliché, Allison avait donné un coup de coude si violent dans les côtes de l'une des filles de l'équipe de foot adverse qu'elles en avaient eu toutes les deux des ecchymoses, ni qu'elle avait fixé avec tant d'insistance le petit garçon de sa classe qui la concurrençait en orthographe que celui-ci avait été incapable d'épeler correctement le mot « sparadrap », qu'il savait pourtant écrire dans son sommeil. Allison ne trichait pas — elle n'en avait pas besoin —, mais elle intimidait les gens, d'une manière qui forçait d'ailleurs l'admiration. Ses professeurs considéraient qu'on ne rencontrait qu'une fois dans sa carrière une élève comme elle. Les filles la jalousaient, mais avec culpabilité. Les garçons la trouvaient belle, mais inaccessible. Mes parents la jugeaient parfaite.

Moi, je ne l'ai jamais jugée parfaite, même si j'enviais

sa détermination et son dynamisme. L'Allison que je connaissais était un être humain, avec ses faiblesses, comme tout le monde. Elle vomissait avant chaque interrogation, effectuait péniblement ses cent cinquante abdos tous les soirs avant de se coucher, se réfugiait dans mon lit quand elle faisait des cauchemars. Elle avait cessé de venir depuis quelques mois et j'avais cru que ses cauchemars avaient cessé. Je comprenais, à présent, que c'était pour me cacher sa grossesse.

Dans l'année qui avait précédé son accouchement, j'avais également observé chez elle quelque chose que personne n'avait remarqué. Elle était tombée amoureuse. La fille dont tout le monde prétendait qu'elle était trop sérieuse pour perdre son temps à courir les garçons, celle qui ne s'intéressait qu'à ses résultats scolaires et sportifs, était amoureuse. Du père de ce pauvre bébé que je tenais dans les bras. Elle ne m'avait pas parlé de *lui*, mais je m'étais aperçue qu'il y avait anguille sous roche. Elle paraissait plus détendue que d'habitude, elle souriait aux anges, son regard rêveur se perdait parfois dans le vide. J'avais remarqué qu'elle sortait en cachette de la maison, en pleine nuit. Une fois, je l'avais guettée depuis la fenêtre de ma chambre et je l'avais vue monter dans une voiture, rejoindre une silhouette qui l'attendait à l'intérieur. Ils s'étaient longuement embrassés, désespérément, passionnément.

Puis il s'était passé quelque chose entre eux. Le regard vague et rêveur avait disparu, remplacé par la lueur féroce de la battante, et Allison s'était remise au travail et à l'entraînement avec un acharnement redoublé. Moi qui tenais le fruit de sa grossesse dans les mains, j'avais du mal à croire qu'elle avait eu cette petite vie en elle tout en travaillant aussi dur.

Je suis passée par la cuisine pour sortir par la porte de derrière. Un frais vent d'été soulevait doucement ma frange. Heureuse d'échapper à l'atmosphère étouffante de la chambre d'Allison, j'ai levé mon visage vers la pluie bienfaisante qui tombait du ciel. J'ai arrangé la serviette autour du petit corps, comme s'il était nécessaire de le protéger des éléments. Le ciel de nuit était indécis. Au sud, la lune, haute et brillante, perçait les nuages d'un gris chiné qui filaient au-dessus de ma tête. Elle m'éclairait juste assez pour que je puisse voir où j'allais, mais il faisait suffisamment sombre pour cacher le tendre fardeau que je charriais.

Allison et moi, nous nous étions rarement aventurées dans le petit bois derrière la maison. Notre mère nous avait interdit de nous approcher du fleuve Druid, qui coulait de l'autre côté. « Un fleuve est une chose vivante et mouvante, nous avait-elle expliqué. On croit y plonger un doigt de pied, mais il vous attrape et vous emporte tout au fond. Si vous tombez, c'est fini, vous ne pourrez plus en sortir. »

J'étais persuadée que les cauchemars d'Allison étaient en rapport avec ce fleuve et la noyade. Quand elle se réveillait, elle ouvrait la bouche comme quelqu'un qui étouffe et se frottait les yeux comme s'ils étaient pleins d'eau.

La faible lueur de la lune ne pénétrait pas le petit bois, qui me rappelait ceux des contes de Grimm qu'on nous lisait enfants. Notre mère nous avait terrifiées en nous parlant des tiques qui transmettaient la maladie de Lyme et des animaux sauvages qui pouvaient vous donner la rage. Tout en serrant le bébé contre moi, j'imaginais une armée de tiques plantant leurs têtes infectées dans ma peau et buvant mon sang. Je croyais voir des animaux, une bave mousseuse aux lèvres, cachés derrière les arbres, prêts à me sauter dessus. En me frayant un chemin dans la boue et les rochers, je me suis approchée du fleuve. Je devais me courber pour éviter les branches basses chargées de feuilles. Au grand jour, elles auraient été vertes et douces, mais, dans la pénombre de la nuit, elles ressemblaient à des bras poilus et menaçants. J'entendais maintenant le bruit du fleuve qui coulait, fort et sauvage. Mes tennis s'enfonçaient dans la boue. Il avait beaucoup plu au printemps, les ruisseaux et les fleuves avaient grossi.

Assise sur le rebord de la baignoire, je passe ma main sous l'eau tiède. La vapeur emplit la pièce. Je plonge mon bras tout au fond pour mettre la bonde. Oh ! Comme ce serait bon d'entrer là-dedans, de m'immerger entièrement, dans le noir et le silence. Qu'est-ce que je fais là ? Je ne sais plus trop.

J'entends Joshua appeler sa mère depuis le salon. J'essuie les larmes que je vois sur mon visage, en passant devant le miroir, et je vais le rejoindre.

Claire

Claire fixe Allison sans y croire. Allison est la jeune fille qui a noyé son nouveau-né ? Elle savait qu'elle avait été condamnée, mais elle ignorait que c'était pour un meurtre de sang-froid. Claire se souvient qu'elle en avait entendu parler aux informations. *Un bébé noyé… Une jeune fille de seize ans arrêtée…*

— Que s'est-il passé exactement ? avait-elle demandé.

Jonathan avait hésité à lui répondre.

— Une fille de seize ans a accouché seule et a ensuite noyé son bébé dans le fleuve, avait-il dit en caressant les mèches de cheveux qui retombaient sur le front de Claire.

Elle en avait eu un goût de bile dans la bouche.

— Claire, ça va ? avait demandé Jonathan, en la fixant d'un air inquiet.

Elle avait secoué la tête en silence. Elle ne trouvait pas de mots pour décrire ce qu'elle ressentait.

— C'est injuste, avait-elle dit enfin. Injuste, avait-elle répété avec la sensation de parler comme une gamine capricieuse qui n'obtient pas ce qu'elle voudrait.

Jonathan s'était encore approché d'elle et il avait timidement avancé sa main, mais elle l'avait repoussée, parce qu'elle savait qu'elle se mettrait à hurler si on la touchait.

— Cette fille a jeté un bébé alors que nous donnerions tout pour en avoir un ? avait-elle gémi.

Jonathan n'avait pas répondu, parce qu'il n'avait rien trouvé à répondre.

Cinq ans plus tôt, Claire aurait fait n'importe quoi pour mettre un enfant au monde. Et cette fille — ce monstre, avait-elle jugé à l'époque — n'avait pas hésité à noyer son enfant pour s'en débarrasser.

Claire regarde Allison et secoue la tête. Elle ne peut pas concevoir qu'une femme — une très jeune femme, corrige-t-elle, presque une enfant, car Allison paraît encore très jeune cinq ans plus tard — ait pu commettre un acte aussi atroce. Pourquoi le Seigneur a-t-il donné un enfant à cette femme, et même deux ? Pourquoi lui a-t-il accordé le pouvoir merveilleux et si complexe d'enfanter ? Et pourquoi ne lui a-t-il rien donné, à elle, Claire ?

Jonathan entre en courant dans la librairie et elle se précipite à sa rencontre.

— Jonathan, tu es là, enfin…, murmure-t-elle.

— Qu'est-ce qui se passe ? demande Jonathan.

Il balaye la pièce du regard et voit en même temps les visages crispés de Charm et d'Allison, la moue furieuse de Reanne, l'expression gênée et confuse de Binks. Sans un mot, Claire lui met la photo dans la main.

— Il est à nous, dit-elle sans s'adresser à quelqu'un en particulier. Nous l'avons adopté. C'est notre enfant.

Brynn

Joshua appelle sa mère d'une voix endormie et je m'empresse de le rejoindre.

— Joshua, dis-je dans un murmure. Tout va bien. Tu n'as pas à t'inquiéter, je suis là.

— Où est ma maman ? demande-t-il en essayant de garder les yeux ouverts.

— Chhh, chhh…

Je m'assieds près de lui et je le prends sur mes genoux. Il se tortille pour m'échapper, mais je le tiens fermement. Il finit par se détendre. Sa tête repose sur mon épaule.

— Tout va bien, Joshua. Ferme tes yeux. Regarde. Comme moi.

Je ferme les yeux pour lui donner l'exemple.

J'ai bien failli tomber dans le fleuve, cette nuit-là, exactement comme ma mère l'avait prédit, mais j'ai réussi à saisir d'une main le tronc d'un petit arbre tortueux. Je suis tombée à genoux dans la boue épaisse qui bordait la rive. J'ai arrangé la couverture autour du bébé mort et, pendant quelques secondes, j'ai envisagé de l'enterrer là. Mais j'ai abandonné l'idée. Il aurait fallu que je retourne chercher une pelle dans le garage, et le temps filait. La température avait chuté et je frissonnais à chaque rafale de vent. Les nuages se sont écartés au-dessus de moi, révélant une lune froide et jaune, qui éclairait suffisamment, à présent, pour que je puisse distinguer le fleuve devant moi. Il roulait impitoyablement, noyant d'écume les rochers, charriant des troncs et des branches. J'ai embrassé la joue froide de ma nièce en lui disant que je l'aimais, que si cela n'avait tenu qu'à moi, je l'aurais gardée pour toujours. J'ai même pensé, juste une seconde, que j'aurais pu l'élever. Allison n'avait pas vraiment la fibre maternelle. J'ai improvisé une sorte de cérémonie funéraire. J'ai dit une prière pour l'enfant et je l'ai enroulée dans la couverture.

C'est au moment où je la lâchais doucement dans le fleuve que j'ai entendu son cri. Un cri aigu, faible et mélancolique, comme si d'être plongée dans le courant d'eau glacée l'avait ramenée à la vie.

J'ai sauté dans le fleuve, sans me préoccuper du froid. J'avais de l'eau jusqu'aux genoux et je luttais pour ne pas être emportée quand elle a coulé. Puis je l'ai vue revenir à la surface, presque aussitôt. J'ai planté mes pieds dans les rochers que je sentais au fond pour prendre mon élan et faire un bond dans sa direction. J'étais juste derrière elle, mais la couverture avait été emportée, et son pitoyable petit corps nu a été ballotté un peu plus loin. J'ai poussé un grognement de rage et de désespoir, et je me suis lancée en avant, bras tendu — sous mes doigts j'ai senti quelque chose, un doigt ou un doigt de pied, je ne sais pas —, mais le courant était trop violent, il me bousculait, j'ai perdu l'équilibre et j'ai été submergée. L'eau a rempli mes yeux, mes oreilles, ma bouche. La petite m'a échappé. Je l'avais perdue.

Cette nuit-là, j'ai essayé de mourir. C'était ma première tentative, la toute première, même si, plus tard, j'ai passé mon temps à réfléchir aux différentes manières de mettre fin à mes jours. Il y avait les cachets que mon père cachait sous ses chaussettes, dans sa commode, le toit de notre maison trop grande, d'où j'aurais pu sauter pour atterrir sur le béton de notre belle allée. Je me souviens de m'être demandé si la tache de sang resterait là pour toujours, et d'avoir éprouvé une joie perverse à l'idée que ma mère aurait à passer chaque jour devant cette ombre, ce qui restait de moi, mon souvenir. Mais elle aurait probablement fait casser le bloc de béton pour en faire couler un autre.

Quand j'ai compris que le bébé n'était pas mort — qu'il respirait encore quand je l'avais confié au fleuve —, j'ai tenté de me noyer. J'ai retenu ma respiration et j'ai attendu le calme tiède qui est censé venir après le moment de panique où vos poumons cherchent de l'air. Je sentais la pression augmenter au niveau de ma tête, derrière mes yeux, dans ma poitrine. J'ai essayé de rester sous la surface, j'ai voulu m'accrocher à quelque chose qui m'aurait maintenue au fond, mais le fleuve en avait décidé autrement. Il m'a poussée, tirée, recrachée sur la rive, comme s'il ne supportait pas de m'avaler, comme s'il craignait que je ne lui laisse un mauvais goût dans la bouche. Je ne pouvais pas lui en vouloir. Vraiment pas.

Je me suis recroquevillée près du Druid. La pluie tombait sur moi et je suis restée là jusqu'à ne plus la sentir. Je songeais à ce qui se passerait quand les gens découvriraient ce qui s'était passé, et j'aurais voulu m'enfoncer et disparaître dans la boue. Mais je n'ai pas eu cette chance. A la fin, je me suis relevée. Allison saurait quoi faire. Ma sœur, elle, elle saurait.

Quand je suis arrivée à la lisière du bois, elle était là, dehors, elle me cherchait. J'ai à peine remarqué que la souffrance la pliait en deux.

— Où est le bébé ? a-t-elle demandé en poussant un grognement de douleur.

— Le fleuve, ai-je répondu.

Le mot sonnait à mes oreilles comme une obscénité.

— Comment ça ? s'est écriée Allison.

Elle avait peur. Elle avait compris.

— Elle était jolie, ai-je dit, tout en sachant que le commentaire était déplacé.

Allison a cru que je cherchais à justifier mon geste et elle a ouvert des yeux horrifiés.

— Tu l'as noyée parce qu'elle était jolie ? a-t-elle grondé d'une voix pleine de colère en me saisissant le bras.

J'ai tressailli, j'ai cru qu'elle allait me frapper, mais elle n'a fait que s'appuyer sur moi, comme si elle ne pouvait plus tenir debout seule.

J'ai secoué la tête d'avant en arrière, d'avant en arrière.

— Non..., ai-je gémi. Non, ce n'est pas ça.

— Brynn, qu'est-ce qui s'est passé ?

— C'est comme s'il l'avait avalée.

Je me suis mise à pleurer.

— Il l'a avalée et il n'a pas voulu de moi, ai-je expliqué.

— Seigneur, Brynn...

Maintenant qu'elle n'était plus pliée en deux par un spasme de douleur, elle s'était mise à me secouer.

— C'est de la folie. Je savais où la laisser. Christopher se serait occupé d'elle. Il faut qu'il s'en occupe. Je t'en supplie, dis-moi que tu ne l'as pas jetée dans le fleuve.

— Je croyais qu'elle était morte, ai-je murmuré.

Je n'osais plus croiser le regard de ma sœur, je ne voulais pas voir que je la dégoûtais.

— Je l'ai fait pour toi, ai-je ajouté. Je voulais t'aider.

— Tu l'as tuée pour m'aider ? Mais en quoi ça m'aide ? a lancé Allison d'un ton mauvais.

Puis, de nouveau, elle s'est courbée en avant, sous l'effet de la douleur.

Je lui ai retiré l'appui de mon bras et elle est tombée à genoux.

— Tu es folle ou quoi ? ai-je demandé d'un ton incrédule. Tu ne voulais pas d'elle. Tu m'as quasiment suppliée de te débarrasser de « ça ». « Ça », c'est ainsi que tu l'as appelée. Et puis je ne voulais pas la tuer… Je croyais qu'elle était morte.

Je lui ai tourné le dos et je suis partie en courant vers la maison. *Salope, ingrate !* ai-je songé.

— Attends ! a crié Allison derrière moi. Je t'en supplie, Brynn. J'ai besoin de toi. Ne me laisse pas !

Je l'ai ignorée et j'ai continué à courir, en me bouchant les oreilles, pour ne plus entendre sa voix.

Joshua remue dans son sommeil. Le poids de ce petit garçon sur mes genoux est à la fois réconfortant et étouffant.

— Joshua…, dis-je.

Il bat des paupières.

— Est-ce que tu sais que tu as une petite sœur ?

Il ouvre la bouche et la referme, comme s'il voulait parler, puis il se rendort.

— Oui, une petite sœur. Une très jolie petite sœur. Tu veux la voir ?

Je me lève avec difficulté, à cause du poids de Joshua, et je me dirige vers le bruit de l'eau qui coule.

— Tu pèses beaucoup plus lourd qu'elle, dis-je dans l'oreille de Joshua.

Je crois entendre le chant des criquets, le grondement du fleuve, je sens la brise fraîche d'été dans mon cou.

— Vous allez enfin être ensemble.

Et tendrement, avec amour, je plonge Joshua dans l'eau, comme si j'en faisais offrande à sa sœur.

Allison

Jonathan continue de fixer la photo de Charm tenant Joshua dans ses bras. Il est sous le choc. Binks fait un pas discret en arrière, comme s'il cherchait à filer sans se faire remarquer. La mère de Charm fixe la scène avec un sourire vicieux et une étrange lueur dans le regard. On dirait qu'elle s'amuse bien.

Je l'entends avant de la voir. J'entends son pas lent qui résonne, avec un drôle de bruit de succion, et une porte qui s'ouvre en grinçant. Puis elle émerge de l'ombre, ma sœur, les bras ballants, étrangement mous.

— Brynn, qu'est-ce qu'il y a ? Qu'est-ce qui se passe ?

Elle ne me répond pas, descend l'escalier, avance dans notre direction. Comme elle s'approche, je me rends compte qu'elle est dégoulinante, que ses pieds pataugent dans ses chaussures trempées, qui dégorgent de l'eau. Elle a un regard vague et éteint, mais son visage est détendu et je suis surprise par son expression soulagée, une expression que je ne lui connaissais pas.

— Brynn, dis-je, cette fois plus fort. Qu'est-ce qui se passe ?

Elle ne répond toujours pas. Je me lève pour la rejoindre et lui saisis le bras.

— Brynn, où est Joshua ?

— Ils sont ensemble, à présent, murmure-t-elle d'une voix blanche, en se dégageant pour passer devant moi, dans une sorte de transe.

Claire

Claire suit des yeux la sœur d'Allison, qui avance lentement, les vêtements trempés.

— Brynn ? demande-t-elle. Vous allez bien ? Où est Joshua ?

Brynn ne répond pas, mais marmonne silencieusement quelque chose pour elle-même, tout en se dirigeant vers la sortie.

— Brynn, répète Claire, plus fort. Où est Joshua ?

Toujours pas de réponse. Jonathan et Claire échangent un regard. Jonathan arrête Brynn en la prenant par le bras.

— Tout va bien, ils sont ensemble, murmure Brynn d'une petite voix flûtée.

Jonathan lâche son bras et elle s'écarte de lui.

— Seigneur… Joshua…, gémit Claire.

Elle se précipite vers l'escalier, en même temps que Jonathan. Allison veut les suivre, elle trébuche et tombe, le menton contre le plancher.

— Joshua ! hurle Claire. Joshua !

Elle entre dans l'appartement et va droit vers le bruit de l'eau qui coule.

Charm

Charm se lève pour rejoindre Claire et Jonathan qui appellent désespérément Joshua. En courant vers l'escalier, elle se heurte à Brynn, dont les vêtements sont trempés.

— Qu'est-ce qui se passe ? lui demande-t-elle, tout en continuant à se diriger vers l'escalier. Pourquoi est-ce que tu es mouillée ?

Brynn s'arrête pour fixer Charm, les sourcils froncés, comme si elle réfléchissait intensément.

— Ils sont ensemble, murmure-t-elle. Ensemble. Ensemble. Il faut que j'y aille.

Elle montre la porte du doigt, avec une expression hagarde.

— Il faut que je la prévienne.

Quelqu'un hurle, depuis l'appartement :

— A l'aide !

Charm se débarrasse de ses chaussures à talons et grimpe en courant les marches. Binks et sa mère se précipitent derrière elle. Le cœur de Charm s'affole : elle croit savoir ce qui l'attend là-haut, elle a terriblement peur.

Claire

— Il faut appeler le 911, dit Claire en pleurant.

Jonathan plonge sa main dans la poche de son jean, en sort son téléphone, compose un numéro.

— Nous avons besoin d'aide ! crie-t-il d'un ton frénétique.

Il dicte l'adresse à l'opérateur.

— Je ne sais pas, je ne sais pas, faites vite, je vous en supplie…

— Joshua, Joshua…

Claire tire sur la chemise de Joshua pour tenter de l'extirper de la baignoire, mais il est trop lourd, c'est un poids mort ; ses vêtements sont imbibés et il lui glisse des mains. Jonathan tend le téléphone à Allison et plonge le bras dans l'eau. Il attrape Joshua par les cheveux, le soulève, le prend dans ses bras. Allison, d'une voix étranglée, explique à l'opérateur du 911 qu'il leur faut d'urgence une ambulance.

Charm, hystérique quelques instants plus tôt face à l'attitude de sa mère, retrouve brusquement tout son calme.

— Allongez-le par terre, ordonne-t-elle à Jonathan.

Il obéit et dépose doucement Joshua sur le plancher. Claire pousse un cri d'effroi en voyant qu'il est déjà cyanosé, que sa poitrine ne bouge pas. Tandis que Charm colle son oreille devant la bouche de Joshua, elle demande :

— L'ambulance arrive ?

— Oui, elle arrive, répond Allison en pleurant.

Charm se penche sur Joshua pour vérifier que ses voies respiratoires sont libres. Jonathan et Claire se contentent de la regarder, impuissants.

— Qu'est-ce que je peux faire ? demande Allison.

— Descends pour accueillir l'ambulance et fais-les monter ici, dit Charm d'un ton de professionnelle, tout en posant ses doigts sur le cou de Joshua, pour vérifier son pouls.

Allison se précipite dans l'escalier.

— Est-ce qu'il respire ? murmure Claire d'une voix brisée.

Charm secoue doucement la tête, souffle dans la bouche de Joshua, puis commence à pousser sur son sternum, d'une seule main, pour ne pas appuyer trop fort sur sa petite poitrine.

Ils entendent déjà, au loin, la sirène d'une ambulance.

— Est-ce qu'il respire ? demande de nouveau Claire, tout en sachant qu'il ne respire pas.

Elle se réfugie dans les bras de Jonathan et ils se serrent l'un contre l'autre, désespérément, guettant un signe de vie sur le corps de leur enfant.

— Je vous en supplie…, ne cesse de murmurer Claire d'une voix qui chantonne presque. Je vous en supplie.

Elle ne pense plus qu'à une chose : on lui avait confié la garde de cette précieuse vie, et elle a échoué. Elle a échoué.

Charm

— Respire… Un, deux, trois, quatre…, murmure Charm tout en massant le sternum de Joshua.

Elle compte jusqu'à trente et lui insuffle de nouveau de l'air. Puis elle recommence toute l'opération.

Elle ne sait plus depuis combien de temps elle tente de le ranimer. Ses bras se fatiguent. Une ambulance hurle au loin. *Grâce à Dieu.*

Près d'elle, elle entend les sanglots convulsifs de Jonathan, et Claire qui ne cesse de supplier Joshua de respirer.

— Respire, respire, je t'en prie…

Elle sent aussi sur elle le poids d'un regard et lève la tête. Sa mère et Binks sont plantés sur le seuil de la porte. Quand elle les voit, une vague de colère la submerge.

— Fichez le camp ! s'écrie-t-elle. Partez d'ici ! Il faut laisser la place aux ambulanciers.

Sans un mot, ils disparaissent. Charm sait que sa mère a beau aimer le drame, elle n'aurait pas voulu ça. Les sirènes se rapprochent, puis des pas résonnent dans l'escalier et dans le couloir. Charm pousse une dernière fois sur le sternum de Joshua et, cette fois, son corps tressaute, il recrache de l'eau, se remet à respirer — à peine, mais il respire. Elle se laisse retomber contre le mur, épuisée. Les infirmiers sont là, ils prennent le relais, et emmènent l'enfant.

— Merci, parvient à murmurer Claire en posant une main reconnaissante sur le bras de Charm, avant d'emboîter le pas aux infirmiers et à Jonathan.

Allison s'agenouille près de Charm, les yeux rougis par les larmes.

— Tu lui as sauvé la vie, dit-elle.

Si je lui ai sauvé la vie, pourquoi ai-je l'impression d'être celle qui a tout gâché ?

Claire

Jonathan et Claire suivent l'ambulance dans la camionnette de Jonathan.

— Il respirait, n'est-ce pas ? Il respirait ? ne cesse de répéter Claire d'un ton fervent.

— Il respirait… Il respire…, répond Jonathan qui tente de se rassurer lui-même. Seigneur, mais qu'est-ce qui s'est passé là-haut ? demande-t-il.

Claire secoue la tête. Elle ne savait pas que Joshua était dans cette baignoire. Elle n'arrive pas à imaginer ce qui a pu passer par la tête de Brynn. Elle ne veut pas savoir. Si elle avait eu deux sous de jugeote, jamais elle n'aurait envoyé Joshua là-haut avec Brynn Glenn. Elle ne connaissait pas Brynn et elle venait d'apprendre que sa sœur était une meurtrière. Mais elle s'est affolée. A cause de Reanne qui hurlait des obscénités et de folles accusations. A cause de la photo de Charm tenant Joshua dans ses bras. Joshua était terrifié, et elle n'avait songé qu'à l'éloigner, à le mettre à l'abri. Comment Jonathan et elle ont-ils pu ne pas savoir qui était Allison Glenn ? Sont-ils à ce point préoccupés par leur rôle de parents, qu'ils en oublient de s'intéresser à ce qui se passe dans leur propre ville ? Elle a cru bien faire avec Joshua, se comporter en bonne mère. Mais elle n'a pas été suffisamment prudente. Est-ce qu'il est trop tard pour réparer ?

Jonathan n'arrive pas à suivre l'ambulance et, quand

ils arrivent à l'hôpital, Joshua se trouve déjà en soins intensifs. Ils s'installent dans la salle d'attente, dans les bras l'un de l'autre, et ils pleurent. Claire trouve l'énergie d'appeler sa sœur, qui promet de prévenir leur mère. Elles vont venir à Linden Falls le plus vite possible.

Charm les rejoint au bout de quelques minutes, elle passe la tête à la porte, hésitant à entrer.

— Je me suis occupée de Truman et j'ai fermé la librairie, dit-elle. Je me suis débarrassée de ma mère. Elle ne vous importunera plus.

Claire cherche à voir derrière Charm.

— Où est Allison ? demande-t-elle.

Les yeux de Charm sont injectés de sang et son nez est rouge.

— Elle est partie à la recherche de sa sœur. Je suis désolée… Vraiment désolée…

Elle se remet à sangloter. Son visage paraît tout chiffonné.

— J'ai prévenu la police, dit Jonathan d'une voix qui trahit sa colère. Il y a un peu trop de mystères dans tout ça.

Il passe une main impatiente dans ses cheveux.

— Qu'est-ce qui est arrivé à la sœur d'Allison ? Où est-elle ?

— Je ne sais pas, répond Charm d'un ton lamentable.

Ses vêtements sont encore humides et froissés, elle est pâle d'inquiétude. Claire se rend compte qu'elle est aussi dévastée qu'eux et qu'elle ne ferait jamais rien qui nuise à Joshua. Mais elle ne peut s'empêcher de ressentir une bouffée de colère en songeant à tous ces mensonges, à toutes ces cachotteries. Charm l'a beaucoup déçue.

— Partez, je vous en prie, dit-elle. Je suis désolée. Mais nous ne voulons pas de vous ici.

Charm acquiesce en silence et se détourne.

Ils attendent, durant un temps qui leur paraît une

éternité, qu'un médecin vienne enfin leur donner des nouvelles de l'état de leur fils. C'est une femme. Quand elle entre, l'atmosphère de la pièce paraît soudain étouffante à Claire.

— Joshua va s'en sortir, annonce-t-elle avec un grand sourire. Il est réveillé et il respire sans assistance. Vous voulez le voir ?

— Bien sûr ! répond Claire en recommençant à pleurer, cette fois, de soulagement.

Le médecin les conduit dans la chambre où Joshua est allongé. Il est sous perfusion et il a les yeux mi-clos, mais quand il aperçoit ses parents, un grand sourire éclaire son visage blême.

— Oh ! mais c'est notre petit blaireau à trois queues…, lance Jonathan d'une voix qui chevrote.

— Non, je suis Joshua Kelby, proteste faiblement Joshua.

— Oui, tu es Joshua Kelby, assure Claire.

Tu es le souhait que nous faisons tous les matins en nous réveillant, et la prière que nous récitons tous les soirs avant de nous coucher.

Et elle tend le bras pour prendre dans la sienne la petite main de Joshua.

Brynn

Il me reste encore une dernière chose à accomplir et, ensuite, ce sera fini.

Je dois aller lui annoncer que son frère va bientôt la rejoindre. Je pousse la porte et je sors dans la nuit, en sentant l'air frais sur ma peau et mes vêtements mouillés.

Je chantonne, en remarquant à peine les regards intrigués de ceux que je croise dans la rue :

— « Par-dessus le fleuve et à travers les bois… »

Je dois avoir une drôle d'allure, et ça me fait pouffer de rire. Je ne suis plus très loin, à présent. Je sais que ce n'est pas exactement l'endroit où j'ai déposé la petite fille, mais c'est suffisamment près tout de même. De toute façon, il faudra bien. J'entends une sirène au loin et je me demande s'ils viennent me chercher. Il serait temps. J'accélère le pas. Ils auraient dû venir il y a cinq ans. Je voulais tout leur dire, mais Allison n'a pas voulu. J'ai essayé mais, chaque fois que je fermais les yeux, je la voyais emportée par le fleuve, j'entendais ses cris. Et je n'ai pas pu le supporter. Quand j'ai su qu'un homme avait retrouvé son petit corps glacé, j'ai appelé la police pour leur expliquer que c'était moi, moi, moi. Mais, quand ils sont arrivés à la maison, je n'ai pas pu parler, je n'ai pu que pleurer, pleurer, pleurer, et Allison a insisté : « Tais-toi, tais-toi, tais-toi. » Donc je me suis tue. Et c'est elle qu'ils ont emmenée.

Pendant longtemps, j'ai été désespérée à l'idée que

c'était ma faute si elle était en prison, tandis que moi, j'étais tranquille à la maison, que j'allais à l'école, que je vivais normalement. Mais j'ai fini par comprendre, ça ne m'a pas pris beaucoup de temps. C'était comme quand nous étions enfants et qu'il ne restait qu'une part de gâteau. Allison se réservait le morceau avec la fleur en sucre, et moi, je n'avais droit qu'au glaçage blanc. Cette fois encore, elle avait eu la fleur en sucre. Il fallait qu'elle quitte la maison, à tout prix, même si c'était pour aller en prison, et moi, il fallait que je reste. Mes parents ont commencé à s'intéresser à moi et, ensuite, ils ont voulu m'obliger à devenir Allison. Et quand ils ont compris que je n'étais pas Allison, ils ont cessé de s'intéresser à moi, et c'était encore pire. Alors, je n'étais plus du tout désespérée pour Allison.

Quand on s'approche du Druid, on l'entend avant de le voir. Il coule vers le sud, en traversant la ville en son centre, et il poursuit dans la campagne, juste derrière notre maison. Il trace des méandres jusqu'au Mississippi dans lequel il se jette et, ensuite, c'est comme s'il n'avait jamais existé, il disparaît totalement. Comme par magie. De ce côté de la ville, il empeste le poisson pourri et l'huile de bateau, mais la pluie d'aujourd'hui a nettoyé tout ça, et l'air me semble frais et propre. Je m'arrête au bord de l'allée pavée qui domine les eaux noires. *Druid*, ça veut dire « sorcier ». Un druide, c'est un magicien.

J'ai peur. J'ai si peur que je regarde autour de moi, cherchant Allison des yeux. Je veux ma sœur. Une main se pose sur mon bras.

— Vous allez bien ? demande une voix inconnue.

— Je veux ma sœur.

Je me mets à pleurer. Mais Joshua aussi a besoin de sa sœur. Il faut que je la prévienne qu'il arrive. Il faut qu'elle l'attende.

— Est-ce que je peux appeler quelqu'un pour vous ? insiste la voix.

— Non, non. Il faut que j'y aille. Je dois la prévenir.

Au moment où je saute, je sens une bouffée de panique. Je heurte l'eau glacée qui remplit mes oreilles, mon nez, ma bouche. Je tente d'appeler Allison, mais les mots deviennent des bulles et remontent silencieusement à la surface. Quand je cesse de m'agiter, quand je cesse de lutter, je la vois. Si parfaite, si petite, exactement comme dans mon souvenir.

Je murmure :

— Il vient.

Je tends la main vers elle.

— Il ne va pas tarder à arriver.

Et tandis que je la serre dans mes bras, je m'enfonce lentement et paisiblement tout au fond du fleuve, pour attendre avec elle.

Charm

Charm vend la maison et utilise une partie de l'argent que lui a légué Gus pour s'acheter une voiture un peu plus fiable. Depuis cette terrible nuit, elle sait qu'elle doit quitter Linden Falls. Mais ce n'est qu'au bout de huit mois qu'elle fait enfin sa valise pour partir.

Elle souffre beaucoup à l'idée qu'elle ne reverra plus Joshua. La première fois qu'elle lui a dit adieu, c'était terrible mais, cette fois, ce sera encore plus difficile. Cette fois, elle sait qu'elle ne reviendra jamais.

La veille de son départ, elle appelle Claire pour lui demander si elle peut s'arrêter à la librairie pour faire ses adieux. Heureusement, Claire accepte. Quand Charm pousse la porte de Bookends, Joshua est en train de courir dans la boutique pour inciter Truman à le pourchasser. En voyant Charm, il s'arrête et la contemple d'un air songeur.

— Tu as respiré dans ma bouche, dit-il d'un ton grave.

Charm se mord la lèvre, elle ne sait pas quoi répondre.

— Josh, mon grand…, lâche Claire. Charm est venue nous dire au revoir parce que nous partons bientôt.

— On va rester chez grand-mère dans…

— Josh, coupe Claire. N'oublie pas que c'est un secret. Nous voulons faire une surprise à grand-mère.

— J'espère que tu vas bien t'amuser chez ta grand-mère, Joshua, répond Charm, en refoulant ses larmes.

Elle a compris que Claire préfère lui cacher l'endroit où ils vont, et cela l'attriste.

— Je tenais à passer te dire au revoir avant que tu ne partes, Josh, dit-elle. Tu vas me manquer.

Elle s'accroupit devant lui et tend les bras. Elle remarque que Claire se raidit, mais elle serre tout de même Joshua contre elle, très fort, avec la volonté d'imprimer pour toujours en elle la sensation de ses doux cheveux sur sa joue, des os noueux de sa colonne vertébrale sous ses doigts. Joshua aussi la serre très fort.

— Je t'ai apporté un cadeau, Joshua, annonce-t-elle en s'écartant de lui à regret.

Elle lève vers Claire un regard interrogateur, comme pour lui demander l'autorisation d'offrir un cadeau à Joshua. Claire paraît indécise, mais elle acquiesce.

— Qu'est-ce que c'est ? demande Joshua d'un ton excité.

Charm se relève, s'essuie les yeux, et lui tend le sac contenant le cadeau.

Il le lui arrache pratiquement des mains.

— Qu'est-ce qu'on dit, Joshua ? lance Claire.

— On dit merci, répond-il machinalement.

Il plonge la main dans le sac en papier vert vif, et en sort la casquette à l'effigie des Chicago Cubs que Gus avait achetée pour lui le jour de sa naissance, celle que Charm a conservée avec les photos compromettantes, les chaussettes, le petit body, le hochet.

La casquette dont Gus avait assuré qu'elle lui irait un jour.

— Une casquette de base-ball ! s'exclame Joshua d'un ton impressionné. On dirait celle de Luke. Mais elle est encore mieux.

Il l'enfile. Le revers dissimule ses yeux.

— Elle est très belle, fait remarquer Claire.

— Oui, il faut initier très tôt les jeunes au base-ball,

indique Charm, en reprenant avec émotion les mots précis de Gus.

— Je vais me regarder dans le miroir ! s'écrie Joshua en partant en courant vers les toilettes.

— C'est très gentil de votre part, dit Claire avec le plus grand sérieux. Vous avez été bonne pour Joshua. Vous auriez fait… Vous auriez fait une merveilleuse tante.

Elle hésite.

— J'espère que vous comprenez pourquoi nous ne pouvons encourager une relation entre vous et Joshua. Ce serait trop compliqué pour lui. Et puis il y a votre frère.

— Mon frère ne cherchera jamais à établir une relation avec son fils et encore moins à vous le prendre, assure Charm d'un ton véhément. Christopher a assez de problèmes comme ça. Quant à ma mère…

Elle soupire.

— … elle ne tentera rien. Tout ce qu'elle sait faire, c'est mettre la pagaille et partir.

— Je sais que vous avez toujours voulu le bien de Joshua, Charm. Vous lui avez sauvé la vie. Sachez que je vous en suis reconnaissante.

Charm hausse les épaules, elle ne trouve rien à répondre.

— C'est pour vous, dit-elle enfin en tendant à Claire une grande enveloppe.

— Qu'est-ce que c'est ? demande Claire.

— Des renseignements médicaux. Allison et moi avons collecté tout ce que nous pouvions comme informations sur les antécédents médicaux de nos familles respectives. Vous trouverez aussi des photos d'Allison, de Christopher, de Gus et moi, des grands-parents de Joshua.

En voyant Claire se rembrunir, elle ajoute :

— Vous ne les lui montrerez que si vous jugez un jour que c'est utile, précise-t-elle. Allison et moi, nous resterons à l'écart. C'est une promesse. Nous voulons que Joshua soit heureux, et tant qu'il sera près de vous, il le sera.

Charm sent des larmes perler à ses yeux, et elle sait que ça signifie qu'il est temps pour elle de partir.

Elle se dirige vers la sortie, en s'interdisant de regarder en arrière.

— Charm ! appelle Claire.

Et Charm se retourne, pleine d'espoir, attendant quelque chose. Joshua a rejoint sa mère, qu'il tient par la taille. Sa casquette est de travers. Il paraît heureux.

— Merci, dit Claire, tandis que ses yeux humides rencontrent ceux de Charm. Merci pour mon fils.

Allison

Pendant un moment, j'ai été terrifiée à l'idée que tout le monde allait penser que c'était moi qui avais poussé Brynn à noyer Joshua, que nous nous étions mises d'accord. Les policiers m'ont interrogée pendant des heures, et ils secouaient la tête d'un air incrédule quand je leur assurais que je n'avais rien à voir avec ça ; ils voulaient à tout prix me faire avouer quelque chose, n'importe quoi. Heureusement, Devin est une fois de plus venue à mon secours. Elle a réussi à se procurer les dossiers médicaux de Brynn et les notes prises par le psychiatre qui la suivait à New Amery. Brynn lui avait longuement parlé de la culpabilité qui la rongeait, du fait que le bébé était encore vivant au moment où elle l'avait déposé dans le fleuve. Ma grand-mère avait également trouvé le journal intime de Brynn, où celle-ci avait laissé des dessins qui illustraient la nuit où j'avais donné naissance aux jumeaux. Parmi eux, il y en avait un certain nombre qui représentaient le bébé emporté par le fleuve Druid. Le plus dérangeant était celui où l'on voyait Brynn couchée dans le lit du fleuve, avec dans les bras deux nourrissons, une fille et un garçon, dont les cordons ombilicaux étaient reliés à un unique placenta.

On a donc fini par m'innocenter. Mon dossier va être classé, mon casier judiciaire effacé. Je peux quitter Linden Falls quand je veux, à présent. Je pourrais aller dans une petite ville comme Wellman, où personne n'a jamais entendu parler de moi, ou au contraire dans une grande ville, comme Des Moines, où je n'intéresserais personne. Je peux quitter l'Etat, et même le pays. C'est à moi et à moi seule d'en décider.

Ma mère m'a demandé d'aller identifier le corps de Brynn. Mon père était toujours à l'hôpital, et elle ne se sentait pas la force d'affronter une épreuve de plus. J'ai accepté. Je devais bien ça à ma sœur. C'était moi qui l'avais poussée à revenir à Linden Falls, moi qui l'avais incitée à rencontrer le frère du bébé qu'elle avait noyé. C'était moi qui n'avais pas su l'aider. Pauvre Brynn, si fragile, qui préférait la compagnie des animaux à celle des humains… Je ne me doutais pas de ce qu'elle ferait à Joshua, mais j'ai tout de même servi de catalyseur.

On m'a montré son corps à travers un écran vidéo, à distance. Elle était allongée sur une table de métal et couverte d'un drap qu'une femme a soulevé pour me montrer son visage. Je l'ai tout de suite reconnue. A part qu'elle était pâle et qu'elle avait les lèvres bleues, on aurait pu croire qu'elle dormait.

— C'est bien ma sœur, ai-je dit.

Les funérailles de Brynn ont été brèves et tristes. J'étais assise entre mes parents et ma grand-mère, mais c'est la main de ma grand-mère que j'ai saisie quand on a porté le cercueil en terre. Dans le petit groupe qui assistait à la cérémonie, j'ai vu Olene, Bea, et aussi Flora, à ma grande surprise. Ensuite, j'ai raccompagné mes parents jusqu'à la grille du cimetière.

— Où as-tu l'intention d'aller ? m'a demandé ma mère.

Elle avait les yeux rougis de larmes, elle paraissait vieille et fatiguée.

— A l'université.

J'ai marqué un temps de pause.

— Je ne sais pas encore où. Loin d'ici.

J'ai besoin d'abandonner Linden Falls, de quitter

l'Iowa. Je veux aller quelque part où personne ne pourra faire le rapprochement entre moi et Brynn ou Joshua, ou les Kelby, ou Christopher. J'aimerais déposer une candidature pour l'université de l'Illinois, à Champaign. Devin a été adorable. Elle m'a dit qu'elle m'écrirait une lettre de recommandation, et elle a promis de me soutenir tant qu'elle le pourrait. Si tout se passe bien, je ferai une formation en droit. Je ne suis pas sûre de vouloir garder contact avec mes parents.

— C'est une sage décision, a reconnu mon père, en hochant la tête pour marquer son approbation.

Il avait perdu du poids à l'hôpital et il se tenait à ma mère. J'ai attendu que l'un des deux m'embrasse, ou au moins me serre la main. Mais ils restaient plantés, raides, mal à l'aise. J'ai secoué la tête, de frustration, et je me suis détournée pour m'éloigner.

— Je ne comprends pas, a dit ma mère en me retenant par la manche.

Je l'ai regardée. Peut-être allions-nous enfin parler. Vraiment.

— Tu as tout abandonné.

Elle me fixait avec une expression que je n'ai pas su déchiffrer et qui pouvait aussi bien être de l'étonnement que de la pitié ou du dégoût.

— Tu aurais pu choisir l'université que tu voulais. Nous avions fait tout ce qu'il fallait pour ça. Tu aurais pu devenir ce que tu voulais. Pourquoi as-tu décidé d'aller en prison pour elle ? Tu as gâché ton avenir pour ta sœur. Je n'arrive pas à comprendre pourquoi.

J'ai fait un pas en arrière, pour dégager mon bras. *Pour la protéger*, ai-je failli répondre. *Il fallait bien que quelqu'un la protège*. Brynn n'aurait pas supporté les interrogatoires insistants de la police. Elle n'aurait pas été capable de leur expliquer qu'il s'agissait d'un accident, qu'elle croyait vraiment que le bébé était mort. J'ai eu envie de dire à mes parents que j'avais fait tout ça parce que je l'aimais. Et je l'aimais parce qu'elle avait été la seule à me soutenir quand j'avais cessé d'être parfaite. Mais ils n'auraient pas compris.

— Est-ce que ça en valait la peine, Allison ? a insisté ma mère. Est-ce qu'elle méritait que tu mentes pour elle ?

— Oui, ai-je dit d'un ton assuré, en défiant sans ciller le regard de ma mère. Brynn en valait la peine.

Mais, finalement, je n'ai pas réussi à protéger Brynn. Je croyais avoir fait le bon choix en assumant tout. Je voulais lui éviter de souffrir encore. Pourtant, j'ai l'impression que je n'ai fait que différer l'inévitable. J'espère au moins qu'elle a trouvé la paix et l'amour, durant la période où elle a vécu chez ma grand-mère. Que ses animaux lui ont apporté du réconfort.

— Parfait, a lâché mon père d'un ton morne, tout en joignant ses mains. Et si je te faisais un chèque pour t'aider à prendre un nouveau départ ? a-t-il proposé, comme si ça pouvait tout arranger.

Je n'avais pas de travail, nulle part où aller, et j'étais complètement brisée. Le bon sens aurait dû me pousser à accepter cet argent.

— Non, merci, ai-je dit.

Et nous en sommes restés là. Voilà ce qu'était devenue notre relation. Mes parents n'assisteraient pas à la remise de mes diplômes universitaires, ils ne viendraient pas à mon mariage, ils ne connaîtraient jamais mes enfants. Je ne comprenais pas ma mère. Je ne savais pas si elle pleurait parce qu'elle nous avait perdues, Brynn et moi. Ou si elle se désolait parce que ses filles n'étaient pas devenues ce qu'elle avait prévu pour elles. Je ne le saurai jamais.

Ils sont partis sans un mot, se réfugier dans la vie silencieuse et solitaire qu'ils s'étaient construite. Je suis allée rejoindre ma grand-mère. Elle se tenait près de la tombe de Brynn et pleurait doucement.

— Grand-mère ? ai-je murmuré. Ça va ?

J'ai posé ma main sur son épaule.

— Je pensais qu'elle allait mieux, a-t-elle répondu en reniflant. Elle voyait ce médecin. Elle était sur le bon chemin, avec ses cours et ses animaux.

— Oh ! grand-mère…, ai-je répondu en me mettant moi aussi à pleurer. Tout est ma faute. Pour le bébé, ce n'était pas sa faute. C'était la mienne.

Ma grand-mère m'a attirée dans ses gros bras solides. Je la dépassais d'une bonne tête.

— Allison, ma chérie, tout le monde a des fautes à se faire pardonner, dans cette histoire…

Elle m'a lâchée, et nous avons lentement avancé vers sa voiture.

— Tu penses que tes parents vont essayer d'entrer en contact avec ce petit garçon ? a-t-elle demandé.

— Non. Et c'est tant mieux. Tu crois vraiment que ce serait un bien, pour lui, de fréquenter mes parents ? ai-je demandé en faisant la grimace.

Rien que l'idée me donnait le frisson.

— Non, je suppose que non. Tu as réussi à lui faire tes adieux ?

Elle m'a pris la main.

— Non. Les Kelby préfèrent me tenir à distance, et je crois que je les comprends. Je n'ai pas vu Joshua depuis cette fameuse nuit à la librairie.

— Tu as aidé à lui sauver la vie. Ce n'est pas rien.

— Je leur rappelle de mauvais souvenirs, que veux-tu… Je ne suis pas responsable du fait que Brynn a tenté de noyer Joshua, mais ils ne me feront plus jamais confiance. J'aurais dû quitter la librairie à la minute où j'ai compris qu'il était mon fils. Et, surtout, je n'aurais jamais dû parler de lui à Brynn.

J'ai regardé ma grand-mère ouvrir la portière de sa voiture, tout en me demandant si les choses auraient été différentes si nous l'avions fréquentée plus régulièrement, quand nous étions enfants. Je conserve de merveilleux souvenirs des rares visites que nous lui rendions. Je me rappelle avoir joué avec Brynn au milieu des fleurs de son jardin. Nous enfouissions notre nez dans les pétales veloutés des pivoines d'un blanc neigeux, tout en chassant d'un revers de la main les bourdons qui nous houspillaient pour avoir envahi leur territoire. Est-ce que sa douceur aurait pu changer quelque chose ?

— Veux-tu que je te dépose quelque part ? a-t-elle demandé.

— Non merci. Olene m'attend.

— Encore un baiser, a-t-elle demandé avec un sourire.

Je me suis penchée pour l'embrasser.

— Allison, a-t-elle ajouté, tout en se glissant sur son siège et en insérant la clé de contact de ses doigts enflés et noueux. Si tu as besoin, et si tu en as envie, tu es plus que la bienvenue chez moi. Tu peux y rester aussi longtemps que tu veux.

— Vraiment ?

La proposition m'a surprise. Et ravie. Je désirais plus que tout laisser Linden Falls derrière moi et monter sur-le-champ dans la voiture de ma grand-mère.

— J'ai encore des trucs à régler ici, ai-je dit à regret. Est-ce que je pourrai venir, quand j'aurai terminé ? D'ici quelques jours.

— Bien sûr, a-t-elle répondu. Viens quand tu te sens prête. Et comme ça, tu feras connaissance avec les animaux de Brynn.

— J'ai hâte, ai-je dit en me penchant pour déposer un baiser sonore sur sa joue, par la vitre de la portière.

J'aurais aimé être une sœur pour Brynn, l'aider vraiment. Mais je n'ai pas pu. Face à la difficulté, Brynn sombrait dans la noirceur et la détresse. Elle n'a jamais entrevu la moindre lueur d'espoir. Elle pensait que Joshua ne pourrait jamais être heureux sans sa sœur.

Personne n'aurait pu la sauver d'elle-même. Mais moi, je peux m'en sortir. Je peux être heureuse.

Tout en me dirigeant vers le groupe formé par Olene et les filles qui l'ont accompagnée, je me souviens qu'Olene m'a conseillé d'aborder le monde avec l'espoir au cœur. C'est bien ce que j'ai l'intention de faire.

Je sais que je ne reverrai jamais plus Joshua Kelby — mon fils. Mais j'ai l'espoir qu'il grandira entouré et aimé, qu'il sera heureux, qu'il deviendra un être solide. J'ai l'espoir que, lorsque le moment sera venu, ses parents lui diront : « Il était une fois une fille qui t'aimait si fort qu'elle aurait fait n'importe quoi pour toi. » J'ai cet espoir.

NOTE DE L'AUTEUR

Les cinquante Etats des Etats-Unis ont maintenant adopté la loi « *Safe Haven* ». Les modalités d'application varient d'un Etat à l'autre, mais l'intention générale est de permettre aux parents en détresse, ou à toute personne déléguée par eux, de laisser un enfant dans un « abri sûr », un hôpital ou un autre établissement autorisé à prodiguer des soins, sans craindre des poursuites pour abandon d'enfant.

Dans l'Etat de l'Iowa, quand un enfant est déposé dans un *Safe Haven*, le « prestataire d'asile » contacte l'aide sociale à l'enfance. Le tribunal pour enfants en est aussi informé, ainsi que le procureur du comté. Une requête est déposée pour que la garde de l'enfant soit officiellement confiée aux services sociaux. Quand il est établi que l'enfant est en bonne santé et n'a pas subi de sévices, on peut décider de le placer dans un foyer d'accueil transitoire. La date de l'audience destinée à déchoir les parents de leurs droits est obligatoirement publiée dans les journaux. Ceux-ci ne sont pas tenus d'y assister, et elle doit avoir lieu dans les trente jours qui suivent l'abandon.

Pour l'instant, on ne possède pas de statistiques concernant le nombre d'enfants abandonnés dans les *Safe Haven*. Les Etats, les comtés et les différentes communautés concernées ne fournissant pas de données régulières.

Ces lois ont suscité des controverses. Leurs détracteurs considèrent qu'elles incitent à l'abandon et dissuadent les femmes de se faire suivre médicalement avant et après l'accouchement, mettant ainsi en danger leur santé et celle de leur bébé. D'autres considèrent qu'elles ne sont qu'un « pansement législatif » et ne s'attaquent pas aux causes de l'abandon et de l'infanticide. Ceux qui les défendent mettent en avant le nombre de vies sauvées et les avantages de l'anonymat qui protège les parents.

REMERCIEMENTS

Bien qu'écrire soit un acte solitaire, on ne peut mener un livre à bout sans se laisser atteindre par le monde extérieur, ni sans accepter qu'il vous perturbe. Je suis reconnaissante à tous ceux qui ont su être présents pour ma famille et moi. Ma gratitude va d'abord à mes parents, Milton et Patricia Shmida, à qui je dois ma force et mon ancrage dans la vie. A mes frères et sœurs, ainsi qu'à leurs familles, mes bouées de sauvetage — merci à vous, Greg, Mady et Hunter Shmida, à Kimbra Valenti, Jane, Kip, Tomy et Meredith Augspurger, à Morgan et Kyle Hawthorne, à Milt, Jackie, Lizzie et Joe Shmida, à Molly, Steve, Hannah, Olivia, Myah Lugar, à Patrick et Sam Shmida. Merci également aux membres Gudenkauf, qui nous accompagnent à chaque pas : Lloyd, Lois, Steve, Tami, Emily, Jenni, Aiden, Mark, Carie, Connor, Lauren, Dan, Robin, Molly et Cheryl, merci à Hailey et Hannah Zacek.

Je suis également profondément reconnaissante à tous ceux qui suivent et ont généreusement tout supporté de moi : Jennifer et Kent Peterson, Jean et Charlie Daoud, Ann et John Schober, Rose et Steve Schulz, Cathie et Paul Kloft, Sandy et Rick Hoerner, Laura et Jerry Trimble, Mike et Brenda Reinert et leurs familles. Merci à vous, Danette Putchio, Lenora Vinckier, Tammy Lattner, Mary Fink, Mark Burns, Cindy Steffens, Susan Meehan, Ben et Mel Graves, Barbara et Calvin Gatch, Ann O'Brien, merci au père Rich Adam et aux paroissiens de Saint-Joseph, à Wellman, dans l'Iowa, merci à Kae et Jerry Pugh, Sarah Reiss et ceux, proches ou lointains, qui savent être présents pour nous. Un grand merci aux formateurs d'enseignants, aux directeurs, aux professeurs, à tout le personnel et aux élèves du DCSD, en particulier à ceux des écoles élémentaires et collèges George-Washington, Carver, Kennedy, Bryant et Marshall, ainsi qu'à l'école maternelle Hand in Hand.

Je remercie de tout cœur mon agent, Marianne Merola, qui défend si bien mes intérêts et me montre la bonne direction. Ses conseils et son amitié me sont précieux. Merci à mes éditrices, Valerie Gray et Miranda Indrigo, dont l'amitié, le soutien, les idées et les suggestions font progresser mon écriture. Merci également à Heather Foy, Pete McMahon, Andi Richman, Nanette Long, Emily Ohanjanians, Kate Pawson, Jayne Hoogenberk, Margaret Marbury, Donna Hayes et tout le personnel de MIRA Books, qui m'a prise sous son aile et a travaillé pour moi sans relâche. Un merci tout particulier à Natalia Blaskovich, qui m'a si bien renseignée sur les lois de l'Iowa et le système judiciaire.

Comme toujours, mon amour et mes remerciements à Scott, Alex, Anna et Grace — sans vous, je n'y arriverais pas.

Si, comme nous l'espérons, vous avez aimé *L'écho des silences*, découvrez le nouveau roman de Heather Gudenkauf, *Le souffle suspendu*, à paraître chez Mosaïc en juillet 2013.

Pour en découvrir davantage, voici un extrait de ce livre en avant-première.

Prologue

Holly

La pompe à morphine fait son travail et, dans le délicieux entre-deux qui n'est ni veille ni sommeil, je flotte sans ressentir la douleur. Je pourrais presque me figurer que les muscles, les tendons, le derme de mon bras gauche se sont retricotés ensemble, recréant une peau claire et lisse ; que mes longs cheveux bruns flottent librement dans mon dos, que mes boucles d'oreilles préférées oscillent autour de mon visage et que les deux coins de ma bouche se relèvent en un large sourire indolore chaque fois que je pense à mes enfants. Oui, les drogues qu'on m'administre font merveille. Mais même si les narcotiques prescrits avec la plus grande minutie et savamment dosés par les infirmières adoucissent le tranchant de la souffrance, je sais que, très vite, cette plaisante sensation de flou se dissipera, ne laissant derrière elle que la douleur et le manque. Car Augie et P.J. sont à des milliers de kilomètres de moi, relégués dans le lieu où j'ai grandi, dans la ville où je me suis juré de ne jamais retourner, dans la maison où je ne veux plus remettre les pieds, confiés à l'homme que je n'avais pas l'intention de leur faire connaître.

La mélodie grêle de la sonnerie qu'Augie, ma fille de treize ans, a programmée sur mon téléphone mobile, m'arrache à la torpeur de mon demi-sommeil. J'ouvre un œil, celui qui n'est pas croûté et couvert d'un épais onguent, et j'appelle ma mère, mais elle a dû sortir de la pièce. Je tends la main vers le téléphone posé sur la table-plateau, près de mon lit, et les extrémités nerveuses dans mon bras gauche bandé envoient un fulgurant message de douleur. Je change prudemment de position pour attraper l'appareil avec ma bonne main et je l'approche de l'oreille qu'il me reste.

— Allô ?

Le mot émerge à demi formulé. Ma voix est encore éraillée, laborieuse, comme si mes poumons étaient toujours remplis de fumée.

— Maman ?

Augie. Au téléphone, ma fille paraît hésitante, presque timide. Je perçois en elle une fragilité qui ne lui ressemble pas. Elle est normalement sûre d'elle, intelligente, décidée. Toute son attitude dit clairement : « Attention, tu ne me marcheras pas sur les pieds. »

— Augie ? Ça va ?

D'un battement de paupières, je tente de dissiper le brouillard morphinique. Ma langue est sèche et colle à mon palais. Je voudrais boire une gorgée d'eau dans le verre posé sur mon plateau, mais je n'ai qu'une main valide et elle me sert à tenir le téléphone. L'autre, inutilisable, repose sans force sur le drap.

— Dis-moi ce qui se passe, Augie ?

Pendant quelques secondes, je n'entends plus rien. Puis ma fille reprend à voix basse :

— Je t'aime, maman.

Les mots prononcés dans un murmure se muent en discrets sanglots.

Effarée, je me redresse, le dos droit dans mon lit. Je suis pleinement éveillée, à présent. Des décharges de douleur passent dans mon bras bandé et remontent dans mon visage et dans mon cou.

— Où es-tu, Augie ?

— A l'école, chuchote-t-elle.

Elle pleure, de cette façon bien particulière que je lui ai toujours connue — lorsqu'elle lutte comme une damnée pour garder les yeux secs alors que le chagrin la submerge tout entière. C'est comme si je la voyais devant moi : tête basse, ses longs cheveux châtains tombant autour de son visage, les paupières serrées pour empêcher les larmes de tomber. J'entends son souffle précipité dans le téléphone ; sa respiration est heurtée, paniquée.

— Il a une arme, maman. Un revolver. Il tient P.J. J'ai peur.

La terreur me broie la poitrine.

— *Qui* tient P.J. ? Réponds-moi, Augie, où es-tu ? Qui a un revolver ?

— Je suis dans un placard. Il m'a enfermée.

Dans ma tête, mes pensées tournent à une vitesse folle. *Qui* pourrait faire une chose pareille ? S'en prendre ainsi à mes enfants ?

— Raccroche, Augie, tu m'entends ? Coupe tout de suite et compose le 911, pour prévenir la police. Sans attendre une seconde, ma chérie… Et ensuite, tu me rappelles, d'accord ? Tu peux le faire ?

J'entends ses reniflements et je répète, plus sèchement.

— Tu peux le faire ?

De nouveau, elle laisse passer un temps de silence. Puis elle acquiesce.

— Oui, je peux le faire. Je t'aime, maman, répète-t-elle doucement.

— Moi aussi, Augie. Je t'aime de toutes mes forces.

Mes yeux se remplissent de larmes, et je sens l'humidité s'accumuler sous le bandage qui couvre mon œil blessé.

Alors que j'attends le moment où Augie va couper la communication, trois coups de feu explosent dans le silence, puis deux autres encore, ponctués par les cris perçants de ma fille.

Je sens les pansements qui couvrent le côté gauche de mon visage se distendre au moment où mes propres hurlements détachent les bandes adhésives qui les maintenaient en place ; je sens la peau fragile, tout juste transplantée, tirer aux coutures. C'est à peine si je m'aperçois que ma mère et les infirmières se précipitent à mon chevet et arrachent le téléphone auquel mes doigts se cramponnent avec toute la force dont je dispose encore.

Augie

Mon pantalon n'a toujours pas séché depuis que, ce matin, Noah Plum m'a poussée du trottoir déblayé pour m'envoyer rouler dans une congère, en descendant du car de ramassage scolaire. Noah Plum est le plus gros nullard de toute la classe de quatrième, mais je ne sais pas pourquoi personne, ici, ne s'en est encore aperçu, à part moi. Alors que je ne suis ici que depuis huit semaines et que les autres, eux, ont vécu dans ce trou de merde toute leur vie. Sauf Milana Nevara, dont le papa mexicain est le vétérinaire local. Mais elle est arrivée quand elle avait tout juste deux ans, et donc c'est un peu comme si elle était du coin, elle aussi.

Il fait trop, trop froid dans notre salle de classe, et j'ai les doigts engourdis tellement je suis gelée. M. Ellery dit que les températures ne sont pas censées descendre en dessous de zéro lorsqu'on est déjà fin mars, et que la chaudière a été mise au vert. M. Ellery est mon prof, et le seul élément positif dans la vie de merde que j'ai en ce moment. Il est assis à son bureau et il note des copies. Tout le monde — sauf Noah, bien sûr — écrit dans son cahier. C'est comme ça tous les jours, en début d'après-midi. La classe commence par un temps d'écriture libre. Pendant dix minutes, on a le droit de marquer tout ce qui nous passe par la tête. M. Ellery dit que si on veut, on peut même répéter le même mot sur une page entière.

Evidemment, il a fallu que ce gros niais de Noah demande :

— Et si c'est un gros mot ?

— Eh bien, tu t'appliques une bonne correction à toi-même, a répondu M. Ellery.

Et tout le monde a ri. M. Ellery prévoit toujours un moment pour ceux qui ont envie de lire à voix haute ce qu'ils ont écrit. Moi, je n'ai jamais levé le doigt pour me porter volontaire. Il ne manquerait plus que tous ces ploucs sachent ce que je pense vraiment. En fait, je fais super gaffe. Je garde tout le temps mon carnet sur moi pour que personne ne l'ouvre. Et je ne le quitte jamais des yeux.

Dans mon collège de l'Arizona, où j'étais inscrite avant d'arriver ici, on était deux cent huit élèves en classe de quatrième. Et on avait des profs différents pour chaque matière. Mais ici, à Broken Branch, nous ne sommes que vingt-deux en tout, et nous n'avons que M. Ellery qui nous fait presque tous les cours. Mais cela ne me dérange pas : il est vraiment très beau, et, en plus, c'est le meilleur prof que j'aie jamais eu. Il est drôle mais il ne se moque jamais. Il y a des profs qui croient être de grands comiques parce qu'ils sortent des trucs durs qui te cassent. Mais M. Ellery n'est pas comme ça. Il ne laisse pas non plus certains élèves en ridiculiser d'autres. En fait, il regarde juste le type ou la fille droit dans les yeux, et ça suffit pour qu'il ou elle se la ferme. Même Noah Plum.

Tous les jours, M. Ellery nous donne une idée de sujet qu'il note sur le tableau blanc effaçable, pour ceux qui manquent d'inspiration. Cette fois, il a mis : « Pendant les vacances de printemps, je vais… »

Même le coup du regard fixe de M. Ellery ne marche pas, aujourd'hui. Tout le monde chuchote et se marre parce que c'est le dernier jour de cours.

— Allez, allez, tous au travail ! insiste M. Ellery.

Et s'il nous reste un peu de temps, nous jouerons au Pictionary.

Une clameur s'élève autour de moi.

— Ouaaais ! Génial ! Trop classe !

Super. J'ouvre mon carnet, je cherche une page blanche et je commence à écrire. « Pour les vacances de printemps, nous retournons en avion dans l'Arizona pour voir notre mère… » Les seuls bruits que l'on entend encore dans la classe, ce sont les grincements des pointes de stylo sur le papier et les petits reniflements énervants d'Erika. Elle a toujours le nez qui coule et se lève au moins vingt fois par jour pour aller chercher un mouchoir en papier. « … Je suis trop contente de me barrer d'ici. Et si je pouvais ne jamais revoir de neige ou de vache de ma vie, ça m'irait impeccable. Pareil pour mon grand-père, d'ailleurs. Ça ne me dérangerait pas de ne jamais le revoir, lui aussi. »

Je voudrais trop que ma mère aille mieux et qu'elle puisse nous garder avec elle après les vacances, pour qu'on ne soit pas obligés de revenir ici, à Broken Branch. Mais mon grand-père dit qu'il ne faut pas se faire d'illusions et que maman restera encore immobilisée pendant pas mal de temps. Dès qu'elle sera transportable en avion, elle viendra ici, elle aussi, chez notre papy et notre mamie que je ne connaissais même pas, il y a deux mois. Mais moi, je m'en fous, de ce qu'il raconte, mon grand-père. Parce que après les vacances, ils feront ce qu'ils veulent, mais moi, je resterai en Arizona.

Un grand craquement, comme le bruit d'une branche déchirée par une tempête, me fait lever la tête. M. Ellery a entendu, lui aussi. Il se lève de son bureau, se dirige vers la porte et sort pour voir ce qui se passe. Quelques secondes plus tard, il revient en haussant les épaules.

— Apparemment, quelqu'un a cassé une vitre, au fond du couloir. Restez tranquillement assis et continuez à écrire. Je vais aller voir et je reviens tout de suite.

Avant qu'il puisse ressortir, la voix tremblante de Mme Lowell, la secrétaire de l'école, se fait entendre dans le haut-parleur :

— Messieurs et mesdames les enseignants, nous sommes en alerte, et les consignes du plan de mise en sûreté doivent être appliquées. Chaque enseignant est invité à investir son lieu de mise en sûreté.

Noah émet un son dédaigneux.

— « Investir son lieu de mise en sûreté » ! articule-t-il d'un ton pompeux en imitant la mère Lowell.

Personne d'autre n'ouvre la bouche. Nous avons tous le regard fixé sur M. Ellery, et nous attendons qu'il nous dise ce qu'il faut faire. Je ne suis pas assez ancienne ici pour savoir ce qu'est un plan de mise en sûreté. Mais à voir la tête de M. Ellery, j'ai l'impression que ça craint.

Mme Oliver

Le jour où l'homme armé pénétra dans la salle de classe d'Evelyn Oliver, elle arborait deux éléments vestimentaires qu'elle s'était juré de ne jamais porter en ses quarante-trois années de carrière : du jean et des perles en strass. Mme Oliver avait la ferme conviction qu'un enseignant se devait de ressembler à un enseignant. A ses yeux, une institutrice digne de ce nom s'habillait avec soin, rigueur et discrétion. Ses tenues étaient toujours impeccables, ses chemisiers à petit col et ses ensembles repassés avec un soin maniaque. Elle ne voulait surtout pas entendre parler des tenues « décontractées » dans lesquelles les jeunes enseignants s'affichaient de nos jours. Mme Oliver rejetait en bloc les minijupes, les tennis, et autres décolletés plongeants. Sans parler des tatouages, bien sûr. M. Ellery, pour ne citer que lui — le jeune prof des quatrièmes —, s'était fait tatouer le bras droit. La figure était formée d'un ensemble de traits et de boucles que Mme Oliver avait identifié comme étant une écriture asiatique.

« Cela veut dire "professeur" en chinois », avait expliqué M. Ellery, par une journée brûlante de la fin août, alors qu'ils faisaient leur prérentrée et que tous les enseignants reprenaient possession de leur salle de classe.

Gênée d'avoir été surprise à contempler fixement le muscle deltoïde du jeune M. Ellery, qui se promenait sans complexe en débardeur, Mme Oliver s'était contentée de saluer son explication d'un petit pincement de lèvres. Mais elle n'avait pu s'empêcher de s'interroger sur la douleur éprouvée lorsqu'un inconnu vous injectait lentement et méthodiquement de l'encre sous la peau.

Même les profs les plus âgés se laissaient parfois aller à venir travailler en jean, avec des sweat-shirts au nom de l'école, portant le logo de l'équipe de foot de Broken Branch. Ce qui faisait froncer les sourcils de Mme Oliver.

Aujourd'hui, pourtant, en cette journée inhabituellement glaciale de mars et à la veille des vacances scolaires, elle s'était présentée devant sa classe vêtue de la robe chasuble en jean dont elle savait à présent qu'elle serait son ultime parure. Une honte, vraiment, de mourir ainsi après une carrière complète de plis impeccables et de bas de contention qui grattent.

La semaine précédente, après le départ du reste de sa classe de CE2, Mme Oliver avait ouvert avec une certaine prudence le paquet froissé, rayé de jaune et de rose, que lui avait tendu Charlotte, un brin de fillette maigrichonne et malpropre, avec des cheveux bruns aux reflets roussâtres, hôtes chroniques d'une tenace dynastie de poux.

— C'est un cadeau, Charlotte ? Mais en quel honneur ? Mon anniversaire ne tombe pas avant l'été prochain !

Charlotte l'avait gratifiée d'un joli sourire édenté.

— Je sais. Mais avec ma maman, on a pensé que vous en profiteriez plus longtemps si je vous le donnais maintenant.

Mme Oliver s'attendait à déballer une bougie parfumée à la cannelle, des biscuits fabriqués maison ou une mangeoire pour oiseaux peinte à la main. Mais elle avait trouvé une robe chasuble en denim brodée d'une rivière scintillante de perles en strass appliquées laborieusement en forme d'arc-en-ciel. Charlotte avait levé vers elle un regard grave et lourd d'attente sous la longue frange qui couvrait d'ordinaire des yeux gris rieurs.

— C'est moi qui ai fait la décoration presque toute seule avec l'applicateur électrique, avait-elle annoncé fièrement. Ma maman m'a aidée pour dessiner l'arc-en-ciel.

Elle avait placé une main menue aux ongles sales sur l'arc coloré.

— VIBVeROJ : violet, indigo, bleu, vert, rouge, orange et jaune. Je me suis bien rappelé la leçon, hein ?

Charlotte avait souri avec fierté, dévoilant une série de dents de lait encore intactes. Mme Oliver n'avait pas eu le cœur de lui dire que le moyen mnémotechnique pour retenir les couleurs de l'arc-en-ciel était VIBVeJOR, et non VIBVeROJ. C'était déjà une consolation que son élève ait retenu la liste complète des couleurs, même si elle les avait mémorisées dans le désordre.

Mme Oliver avait déplié la robe pour la placer devant elle.

— C'est vraiment très joli, Charlotte. Je vois que je tu as passé beaucoup de temps à broder les perles.

La fillette avait acquiescé d'un hochement de tête solennel.

— Ah oui, plein, plein de temps ! Deux semaines. Je voulais d'abord faire un gâteau d'anniversaire en décoration. Mais ma maman a dit que la robe serait plus facile à porter avec l'arc-en-ciel — c'est plus classique. J'ai failli pas avoir assez de perles. Mon petit frère les a prises pour des bonbons et il en a avalé ! s'était-elle esclaffée.

— Je vais sûrement avoir l'occasion de la porter très souvent. Merci beaucoup, Charlotte.

Mme Oliver avait tapoté l'épaule de la fillette, qui s'était blottie aussitôt contre elle, les bras noués autour de sa taille épaisse, le visage pressé contre les boutons de son chemisier blanc amidonné. Mme Oliver avait ressenti aussitôt un début de démangeaison sous ses cheveux gris argent, mais avait résisté à la tentation de se gratter.

C'était Cal, son mari, qui l'avait convaincue de porter la robe.

— Qu'est-ce que tu risques à la mettre ? lui avait-il demandé ce matin-là, alors qu'elle se tenait devant sa penderie ouverte, les yeux rivés sur la chasuble criarde qui semblait lui retourner impitoyablement son regard.

— Ne sois pas ridicule, Cal ! De ma vie, je n'ai porté un vêtement en jean pour aller en classe, et je ne vais pas commencer aujourd'hui, à quelques mois de la retraite !

Mais impossible de s'ôter de la tête l'expression de Charlotte, en début de semaine, lorsqu'elle s'était précipitée en classe, tout excitée à l'idée de voir sa maîtresse arborer la « belle robe » qu'elle lui avait offerte.

— Elle a passé deux semaines à la décorer, lui avait rappelé Cal alors qu'ils prenaient leur petit déjeuner.

— Non, non, ce ne serait pas professionnel, avait-elle riposté sèchement.

Au fil de la semaine, les épaules de Charlotte s'étaient tassées un peu plus chaque jour, chaque fois qu'elle entrait dans la classe et trouvait son enseignante vêtue de son éternel uniforme de base : pantalon en laine mélangée, chemisier et cardigan.

— Ses doigts en ont *saigné*, avait souligné Cal, la bouche pleine de porridge.

— Ils annoncent des températures en dessous de zéro, aujourd'hui. Il fait trop froid pour se mettre en robe !

Mais elle était déjà à demi vaincue, assaillie par la vision de Charlotte qui, les lèvres serrées en signe de défi, avait refusé de la regarder et de répondre à ses questions, la veille.

— Mets un caleçon et un col roulé dessous, avait suggéré gentiment son mari, en se levant pour l'embrasser dans le cou d'une manière qui, même après quarante-cinq ans de mariage, lui procurait toujours le même frisson délicieux.

Parce qu'il avait raison — Cal avait toujours raison —, elle l'avait repoussé d'un geste irrité de la main, en lui lançant qu'elle arriverait en retard à l'école si elle ne s'habillait pas tout de suite. Avec la chasuble sur le dos, elle était partie en le laissant assis devant son café et son journal du jour, à la table de cuisine. Elle ne lui avait pas dit qu'elle l'aimait, n'avait même pas posé un instant les lèvres sur sa joue ridée pour lui dire au revoir.

— N'oublie pas de brancher la sauteuse électrique, avait-elle lancé en guise d'adieu, avant de sortir dans le petit matin froid et gris.

Le soleil n'avait pas encore dépassé la ligne d'horizon, mais les températures avaient atteint leur point culminant de la journée et elles ne feraient plus, désormais, que décroître d'heure en heure. En montant dans sa voiture pour faire le trajet familier de vingt-cinq minutes, entre sa maison de Dalsing et l'école à Broken Branch, elle n'avait pas imaginé un instant qu'elle l'effectuait peut-être pour la dernière fois.

Cela dit, elle avait été récompensée de son héroïsme : le petit visage désolé de Charlotte était passé de la déception résignée à une joie sans mélange, lorsqu'elle avait vu son institutrice vêtue de la monstrueuse chasuble décorée de strass. Naturellement, Cal avait eu raison. Passer une journée avec cet affreux vêtement incommode sur le dos ne ferait de mal à personne. Elle avait eu à subir quelques haussements de sourcils de la part de ses collègues en salle des profs. Mais elle en avait vu d'autres. Et son petit sacrifice avait fait le bonheur de Charlotte, qui se tenait à présent pétrifiée de terreur à son bureau, de même que ses seize camarades de classe qui fixaient tous, bouche bée, l'homme qui les menaçait de son arme. Au moins, songea Mme Oliver, se choquant elle-même tant la pensée était morbide, s'il la tuait d'une balle dans la poitrine, la robe serait trouée et on ne l'enterrerait pas dans cette fichue chasuble avec son arc-en-ciel en perles de couleur.

A paraître le 1er juillet

Best-Sellers n°568 • suspense

La peur sans mémoire - Lori Foster

Intense et bouleversante. La nuit qu'Alani vient de passer avec Jackson Savor résonne en elle comme une révélation. Après son enlèvement à Tijuana, deux ans plus tôt, et les cauchemars qui l'assaillent depuis, jamais elle ne se serait crue capable de s'abandonner ainsi dans les bras d'un homme. Et pourtant, Jackson, ce redoutable mercenaire qui n'a de limites que celles fixées par l'honneur, a su trouver le chemin de son cœur. Hélas, cette parenthèse amoureuse est de courte durée. Au petit matin, à peine sortie de la torpeur du plaisir, Alani comprend qu'il y a un problème : son amant, si empressé un peu plus tôt, a tout oublié de leurs ébats torrides. Pas de doute possible : il a été drogué. Mais par qui ? Et comment ? Le coupable est-il lié aux odieux trafiquants sur lesquels Jackson enquête ? Ces questions sans réponse, ce sentiment d'impuissance, Alani les supporte d'autant plus mal qu'elle y a déjà été confrontée. Mais au côté de Jackson, et pour donner une chance à leur histoire, elle est prête à affronter le danger, et ses peurs…

Best-Sellers n°569 • suspense

Le mystère de Home Valley - Karen Harper

Mille fois, Hannah a imaginé son retour à Home Valley, la communauté amish où elle a grandi et avec laquelle elle a rompu trois ans plus tôt. Mille fois, elle a imaginé ses retrouvailles avec Seth, l'homme qu'elle aurait épousé s'il ne l'avait cruellement trahie. Mais pas un seul instant elle n'aurait pensé que cela se ferait dans des circonstances aussi dramatiques. Car dès son retour, alors qu'elle a décidé sur un coup de tête de se rendre de nuit dans le cimetière de la Home Valley, elle est prise pour cible par un homme armé, qui heureusement ne parvient qu'à la blesser. Pourquoi cet homme a-t-il voulu la tuer ? Va-t-il s'arrêter là ? Pour répondre à ces angoissantes questions, Hannah décide d'apporter toute son aide au ténébreux Linc Armstrong, l'agent du FBI chargé de l'enquête, et qui suscite la méfiance chez les autres membres de la communauté amish — et surtout chez Seth. Ecartelée entre deux mondes, entre deux hommes, Hannah va bientôt être submergée par ses sentiments – des sentiments aussi angoissants que les allées du cimetière plongées dans l'obscurité…

Best-Sellers n°570 • thriller

Piège de neige - Lisa Jackson

Prisonnière du criminel pervers qu'elle traque depuis des semaines dans l'hiver glacial du Montana, l'inspecteur Regan Pescoli n'a plus qu'une obsession : s'échapper coûte que coûte. Aussi essaie-t-elle, dans le cachot obscur et froid où elle est enfermée, de dominer la terreur grandissante qui menace de la paralyser. Car ce n'est pas seulement sa vie qui est en jeu, mais également celle d'autres captives, piégées comme elles et promises à la mort. Pour les sauver, autant que pour retrouver ses enfants et Nate Santana, l'homme qu'elle aime, Regan est déterminée à découvrir le point faible du tueur. Pour cela, il lui faudra aller au bout de son courage, de sa résistance physique… Et vaincre définitivement ce maniaque, avant qu'il ne soit trop tard.

Best-Sellers n°571 • suspense

Les disparues du bayou - Brenda Novak

Depuis l'enlèvement de sa petite sœur Kimberly, seize ans plus tôt, Jasmine Stratford a enfoui ses souffrances au plus profond d'elle-même et s'est dévouée corps et âme à son métier de profileur. Mais son passé ressurgit brutalement lorsqu'elle reçoit un colis anonyme contenant le bracelet qu'elle avait offert à Kimberly pour ses huit ans. Bouleversée, elle se lance alors dans une enquête qui la conduit à La Nouvelle-Orléans. Là, elle ne tarde pas à découvrir un lien effrayant entre le meurtre récent de la fille d'un certain Romain Fornier et le kidnapping de sa petite sœur. Prête à tout pour découvrir la vérité, Jasmine prend contact avec Romain Fornier, seul capable de l'aider à démasquer le criminel. Elle se heurte alors à un homme mystérieux, muré dans le chagrin et vivant dans le bayou comme un ermite. Un homme qu'elle va devoir convaincre de l'aider à affronter le défi que leur a lancé le tueur : *« Arrêtez-moi »*.

Best-Sellers n°572 • roman

L'écho des silences - Heather Gudenkauf

Allison. Brynn. Charm. Claire. Quatre femmes prisonnières d'un secret qui pourrait les détruire… et dont un petit garçon est la clé. Allison garde depuis cinq ans le silence sur le triste drame qu'elle a vécu adolescente et qui l'a conduite en prison pour infanticide. Brynn sait tout ce qui s'est passé cette nuit-là, mais elle s'est murée dans l'oubli pour ne pas sombrer dans la folie. Charm a fait ce qu'elle a pu, bien sûr, pourtant elle a dû renoncer à son rêve et se taire. Alors elle veille en secret sur son petit ange. Claire vit loin du passé pour tenter de bâtir son avenir avec ceux qui comptent pour elle. Et elle gardera tous les secrets pour protéger le petit être qu'elle aime plus que tout au monde. Quatre femmes réfugiées dans le silence, détenant chacune la pièce d'un sombre puzzle.

Best-Sellers n°573 • roman

Un jardin pour l'été - Sherryl Woods

Son cœur qui bat plus vite lorsqu'elle consulte sa messagerie, son imagination qui s'emballe lorsqu'elle revoit en pensée le visage aux traits virils de celui dont elle est tombée amoureuse… Moira doit se rendre à l'évidence : elle ne peut oublier Luke O'Brien. Il faut dire qu'avec ses cheveux bruns en bataille, son regard parfois grave mais pétillant de vie, son sourire irrésistible, cet Américain venu passer ses vacances en Irlande n'a guère eu de mal à la séduire. Sauf qu'après le mois idyllique qu'ils ont passé ensemble, Luke est reparti aux Etats-Unis reprendre le cours de sa vie, et peut-être même retrouver une autre femme. Alors que Moira tente de se persuader que tout est ainsi pour le mieux, son grand-père lui demande de l'accompagner à Chasepeake Shores, la petite ville de la côte Est des Etats-Unis où vit Luke. Moira n'hésite que quelques secondes avant d'accepter. Même si, dès lors, une question l'obsède : saura-t-elle convaincre Luke qu'il y a une place pour elle dans sa vie ?

Best-Sellers n°574 • historique

La maîtresse de l'Irlandais - Nicola Cornick

Londres, 1813.

Autrefois reine de la haute société londonienne, Charlotte Cummings a vu son existence voler en éclats lorsque son époux – las de ses frasques – a mis fin à leur mariage du jour au lendemain. Brusquement exclue des soirées mondaines, ruinée et endettée, Charlotte n'a eu d'autre choix que de renoncer à son honneur en vendant ses charmes chez la cruelle Mme Tong. Jusqu'à ce qu'un jour un troublant gentleman ne lui redonne espoir en lui proposant un pacte aussi tentant que surprenant. Si elle accepte de devenir sa maîtresse, elle retrouvera son statut de lady et les privilèges qui vont avec. D'abord hésitante, Charlotte finit par se soumettre à ce scandaleux marché, même si elle pressent que cet homme mystérieux lui cache quelque chose…

Best-Sellers n°575 • historique

Un secret aux Caraïbes - Shannon Drake

Mer des Caraïbes, 1716.

Roberta Cuthbert ne vit que pour se venger du cruel pirate qui a tué ses parents et anéanti le village de ses ancêtres, en Irlande. Pour cela, elle a tout abandonné, allant jusqu'à se faire passer pour un homme et entrer dans la piraterie, afin de parcourir les mers à la recherche de son ennemi. Pourtant, le jour où elle fait prisonnier le capitaine Logan Haggerty, elle comprend que son déguisement ne sera d'aucune protection contre les sentiments troublants que cet homme éveille en elle. Comment pourrait-elle maintenir son image de pirate impitoyable quand elle ne s'est jamais sentie aussi féminine que sous son regard doré ? Bouleversée, Roberta n'en est pas moins déterminée à ignorer la tentation, coûte que coûte. Jusqu'à ce que le capitaine la sauve de la noyade lors d'une violente tempête, et qu'ils ne s'échouent tous deux sur une île déserte…

Best-Sellers n°576 • érotique

L'éducation de Jane - Charlotte Featherstone

Jane le sait : lord Matthew peut être dur. Cassant. Impitoyable avec ceux qu'il pense faibles. Pourtant, lorsqu'elle l'a trouvé, affreusement blessé, dans l'hôpital où elle travaille, et qu'elle l'a veillé jour et nuit, c'est lui qui, les yeux protégés par un bandage, se trouvait à sa merci. Lui, l'homme à la réputation sulfureuse, qui la suppliait de le laisser toucher son visage, sa peau, ses lèvres, son corps tout entier, comme si ces gestes troublants avaient le pouvoir de le ramener à la vie. Alors aujourd'hui, même s'il a recouvré la vue et risque de la trouver laide, comparée à ses nombreuses maîtresses, même s'il est redevenu l'aristocrate arrogant dont les frasques libertines défrayent la chronique mondaine, Jane est décidée à se livrer à lui, corps et âme. Un choix insensé qui pourrait la détruire, mais devant lequel elle ne reculera pas. Car à l'instant où Matthew a posé les mains sur elle, elle a su qu'elle avait trouvé son maître…

Composé et édité par les

éditions HARLEQUIN

Achevé d'imprimer en juin 2013

BRODARD & TAUPIN

La Flèche

Dépôt légal : juillet 2013

N° d'imprimeur : 71898

Imprimé en France